*Schmerz*

Zeruya

Shalev

# *Schmerz*

ROMAN

Aus dem Hebräischen von

Mirjam Pressler

BERLIN VERLAG

MIX
Papier aus verantwortungsvollen Quellen
FSC® C014496

Die Originalausgabe erschien 2015 unter dem Titel *Ke'ev*
bei Keter Verlag, Jerusalem

Vermittelt durch: The Institute for the Translation
of Hebrew Literature

Umschlaggestaltung: ZERO Werbeagentur, München
Typografie: Birgit Thiel, Berlin
Gesetzt aus der Garamond und der Futura von Fagott, Ffm
Druck und Bindung: GGP Media GmbH, Pößneck
Printed in Germany
ISBN 978-3-8270-1185-5

www.berlinverlag.de

*Für Vered Slonim Nevo*

# ERSTES KAPITEL

Er kommt zurück, und obwohl sie ihn seit Jahren erwartet hat, kommt er, als wäre er nie weg gewesen, als hätte sie keinen einzigen Tag ohne ihn verbracht, keinen Monat, kein Jahr, und dabei sind genau zehn Jahre vergangen. Doch dann hat Micki sie gefragt, weißt du, welches Datum heute ist, als handle es sich um einen Geburtstag oder einen Hochzeitstag, und sie strengte ihr Gedächtnis an. Sie haben im Winter geheiratet, sich im Winter davor kennengelernt, die Kinder sind im Winter geboren. Nichts wirklich Wichtiges hat sich in ihrem Leben im Sommer ereignet, obwohl in einem so langen Sommer so viel passieren kann, und Micki senkte den Blick, deutete auf ihre Hüfte, die seit damals breiter geworden ist, und plötzlich war der Schmerz wieder da, und sie erinnerte sich.

Oder erinnerte sie sich zuerst, und dann kam der Schmerz? Sie hat ihn nie vergessen, deshalb war es keine Erinnerung, sondern das absolute Dasein in dieser brennenden Minute, der Bruch, der immer klarer wurde im Geistersturm des Schreckens, in der feierlichen Lähmung der Stille: zwitscherte nicht der Vogel, das Gevögel flog nicht, der Ochs brüllte nicht, die Seraphim riefen nicht: Heiliger! Das Meer wogte nicht, die Menschen redeten nicht, sondern es herrschte ein allgemeines Stillschweigen.

Im Laufe der Zeit verstand sie, dass alles da war, nur nicht Stille, und trotzdem hatte sich allein die Stille in ihr Gedächtnis gegraben: Stumme Engel traten zu ihr, verbanden schweigend ihre Wunden, zerrissene Glieder brannten still, und sie, die anderen, schauten darauf mit geschlossenen Mündern, weiße Krankenwagen glitten geräuschlos durch die Straßen. Da schwebte eine schmale, geflügelte Tragbahre auf sie zu, und sie wurde auf Händen getragen und daraufgelegt, und in diesem Moment, in dem sie von dem brennenden Asphalt gehoben wurde, wurde der Schmerz geboren.

Zwei Kinder hatte sie zur Welt gebracht und trotzdem erkannte sie ihn nicht, als er sich ihr zum ersten Mal in seiner ganzen Macht offenbarte, sich ins Zentrum ihres Körpers bohrte, ihre Knochen zersägte, sie zu feinem Staub zermalmte, Muskeln zerstörte, Sehnen zerfetzte, Gewebe zerquetschte, Nerven zerriss, in inneren Bereichen tobte, über die sie sich nie Gedanken gemacht hatte. Nur die Dinge oberhalb des Halses hatten sie interessiert, der Schädel und das Gehirn, das Bewusstsein und die Vernunft, das Wissen und die Überlegung, die Identität, das Gedächtnis, und plötzlich hatte sie nichts außer sich selbst, nichts außer ihm, außer dem Schmerz.

Was ist, fragte er und sofort schämte er sich, was bin ich doch für ein Idiot, ich hätte dich nicht daran erinnern dürfen, und sie lehnte sich an die Wand neben der Tür – sie hatten ja gerade aus dem Haus gehen wollen, jeder zu seiner Arbeit – und versuchte, mit den Augen auf einen der Küchenstühle zu weisen, und er lief zur Küche und kam mit einem Glas Wasser zurück, das sie nicht in der Hand halten konnte.

Stuhl, zischte sie, und er zog einen der Stühle heran, doch zu ihrer Verblüffung ließ er sich selbst darauf fallen, mit seinem ganzen Gewicht, als wäre er es, der von einem plötzlichen Schmerz überfallen wurde, als wäre er es, der an jenem Morgen dort gewesen war, genau vor zehn Jahren, als die Druckwelle der Explosion sie aus dem Auto auf den Asphalt geschleudert hatte.

Hätten sie nicht im letzten Moment ihre Pläne geändert, wäre er an ihrer Stelle dort gewesen, wäre durch die Luft geflogen, die glühte wie ein riesiger Asteroid, wäre mit einem Schlag zwischen den brennenden Leibern gelandet.

Warum war er es nicht gewesen, der die Kinder zur Schule gebracht hatte, wie jeden Morgen? Sie erinnert sich an ein hastiges Telefonat mit dem Büro, ein abgestürztes System. Er wollte die Kinder trotzdem fahren, aber Omer war noch nicht angezogen, er hopste im Pyjama auf dem Ehebett herum, und sie wollte Heulerei und Gebrüll verhindern. Lass nur, ich fahre sie hin, schlug sie vor, was natürlich nicht den üblichen Streit mit Omer verhinderte, der sich in der Toilette einschloss und sich weigerte herauszukommen, und die Tränen Almas darüber, dass sie seinetwegen wieder zu spät kommen würde, und als sie sich am Schultor von ihnen verabschiedet hatte, beschleunigte sie auf der belebten Straße, überholte einen Bus, der an der Haltestelle stand, hörte den schrecklichsten Knall, den sie je gehört hatte, und danach eine vollkommene Stille.

Es war noch nicht einmal die Macht der Explosion, jene fast vulkanartige Eruption des Zündstoffs, es waren auch nicht die Schrauben und Nägel und Muttern, gemischt mit Rattengift, um stärkere Blutungen zu verursachen, die ihre Ohren betäubten, sondern ein anderes Geräusch, tiefer und schlimmer als die Detonation, das Geräusch, mit dem sich Dutzende Fahrgäste vom Leben verabschiedeten, das Klagelied von Müttern, die Waisen zurückließen, die Schreie junger Mädchen, die nie erwachsen werden würden, das Weinen der Kinder, die nie mehr nach Hause kommen würden, von Männern, die sich von ihren Frauen verabschiedeten, die Klagen der Gliedmaßen, die zerstört wurden, der Haut, die verbrannte, der Beine, die nie mehr laufen würden, der Arme, die nie mehr umarmen würden, der Schönheit, die in der Erde vergehen würde, und dieses Klagelied hört sie jetzt wieder, sie hält sich die Ohren zu, während sie auf die Knie sinkt.

Oh, Iris, sagt er und schlingt die Arme um sie, ich habe gedacht, wir hätten das hinter uns, und sie versucht, sich aus seiner Umarmung zu befreien. Es geht gleich vorbei, sie presst die Lippen zusammen, vielleicht habe ich eine ungeschickte Bewegung gemacht, ich nehme eine Tablette und fahre zur Arbeit, doch da zerfällt wieder, wie damals, jede Bewegung in Dutzende kleiner Bewegungen, und jede einzelne ist schmerzhafter als die vorherige, bis sogar sie, die so großen Wert auf Selbstbeherrschung legt, dass sie als harte und verantwortungsbewusste Chefin bekannt ist, einen tiefen Seufzer ausstößt.

Aber hinter ihrem Rücken, hinter dem Seufzer, der sogar sie selbst überrascht, erklingt plötzlich lautes Lachen, und beide drehen den Kopf zum Ende des Flurs, dort steht ihr Sohn in der Tür seines Zimmers, groß und dünn, wirft sein Haar, das nur oben lang und an den Seiten geschoren ist, zurück und stößt ein Wiehern aus wie ein Pferd. Hi, was hat euch denn gepackt, Mampapa? Wieso sitzt ihr da, einer auf dem anderen? Habt ihr vor, mir einen kleinen Bruder zu schenken?

Da gibt's überhaupt nichts zu lachen, Omer, faucht sie, obwohl sie den Anblick, der sich ihm bietet, ebenfalls lächerlich findet, ich habe plötzlich Schmerzen an der alten Wunde bekommen, ich musste mich hinsetzen, und er kommt auf sie zu, langsam, fast tänzelnd bewegt er seinen schönen Körper in den getigerten Boxershorts, wie hatte ihre Vereinigung einen so schönen Körper hervorbringen können? Cool, bleib nur so sitzen, sagt er kichernd, aber warum auf Papa? Und warum muss er ebenfalls sitzen? Tut es ihm auch weh?

Wenn man jemanden liebt, empfindet man seinen Schmerz mit, antwortet Micki in dem didaktischen Ton, den Omer besonders hasst, und sie eigentlich auch, in dem Ton, der in sich bereits die Kränkung enthält, die der Spott des Sohnes hervorrufen würde, und sie sagt, bring mir eine Tablette, Omer, oder besser zwei, sie sind in der Küchenschublade, und als sie hastig die Schmerztabletten hinunterschluckt, hat sie das Gefühl, dass aufgrund dieser Entscheidung die Schmerzen für immer und ewig verschwinden würden. Schmerzen kommen nicht einfach mit einer solchen Wucht, das ist kaum zu verstehen, schließlich ist alles behandelt, zusammengeflickt, genäht, verschraubt, transplantiert, in drei verschiedenen Operationen, während eines ganzen Jahres im Krankenhaus. Zehn Jahre sind vergangen, sie hat sich daran gewöhnt, beim Wechsel der Jahreszeiten oder nach körperlichen Anstrengungen, mit diesem pulsierenden Schmerz zu leben, nie wieder wird sie die physische Ausgeglichenheit wie in der Zeit vor dem Attentat erfahren, doch zu keinem Augenblick hat sie eine solche Welle erwartet, als würde an diesem Morgen alles von neuem anfangen.

Hilf mir aufzustehen, Omer, bittet sie, und er beugt sich zu ihr, noch immer amüsiert, hält ihr seinen schmalen, aber kräftigen Arm hin, und da steht sie, zwar noch an die Wand gelehnt, aber sie gibt nicht auf. Sie wird das Haus verlassen, sie wird zum Auto gehen, sie wird zur Schule fahren, sie wird die Sitzungen effizient leiten, Einstellungsgespräche führen, die Inspektorin willkommen heißen, sie wird dableiben und kontrollieren, was im Hort passiert, sie wird ihre E-Mails beantworten, und erst am Nachmittag, auf dem Rückweg, wenn sie mit vor Schmerz zusammengepressten Lippen im Auto sitzt, wird sie darüber nachdenken, dass Micki dort auf dem Küchenstuhl sitzen geblieben war, neben der Tür, den Kopf in beide Hände gelegt, auch nachdem sie schon hinausgegangen war, geflohen, um die Wahrheit zu sagen, als hätte sie ihm den Schmerz zurückgelassen. Er saß da, als wäre es seine Hüfte gewesen, die an jenem Morgen zerschmettert wurde, als wäre er es gewesen, dessen Leben unterbrochen worden war.

Auf der Heimfahrt, eingesperrt zwischen Dutzenden von Autos, die in dem langsamen Verkehr durch die Straßen kriechen, erinnert sie sich, wie er schwer atmend und verlegen an ihrem Bett im Traumazimmer stand. Er war nicht der Erste, der kam, Halbfremde waren ihm zuvorgekommen, denn die Nachricht hatte sich schnell verbreitet. In umgekehrter Reihenfolge waren die Besucher und die Tröster gekommen, von den Fremdesten bis zu den Nächsten, Omer, damals sieben, und Alma, elf Jahre alt, waren von ihrer Freundin Dafna gebracht worden, eine Minute bevor sie in den Operationssaal gebracht wurde. Als sie die Kinder auf sich zukommen sah, fiel ihr mit einem Zittern ein, dass sie ausgerechnet ihnen nicht Bescheid gesagt hatte. Es war ihr gelungen, eine Nachricht auf Mickis Mailbox zu hinterlassen, auch bei ihrer Mutter, mit blutverschmierten Fingern hatte sie die Tasten gedrückt, hatte das Blut mit ihrer Bluse abgewischt, und nur die Schule der Kinder hatte sie vergessen anzurufen, und die Wahrheit war, dass sie in den Stunden, die vergangen waren, bis sie ängstlich an ihr Bett traten, Hand in Hand, ihre Existenz einfach vergessen hatte, sie hatte vergessen, dass diese Frau, die über die brennende Straße geflogen war, bis sie auf den Boden knallte, Mutter von Kindern war.

Im ersten Moment hatte sie sie fast nicht erkannt. Ein seltsames Paar näherte sich ihr, ein hoch aufgeschossener Junge und ein zierliches Mädchen. Er hell und sie dunkel. Er stürmisch und sie still. Zwei Gegensätze kamen auf sie zu, langsam, ernst, als legten sie einen unsichtbaren Blumenstrauß auf ihr Grab, und sie wollte vor ihnen fliehen, aber sie war ans Bett gefesselt, deshalb schloss sie die Augen, bis sie sie zweistimmig »Mama« sagen hörte und gezwungen war, sich zusammenzureißen. Was habe ich für ein Glück gehabt, sagte sie ihnen zuliebe, es hätte viel schlimmer sein können.

Sie dürfen ihnen ruhig zeigen, dass es Ihnen schlecht geht, sagte später einer der Ärzte, man muss ihnen nichts vormachen. Lassen Sie zu, dass sie Ihnen helfen, so bringen Sie ihnen bei, sich ihren Schwierigkeiten zu stellen. Aber sie schaffte es nicht, ihnen ihre Schwäche zu zeigen, und deshalb hatte sie ihre Anwesenheit monatelang kaum ertragen, bis sie sich endlich erholte.

Sie erinnert sich, wie Alma einmal sagte, alles wegen Omer, kühl, fast gleichgültig, als handle es sich um eine Selbstverständlichkeit, hätte er sich nicht in der Toilette eingeschlossen, wären wir früher losgefahren und du wärst gar nicht dort gewesen, als der Bus explodierte, und Omer fing an zu schreien, nach seiner Schwester zu treten und zu toben: Stimmt nicht! Alles wegen dir! Alles, weil du wolltest, dass Mama dir einen französischen Zopf macht!

Und als Micki versuchte, ihn festzuhalten und zu beruhigen, deutete der Junge plötzlich auf ihn und verkündete mit der Feindseligkeit, die immer zwischen ihnen herrschte, schon von seiner Geburt an: Alles wegen dir!

Und vielleicht hatten sie sich weiter beschuldigt, als ginge es wirklich um ein Ereignis, das sich innerhalb des Familienkreises zugetragen hatte, nicht um ein nationales Ereignis, das von Terroristen geplant und ausgeführt worden war, die ihre kleine Familie nicht kannten, aber sie wurde schon fortgetragen, in diese angsteinjagende Ablenkung der langen Stunden der Operationen und was danach kam, die monatelange Genesung und Rehabilitation, die Arbeitsstelle, die ihr am Ende des Wegs als Preis winkte. Sie wusste, dass gesagt wurde, wäre sie nicht verletzt worden, hätte man sie nicht zur Direktorin der Schule ernannt, jung wie sie war, sie selbst hatte sich das manchmal gefragt, aber die große Belastung ließ ihr keine Zeit für überflüssige Gedanken. Zehn Jahre vergingen ohne sinnlose Grübeleien, und während sie das Auto parkt und mit unsicheren Schritten ins Haus geht, hat sie das Gefühl, gerade erst aus der Operation erwacht zu sein, einer Operation, die sich zehn Jahre lang hingezogen hat, als könnte sie erst jetzt ihre Aufmerksamkeit dem Problem widmen, das damals ihre Kinder aufgebracht hatten, um endlich zu verkünden, wer wirklich der Schuldige war, und dafür hat sie sehr viel Erfahrung gesammelt.

## ZWEITES KAPITEL

Der Aufzug, der sich ins Wohnzimmer öffnet, verleiht jedem Eingang das befremdliche Gefühl eines Treppenhauses, und auch an diesem Abend, als sich die Stahltüren des Aufzugs öffnen und sie ihre Wohnung betritt, fühlt sie sich einen Moment lang wie ein Gast, ein ungebetener Gast, der sich im Tag und in der Uhrzeit geirrt hat, denn niemand erwartet sie, und sie schaut sich beunruhigt in dem großen Wohnzimmer um. Sie waren wegen ein paar zusätzlichen Quadratmetern aus dem Stadtzentrum herausgezogen, um für jedes Kind ein eigenes Zimmer zu haben, ein großes Schlafzimmer mit einer Arbeitsecke, in ein gewöhnliches Mehrfamilienhaus in einer reizlosen neuen Siedlung. Die Privatsphäre für jeden Einzelnen haben sie gewonnen, doch sie haben es nicht geschafft, die Gemeinschaftsbereiche mit Leben zu füllen, und als sie jetzt prüfend das Wohnzimmer betrachtet, das große Sofa, das kleine Sofa, den Kaffeetisch mitten im Raum, die Fenster, die eine städtische Aussicht mit einem Hauch Wüstensand hereinbitten, die helle, saubere Küche, die glänzend polierte Herdplatte, auf der zwei Töpfe stehen, fragt sie sich einen Moment lang, ob in dieser Wohnung echte Menschen leben, denn sie kommt ihr plötzlich ganz leer vor, als fehle das Wichtigste.

Fragen der Inneneinrichtung haben sie noch nie sonderlich interessiert, auch Micki nicht, alles sollte nur angenehm und bequem sein, damit die Augen sich ausruhen können, sie kommen ohnehin spät nach Hause, und nach dem Abendessen mit den Kindern sitzt sie noch stundenlang am Computer und schreibt E-Mails an die Lehrer, an Eltern, um Auseinandersetzungen zu schlichten, Treffen und Konferenzen zu vereinbaren, um ihre wöchentliche Ansprache vorzubereiten, also was spielen da dieser oder jener Fußbodenbelag oder dieses oder jenes Polster schon für eine Rolle, Hauptsache, es gibt einen Platz, an den sie ihr müdes Haupt betten können.

Omers Zimmertür geht auf, und sie schickt ihm schon ein erzwungenes Lächeln entgegen, doch er ist es nicht, der herauskommt, sondern ein schmales junges Mädchen mit orangefarbenem Haar, in einem engen Unterhemd und einer winzigen Unterhose, die verlegen zur Toilette huscht, und Iris verfolgt das geschmeidige Becken mit einem Seufzer der Erleichterung. So viele Ängste haben Omers Aufwachsen begleitet, die man jetzt wohl als überflüssig bezeichnen kann, dieses Mädchen ist ein weiterer Beweis dafür, und als sie herauskommt, versucht sie, das Gesicht hinter dem Vorhang aus Haaren zu erkennen, hat sie sie früher schon einmal gesehen? In den letzten Monaten hat sie, wenn sie ihn morgens weckte, manchmal erwartet, ein Mädchen in seinem Bett zu finden, auch wenn sie mit eigenen Augen gesehen hatte, dass er allein ins Bett gegangen war, als sei in der Nacht ein Mädchen in seinem Bett aufgekeimt.

Genüsslich begleitet sie die Schritte des Mädchens, bis es in Omers Zimmer verschwindet, und geht in die Küche, um etwas zu essen und dann wieder eine Tablette zu schlucken. Zwei Töpfe erwarten sie, einer mit duftendem weißem Reis und der zweite mit Bohnen, orangefarben wie die Haare des Mädchens. In letzter Zeit bittet sie manchmal die Haushaltshilfe, etwas für sie zu kochen. Omer ist ständig hungrig, und wer hat schon die Kraft, nach der Arbeit noch in der Küche zu stehen und zu kochen. Was für ein Vergnügen, auf der Herdplatte zwei volle Töpfe vorzufinden, von der Last der ständigen Nahrungsherstellung befreit zu sein. Aber seit das Essen so leicht verfügbar ist, scheint sich sein Geschmack verändert zu haben, und es beschleicht sie ein Gefühl der Fremdheit, als wäre das hier eine bescheidene Arbeiterkneipe, irgendein Hotel, alles, nur kein Zuhause.

Was für seltsame Vorstellungen schwirren ihr seit dem Morgen im Kopf herum, denkt sie, wie Abfall, der vom Chamsin durch die Straßen gejagt wird. Ein Zuhause oder nicht, was spielt das schon für eine Rolle? Hauptsache, sie muss nicht hungern, Hauptsache, es gibt ein Dach über dem Kopf, sie hat Arbeit und den Kindern geht es halbwegs gut, wenn nur diese Qualen sie in Ruhe ließen, sie nimmt schon wieder eine Tablette, um die Wellen des Schmerzes zu vertreiben. Wie Wehen kommen sie alle ein, zwei Minuten, wickeln sich um ihren Körper, zersägen das Gefäß ihres Beckens, einen Knochen nach dem anderen, und sie streckt sich mit einem Stöhnen auf dem Sofa aus. Ein warmer Wind, der den Beginn des Sommers verkündet, weht durch die Wohnung, aber ihr ist so kalt, dass die Kälte die Knochen unter ihrer Haut zermalmt, als würden die Knochensplitter gleich vom Wind verweht und die Schmerzen dann vielleicht gleich mit. Sie würde leicht auf ihre Knochen verzichten und nicht nur auf sie, auf alle Glieder, Hauptsache, der Schmerz verschwindet und ihr Körper wird immer leerer. Sie kann es sich nicht erlauben, nichts zu tun, sie muss E-Mails schreiben, Krisen managen, gleich wird sie aufstehen und sich zum Schreibtisch schleppen, sie wird sich an den Computer setzen, die Lenden gürten. Sie wundert sich über diese Formulierung, die vermutlich für sie geschaffen wurde, denn genau dort beginnen die Schmerzen, in den Hüften, die einmal so schmal waren wie die des Mädchens, das gerade die Küche betritt, aus irgendeinem Grund in Omers getigerten Boxershorts, wird er etwa gleich in ihrem winzigen Slip erscheinen?

Unter gesenkten Lidern hervor beobachtet sie ihn mit der alten Besorgnis, schon immer war er unberechenbar. Guten Tag, Frau Direktorin, ruft er und salutiert aus unerfindlichem Grund, und sie stellt erleichtert fest, dass er seine kurze Turnhose anhat und gut gelaunt ist, falls hier irgendein Herz gebrochen wird, scheint es nicht seines zu sein. Sie beobachtet die beiden, während sie sich am Tisch gegenübersitzen und essen und immer wieder ihre Teller füllen. Schmeckt gut, murmeln sie mit vollem Mund, als würden sie sich gegenseitig loben, sie essen und lachen, und sie ist überrascht, wie wenig sie miteinander sprechen. Ist es ihre Anwesenheit, die sie schweigen lässt, oder brauchen sie keine Worte, um Nähe zu spüren?

Wie anders sie sind, als wir es früher waren, denkt sie, ich war so alt wie Omer heute, und Eitan war nur wenig älter als ich, wir haben nicht aufgehört zu reden und haben nur wenig gelacht. Es gab damals auch nicht viel zu lachen, seine Mutter erlosch allmählich, und Eitan, der einzige Sohn, pflegte sie hingebungsvoll, saß stundenlang im Krankenhaus, an ihrem Bett, und von dort aus kam er dann zu ihr, hochgewachsen und mager, seine hellen Augen glänzten in traurigem Staunen, und sie hatte ihn gefüttert, getröstet, ihn mit ihrer Liebe beruhigt.

Was verstehen sie überhaupt, denkt sie aufgebracht, beobachtet mit plötzlicher Feindseligkeit ihren Sohn und seine Freundin, die kauen und kichern, die im Kühlschrank wühlen und mit etwas Gutem zum Tisch zurückkehren. Schmeckt wirklich prima, sagen sie wieder, während ihre Finger sich streicheln, und Iris wendet sich ab. Warum spürt sie bei diesem Anblick solche Übelkeit, aber vielleicht hat es auch gar nichts damit zu tun, die Übelkeit begleitet sie schon seit dem Morgen. Sie hat nichts gegen ihren Sohn, im Gegenteil, sie ist dankbar dafür, dass ihm Eitans Leiden erspart geblieben sind, und ihre eigenen Leiden, später, als er sie verließ, denn sofort nach dem Tod seiner Mutter, nach den sieben Trauertagen, als der letzte Trauergast die Wohnung verlassen hatte und noch bevor man zu ihrem Grab ging, verkündete er ihr so kühl, als wäre alles von Anfang an so geplant gewesen, dass er vorhabe, ein neues Leben anzufangen, ein Leben ohne Schmerz, ein Leben, von dem sie kein Teil sein werde.

Das ist nicht persönlich gemeint, Iris, hatte er freundlich hinzugefügt, ich kann einfach diese Belastung nicht mehr aushalten, als wäre sie es gewesen, die ihn belastet hatte, während sie es ihm doch nur hatte leichter machen wollen. Du musst mich verstehen, ich bin noch nicht achtzehn, ich möchte leben, ich möchte dieses schreckliche Jahr vergessen, und du bist ein Teil davon, und sie fing an zu zittern, noch Jahre später dachte sie nur mit zusammengebissenen Zähnen an ihn und daran, wie seine Unterkiefer sich unter der glatten Haut bewegt hatten, ohne jedes Zögern.

Ich kann es nicht glauben, du bestrafst mich dafür, dass ich mit dir zusammen war, dafür, dass ich dich das ganze Jahr lang unterstützt habe, brachte sie mit dumpfer Stimme hervor, und er sagte, das ist keine Strafe, Iris, das ist die Notwendigkeit. Wenn ich dich jetzt getroffen hätte, wäre alles anders gelaufen. Ich hätte mich sicher in dich verliebt und wir wären zusammengeblieben, aber wir haben uns zu früh getroffen. Vielleicht wird es noch eine zweite Chance für uns geben, aber jetzt muss ich mich selbst retten.

Dich selbst vor mir retten, fragte sie erschrocken, was habe ich dir getan? Er nahm ihre Hand, und einen Moment lang glaubte sie, er wolle ihr sein Beileid aussprechen und wäre bereit, Mitleid mit ihr zu haben, aber sofort zog er sein Mitleid zurück, auch seine Hand, und das hat sie ihm bis heute nicht verziehen, Eitan Rosenfeld, ihre erste Liebe, und bis zu einem gewissen Grad auch ihre letzte, denn seither hat sie nie wieder dieses vollkommene Gefühl erlebt, gegen das man sich nicht wehren kann. Bis heute hat sie ihm nicht verziehen, dass er kein Mitleid mit ihr und ihrer Liebe hatte, auch nicht die grausame Trennung, zu der er sie gezwungen hatte, denn auch wenn sie für ihn unausweichlich war, hätte er mit ihr trauern müssen und hätte sie nicht so zurücklassen dürfen, allein mit seinem Urteil, ohne Ziel, ohne Hoffnung, ohne Vertrauen und ohne Jugend, ein Verlust, der für sie so schwer zu ertragen war wie für ihn der Verlust seiner Mutter.

Omer tritt zu ihr, was ist mit dir, Mamusch, vermutlich hat sie wieder geseufzt, ohne es zu merken, was liegst du da auf dem Sofa wie eine Kartoffel? Irgendein Streik, von dem ich nichts gehört habe? Sein Brustkorb ist schmal und lang, und seine Wangen sind fast noch genauso glatt, wie Eitans Wangen es waren. Ein privater Streik, sagt sie, ich habe Schmerzen, bring mir eine Tablette aus der Küchenschublade und ein Glas Wasser, Omeri, bittet sie. Wenn der Schmerz aufhört, wird auch die Erinnerung aufhören, schon seit Jahren hat sie sich nicht mehr erlaubt, an Eitan zu denken, seit Jahren hat sie nicht mehr unbeschäftigt auf dem Sofa herumgelegen, und siehe da, ihr Sohn ist in Eitans Alter gekommen, ohne dass sie es bemerkt hat, und das junge Mädchen betrachtet sie mit derselben Neugier, mit der sie beim ersten Mal seine Mutter betrachtet hatte, als diese bereits krank in der kleinen Wohnung auf dem Sofa lag.

Er war der einzige Sohn einer alleinerziehenden, einbrüstigen Mutter. Als er ein kleiner Junge war, war seine Mutter erkrankt und operiert worden, und sie erinnert sich noch an seinen staunenden Blick, als er sie zum ersten Mal auszog und ihren symmetrischen Oberkörper sah. Sie weiß auch noch, wie misstrauisch sie in den Pyjamaausschnitt seiner Mutter geschielt hatte, als sie im Krankenhaus mit ihm an ihrem Bett saß. Der unerwartete Krater, der zu sehen war, als die Mutter sich zu ihnen beugte, ähnelte in nichts dem, was Iris kannte, auch nicht der große, mondförmige Kopf, der auf einem dünnen Hals schwankte. Sie liebte es, ihn ins Krankenhaus zu begleiten und seine freie Hand zu streicheln, während er mit der anderen die Hand seiner Mutter hielt. Sie liebte die Stille, die heilige Stille eines gigantischen Kampfes, der Hoffnung auf ein Wunder, die Stille eines Lebens, das langsam eine Haut nach der anderen abwarf, bis nur noch der innerste Kern übrig war, zitternd, ein geläuterter Glockenklöppel, der sich weigerte loszulassen, die Essenz der Existenz. Sie stellte sich vor, an seiner Seite durch einen Wald zu schreiten, einen Wald voller Lebensbäume, die dahinwelkten und zerbrachen, wie hätte sie auf den Gedanken kommen können, dass ausgerechnet ihre Hingabe an ihn und seine Not einen solchen Widerwillen in ihm auslösen würde? In ihren Augen waren das Stunden heiliger Mission, eine Berufung, einzigartige Stunden der Zusammengehörigkeit – er und sie gemeinsam, ein Junge und ein Mädchen in der Welt, die versuchen, Leiden zu lindern. Er das Leiden seiner Mutter und sie das seine. Monatelang hatte sie das Gefühl, dort zu Hause zu sein, am Bett dieser kranken, edlen Frau, als sei das ihre wahre Familie, nicht die fordernde Mutter, die Kriegswitwe, die so wenig gab und so viel erwartete, nicht die Zwillingsbrüder, die viereinhalb Jahre nach ihr auf die Welt gekommen waren und das Haus mit ihrem Geschrei erfüllt hatten, sie gehörte zu ihnen, zu der zarten, in Stille leidenden Frau und ihrem einzigen Sohn, der ihr so ergeben war. Aber hätte sie an ihrem Schmerz weniger teilgenommen, hätte sie auf Distanz geachtet, wäre sie nicht verlassen worden, denn schon bald erfuhr sie, dass extremer Verlust die andere Seite einer extremen Hingabe ist.

Es war einer der ersten Sommertage, als sie nach der Schule ins Krankenhaus kam, in der Tasche einen sauren Apfel und Schokolade für ihn, und bevor sie das Zimmer betrat, sah sie schon den glatten Schädel, der auf dem dünnen Hals hin und her schwankte, mit einer Widerspenstigkeit, die sie nie zuvor an ihr bemerkt hatte, und Eitan kam zu ihr heraus, sehr blass, und sagte, komm später, Iris, es passt jetzt nicht, und sie stand starr in der Tür, sie wusste, dass sie nicht wiederkommen würde, und der Abschied fiel ihr schwer.

Zwei Schwestern eilten an ihr vorbei ins Zimmer, und sie hörte einen schrecklichen, tierhaften Aufschrei, sie konnte kaum glauben, dass dieser Schrei aus der Kehle der zartesten aller Frauen gekommen sein konnte. Ehrfürchtig verfolgte sie, was sich abspielte, als stünde sie vor einer göttlichen Offenbarung, vor einem dieser Wunder, von denen man im Bibelunterricht hört, ein brennender Dornbusch, das Fest der Übergabe der Thora, bis eine Krankenschwester die Tür vor ihr schloss und sie mit wackligen Schritten hinausging und sich auf eine Bank vor dem Eingang setzte, in diesem Niemandsland zwischen dem Land der Kranken und dem Land der Gesunden. Dort knabberte sie an dem Apfel, den sie für ihn mitgebracht hatte, bis es Abend wurde und Eitan herauskam, mit hängenden Schultern, den Blick zu den Bodenplatten im Eingang gesenkt, er war nicht erstaunt, sie dort zu sehen, sie gingen nebeneinanderher, mit langsamen Schritten, so wie sie am Tag darauf hinter der in ein weißes Tuch gehüllten Leiche gehen würden, so als wären sie beide verwaist.

Gemeinsam mit ihm empfing sie auch während der sieben Trauertage die Besucher, sogar ihre Mutter und ihre Brüder.

Nachts streichelte sie seinen Rücken, bis er eingeschlafen war, und morgens stand sie vor ihm auf und räumte die Wohnung für einen neuen Trauertag auf, und eigentlich stellte sie sich so ihre gemeinsame Zukunft vor, wie eine nie endende Trauerzeit, ein Lärm, beruhigend und schmerzhaft und zuweilen glücklich, eine Trauer, die sie zusammenschweißen und zugleich aneinander wachsen lassen würde, wie zwei Pflanzen, die gemeinsam in einen Topf gepflanzt wurden.

Das war ihre zweite Geburt, ihre zweite Verwaisung, es war ihre eigene Entscheidung, geboren zu werden und zur Waise zu werden, an seiner Seite, um für ihn Mutter und Schwester und Mutter seiner Kinder zu sein, denn ihr junger Körper brannte vor Verlangen, ihm eine Tochter zu gebären und ihr den Namen seiner Mutter zu geben, und in den Nächten, wenn er im Schlaf jammerte, spürte sie, wie der kahle Schädel sich zwischen ihren Beinen herausdrängte. Nur durch sie konnte sie wiedergeboren werden, nur sie konnte ihr neues Leben einhauchen, nur sie konnte ihn trösten, aber als die sieben Trauertage vorbei waren, fand sie sich selbst nicht nur verwaist, nicht nur verwitwet, sie hatte auch all ihre Träume verloren.

Sie packte die Sachen, die sie in seiner Wohnung hatte, in zwei große Müllsäcke und lief steif und aufrecht zur Bushaltestelle, ohne sich noch einmal umzusehen. Sie nahm den richtigen Bus und stieg an der richtigen Haltestelle aus, erreichte ihre Wohnung und legte sich in Kleidern ins Bett, neben sich die Säcke mit ihren Sachen, und so blieb sie liegen, mit offenen, trockenen Augen, bis ihre Mutter kam. Sie antwortete nicht auf Fragen, weil sie sie gar nicht hörte, beachtete nicht die Aufforderungen, zum Essen zu kommen oder zu duschen. Unter ihren trockenen Augen erstarrte ihr Körper und blieb viele Tage lang in dieser Haltung. Ich war einmal gelähmt vor Schmerz, hatte sie Micki kurz vor ihrer Hochzeit erzählt, ich war ein paar Wochen lang gelähmt, aber nun geht es mir gut, das wird nicht noch einmal passieren.

Micki wollte natürlich mehr darüber hören, aber sie enttäuschte ihn auch in diesem Punkt. Nur ihre Mutter verplapperte sich bisweilen, verriet Details und ließ sich auch nicht von den drohenden Blicken ihrer Tochter davon abhalten. Ja, es war eine Krise, wer hat mit siebzehn keine Liebeskrise, sagte sie ganz allgemein, um den Wert der Erinnerung abzuschwächen, und auch vor sich selbst konzentrierte sie sich mehr auf den Verrat ihrer Mutter als auf die Sache selbst. Und was war schon dabei, fragte sie sich manchmal, dass sie am Liebeskummer fast gestorben wäre? Was war erstaunlicher, die Krankheit oder die Heilung? Die Tatsache, dass sie sich letztlich entschied, ihr Leben neu zu beginnen, neu geboren zu werden, allein und einsam, in ein Vakuum hinein, das sich langsam füllen würde?

Als ihre Tochter zu einem jungen Mädchen heranwuchs, verfolgte sie gespannt ihr Liebesleben, fürchtete sich vor einer ähnlichen Krise, aber Alma begnügt sich vorläufig noch mit kurzen, oberflächlichen Beziehungen, und auch darin kann man natürlich Grund zur Sorge finden, wenn auch nicht gleichen Ausmaßes, außerdem neigt sie nicht dazu, ihre Mutter einzubeziehen, und ihr Sohn sitzt so erholt und ruhig dem Mädchen gegenüber, das seine Boxershorts trägt, ihm scheint zumindest in der nächsten Zukunft keine Krise zu drohen, sie kann aufhören, das junge Paar zu beobachten. Die Schmerzen haben inzwischen nachgelassen, ihr Körper fühlt sich dumpf an, als würde sie ihn von weitem betrachten, sie kann sich langsam vom Sofa erheben und an den Computer setzen, wie jeden Abend, ihre wöchentliche Ansprache schreiben, die Nachrichten und Ankündigungen durchschauen, die Fragen und Antworten. Worüber wird sie heute schreiben, vielleicht soll sie versuchen, die letzten Wochen des Jahres zu rekapitulieren, die Zeit zwischen dem Tag der Erinnerung und dem Wochenfest, diese müde Periode, der größte Teil des Jahres ist vergangen, das Ende nah, eine Periode, die viel schicksalhafter ist, als man glaubt, denn wenn sich noch etwas verändern kann, dann ist es jetzt, in der Spannung zwischen Erinnerung und Erneuerung.

## DRITTES KAPITEL

Schon seit Jahren hat sie diese Uhrzeit nicht mehr auf dem Wecker gesehen: drei Uhr vierzig in der Nacht. Eine Zeit, die man nicht aushalten kann. Seit Jahren achtet sie auf ihren Schlaf, als hinge ihr Leben davon ab. Abends um zehn beginnt sie mit den Ritualen. Warte noch ein bisschen, es brennt doch nicht, sagt Micki immer wieder vor dem Fernseher, gleich fängt dieser Film an, den Dafna und Gidi empfohlen haben, oder, diese Serie ist wirklich hervorragend, du wirst sie lieben, und manchmal sagt er auch gar nichts und beobachtet nur mit bitteren Blicken, wie sie das Zimmer verlässt.

Ich muss schlafen, ich habe einen vollen Tag vor mir, gleich morgen früh eine Konferenz, sagt sie ihren Spruch auf, aber auch wenn sie keine Konferenz hat, ist sie die Erste in der Schule. Sie steht jeden Morgen am Schultor, egal ob Winter oder Sommer, und empfängt die ankommenden Kinder, wünscht ihnen einen guten Morgen, sie kennt sie mit Namen, sie wechselt ein paar Worte mit den Eltern, aber Micki lässt sich nicht beeindrucken, du bist nicht die Einzige, die schwer arbeitet, sagt er, du bist nicht die Einzige, die früh aufsteht.

Tut mir leid, Micki, ich bin todmüde, mir brennen schon die Augen, murmelt sie und befreit sich von seinem Arm, als er versucht, sie zurückzuhalten. Es ist nicht die frühe Uhrzeit, die ihn aufbringt, das weiß sie. Es ist vor allem ihre Entscheidung, Almas frei gewordenes Zimmer, als sie vor einigen Monaten auszog, in ihr Schlafzimmer zu verwandeln. Das bedeutet nichts, Micki, hat sie gesagt, im Versuch, ihn zu beruhigen, es ist einfach bequemer, allein zu schlafen, das ist alles. Gemeinsam zu schlafen ist ein primitiver Brauch, einer stört den anderen, darüber gibt es sogar Forschungsarbeiten. Du kannst es ja auch nicht leiden, dass ich dich wecke, wenn du schnarchst. Ja, er hat erwartet, dass sie sein Schnarchen liebevoll akzeptiert, und bestimmt hat er nicht erwartet, dass sie in Almas Bett umzieht und ihm die Tür vor der Nase zumacht.

Das ist nicht gegen dich, sondern für mich, schließlich geht es nur um meinen Schlaf, das muss unsere Intimität nicht beeinflussen. Das hat sie immer wieder betont, und sie glaubt wirklich, dass es keinen Einfluss hat, als würde man Liebe im Schlaf machen, als würde man intime Gespräche im Schlaf führen, und außerdem würde sie, wenn Alma kommt, ihr Zimmer räumen und ins Ehebett zurückkehren, aber wer hat gedacht, dass Alma so selten kommen würde, höchstens einmal im Monat, und dass die Dinge, die sie für die Nacht braucht und die auf der Kommode neben dem Ehebett lagen, das verlassene Zimmer in einen festen Schlafplatz verwandeln würden. Augencreme, ein Glas Wasser, Strümpfe, sie hat immer kalte Füße, ein oder zwei Bücher, langsam werden es mehr, bis Alma bei ihrem letzten Besuch herausplatzte, Hilfe, Mama, du hast mein ganzes Zimmer in Beschlag genommen! Willst du etwa, dass ich an deiner Stelle bei Papa schlafe?

Sie beeilte sich natürlich sofort, ihre Sachen an ihren ursprünglichen Platz zurückzuräumen, sie hatte sich schon damit abgefunden, keine Wahl zu haben, sie würde wieder mit Micki das Bett teilen, doch es stellte sich zu ihrem Bedauern heraus, dass alles, was sie vorher gestört hatte, sie jetzt siebenfach störte, nachdem sie sich an die vollkommene Freiheit von einem Mitschläfer gewöhnt hatte, und nach einer Nacht an seiner Seite, in der sie kein Auge zugetan hatte, musste sie sich eingestehen, dass sie ungeduldig darauf wartete, ihre Tochter möge bald das Bett räumen und wieder in ihre Wohngemeinschaft in Tel Aviv zurückkehren, und vor lauter Müdigkeit schaffte sie es nicht, an diesem Wochenende ein ernsthaftes Gespräch mit ihr zu führen, um etwas über ihre Beschäftigungen und Pläne zu erfahren, obwohl man auch annehmen konnte, dass es Alma gelang, dem Gespräch mit einer wachsamen Mutter auszuweichen, schließlich hatte sie keine Beschäftigung, auch keine Pläne, außer dass sie abends in einem Restaurant im Süden der Stadt kellnerte und tagsüber schlief.

Wie waren sie zu solch einer Tochter gekommen, ohne Ehrgeiz, ohne Pläne. Schon als Kind hatte sie sich keiner Jugendgruppe angeschlossen, interessierte sie sich für nichts, sie saß stundenlang vor dem Fernseher oder vor dem Spiegel, schwer zu sagen, was schlimmer war. Die ganzen Jahre, in denen sie ihre Eltern schwer arbeitend erlebte, hatten nichts genützt. Auch wenn es ihr gelungen wäre, am Wochenende mit ihr zu sprechen, hätte ihre Tochter doch nur versichert, es sei alles in Ordnung, und sie hätte gesagt, beruhige dich doch, ich bin keine Schülerin in deiner Schule oder besser Soldatin, schließlich sind sie bei dir alle wie kleine Soldaten.

Und warum schreiben sie sich scharenweise ein, wenn es doch so furchtbar ist, verteidigt sie sich jetzt, wo sie sich das nicht stattgefundene Gespräch in allen Einzelheiten ausmalt, aber es kommt ihr vor, als hätten ähnliche Gespräche in den letzten Jahren stattgefunden, abgerissene Gespräche, die sie einander näherbringen sollten und sie doch immer weiter voneinander entfernten, die erhellen sollten, aber immer nur vernebelten. Letztlich hat sie gehofft, ihre Tochter wäre stolz auf sie,

sie würde ihr Lebenswerk schätzen, eine heruntergekommene Schule in einem armen Viertel zu übernehmen und sie in die begehrteste der Stadt zu verwandeln, ganz bestimmt war sie nicht auf diesen Spott gefasst. Vermutlich passt das zu ihnen, aber nicht zu mir, hätte Alma geantwortet und sie herausfordernd von unten betrachtet. Wie sind sie zu einer so kleingewachsenen Tochter gekommen? Die Kinder ihrer Freundinnen waren alle größer als ihre Mütter geworden, nur Alma war klein geblieben, obwohl sie und Micki beide groß waren.

In ihren ersten Jahren hat sie fast nichts gegessen, und alles Bitten und Betteln hat nichts genützt. Nur vor dem Fernseher, wenn sie abgelenkt war, war es ihr manchmal gelungen, Alma zu füttern, sie hatte ihr ein Stück Rührei in den Mund geschoben, eine Scheibe Käse, ein bisschen Gemüse, und die Kleine hatte die Kiefer bewegt, gedankenlos gekaut und geschluckt, bis sie plötzlich wie aus dem Schlaf aufwachte und nachdrücklich protestierte.

Wie hatte ihr Herz bei diesem heimlichen Füttern geklopft, als stünde ihre Tochter oben auf einem Dach und sie müsste sich heranschleichen, um sie, bevor sie sie bemerkte, von hinten zu packen. Jeder Bissen entfernte sie einen Schritt vom Absturz. Sie war eine junge Mutter und hatte das Gefühl, die Magerkeit des Mädchens würde mit tausend Zungen gegen sie aussagen, sie wollte aus aller Kraft dagegen ankämpfen, bis Omer geboren wurde und seine fordernde Anwesenheit ihre Kräfte in einem Maße beanspruchte, dass sie unfähig war, diese schrecklichen Manöver fortzusetzen, was natürlich gut für alle war. Tatsache ist jedenfalls, dass das Mädchen überlebt hat. Offenbar aß sie genug, um zu existieren, und in der Pubertät entwickelte sie sogar einen gesunden Appetit, zu einer Zeit, in der all ihre Freundinnen sich mit Diäten quälten, aber es war schon zu spät, um sie größer werden zu lassen, sie blieb klein und mager. Sie sieht aus wie eine Zwölfjährige, aber es stockt einem der Atem, so schön ist sie mit ihren großen Augen, wie schwarze Trauben, dem langen, glatten Haar, dem mädchenhaften Körper, erwachsen und verlockend. Wer weiß, wen sie gerade verlockt, bestimmt nicht ihre Eltern, deren Fragen vehement abgelehnt werden. Seit ihrem Umzug nach Tel Aviv haben sie endgültig die Möglichkeit verloren, zu kontrollieren oder irgendetwas zu erfahren, sie hängen von ihrem bisschen Gnade ab. Ab und zu lässt sie eine sparsame Information heraus, doch jeder Versuch, mehr zu erfahren, verläuft im Sand, über eine Party, die sie besucht hat, über jemanden, den es sich zu treffen lohne, über die vielen Schichten bei der Arbeit. Aber wenn sie versuchen würden, sich an diese Details zu klammern, um ihr näherzukommen, beim nächsten Zusammentreffen oder bei einem Telefongespräch im Laufe der Woche, würde sie so tun, als ob sie sich an nichts erinnere.

Sie bestraft uns, wird sie von Zeit zu Zeit zu Micki sagen, und er wird mit den Schultern zucken, wieso denn, wofür sollte sie uns bestrafen? Sie könnte mit Leichtigkeit ein paar Dinge aufzählen, aber es ist sinnlos – für Omer, der ihr alle Aufmerksamkeit geraubt hat, und danach weißt du ja, wofür, für jenes schreckliche Jahr, mit den Operationen, der Reha, ein ganzes Jahr mit einer Mutter, die kaum eine Rolle spielte. Wenn sie zu Hause war, war sie vollkommen abhängig von ihnen, aber die meiste Zeit war sie im Krankenhaus, sie hatte Beckenbrüche, Brüche in den Beinen und Splitter in der Brust, das Becken musste mit Platten verstärkt werden, die Brüche in den Beinen genagelt, über die Löcher musste Haut transplantiert werden, es gab Bereiche, die das Gefühl verloren hatten, doch andere spürte sie umso mehr, sie musste gehen und sitzen lernen, sie musste lernen, die Schmerztabletten abzusetzen und die Angst, das Haus zu verlassen, die Panik, die sie packte, wenn der Motor eines Busses aufheulte, zu bezähmen.

Bei ihrer Heimkehr hatte sie ein anderes Mädchen vorgefunden, verschlossen, fast feindselig, erloschen. An den Vater geschmiegt, hatte sie ihr vorwurfsvolle Blicke zugeworfen. Sie lernte nur noch das Notwendigste, und bei Tisch aß sie winzige Mengen, ohne Neugier, gerade mal genug, um zu überleben. Und sie? Sie hatte die Ernennung zur Direktorin bekommen, war gierig ins Leben zurückgekehrt und beschäftigter denn je, sie hatte dem Mädchen vielleicht nicht genug Aufmerksamkeit geschenkt. Omer forderte schon immer, was er brauchte, aber Alma gehörte vermutlich zu den Menschen, die etwas erwarten und dann enttäuscht sind, wie ihr Vater, und beide begleiteten ihre Reha mit einer mechanischen Treue, zugleich verzweifelt und kühl, vor ihnen hatte sie manchmal das Gefühl, als hätten diese Sekunden, die sie durch die Luft geflogen war, sie in einem anderen Land landen lassen, aus dem sie nie zurückkehren konnte. Manchmal betrat Micki das Schlafzimmer, wo sie monatelang auf dem Bett ausgestreckt lag, in der Hand den Teller mit einem seltsamen Essen, einer Tasse mit kalt gewordenem Tee, er erkundigte sich, wie es ihr gehe und ob sie etwas brauche, aber auch bei den seltenen Gelegenheiten, in denen sie seine Nähe gebraucht hätte, komm, setz dich kurz zu mir, erzähl mir, was so los ist, schien das über seine Kräfte zu gehen. Zweifellos überforderte es ihn, neben seiner Arbeit noch sie und die Kinder zu versorgen, doch abgesehen davon hatte sie das Gefühl, er sei kalt wie der Tee, den er ihr gebracht hatte, und so seltsam wie das Essen, sie hatte das Gefühl, dass er monatelang ihren Blicken auswich, als wäre er schuld an dem, was ihr passiert war. Sie hatte sogar manchmal Witze darüber gemacht. Schließlich waren sie etwa ein Jahr davor in diese Wohnung gezogen, mit einem Aufzug, der Micki so sehr begeistert hatte. Was brauchen wir mit dreißig einen Aufzug, hatte sie verwundert gefragt, sie hätte eine andere Wohnung vorgezogen, mit Blick auf die Landschaft des Toten Meers und einer großen Terrasse, die ihr auf längere Sicht wichtiger erschien, und er, der sich immer rühmte, vorausschauend zu sein, erklärte, man weiß nie, was passiert, einen Aufzug braucht man immer, was sich nach einiger Zeit, nach ihrer Verletzung, als richtig herausstellte und sie dazu veranlasste, Witze darüber zu machen, dass er beim Nachrichtendienst nützlicher wäre als beim Hightech.

Ihn hat das aber nie amüsiert, und jetzt, um drei Uhr vierzig oder ein bisschen später – sie wagt nicht, wieder auf die Uhr zu schauen –, da die Schmerzen sie am Wiedereinschlafen hindern, rekonstruiert sie einen anderen Moment, einen Moment an jenem Morgen, hinterfragt wieder die extrem zufälligen Zusammenhänge zwischen Raum und Zeit, die zu den schlimmsten Katastrophen führen, ebenso wie zu den aufregendsten Wundern.

Sie erinnert sich, dass Micki am Vorabend spät von der Arbeit zurückgekehrt war, sie hatte schon geschlafen, und als sie morgens aufwachte, war er bereits angezogen und sagte, er habe es eilig, sie hätten ihn vom Büro angerufen. Damals war er viel seltener zu Hause als heute. Doch ausgerechnet, als die Kinder ihn am meisten gebraucht hätten, war er kaum da, und heute, da es nicht mehr besonders wichtig ist, kommt er früh nach Hause, spielt stundenlang Schach am Computer und streckt sich dann mit einem Seufzer auf dem Sofa aus, um fernzusehen, aber morgens hat er ihr auch damals mit den Kindern geholfen, das heißt mit Omer, der in der ersten Klasse war und dort, seiner Meinung nach, so sehr litt, dass er kaum aus dem Haus zu bringen war. Er schloss sich in der Toilette ein, und es halfen weder Drohungen noch Versprechungen und auch keine kleinen Aufkleber.

Ausgerechnet an jenem Morgen war er vergleichsweise fröhlich, sie erinnert sich, dass er noch auf dem Ehebett wild herumhüpfte, während Micki bereits angezogen war und sie gerade aufwachte, ein heller Tag zu Beginn des Sommers, es war sogar noch ein bisschen kühl, Micki trug seine alte, dünne, senffarbene Jacke, die sie nicht mochte, von der er sich aber nicht trennen wollte, und Omer sang aus vollem Hals, so dass sie einer den anderen kaum verstanden. Omer schrie, Kinder von sechs und Kinder von sieben malen mit Pipi und Kacka, und wie immer gelang es ihm, Spannung und Nervosität zu verbreiten.

Gehst du schon?, fragte sie ihn verwundert, die Kinder sind noch nicht fertig, es ist noch nicht mal sieben. Und Micki sagte, das Büro hat angerufen, das System ist abgestürzt, ich muss schnell hin, und sie fragte, wieder verwundert, um diese Uhrzeit?, als wäre es mitten in der Nacht, und er sagte, Omer, sei endlich still, obwohl der Junge genau in diesem Augenblick schweigend hüpfte, nun aber sofort mit Quengeln anfing, das sich aber sofort in ein Lied verwandelte, das eine reine Herausforderung bedeutete, Papa Pipi, Papa Kacka, redet wie ein Spinner! Damit zwang er sie einzugreifen, Omer, es reicht, so spricht man nicht mit seinem Vater, und Micki, zurückweichend, öffnete schon den Reißverschluss seiner Jacke, ist doch egal, ich bleibe hier und fahre sie, wie immer.

Ihre Schule lag auf seinem Weg, nicht auf ihrem, und sie war damals im Sabbatical, um ihren Magister zu beenden, sie genoss es, in aller Ruhe zu duschen und Kaffee zu trinken, wenn alle schon weg waren, doch sie sah ihm an, wie wichtig es ihm war, loszugehen, weil ihn der Fehler im System beunruhigte, deshalb beschloss sie, ihm zuliebe auf ihren gemütlichen Morgen zu verzichten, um ihn für etwas anderes, viel Größeres zu entschädigen, sie empfand ihm gegenüber immer ein bisschen Mitleid und hatte Schuldgefühle, deshalb war sie manchmal böse auf ihn und manchmal auf sich selbst.

Sie setzte sich auf, gegenüber den offenen Spiegeltüren des Schranks. Ihr Gesicht war weiß und müde und ihre schwarzen Haare sahen wild aus, sie strich sich die Haare glatt und betrachtete ihn von der Seite. Omer hatte den Raum schon verlassen und veranstaltete irgendwelchen Unfug in Almas Zimmer, denn sofort war ihr Geschrei zu hören, verschwinde! Papa! Mama!, und sie sprang aus dem Bett, und als sie an ihm vorbeilief, sagte sie, geh schon und bring dein System in Ordnung, ich komme schon zurecht, und er bewegte den Reißverschluss nach oben und unten, machte einen Schritt vor und einen zurück, und die kleine Bewegung seiner Finger auf dem Reißverschluss betonte das Ausmaß der Unsicherheit zwischen ihm und ihr, und in Dutzenden anderer Wohnungen, in denen sich Menschen auf den Alltag vorbereiteten, ihre Körper wuschen, die dazu bestimmt waren, in die Erde gesenkt zu werden, sich bückten, um ihre Schuhe an den Füßen zu binden, die in genau einer Stunde abgerissen werden würden, die Feuchtigkeitscreme auf Haut schmierten, die dazu bestimmt war zu verbrennen, die sich hastig von einem Kind verabschiedeten, das sie nie wieder sehen würden, die einem Baby die Windeln wechselten, das nur noch eine Stunde zu leben hatte, und sie selbst zog die gestreifte, lockere Bluse und Jeans an, band sich nachlässig die Haare zusammen, denn sie würde ja gleich zurückkommen, versprach Omer eine Pizza zum Mittagessen, wenn er schnell aus seinem Versteck herauskommen würde, strich Brote und packte sie in die Schultaschen, schaffte es sogar noch, Alma einen hübschen französischen Zopf zu flechten, bevor sie das Haus verließen. Im Auto hörten sie noch den Rest der Acht-Uhr-Nachrichten, und Alma beklagte sich laut, dass sie wegen Omer wieder zu spät kam, aber es dauerte keine zehn Minuten, da waren beide schon am Schultor, und sie machte sich mit einem Gefühl der Befreiung auf die Rückfahrt und überholte einen Autobus, der an der Haltestelle stand.

Was war das für ein Gefühl der Befreiung, fragt sie sich jetzt, was war die Ursache für ihre plötzliche Erleichterung, ein paar Sekunden bevor ihr Leben zerrissen wurde? War es möglich, dieser Minute, in der sie ihm sagte, er könne ruhig gehen, eine solche Bedeutung beizumessen? Jetzt kommt es ihr vor, als sei es ein festlicher Morgen gewesen, ein Morgen der Veränderung, erst jetzt versteht sie es, vielleicht hatte sie deshalb darauf bestanden, den Bus zu überholen, der schon den Blinker gesetzt hatte, aber sie hatte nicht nachgegeben, sie hatte sogar gehupt, ganz im Gegensatz zu ihrer üblichen vorsichtigen Fahrweise, doch ihr Hupen war in der Explosion untergegangen.

Er hatte es eilig, und ich sagte schließlich nur, er könne gehen. Was für eine Bedeutung kann man dem beimessen? Im Rückblick erscheint jedes Detail schicksalhaft, aber man muss die Dinge sehen, wie einfach sie in Echtzeit waren, ohne die Bedeutung, die ihnen die Zukunft verlieh, und sie dreht sich schwerfällig auf ihrem Lager um, stützt mit den Händen ihr Becken und erinnert sich wieder, mit welchen Schmerzen die geringsten Bewegungen verbunden waren. Zu ihrem Erstaunen hört sie Geräusche aus der Küche, im Bad wird die Spülung gezogen, nicht so schnell wie Omer, vermutlich ist es Micki, seltsam, dass auch er nicht schlafen kann, inzwischen ist es schon fünf, wie soll sie morgen eine Stunde nach der anderen durchhalten, und sie stöhnt: Micki? Bist du es?

Hast du mich gerufen, er öffnet die Tür und lugt herein, sein rasierter Schädel sieht einen Moment lang aus, als hinge er in der Luft, erinnert sie kurz an den Schädel der kranken Mutter, und sie zittert, was ist heute mit ihr los, was ist in dieser Nacht mit ihr los, so darf es nicht weitergehen. Alles wegen ihm, warum hatte er sie daran erinnern müssen, Omer hatte recht, als er damals sagte, alles wegen Papa. Warum schläfst du nicht, fragt er mit weicher Stimme, und sie sagt, ich habe schreckliche Schmerzen, bring mir eine Tablette, und er kommt mit der Packung aus der Küche zurück, du hast sie fast aufgebraucht, verkündet er, übertreibst du nicht mit den Medikamenten?

Habe ich denn eine Wahl, faucht sie, als er sich auf ihren Bettrand setzt, und er sagt, vermutlich schon, ich habe gehört, dass es jetzt alle möglichen neuen Überlegungen zur Behandlung von Schmerzen gibt, man sollte sie prüfen. Es gibt Laser, es gibt Cortisonspritzen, alle möglichen Methoden. Vielleicht wendest du dich wieder an diesen Schmerztherapeuten?

An den Schmerztherapeuten? Jetzt schon?, fragt sie erstaunt, er denkt immer voraus, wie damals mit dem Aufzug. Sie hat nur an den nächsten Morgen gedacht, nie wäre sie auf die Idee gekommen, dass die Schmerzen tage- oder wochenlang anhalten könnten. Du meinst also, das könne noch lange so weitergehen, sagt sie seufzend, was für eine Verzweiflung, ich habe schon gelernt, dich ernst zu nehmen, nachdem du die Katastrophe vorausgesehen hast.

Ich habe sie wirklich vorausgesehen, er lächelt bitter, gut, dass du nicht sagst, ich hätte sie herbeigeführt, und sie nimmt die Tablette und versucht sich aufzurichten, lehnt sich an das große Kissen, das Alma von ihren Freundinnen anlässlich ihrer Einberufung bekommen hat. Warum hattest du es damals eigentlich so eilig, fragt sie, wenn man bei euch bis spätnachts arbeitet, geht man doch nicht so früh ins Büro. Er antwortet so schnell, als habe auch ihn diese Frage mitten in der Nacht bedrängt, erinnerst du dich nicht? Es gab Schwierigkeiten, das System war abgestürzt.

Es ist seltsam, sagt sie, so etwas ist nie zuvor und nie danach passiert, jedenfalls nicht um diese Uhrzeit, und er sagt, also, es reicht, Iris, komm, wir wollen doch nicht diese Wunde aufreißen, du weißt, wie sehr mich das quält. Wenn ich die Kinder gefahren hätte, wäre ich an deiner Stelle verletzt worden, aber vermutlich wäre ich überhaupt nicht verletzt worden, denn wir wären ein paar Minuten eher losgekommen. Alles wäre anders, wenn ich es an diesem Morgen nicht so eilig gehabt hätte, vielleicht hätten wir noch ein Kind bekommen, vielleicht hätten wir uns getrennt.

Getrennt, sagt sie erstaunt, und er sagt, ja, vielleicht hättest du mich verlassen, du hast doch immer das Gefühl, dass du einen Besseren verdient hättest, aber nachdem ich dich so gut gepflegt habe, konntest du dir das nicht mehr erlauben, und sie betrachtet erstaunt den rasierten Schädel, wie geheimnisvoll ist doch das Gehirn des Nächsten, noch geheimnisvoller als die Zukunft. Was sagst du da, sagt sie, du hast mich überhaupt nicht gut gepflegt! Das Essen war schrecklich, du bist mir die ganze Zeit ausgewichen, du hast dich seltsam verhalten, wenn ich dich hätte verlassen wollen, wäre es wirklich kein Problem gewesen, aber vielleicht wolltest du mich ja verlassen und konntest es nicht mehr, sagt sie, während sein großer Kopf näher kommt, was war eigentlich mit dem System nicht in Ordnung?

Was ist mit deinem System nicht in Ordnung, sagt er lachend und versucht sie zu küssen, ich habe schon vergessen, wie du nachts aussiehst, seit du mein Bett verlassen hast, sie versucht ihn wegzuschieben, wechsle jetzt nicht das Thema, Micki, was war damals so dringend? Du bist schließlich spät in der Nacht zurückgekommen, wenn nicht gegen Morgen, warum hat man nicht einen anderen angerufen?, und er protestiert, was ist los mit dir? Wieso erinnerst du dich plötzlich daran? Es ist zehn Jahre her, Iris, es liegt weit zurück!

Es tut weh, als wäre es gestern passiert, sagt sie seufzend, und er flüstert, zeig mir, wo, er hebt ihr Nachthemd bis zu den Hüften und beugt sich über sie, sein Atem brennt auf ihrer vernarbten Haut, und unter der Haut brennen das Platin, die transplantierten Knochen, die Nähte und Schrauben, die Splitter, die in ihrem Körper zurückgeblieben sind, alle rasseln, widersetzen sich seiner Berührung, und sie stößt einen Aufschrei aus, stärker als beabsichtigt, rühr mich nicht an, Micki, das tut weh!

Prima, du hast die beste Ausrede gefunden! Vielleicht gibst du einfach zu, dass du dich nie von mir angezogen gefühlt hast, murmelt er und zieht seine Hände weg, legt sie auf seine Knie und betrachtet sie, und sie schnauft wütend, ich kann nicht glauben, was ich höre, was ist heute mit dir? Findest du es die richtige Zeit, um abzurechnen?, und er sagt, du bist es, die mit mir abrechnet, plötzlich willst du unbedingt wissen, was mit dem System los war, du fragst mich aus, als hätte ich es eilig gehabt, um zu irgendeiner Geliebten zu gehen.

Das ist mir überhaupt nicht eingefallen, verkündet sie mit klarer Stimme, was redest du da? Was willst du jetzt von mir? Und er faucht, bestimmt nicht viel, ein bisschen Liebe, ein bisschen Wärme, damit ich spüre, dass ich eine Frau zu Hause habe. Und sie sagt, ich habe genug von deinem Selbstmitleid, es geht jetzt nicht um dich, sondern um mich, ich habe schreckliche Schmerzen, und du willst mir Sex vorschlagen? Warum kann ich nicht ein bisschen Empathie ohne Sex bekommen?

Ich werde dich nie verstehen, protestiert er, nimmt den Kopf in beide Hände, immer ist irgendetwas nicht in Ordnung! Entweder beschwerst du dich, ich würde dir ausweichen, oder ich komme dir zu nahe! Und schon steigt das alte Mitleid in ihr auf, es ist eine Frage des Zeitpunkts, Micki, es gibt hier keine Verhaltensregeln, manchmal braucht man Nähe und manchmal Distanz, wir sind schon hundert Jahre zusammen, sag nicht, dass du das nicht verstehst.

Natürlich verstehe ich es, Frau Direktorin, aber zu meinem Leidwesen willst du immer seltener Nähe, zischt er, und sie sagt, es gibt alle möglichen Sorten von Nähe, schade, dass du nur eine kennst, er stößt einen Seufzer aus, auf seinem gebogenen Rücken zeigen sich feine Streifen Morgenlicht, wie das Muster eines Zebras. Es gibt alle möglichen Arten der Distanz, sagt er, schade, dass du nur eine kennst, guten Morgen.

# VIERTES KAPITEL

Sie hätte nicht erwartet, sich so schnell an diesem Ort wiederzufinden, wie dazu bestimmt, den Verlauf ihrer Verletzungen in vollem Ausmaß zu rekonstruieren, denn diese Schmerzen, die sie so plötzlich gepackt haben, schreiben ihre eigenen Regeln vor, stören die Gewohnheiten wie ein Neugeborenes, und die Morgen, an denen sie früh aufstand und in die Schule eilte, um am Schultor zu stehen und jeden einzelnen Schüler zu begrüßen, erscheinen ihr jetzt lange her, zu einer anderen Epoche gehörig. Schon seit zehn Tagen hat sie das Haus nicht verlassen, schon seit zehn Tagen hat sie ihr geschäftiges Königreich, bevölkert von kleinen, gehorsamen Untertanen, nicht mehr besucht, und sie hat das Gefühl, nicht mehr mit den Schmerzen zurechtzukommen, deshalb hat sie es vorgezogen, zu den bis zum Überdruss bekannten Fluren des Krankenhauses zurückzukehren, von dem sie gehofft hatte, es viele Jahre lang nicht mehr sehen zu müssen, am besten nie wieder.

Sie lehnt den Kopf an Mickis Schulter, froh, dass er hier an ihrer Seite ist, an diesem Ort, der mit leichter Hand die Reste ihrer Identität wegwischt, die die Schmerzen noch nicht zerstört haben. Eine Frau mit Schmerzen, das ist sie jetzt, deshalb ist sie hier, wartet darauf, zum Chefarzt vorgelassen zu werden, aber der Mann an ihrer Seite kann bezeugen, dass es in ihrem Leben noch anderes gibt, nicht nur die Schmerzen, und als sie an der Reihe sind, stützt sie sich auf seinen Arm, überlässt es ihm, an ihrer Stelle die ersten, einfachen Fragen des Arztes zu beantworten, der überhaupt nicht aussieht wie ein Chef, er sieht aus wie ein Junge, Micki hat sich offenbar abspeisen lassen oder er hat, wie üblich, versucht zu sparen, und sie wirft ihm einen wütenden Blick zu, aber das Skelett, das hinter ihm steht, beantwortet ihren Blick aus leeren Augenhöhlen. Sie erschrickt, als sie bemerkt, dass ihm ein Bein fehlt, es kommt ihr real vor, als wäre das der Körper mit dem abgerissenen Bein, der neben ihr auf der Straße lag und verbrannte.

Warum hängt ihr hier ein Skelett auf, dem ein Bein fehlt, möchte sie fragen, fällt es euch denn so schwer, ihm ein Bein zu montieren? Ihr könnt doch viel kompliziertere Dinge erledigen! Aber der Arzt wendet sich ihr schon mit einer leicht zwitschernden Stimme zu und bittet sie, durch den Raum zu gehen und sich auf die Liege zu setzen, die Beine anzuziehen und zu strecken, er schlägt mit einem Hämmerchen auf ihre Knie. Bitte legen Sie sich auf den Rücken, sagt er, ziehen Sie die Hose aus, sagen Sie mir, wo es wehtut, wenn ich drücke, bestimmen Sie den Schmerz auf einer Skala von eins bis hundert. Seine Berührung brennt, als schieße Feuer aus seinen Fingern, und sie stößt gegen ihren Willen einen Schrei aus.

Vielleicht hat ihn ihr Schrei erschreckt oder er braucht die Hilfe eines Erfahreneren, jedenfalls sagt er nach der ersten Untersuchung, während sie noch ausgestreckt auf der Liege liegt, mit nacktem Unterleib, ich möchte, dass der Leiter der Abteilung Sie sieht, und schon drückt er die Tasten des altmodischen Telefons, das auf seinem Tisch steht. Doktor Rosen, haben Sie kurz Zeit, fragt er zögernd, und im nächsten Moment geht die Tür auf und ein großer, leicht gebeugter Mann tritt ein, in einem weißen Kittel, mit grauen Haaren und einem weißen Bart, und im ersten Augenblick konzentriert sie sich nur darauf, dass dieser Mann sich hinter so vielen Haaren versteckt, im Gegensatz zu Micki, der vollkommen kahl ist und auf einmal wie ein Kater ohne Fell aussieht, als handle es sich um zwei völlig verschiedene Spezies Mensch. Er, der Chef der Abteilung, wirft ihr einen kurzen Blick zu, er interessiert sich nur für die Röntgenaufnahmen auf einem kleinen Bildschirm, hört dem jungen Arzt zu, der ihm ihren Fall in allen Details schildert, als wären sie alte Bekannte, er beschreibt die komplizierten Brüche, die Operationen, die sie durchgestanden hat, die Splitter, die in ihrem Körper geblieben sind, die Schmerzen im Becken, die in die Beine ausstrahlen und die ganz plötzlich angefangen haben. Er erkennt sie nicht, wie sollte er auch? Sie war siebzehn, als sie ihn zum letzten Mal gesehen hat, und heute ist sie fünfundvierzig, fast dreißig Jahre sind vergangen. Vor den Verletzungen hatte sie noch auf jugendliches Aussehen geachtet, langes Haar, schlanker Körper, aber nachdem man ihr die fast verbrannten Haare abgeschnitten hatte, hat sie eine gewöhnliche Kurzhaarfrisur getragen, und ihr Körper ist breiter geworden, gegen ihren Willen, aber sie war zu beschäftigt, um sich darum zu kümmern, und daher liegt jetzt eine nicht mehr junge Frau vor ihm, mit vernachlässigtem, schon leicht grauem Haar, deren Becken, breit und vernarbt, bis über die Leistengegend entblößt ist. Wird er die beiden Leberflecken neben dem Nabel entdecken, drei Zeichen, die zusammen ein astronomisches Dreieck bilden? Sonne, Mond und Erde, hatte er sie genannt, und das ist das einzige Detail in ihrer Erscheinung, das sich in all den Jahren nicht verändert hat, aber auch er sieht völlig anders aus, sie hat ihn unter dem Wust von Haar erst gar nicht erkannt, auch seine blauen Augen nicht, die gegen den weißen Bart dunkler aussehen, aber ihr Körper fängt plötzlich an zu zittern, unbeherrschbar, und Micki, der es bemerkt, fragt, ist dir kalt, und sofort zieht er die Decke über sie, auf der ein riesiger Davidstern abgebildet ist, und als würde er absichtlich Sonne, Mond und Erde verdecken, schaut sie ihn feindselig an, vergisst, wie froh sie noch vor wenigen Minuten war, dass sie sich auf seinen Arm stützen konnte.

Warum ist sie nicht ohne ihn gekommen, wie kann sie sich in seiner Anwesenheit ihrer Jugendliebe zu erkennen geben, oder, was vorzuziehen wäre, die untrüglichen Zeichen offenbaren. Er wird sie bestimmt nicht erkennen, sie hat einen anderen Familiennamen, sie sieht anders aus, und er hat ohnehin nur Augen für die Röntgenbilder und nicht für den Menschen, wie es bei Chefärzten so üblich ist, und wenn er sie nicht erkennt, ist es eben so, sie wird sich nicht zu erkennen geben, weil Micki an ihrer Seite ist und weil sie nicht auf dieses Zusammentreffen vorbereitet ist. Sie schaut heimlich zu ihm hinüber, zieht die Decke fast bis zu ihren Augen, vielleicht ist er es gar nicht, vielleicht sieht er Eitan nur ähnlich beziehungsweise sieht aus, wie Eitan als älterer Mann hätte aussehen können.

Er sieht älter aus, als es seinem Alter entsprechen würde, vielleicht ist er es nicht, es ist unlogisch, dass Eitan Arzt geworden sein soll, damals hat er sich weit mehr für Literatur als für Naturwissenschaften interessiert, und anders als sie war er kein besonders guter Schüler, und trotzdem beharrt ihr Körper darauf, dass er es ist, und sie prüft ihn mit angehaltenem Atem, hört ihn dem jungen Arzt alles erklären, als wäre er der Patient und nicht sie, es handle sich seiner Meinung nach um Nerven, die nach der Verletzung nicht richtig geheilt seien, und diese Nervenschädigung führe jetzt dazu, dass die Nerven dem Gehirn Schmerzen signalisierten, auch wenn es im Gewebe kein Problem gebe.

Lassen Sie ein CT vom Becken machen, sagt er, obwohl ich annehme, dass man nichts sehen wird, fangen Sie fürs Erste eine Schmerztherapie an und vereinbaren Sie einen Termin in einem

Monat. Nervenschmerzen treten manchmal viel später auf, hoffen wir, dass sie so schnell vergehen, wie sie gekommen sind, und als er die Diagnose hinter sich hat, verlässt er rasch den Raum, ohne ihr noch einen Blick zuzuwerfen.

Was soll das heißen, fragt Micki, und noch während er das fragt, erkundigt sie sich, wer war das? Der junge Arzt betrachtet sie distanziert, wie ein Junge, der sich für die Begriffsstutzigkeit seiner Eltern schämt. Das ist der Chefarzt der Abteilung, Doktor Rosen, sagt er, und sie fragt, hieß er früher Rosenfeld, und Micki fragt, sind das Phantomschmerzen?

Seine Frage übertönt ihre, deshalb hört sie der Arzt nicht, und sie hört in der Erschütterung, die im Zimmer zurückgeblieben ist, seine Antwort nicht.

Es stellt sich also heraus, dass die Schmerzen nur ein Schutzmechanismus sind, sagt Micki zu ihr, als sie die Hangstraße hinauffahren. Das Nervensystem produziert die Schmerzen, um bekanntzugeben, dass im Gewebe etwas nicht in Ordnung ist, und wenn dieser Schutzmechanismus verletzt ist, ist er wie ein Rauchmelder, der nicht aufhört zu piepen, selbst wenn das Feuer bereits gelöscht ist. Ist dir das klar? Das ist wirklich spannend! Er sagt, dass es manchmal ausgerechnet der Heilungsprozess ist, der das Problem verursacht. Der verletzte Nerv heilt, wird wieder lebendig, wacht auf und fängt an, Beschwerden zu machen. Man nennt das posttraumatische Schmerzen.

Ich freue mich, dass dich das so begeistert, zischt sie, mich frustriert es sehr, und sie heftet den Blick auf das Fenster, die bis zum Überdruss bekannte Landschaft bekommt ein neues Aussehen, und ihre Sehnsucht, dort zu bleiben, wächst, bis sie den Drang kaum mehr beherrschen kann, zu Micki zu sagen, bring mich ins Krankenhaus zurück, setz mich dort ab und fahr heim, oder die Autotür während der Fahrt zu öffnen und wortlos auszusteigen. In einem Moment stummer Begegnung hat sie ihr ganzes Leben wie einen schäbigen Körper vor sich gesehen, vernarbt und nutzlos. Sie hat sich nicht erholt und sie wird sich nie erholen, fast dreißig Jahre lang hat sie sich etwas vorgemacht. Vielleicht ist es jetzt an der Zeit zu verzichten, ausgerechnet heute, da sie ihn wiedergesehen hat. Sein Anblick hat sie erschauern lassen, als hätte sie den Attentäter erblickt, der den Bus in die Luft sprengte, und ein solcher Moment führt dazu, dass man sich mit Zähnen und Klauen ans Leben klammert oder darauf verzichtet, einen Mittelweg gibt es nicht. Deshalb wird sie die Tür öffnen und ihren schmerzenden Körper am Straßenrand liegen lassen, die Autos werden an ihr vorbeifahren, vielleicht wird auch er, auf seinem Heimweg zu der Familie, die er bestimmt gegründet hat, an ihr vorbeifahren und nicht anhalten, erinnert sie ihn doch an jenes schreckliche Jahr, an seine kranke Mutter. Deshalb ist er damals vor ihr geflohen, aber er ist zurückgekommen und kümmert sich wieder um Kranke, denn er hat sich entschieden, Arzt zu werden, er ist in das Umfeld zurückgekehrt, aus dem er in seiner Jugend geflohen ist, jedoch nicht zu ihr.

Hat er sie gesucht, hat er irgendwann versucht, sie ausfindig zu machen? Heute ist es so leicht, Menschen ausfindig zu machen, aber vor zwanzig, dreißig Jahren war das sehr schwer, trotzdem wäre es ihm gelungen, wenn er es ernsthaft gewollt hätte. Er hat einfach eine spätere Liebe geheiratet, die ihn nicht an den bedauernswerten Jungen erinnerte, der er einmal gewesen war, und zusammen mit ihr ist er in die Welt der Kranken zurückgekehrt, nicht als hilflose Waise, sondern als jemand, der helfen kann, und dadurch hat er vielleicht seinen Heilungsprozess befördert. Und sie? Bietet sich ihr die Möglichkeit, etwas Gutes zu machen, Schwäche in Stärke zu verwandeln, die Not in Heilung, bietet sich ihr diese Möglichkeit? Offenbar ja, ihre Mutter hatte ihr das in den ersten Jahren immer wieder versprochen, eigentlich bis zuletzt hatte sie, natürlich unter weniger bedrohlichen Umständen, wiederholt, ich habe gedacht, dieser Schuft hätte dir das ganze Leben verdorben, ich habe nicht geglaubt, dass du je eine Familie gründen wirst, dass du eine Karriere machst. Und manchmal hatte sie gefragt, hast du eine Ahnung, was aus ihm geworden ist? Sie hatte ihren offen demonstrierten Widerstand ignoriert, und Iris hatte sie angefaucht, das will ich gar nicht wissen, ich habe keine Beziehung zu den Leuten von damals, und ihre Mutter hatte geseufzt und gesagt, wie kann das sein, du hattest so gute Freundinnen, was ist mit Dina, was mit Ella, und sie hatte wiederholt, ich habe keine Ahnung, Mama, warum interessiert dich das überhaupt?

Sie wusste natürlich, dass ihre Mutter die Erinnerung an ihre Jugend so begeistert bewahrte, weil sie damals noch die Kontrolle über sie hatte, es war, als könne sie sich besser an jene Zeit erinnern als ihre Tochter, an die Mädchen, die bei ihr übernachtet hatten, an die Eltern der Freundinnen, mit denen sie sich anfreundete oder die sie kritisiert hatte, an ihre Lehrerinnen in der Schule. Sie liebte es, ihre Tochter an prägende Ereignisse zu erinnern, an Kleinigkeiten, die meisten peinlich, sie liebte Berichte von zufälligen Zusammentreffen mit dieser oder jener Freundin, zog begeistert einen Zettel mit einer Telefonnummer aus der Tasche. Na'ama wird sich wirklich freuen, wenn du sie anrufst, ich habe ihr auch deine Telefonnummer gegeben, verkündete sie vergnügt, obwohl Iris sie wieder und wieder gebeten hat, sie nicht mit Stimmen aus der Vergangenheit zu belästigen, und als sie jetzt daran denkt, während sie sich ihrer Wohnung nähern, freut sie sich widerwillig darauf, ihre Mutter, deren Gedächtnis zwar sehr schnell nachlässt und schon nicht mehr fähig ist, solche Fallen für sie vorzubereiten, zur Zeugin zu machen. Sie empfindet das dringende Bedürfnis, es ihr zu erzählen, auch wenn sie es nicht mehr versteht: Ich habe ihn gesehen, Mama, ich habe gesehen, was aus ihm geworden ist, und als Micki vor dem Haus den Motor abschaltet, sagt sie, weißt du was, wenn ich schon im Auto sitze, sollte ich doch bei meiner Mutter vorbeischauen, ich war schon seit zwei Wochen nicht mehr bei ihr.

Bist du sicher, dass du fahren kannst, fragt er erstaunt, als wäre sie plötzlich wiedererstanden, und sofort bietet er ihr an, ich komme mit dir, und setzt das Auto wieder in Bewegung, aber sie kann ihn dort nicht brauchen, sie möchte mit ihrer Mutter allein sein, sie möchte in die Zeit zurückkehren, als sie ein junges Mädchen war, sie möchte ihre Geheimnisse nur ihrer Mutter anvertrauen, auch wenn diese nicht mehr verstehen kann, was sie sagt.

Nein, nein, es ist in Ordnung, sie drückt sich aus dem Auto und geht außen herum, langsam und zögernd, eine Hand an dem warmen Blech, bis sie vor der Fahrertür steht und er aussteigt, mit der bekannten vorwurfsvollen Miene: Nie werde ich dich verstehen, und zugleich Erleichterung: Siehst du, du kehrst ins Leben zurück, was für ein Glück, dass wir dieser Koryphäe nicht den Wahnsinnspreis bezahlt haben, aber das ist es gerade, was sie kurz darauf tut, als er im Aufzug verschwunden ist und sie das Krankenhaus anruft und versucht, für Anfang des nächsten Monats einen Termin mit dem Chefarzt der Abteilung auszumachen, einen Privattermin bei Doktor Eitan Rosen, zu einem extrem hohen Preis.

Doktor Rosen nimmt keine neuen Patienten an, verkündet die Sekretärin mit metallischer Stimme, und sie hört sich selbst sagen, ich bin keine neue Patientin, ich war seine erste Patientin, eigentlich die zweite, nach seiner Mutter, und die Sekretärin ignoriert diese persönliche Bemerkung und fragt, wie ist Ihre Ausweisnummer? Sie sind nicht in seiner Kartei, und sie beharrt, er hat mich vor einer Stunde untersucht, Ihr Computer ist nicht auf dem Laufenden, aber nachdem sie die Sekretärin überzeugt hat, fängt sie selbst an zu zweifeln, während sie schon losfährt, sie wird Anfang des Monats nicht hingehen, sie wird nie dahin zurückkehren, sie ist kein verliebtes junges Mädchen, sie ist eine schwer beschäftigte Frau mit einem vollen, fast übervollen Leben. Ein Beweis, ihr Handy ist randvoll mit Nachrichten, die sie noch nicht einmal gelesen hat, hunderte Menschen hoffen auf ihre Genesung, auf ihre Entscheidungen, darauf, dass sie die verschiedensten Probleme löst, heute Abend wird sie die starken Tabletten nehmen, die man ihr empfohlen hat, und ihr Leben wieder in die Hand nehmen, ohne rückwärts zu schauen, das Feuer ist längst erloschen, auch wenn der Rauchmelder noch pfeift.

Wieder ist sie erstaunt, dass ein Mann ihr die Tür zur Wohnung ihrer Mutter öffnet, einer Wohnung, in die kein fremder Mann nach dem Tod ihres Vaters im Jom-Kippur-Krieg einen Fuß gesetzt hatte, das Haus der Frau, die nach dem Tod ihres Mannes keinen Versuch gemacht hatte, Ersatz für ihn zu finden, nicht einmal aufgrund ihrer großen Liebe oder um sein Andenken in Ehren zu halten, sondern aufgrund einer existenziellen Wut und einer tiefen Verachtung für alles, was das Leben ihr zu bieten hatte. Doch nun, am Ende ihres Lebens, muss sie ihr Leben mit diesem rundlichen, braunhäutigen Mann teilen, mit dichtem, kohlschwarzem Haar, einem Bauch und fleischigen Lippen, und wenn er sie öffnet, um etwas zu sagen, kommt eine zwitschernde, eunuchenhafte Sopranstimme aus seiner Kehle, und was noch schlimmer ist, seine Sprache ist fehlerhaft, sowohl auf Hebräisch als auch auf Englisch, und manchmal fürchtet sie, dass er auch seine Muttersprache, Singhalesisch, fehlerhaft spricht.

Schau nur, Mama, was für einen Mann wir für dich aufgetrieben haben, denkt sie wieder, als sie vor ihm steht, du warst immer so wählerisch. Nach Papa war dir keiner recht, auch wenn er nicht zu dir gepasst hat, denn nach seinem Tod hast du dich immer häufiger über ihn beschwert, und wir haben dich jetzt dazu gezwungen, dich mit Prashant zu begnügen, und vielleicht war das unsere bittersüße Rache dafür, dass du so hartnäckig und stolz warst. Doch andererseits, erinnert sie sich, hatten sie anfangs eine Pflegerin nach der anderen angeschleppt, und ihre Mutter hatte sie eine nach der anderen aus dem Haus gejagt, und dann hat einer ihrer Brüder vorgeschlagen, es doch mit einem männlichen Pfleger zu versuchen, und zu ihrer Überraschung hatte dieser Vorschlag, der so hoffnungslos erschien, sich als das kleinere Übel erwiesen.

Oho, der Mama traurig du nicht kommen, verkündet er bei ihrem Eintritt. Jetzt der Mama froh, Prashant froh, Iris kommt! Es fällt ihr schwer, ihn nicht zu verbessern. Iris kommt, Prashant ist froh, die Mama ist froh, aber vielleicht ist etwas Wahres an dem, was er sagt, denkt sie, während sie auf ihre Mutter zugeht, die im Wohnzimmer vor dem Fernsehapparat sitzt, in dem ohne Ton ein indischer Film läuft. Sie sieht zweifellos aus wie ein Mann, mit den kurzen weißen Haaren, dem knochigen Körper, der flachen Brust. Schon immer war sie etwas männlich gewesen, und jetzt, im Alter, da sich die Unterschiede sowieso verwischen, siegt das Männliche über das Weibliche. Und was ist mit mir, sie wirft einen schnellen Blick in den Spiegel im Flur, vielleicht findet er mich auch männlich. Ihr Spiegelbild blickt sie bitter an, Jahre der Vernachlässigung haben ihre Spuren hinterlassen, aber es ist noch nicht zu spät, sie kann sich die Haare wieder wachsen lassen, sie kann sie färben, sie kann abnehmen und sich schminken, die hellen, weit auseinanderstehenden Augen betonen, die sie von ihrem Vater geerbt hat, ganz anders als die zusammengekniffenen braunen Augen, die jetzt auf sie geheftet sind.

Gesegnet sei, der da kommt, verkündet ihre Mutter mit lauter Stimme, und sie antwortet, gesegnet sei der hier Anwesende, wie immer verlegen, weil ihre Mutter sich in dem feierlichen Ton an sie wendet, den sie früher für Fremde hatte, aber nie für ihre Familie. Komm, setz dich, wie viele Jahre haben wir uns nicht gesehen? Wie geht es bei euch? Seid ihr noch in Amerika? Seid ihr gekommen, um die Heimat zu besuchen? Sie stellt ihr diese Fragen höchst interessiert, und Iris betrachtet sie verzweifelt, versucht herauszufinden, welche Person sie für ihre Mutter im Moment ist. Manchmal ist sie bereit, die Rolle zu übernehmen, die ihre Mutter ihr zuweist, vermeidet es, sie zu korrigieren, was ohnehin nur mit Spott aufgenommen würde, und hofft, die geheimnisvolle innere Welt der alten Frau zu erhellen. Doch jetzt, an diesem Nachmittag, möchte sie unbedingt ihre Tochter Iris sein, die mit ihr Erinnerungen aus einer dunklen Zeit teilt, deshalb widerspricht sie nachdrücklich, es reicht, Mama, wir leben nicht in Amerika, sondern in Jerusalem, nicht weit entfernt von dir, und wir haben uns vor zwei Wochen gesehen. Hör zu, Mama, ich muss dir etwas erzählen! Du wirst es nicht glauben, wen ich heute gesehen habe, und plötzlich fängt ihre Mutter an zu lachen, und du wirst es nicht glauben, wen ich gesehen habe! Sie nähert sich ihr, als wolle sie ein Geheimnis mit ihr teilen, ich habe diesen Prashant gesehen, und er hat mir wieder einen Heiratsantrag gemacht! Was sagst du dazu? Sie kichert. Nun ich alt bin, soll ich noch Wollust pflegen, und mein Herr ist auch alt?

Herzlichen Glückwunsch, alle Achtung, Iris seufzt, schaut zerstreut zu dem indischen Film hinüber, auch da ereignet sich genau in diesem Moment ein feierlicher Heiratsantrag. Was für Verunstaltungen erwarten uns am Ende unseres Lebens. Es ist noch gar nicht so lange her, in einem hellen Moment, da hat ihre Mutter gesagt, ihr habt mich verlassen, und den leeren Platz haben seltsame Geschöpfe eingenommen, sie haben gemerkt, dass es um mich herum einen leeren Platz gibt, und sind da eingedrungen, und sie hat schnell geantwortet, wir haben dich nicht verlassen, Mama, wir sind nur ausgezogen, so ist der Lauf der Welt, schau, auch Alma ist nicht mehr zu Hause. Als ihr jetzt Alma einfällt, spürt sie wieder die bekannte Unruhe. Ja, Alma hat das Haus verlassen und sich allein auf den Weg in die Welt gemacht. Welche Landschaften sieht sie auf diesem Weg? Sie erzählt so wenig, und ihnen ist es bequem, anzunehmen, dass es, wenn sie nicht anruft, ein gutes Zeichen ist. Das ist die Hauptsache, versucht sie zu glauben, das ist wichtiger als ihre Beziehung zu uns, aber geht es ihr wirklich gut? Ist es das, was ihr Schweigen bedeutet?

Sie selbst hätte es nie gewagt, sich so offen von ihrer Mutter zu distanzieren, obwohl sie insgeheim eine tiefe Ablehnung empfindet. Ein allzu fügsames Mädchen nennt man das heute. Ein armes Mädchen, so nannte man es damals, eine verwaiste Tochter, deren Vater gefallen war, als sie vier war, und sie musste ihrer Mutter helfen, die Zwillinge aufzuziehen, die nach seinem Tod geboren wurden. Heute gibt es viele Frauen, die ihre Kinder ohne Vater aufziehen, fast als wären Väter nur noch eine Last, so entwertet ist ihr Status, aber damals war der Vater der Ritter, der die Familie schützte, die Grundlage, und eine Familie ohne Vater war wie ein Haus ohne Tür. Sie weiß noch, mit welcher Freude sie nach Almas Geburt das Wort Papa benutzt hat. Gleich kommt Papa, schau, da kommt Papa, hatte sie dem Baby, das noch nichts verstand, immer wieder vorgesprochen. Vielleicht hat sie es deshalb so eilig gehabt, zu heiraten und Kinder zu bekommen, nur um zu sehen, wie ein Mädchen aufwächst, das einen Vater hat. Das nicht alle anderen Kinder beneidet, wie es ihre Zwillingsbrüder getan haben, das nicht den Elektriker, der kam, um einen Kurzschluss zu reparieren, bitten würde, ihr Schachspielen beizubringen. Damals war es ihr vorgekommen, als wäre ein Vater das Einzige, was ein kleines Mädchen brauchte, um glücklich zu sein, doch vermutlich war das ein Irrtum, denn ihre Tochter war die meiste Zeit angespannt und verstört, obwohl sie einen Vater hatte, und erst jetzt, da sie sich weit von ihnen entfernt hat, scheint sie es leichter zu haben.

Mama, hör mir einen Moment zu, bittet sie die alte Frau, die interessiert beobachtet, was sich ohne Ton auf dem Bildschirm abspielt, wurde das Eheversprechen aufgelöst, warum weint die Braut so bitterlich? Aber Iris will diesmal nicht aufgeben, es muss einen Weg geben, sie zurückzuholen, wenn auch nur für einen Moment, und wenn schon nicht in die Gegenwart, dann wenigstens in die Vergangenheit, und sie nähert sich ihr, ein scharfer Geruch geht von ihrer Haut aus, als hätte sie sich mit einem scharfen Reinigungsmittel gewaschen, Mama, du wirst es nicht glauben, wen ich heute gesehen habe, flüstert sie ihr ins Ohr, Eitan Rosenfeld! Erinnerst du dich an Eitan?

Natürlich erinnere ich mich an diesen Schuft, verkündet ihre Mutter triumphierend und löst sich überraschend leicht vom Bildschirm, an ihn und seine schuftige Mutter! Ich habe sie neulich in der Krankenkasse getroffen, sie hat damit geprahlt, dass er ein berühmter Arzt geworden ist, seine Frau ist ebenfalls Ärztin, und sie haben drei Kinder, aber ich habe sie nicht weiter angeben lassen, ich habe ihr sofort erzählt, dass meine Tochter Schuldirektorin ist, du weißt doch, dass meine Iris Schuldirektorin ist, oder habt ihr in Amerika noch nichts davon gehört?

Was redest du da, seine Mutter ist vor fast dreißig Jahren gestorben, protestiert Iris mit schwacher Stimme, du hast sie gar nicht treffen können! Trotzdem scheint sie jemanden getroffen zu haben, der Eitan kennt, denn zumindest ein Detail in den wirren Worten stimmt, deshalb stimmt vielleicht auch alles andere. Warum sollte er nicht mit einer Ärztin verheiratet sein, warum sollte er nicht drei Kinder haben, warum sollte er sie nicht vergessen haben, einfach weggewischt? Was bringt es, wenn sie mit ihrem vernarbten Becken vor ihm steht, mit den schmerzenden Nerven, die nicht richtig geheilt sind? Sie wird den Termin absagen oder einfach nicht erscheinen, er wird vergeblich warten, so würde sie wenigstens seinen Einnahmen ein bisschen schaden. Vielleicht wird sie jede Woche einen Termin vereinbaren und nicht hingehen, vielleicht wird sie sich unter ihrem Mädchennamen anmelden und so seine Neugier wecken, aber sie wird nie hingehen. Oder vielleicht wird sie jeden Tag hingehen, sich im Flur zwischen die wartenden Patienten setzen, ihnen die Wahrheit erzählen und so seinen Ruf schädigen. Dieser Arzt vergrößert den Schmerz in der Welt, wird sie ihnen zuflüstern, wie kann er es wagen, sich Schmerztherapeut zu nennen?, so lange, bis das Gerücht Flügel bekommt und die Warteschlange kürzer und kürzer wird und sie am Schluss allein dort im Flur sitzt, wenn er die Tür öffnet, überrascht, dass niemand ihn braucht, und dann wird er sie sehen, allein, die Letzte, die ihm geblieben ist, und er wird sie drannehmen und heilen.

Wieder stößt ihre Mutter das provozierende Lachen aus, und sie kommt mit ihrem Mund näher, der auch einen scharfen Geruch nach Reinigungsmitteln verströmt – putzt sie sich etwa mit Domestos die Zähne? Sag es nicht meiner Iris weiter, sagt sie kichernd, keiner weiß davon, aber dieser Schuft hat doch tatsächlich noch nach ihr gesucht! Glaubst du das? Sie schreit, so spricht der Herr: Du hast totgeschlagen, dazu auch in Besitz genommen, aber ich habe ihn kopfüber vor die Tür gesetzt, und stolz verkündet sie, ich habe gesagt, wenn du versuchst, Verbindung mit ihr aufzunehmen, kriegst du es mit mir zu tun! Iris hört entsetzt zu, bewegt den Kopf hin und her, das ist nicht wahr,

Mama, das sagst du nur so, murmelt sie, das ist nicht wahr, das hättest du mir nicht angetan, und sofort fasst sie sich, übernimmt widerwillig die Rolle der Besucherin aus Amerika.

Alle Achtung, lobt sie die Mutter, so muss man Schufte behandeln! Wann war das?, und die Mutter wirft ihr einen misstrauischen Blick zu, vor vielen Jahren, antwortet sie, bevor Iris geheiratet hat, er hat es zwei, drei Mal versucht, dann hat er damit aufgehört, ich glaube, er hat bei euch in Amerika studiert, vielleicht hast du ihn dort getroffen? Iris schüttelt den Kopf, nein, ich habe ihn nicht getroffen, ich habe nichts gewusst, und auch jetzt weiß ich nicht, ob ich dir glauben soll, ich weiß noch nicht einmal, ob ich das wollen soll, und sie legt den Kopf in die Hände, als hätte der Drache Schmerz erneut Besitz von ihr ergriffen.

Du Tasse Tee?, Prashant verneigt sich vor ihr, und sie antwortet wütend, ich nicht Tasse Tee, und sofort entschuldigt sie sich, danke, Prashant, es ist zu heiß für Tee, und er setzt sich neben ihre Mutter auf das Sofa, legt ihr den Arm um die Schulter, Mama gutes Kind, er klopft ihr auf die Schulter, Mama gutes Benehmen, und die Mutter lacht ihn an wie ein alt gewordenes Baby, in ihrer hellen Baumwollhose und dem karierten Hemd ist sie nicht nur geschlechtslos, sondern auch alterslos, aber ihr sich auflösendes Bewusstsein hat sie leichtfertiger und viel ruhiger gemacht, als sie je gewesen war.

Prashant hat mir einen Heiratsantrag gemacht und ich habe zugestimmt, verkündet sie, legt ihren Kopf an die Schulter ihres Pflegers mit dem fetten Bauch, über dem sich Brüste andeuten, wir fahren zum Heiraten nach Sri Lanka, mit dem Schiff! Iris wendet angeekelt den Blick ab, ihre Mutter hat sich verliebt! Auch dieser alte Traum hat sich in einen Albtraum verwandelt! Ihre Mutter hat ihre Klarheit verloren und Liebe gewonnen, nicht ohne vorher ihre eigenen Chancen auf Liebe grob zerstört zu haben, sogar ohne sie gefragt zu haben, sie beharrt darauf, die Dinge geradezurücken, Mama, Prashant hat in Sri Lanka eine Frau und Kinder, sagt sie rachsüchtig, er ist nicht dein Mann, er ist nur dein Pfleger, und ihre Mutter schüttelt langsam den Kopf, sie wird blass, das kann nicht sein, er hat mir nie erzählt, dass er eine Frau und Kinder hat! Ist das wahr? Sie wendet sich entsetzt zu ihm, ist das wahr, was meine Besucherin behauptet? Verlasse sofort das Haus, du bist ein schuftiger Betrüger! Betrügst eine Kriegswitwe!

Vielleicht Mama essen?, Prashant steht schnell auf und fragt aus Gewohnheit, ihm ist anzumerken, dass er nur schwer folgen kann, sowohl den Worten als auch dem Stimmungswechsel, vielleicht Mama Suppe?, fragt er, Mama Linsensuppe? Und Iris schließt die Augen, drei Kinder hat ihre Mutter unter großen Mühen aufgezogen, und keines dieser Kinder pflegt sie, und dieser Mann da nennt sie Mama, als wäre er ein viertes Kind, er gibt ihr zu essen und zu trinken, während sie ihn für ihren Partner hält. Welche Verunstaltungen lauern am Ende unseres Lebens auf uns, doch sie quält im Moment das Übel am Anfang des Lebens, sie fleht fast, Mama, versuche, dich zu konzentrieren, bist du sicher, dass er mich gesucht hat? Wann genau war das? Und warum hast du mir nichts davon gesagt?

Einen Moment lang trifft sie der bekannte Blick, hart, zwingend, du warst mit Alma schwanger, sagt die Mutter, Alma heißt deine Tochter, nicht wahr? Sofort nach der Hochzeit bist du schwanger geworden, nicht wahr? Deshalb durfte ich es dir nicht sagen, damit du es nicht bedauerst, nicht wahr?

Stimmt, murmelt Iris geistesabwesend, und sofort zweifelt sie wieder, aber vorhin hast du gesagt, es wäre vor meiner Hochzeit gewesen, und zu ihrer Überraschung verziehen sich die schmalen Lippen ihrer Mutter zu einem breiten Lächeln, stimmt, sagt sie, streckt ihre zitternde Hand nach dem Teller Suppe aus, die Prashant ihr hinhält, und Iris schüttelt den Kopf. Das kann nicht sein, entweder sie fantasiert oder sie lügt, es macht ihr Spaß, sie zu quälen, immer war sie eifersüchtig auf sie, auf die Liebe, die ihr Vater ihr geschenkt hat, und jetzt offenbart das Alter alles, ohne Schutz und ohne Schranken. Über ihrem Kopf dreht sich der schwere, langsame Deckenventilator, weht warme Luft durch das kleine Wohnzimmer, überfällt sie mit bitteren, zerstörerischen Worten, die stechen wie Wespen. Auch Eitans Liebe hat sie ihr geneidet, besonders ihre Treue seiner kranken Mutter gegenüber. Was treibt dich dorthin? Lass ihn doch allein Abschied nehmen. Es ist seine Mutter, nicht deine, Gott sei Dank!, hatte sie bei jeder Gelegenheit gesagt. Sie weigerte sich zu verstehen, dass sie sich über Eitans langen Abschied von seiner Mutter von ihrem Vater verabschieden wollte, der am Nachmittag des Jom Kippur in den Krieg gezogen war, während sie noch den Mittagsschlaf hielt, auf den ihre Mutter genau achtete. Aber allmählich hatte sie verstanden, dass ihre Mutter vollkommen recht hatte, obwohl sie ihr Motiv nicht verstand, denn hätte sie nicht auf sie gehört, wäre sie vielleicht außerhalb des infizierten Kreises geblieben, und vielleicht wäre sie nicht verlassen worden. Hat er sie wirklich gesucht?

Das kann nicht sein! Warum hast du mir das nicht früher erzählt, sagt sie vorwurfsvoll, über zwanzig Jahre lang hast du mir das verheimlicht? Aber ihre Mutter betrachtet sie seelenruhig über die Suppenschüssel hinweg, komm, iss doch, schlägt sie demonstrativ höflich vor, ich bin sicher, dass es bei euch in Amerika keine solche Suppe gibt.

Obwohl sie nicht hungrig ist, probiert sie die trübe Linsensuppe und verzieht den Mund. Sie zweifelt nicht daran, dass Prashant das meiste der großzügigen Summe spart, die er für die Ernährung ihrer Mutter bekommt, sie kontrolliert die Rechnungen nicht, vielleicht hätte sie es auch so gemacht, hätte sie hungrige Kinder in einem fernen Land gehabt, trotzdem fragt sie ihn, von wann ist diese Suppe? Kochst du jeden Tag für Mama? Und er sagt, heute Morgen, ich schwöre, Iris morgen kommen sehen. Und sie fragt, wie geht es deinen Kindern, Prashant?, und er dreht die Augen zum Himmel und sagt, Gott sei Dank.

Und wie geht es deinen Kindern? Wie viele hast du eigentlich?, erkundigt sich ihre Mutter und schnalzt mit der Zunge, als sie die Antwort hört. Bist du sicher, dass es nur zwei sind? Hattest du nicht drei? Und sie faucht sie an, du hast drei, Mama, obwohl ihre Zwillingsbrüder für sie ein einziger Bruder sind, und zu ihrer Verblüffung jammert ihre Mutter plötzlich, ich hatte drei, aber mir sind nur zwei geblieben, hast du nicht gehört, dass meine Iris vor ein paar Jahren bei einem Anschlag umgekommen ist?

Es reicht, Mama, bricht es aus ihr heraus, ich bin es, ich bin nicht umgekommen, ich war nur verletzt, und jetzt geht es mir gut, ich bin es, Iris, deine Tochter, erkenne mich endlich, und ihre Mutter, die immer vor jedem Gefühlsausbruch zurückweicht, schaut sie kühl an und sagt, genug! Warum regst du dich so auf, das beweist nur, dass du nicht meine Iris bist, so habe ich sie nicht erzogen.

Oh, wirklich, es ist unmöglich mit dir, murmelt sie, warum mache ich mir überhaupt die Mühe, wenn du überzeugt bist, dass ich nicht mehr lebe? Aber sie weiß, dass sie zumindest heute nicht ihrer Mutter wegen gekommen ist, sondern aus eigennützigen Gründen, um mit ihr das Geheimnis zu teilen, und stattdessen hat sie ein anderes Geheimnis bekommen, verwirrender und bedrückender als ihres, hat er sie tatsächlich gesucht?

## FÜNFTES KAPITEL

Immer sind sie müde, ihre Lehrerinnen. Vor allem morgens, bei der ersten Konferenz. Sie gähnen, picken wie Vögel mit gerupften Flügeln. Manche trinken eine Tasse Kaffee nach der anderen, andere essen übertrieben viel. Bis mittags nehmen ihre Gesichtszüge festere Formen an, doch morgens scheinen bei der einen die Lider schlaff herunterzuhängen, bei der anderen der Unterkiefer. Je jünger sie sind, umso müder sind sie auch. Auch sie war wie sie, und jetzt kann sie sich kaum erinnern, warum das so war. Was für eine Vergeudung und wozu? Die Babys, die euch nachts wecken, verwandeln sich blitzschnell in maulende Teenager, die Wohnung, die ihr sorgfältig pflegt, wird für sie ein Gefängnis, die Familie, die zu gründen und zu bewahren ihr euch so bemüht, wird zu einer Last für sie werden, oder noch schlimmer, für euch selbst. Der Mann, dem ihr eure Zeit widmet, damit er sein Studium beendet oder Karriere macht, wird euch in zwanzig Jahren wegen einer jüngeren Frau verlassen, und selbst wenn er das nicht tut, ist doch anzunehmen, dass er sich in einen undankbaren, alternden Nörgler verwandelt, und ihr werdet euch nach einem anderen Leben sehnen. Einige von euch werden vielleicht versuchen, ihren Traum zu verwirklichen, aber nur wenigen wird sich eine neue Möglichkeit bieten, und sie wird nicht zwangsläufig besser sein.

Ja, Mädchen, würde sie am liebsten sagen, während sie noch um den großen, langen Tisch sitzen, ich war auch einmal jung und müde, und wenn ich jetzt zurückschaue, kommt es mir vor, als wäre das alles für die Katz gewesen. Immer wieder scheitern wir, überschätzen, was wir aushalten können, wie weit wir uns belasten können, noch ein Kind, noch eine Arbeit, noch eine Hypothek, gegen uns ist Sisyphos eine Witzfigur. Vielleicht sollten wir darüber sprechen, meine Lieben, und nicht über die Disziplinarprobleme in der zweiten Klasse oder tolle neue Multi-Kulti-Initiativen. Reden wir doch über die Nutzlosigkeit weiblicher Bemühungen, die allerdings mit der Nutzlosigkeit allgemeiner menschlicher Bemühungen eine Schnittmenge hat, denn heute Morgen scheint es mir besonders auffällig, wie ihr mit glasigen Augen auf euren Stühlen zusammensackt.

Was ist, Scharoni, alle warten auf dich, sie wendet sich jetzt an eine Lehrerin, die fieberhaft Anweisungen in ihr Handy flüstert, und die Angesprochene beendet rasch ihr Gespräch. Sie ist die ganze Zeit krank, beklagt sie sich über ihre einjährige Tochter, seit ich sie in den Hort bringe, ist sie fast unentwegt zu Hause, mit meiner Mutter, die schon zusammenbricht, und Iris versucht, ihr ein aufmunterndes Lächeln zu schenken, am Anfang ist es immer so, aber in ein paar Monaten wird sie immun geworden sein. Seltsam, sich selbst als Ältere und Erfahrene zu sehen, sie war doch immer die Jüngste gewesen. Die jüngste der Kindergartenmütter, die jüngste Direktorin. In den ersten Jahren sogar jünger als die meisten Lehrerinnen, aber in letzter Zeit hat sich das geändert, nur noch die Sekretärin und die Schulpsychologin sind älter als sie, sie ist so gealtert, dass er sie nicht wiedererkannt hat.

Als sie aus dem Zimmer gehen, lassen sie eine träge Masse zurück, einen Brei, den man fast mit Händen greifen kann, eine Mischung aus Vorwurf und Hoffnung, sie lehnt sich zurück und stößt einen erleichterten Seufzer aus. Sie hat es geschafft, die

Konferenz zu leiten, als sei nichts geschehen, als hätte sie ihn nicht gesehen, in seinem weißen Kittel und mit weißem Bart, wie ein Engel des Terrors. Sie wird ihm nicht erlauben, alles zu zerstören, was sie sich aufgebaut hat. Hat er sie wirklich gesucht? Sie steht auf und stolpert zum Sekretariat, hast du etwas gegen Schmerzen, Ofra? Ich habe meine Tagesration schon genommen, und die langjährige Sekretärin hält ihr mit besorgtem Blick eine Schachtel hin, was soll werden, du kannst nicht ewig so weitermachen, es ist doch unmöglich, dass sich nichts dagegen machen lässt.

Wieso ist das unmöglich, sagt sie leichthin, seit wann gibt es für jedes Problem eine Lösung? Es wäre gut, wenn die Welt so eingerichtet wäre, im Allgemeinen muss man sich einfach anpassen, sie gießt sich ein Glas Wasser ein und hinkt zu ihrem Tisch, der fast vollständig mit gelben Klebezetteln bedeckt ist, und auf jedem steht ein anderer Auftrag. Im Rathaus einen Zuschuss für eine Klassenfahrt der dritten Klasse beantragen, ein Treffen mit den Eltern vereinbaren, die ihr Kind aus der Schule nehmen wollen, eine neue Assistentin suchen als Ersatz für die alte, die diese Woche weggeht, obwohl sie sich verpflichtet hat, bis Jahresende zu bleiben, mit den Vorbereitungen für das Wochenfest anfangen, eine E-Mail für die Schabbatfeier in der Gemeinde verschicken, mit der Arabischlehrerin das Programm »Sprache als kulturelle Brücke« besprechen, den wöchentlichen Direktionsbrief schreiben, die Beurteilungen in den Zeugnissen durchsehen, und das alles zusätzlich zu den vielen Aufgaben, die im Kalender zu ihrer Rechten eingetragen sind, dem großen Kalender, der fast die ganze Wand bedeckt.

Jeden Sonntag gibt es mit dem Kollegium eine Konferenz für eine bestimmte Klasse, in der sie über jedes einzelne Kind sprechen, über seine emotionale und soziale Situation und über seine schulischen Leistungen. Jeden Dienstagnachmittag gibt es eine Sitzung mit allen Erzieherinnen, in der sie pädagogische Methoden diskutieren, und abends die Sitzung des Elternrats, die Sitzung des Erziehungsforums, und natürlich gibt es Fortbildungstage für Direktoren, und natürlich Studientage, in diesem Kalender gibt es keine freien Tage für Schmerzen, hat es nie gegeben, aber sie klammert sich an den Wischlappen, kämpft gegen den Drang an, alles wegzuwischen, um einen sauberen Kalender zu haben und ganz neu anzufangen. Wenn er sie wirklich gesucht hat, wenn er sie wirklich gewollt hat, kann sie ihr bisheriges Leben nicht weiterführen, das verändert das ganze Bild, den ganzen Kalender.

Hat er sie wirklich gesucht? Seufzend setzt sie sich auf ihren Stuhl, zieht gelbe Zettel vom Tisch und klebt sie wieder fest, hat sie ihn wirklich verpasst? Etwas brennt in ihrer Kehle, schon seit drei Wochen ernährt sie sich fast ausschließlich von Schmerztabletten. Hat er bereut, sie verlassen zu haben, wollte er sie wieder für sich gewinnen? Auch wenn sie kurz vor der Hochzeit gestanden hätte, kurz vor der Geburt eines Kindes, wäre sie zu ihm zurückgekehrt. Welche verfluchte Information hat ihre Mutter ihr gegeben, sie hat den Ast abgesägt, auf dem sie ihr zerbrechliches Nest gebaut hat, sie legt den Kopf auf den Tisch, mit geschlossenen Augen, ihre Lider kleben wie gelbe Zettel, aber da hört sie ein Klopfen an der Tür, und der Hausmeister tritt ein, um sich über einen Fall von Vandalismus zu beschweren, und gleich nach ihm kommen zwei Schüler, die heftig streiten, wenn die Erzieherinnen nicht da sind, wenden sie sich immer an sie, und dann kommt ein Schüler, der sich nicht gut fühlt, mit seinem Vater, der gekommen ist, um ihn abzuholen, und seine Hilfe bei den neuen Computern anbietet. Immer wenn ihre Tür auf ist, kommen sie hereingeströmt, heute ist ihr das recht, aber Ofra protestiert, wie üblich, he, lasst meine Direktorin in Frieden, sie tritt ins Zimmer und versucht alle herauszubugsieren, du wirst es nicht glauben, ich habe uns fünfhundert Schekel gespart, verkündet sie glücklich, als hätte sie das Geld privat gespart, ich habe eine Rückzahlung auf die Wasserrechnung bekommen, und sie sagt, du bist großartig, Ofra, was würde ich nur ohne dich anfangen. Sie hat sich mit guten Leuten umgeben, Menschen, die sich kümmern, und manchmal denkt sie, dass es trotz der Belastung leichter ist, eine Schule mit dreihundert Schülern und vierzig Lehrern zu leiten, als eine vierköpfige Familie.

Als ihr Zimmer wieder leer ist, wird sie von Unruhe gepackt, sie geht hinaus auf den Flur, vorbei an den geschlossenen Türen. Alles ist ruhig, ihre Abwesenheit hat die feste Ordnung, die sie mühsam aufgebaut hat, nicht gestört. Da kommt ein Kind von der Toilette zurück und betritt sofort seine Klasse, ohne sich in der Spielecke aufzuhalten, und als es die Tür aufmacht, dringen Bibeltexte aus dem Unterricht an ihr Ohr, Scharon liest den Kindern laut den Schluss aus der Genesis vor: Da konnte Joseph nicht länger an sich halten vor allen, die um ihn her standen, und er rief: Lasst jedermann von mir hinausgehen! Und stand kein Mensch bei ihm, als sich Joseph seinen Brüdern zu erkennen gab. Und er weinte laut, dass es die Ägypter und das Haus des Pharao hörten, und er sprach zu seinen Brüdern: Ich bin Joseph. Lebt mein Vater noch? Und seine Brüder konnten ihm nicht antworten, so erschraken sie vor seinem Angesicht. Er aber sprach zu seinen Brüdern: Tretet doch her zu mir! Und sie traten herzu. Und er sprach: Ich bin Joseph, euer Bruder, den ihr nach Ägypten verkauft habt. Und nun bekümmert euch nicht und denkt nicht, dass ich darum zürne, dass ihr mich hierher verkauft habt; denn um eures Lebens willen hat mich Gott vor euch hergesandt.

Neben der nur angelehnten Tür bleibt sie stehen, unwillkürlich läuft ihr ein Schauer über den Körper. Ja, jahrelang hat auch sie versucht, sich zu vergewissern, dass sie lebendig in das Erdloch geworfen worden war, und in der Tat verstand sie viele Momente ihres Lebens als Beweis dafür, dass letztendlich alles gut war, aber dieser Moment gehört nicht dazu. Ihr Blick wandert über den Flur, bleibt an der großen Steintafel hängen, auf der Namen eingemeißelt sind, die Namen der ehemaligen Schüler dieser Schule, die in den israelischen Kriegen gefallen sind. Nicht weit davon, auf einer anderen Tafel, steht der Name ihres Vaters, Gabriel Segal, des ersten Gefallenen der Schule, in der er unterrichtet hat, der erste, wird er auch der letzte sein? Seit Omer größer wird, verfolgt sie die Vorstellung, seinen Namen auf einer Gedenktafel zu sehen. Omer Eilam, tauchen die schönen, gut geformten Buchstaben vor ihr auf, senken die Köpfe in unterdrücktem Schmerz, und sie wendet den Blick zu einem neuen Plakat, Eliezer Ben-Jehuda, dem Erneuerer der hebräischen Sprache. Sie hängen einander gegenüber, wie Ursache und Wirkung, und sie steht dazwischen, sterben wir wegen der hebräischen Sprache? Begraben wir unsere jungen Väter und unsere Jugend, die gerade erwachsen wird, nur dafür, dass ihre Namen in hebräischen Buchstaben auf einer kalten Steintafel irgendwo in einem brodelnden Land eingemeißelt werden?

Was für verbotene Gedanken, ermahnt sie sich, man könnte annehmen, dass wir eine Wahl haben, es ist nicht die Sprache, es ist die Tatsache unserer Existenz, schließlich haben wir gründlich gelernt, dass wir keinen anderen Platz haben, um zu existieren, auch wenn ab und zu eine solche Illusion aufblitzt. Doch mehr und mehr kommt es ihr vor, dass gerade die Existenz hier, in diesem hebräischen Land, eine Illusion ist, die bald platzen wird, vielleicht nicht in ihrer Generation, vielleicht auch nicht in

Almas und Omers Generation, und wieder sieht sie seinen Namen auf der Gedenktafel eingemeißelt, Omer Eilam, und wieder wandert ihr Blick weiter, hör auf, er hat noch nicht einmal einen Musterungsbescheid bekommen, vielleicht verzichtet man auf ihn, sie ist Kriegswaise, Opfer eines Attentats, vielleicht werden sie ihn von ihrer Liste streichen. Bis zum Musterungsbescheid kann sie noch hoffen, bis dahin gehört er ihr beziehungsweise sich selbst.

Etwas weiter im Flur sieht sie ein Plakat, auf das sie besonders stolz ist, »der andere bin ich«, ein pädagogisches Projekt zu Toleranz, für das sie viele Ressourcen verwendet hat, aber im Moment ist es die archäologische Ecke, die sie anzieht, und sie geht langsam darauf zu, vorbei an geschlossenen Türen. Die Vergangenheit hält die Zukunft am Leben, das ist die Überschrift, die sie sich zu Beginn des Jahres ausgedacht hat, doch jetzt kommt ihr der Satz widerlegt vor, die Vergangenheit hält die Zukunft am Leben? Die Vergangenheit zerbricht die Zukunft, die Vergangenheit verwandelt die Zukunft in Asche, und in einem plötzlichen Anfall von Wut reißt sie das Plakat von der Wand, schaut sich um, um sicherzugehen, dass es niemand gesehen hat, hört schon die mürrische Stimme des Hausmeisters, der von einem erneuten Fall von Vandalismus berichtet.

Liebe Eltern, diese Woche nimmt die vierte Klasse die aufregende Bibelgeschichte, wie Joseph seine Brüder trifft, durch. Josephs Brüder hatten ein schweres Verbrechen an ihm begangen. Sie hatten ihn von seinem geliebten Vater getrennt, von seinem Zuhause, von seiner Zukunft, und ihn dem Schicksal eines Nomaden, eines Sklaven überlassen. Die täglichen Verletzungen sind ein untrennbarer Teil unseres Lebens, des Lebens unserer Kinder und Schüler. Jeden

Tag kommen in mein Büro Kinder, die Verletzungen zugefügt oder erfahren haben, und ich versuche, in ihnen das Bewusstsein für die Verletzungen des Nächsten zu wecken.

Aber wie kann Joseph sich aus ganzem Herzen mit jenen versöhnen, die ihm ein so schweres Leid zugefügt haben? Wenn wir verletzt werden, hoffen wir, dass der Täter den Schmerz anerkennt, den er uns zugefügt hat, seine Verantwortung und seine Schuld. Wir, die wir von der Verletzung erniedrigt worden sind, erwarten, dass der Übeltäter sich selbst vor uns erniedrigt und uns um Verzeihung bittet, vor allem möchten wir glauben, dass sich seine Persönlichkeit dergestalt ändert, dass wir uns nicht vor weiteren Verletzungen fürchten müssen.

Joseph unterzieht seine Brüder einer Prüfung nach der anderen, um herauszufinden, ob sie sich geändert haben, ob sie noch immer bereit sind, ihn von seinem Vater zu trennen. Wir wissen nicht, wie sein Plan genau war, denn es gelang ihm nicht, ihn zu verwirklichen, aber es ist klar, dass etwas an der Versöhnung fehlte, die Bitte um Verzeihung. Der Prozess der Versöhnung wurde nicht vollendet, deshalb ist zu merken, dass etwas Unausgesprochenes zwischen beiden Seiten zurückgeblieben ist. Sofort nach dem Tod des Vaters kommt seitens der Brüder Misstrauen gegen Joseph auf. Auch Josephs Verzeihen war nicht vollständig, und deshalb blieb auch für die nachfolgenden Generationen etwas übrig, was sie wiedergutmachen sollten.

Die nachfolgenden Generationen sind wir und unsere Kinder und Ihre Kinder, die Sie in unsere Hände geben. In unserer Schule glauben wir, dass Gerechtigkeit nichts anderes ist als Verzeihen. Die Voraussetzung für Verzeihen ist – als Prozess, an dem zwei Seiten beteiligt sind – die Anerkennung des Schmerzes, der sowohl uns als auch dem anderen zugefügt wurde, die Fähigkeit, den Blickwinkel des anderen neben unserem eigenen anzuerkennen. Es ist die Demut, die ermöglicht, den anderen als eigenständige und unabhängige Person zu sehen, die nicht nach unserem Willen und unseren Taten funktioniert. Es ist die beidseitige Verpflichtung, einer dem anderen zu helfen, weitere Verletzungen zu verhindern und die Grundlage für eine neue Beziehung zu schaffen, aus dem Wissen heraus, dass eine echte Veränderung immer auf Partnerschaft beruht.

Liebe Eltern, bitte ermutigen Sie Ihre Kinder, ihre Freunde um Verzeihung zu bitten, wenn sie ihnen wehgetan haben, und geben Sie ihnen ein persönliches Beispiel, indem Sie sie um Verzeihung bitten, wenn Sie ihnen wehgetan haben. Helfen Sie ihnen zu erleben, wie die Fähigkeit, zu verzeihen, eine Heilung des Schmerzes ermöglicht. Ihre Iris Eilam.

Das sind die Sätze, die sie begleiten, als sie ein paar Stunden später in das glühend heiße Auto steigt, nachdem sie eine ganze Weile mit dem für die Computer zuständigen Lehrerteam zusammengesessen hat, nachdem sie die Assistentin überredet hat, doch noch bis Ende des Jahres zu bleiben, und nachdem sie den Unterricht einer Aushilfslehrerin beurteilt und selbst den Unterricht in Sozialkunde für eine andere Lehrerin übernommen hat.

Da konnte Joseph nicht länger an sich halten vor allen, die um ihn her standen, und er rief: Lasst jedermann von mir hinausgehen! Und da stand kein Mensch bei ihm, als sich Joseph seinen Brüdern zu erkennen gab, und statt nach Hause zu fahren, fährt sie in westlicher Richtung, zu dem Ort, an dem sie ihn gesehen hat, obwohl sie nicht weiß, ob er dort sein wird, und selbst wenn, wie kann sie ihn treffen, ohne einen Termin zu haben, und selbst wenn es ihr gelingt, zu ihm zu kommen, selbst wenn sie ihre Bluse öffnet und ihm ihre planetförmigen Muttermale zeigt, Sonne, Mond und Erde, was kann dann geschehen? Wird er ihr um den Hals fallen und weinen, wie Joseph seinem Bruder Benjamin um den Hals gefallen ist, wird er ihre Hand ergreifen und werden sie gemeinsam ihre Jugend beweinen oder wird er im Gegenteil fremd und distanziert sein, wird er jenes Gespräch einfach fortführen, als wäre inzwischen nicht ein großer Teil ihres Lebens vergangen, wird er ihr erklären, dass er sie verlassen musste, weil er leben wollte, weil er vergessen musste? So oder so, sie möchte nur eines wissen, ob er sie gesucht hat und wozu, ob er sie um Verzeihung bitten wollte, vielleicht hatte er die Trennung bedauert und wollte sein Leben mit ihr verbringen, und dieses Leben bricht jetzt vor ihren Augen auf, während sich die Sonne neigt und sie blendet, mit ihren Strahlen das Leben auslöscht, das sie seither geführt hat, als wäre es eine zerstörte Zeit, das Ende der Sonnen hat Omer diese Stunde im Sommer einmal genannt, und sie hat sich über diese originelle Formulierung gewundert, doch jetzt kommen ihr sogar die Kinder, die sie geboren hat, bitter und brennend vor, wie eine Vergeudung von Samen.

Micki hat sich oft über Paare amüsiert, indem er ihre Kompatibilität an ihren Kindern festmachte, die hätten sich wirklich nicht anfreunden sollen, schau nur, welche Kinder sie bekommen haben, hat er konstatiert, und natürlich waren ihre Kinder ihnen in diesen Augenblicken vollkommen erschienen, sogar Omer, über den er so oft klagte, und jetzt ist sie bereit, an ihren Kindern zu zweifeln, sogar an Omer, den sie immer in Schutz genommen hat. Da taucht sein Name auf dem Display auf, gerade als sie wunderbarerweise einen Parkplatz neben dem Krankenhaus gefunden hat, sie hat es geschafft, sich zwischen zwei Autos zu schieben, die nicht nachgeben wollten, es scheint, dass auch ihr Auto sich ihrem Willen unterwirft und sich passend schrumpft, um ihren Wunsch zu erfüllen.

Was ist los, Omer?, fragt sie in das leere Auto hinein, und er antwortet mit einer Frage, wo bist du, Mamusch?, und sie gibt nicht gleich Auskunft, wieso, was brauchst du? Seltsam, dass ausgerechnet sein Erwachsenwerden sie in die Zeit seiner frühen Kindheit zurückbringt, als er noch klein und darauf angewiesen war, dass seine Bedürfnisse erfüllt wurden, und auch jetzt geht es meist um die elementarsten Bedürfnisse: Essen, Taschengeld, Hilfe beim Lernen. Er wird ihr nicht mehr sagen, wie er es als Kind getan hat: Ich möchte mit dir etwas unternehmen, Mamusch, und sie hat kein Problem damit, wie einige ihrer Freundinnen, vor allem Dafna, die sich tatsächlich darüber beklagt, dass ihre Kinder groß geworden sind. Das ist der Lauf der Welt, und sowieso geht es um Vergnügungen, die sie belastet haben, er war so stürmisch, so aufbrausend und herrschsüchtig. Er ist ihr wirklich lieber, wenn er distanziert und ruhiger ist und klare Dienstleistungen von ihr erwartet.

Ich brauche nichts, Mamusch, antwortet er ihr zu ihrem Erstaunen, wann kommst du zurück?, und sie hört die Dringlichkeit der schlechten Nachricht, die auf sie zukommt, sie erkennt sie sofort an der Prägung, die sich in jener Nacht, als die Nachricht von ihrem Vater kam, in ihrer Seele festgesetzt hat. Ihre Mutter hatte sich immer wieder auf den Bauch geschlagen, in dem bereits, ohne dass es jemand außer ihrer Mutter wusste, Jariv und Joav wuchsen, ihre Zwillingsbrüder. Jahrelang war sie überzeugt gewesen, dass diese Schläge auf den Bauch dazu geführt hatten, dass sie Babys bekam, dass dies für ihre Mutter die Nacht der Empfängnis war, sie hatte sogar heftig mit ihren Freundinnen gestritten, die schon gerüchteweise vom Geheimnis der Paarung von Samen und Ei gehört hatten, sie hatte behauptet, es sei ein falsches Gerücht, man müsse sich einfach eine Nacht lang fest auf den Bauch schlagen. Später hatte sie es Eitan erzählt, er lachte und bedeckte ihren Bauch mit Küssen. Alles hat sie Eitan erzählt, ohne überhaupt nachzudenken, es war, als spreche sie mit sich selbst, so nahe waren sie einander.

Was ist passiert, Omer?, fragt sie mit harter Stimme, nun sag's schon, ist etwas mit Alma oder mit Papa?, und er sagt, beruhige dich, nichts ist passiert, nur ein paar Freunde von mir waren gestern in der Bar, in der Alma kellnert, sie versucht, einen Witz zu machen, nun, und was war, hat sie sich bei der Rechnung geirrt?

Lass doch, wir reden darüber, wenn du nach Hause kommst, das ist nichts fürs Telefon, sagt er, und trotzdem kann er sich nicht beherrschen und platzt widerwillig damit heraus, sie haben gesagt, sie wäre seltsam gewesen, und sie fragt angespannt, seltsam? Was soll das heißen, seltsam? Was genau haben sie erzählt? Und er sagt, genug, Mama, frag mich nicht aus, wir reden darüber, wenn du hier bist, und sie verabschiedet sich mürrisch von dem wunderbaren Parkplatz, den sie sich mühsam erobert hat, ich bin in einer Viertelstunde da, warte auf mich, in Ordnung? Geh nicht weg!

Aber der Heimweg dauert über eine Stunde, das Auto, so scheint es, ist zu seiner ursprünglichen Größe zurückgekehrt, hat sich sogar noch aufgeblasen, um das Erreichte nicht aufgeben zu müssen, es gelingt ihr nur mit allergrößter Mühe, es aus dem engen Parkplatz hinauszumanövrieren, nur um festzustellen, dass sich oben auf der Straße ein langer Verkehrsstau gebildet hat, dessen Ende nicht zu sehen ist. Wenn schon ein Unfall, dann ist es besser hier, eine Minute vom Krankenhaus entfernt, sagt ein korpulenter Autofahrer, der aus seinem Wagen ausgestiegen ist, um herauszufinden, was passiert ist, doch als er zurückkommt, ist das Lachen aus seinem Gesicht verschwunden, jemand ist dort umgekommen, ich glaube es nicht, echt tot, und sie nickt düster und schließt das Fenster vor seiner Nase, einen Moment erschrocken, es könnte Eitan sein und sie hätte jetzt die letzte Gelegenheit verpasst, ihn wiederzusehen, nachdem er unzählige Verkehrsunfälle in den letzten Jahren überlebt hat, würde er ihr jetzt, einen Moment bevor sie sich sehen, entkommen.

Seltsam, dass sie Eitan zu der Liste der Menschen hinzufügt, um die sie sich Sorgen macht, nachdem sie ihm jahrelang nur die verschiedensten Leiden und Todesarten gewünscht hat. Aber zu ihrer Erleichterung sieht sie, dass das zerquetschte Auto, umringt von Polizeiautos, oben auf dem Berg in Richtung Krankenhaus steht, jetzt würde er nicht zur Arbeit fahren, sondern in die Gegenrichtung, um schnell zu seiner Frau und den Kindern zu kommen, und als sie an sie denkt, packt sie der Zorn, als wäre sie selbst kinderlos, als hätte sie die ganzen Jahre auf ihn gewartet. Ob er einen Sohn hat, einen schönen, großen Jungen, der leicht vorgeneigt geht? Vielleicht wird er Alma treffen und die beiden werden die Liebe verwirklichen, die ihren Eltern versagt war? Sie versucht, sich ihre Tochter an der Seite des Jungen vorzustellen, den sie so sehr geliebt hat, knochig, dunkel, ganz anders als sie, wie überrascht wird er sein, wenn er feststellt, dass sie ihre Tochter ist, aber dann trifft sie wieder die irritierende Formulierung Omers, sie war seltsam.

Was soll das heißen, seltsam? Alma ist immer zu normal gewesen, sie hat nie eine besondere Neigung gezeigt, für nichts, keine besondere Begeisterung oder besondere Begabung. Das allein kommt ihr seltsam vor, um nicht zu sagen enttäuschend, ebenso wie Almas obsessive Beschäftigung mit ihrem Äußeren, besonders mit ihren Haaren. Sie konnte stundenlang vor dem Spiegel stehen und ihre Haare einzeln ordnen, und sie verließ das Haus nicht, bevor sie zufrieden war. Wie oft haben sie deshalb gestritten, wenn Iris ungeduldig schimpfte, was klebst du so am Spiegel? Was spielt es für eine Rolle? Du kommst zu spät! Und Alma schlug die Tür vor ihr zu. Ist es das, was Omer meinte? Hat sie in den Spiegel geschaut, statt die Gäste zu bedienen?

Hör auf mit den Vermutungen, gleich wirst du erfahren, worum es geht, sagt sie sich laut, gleich bist du zu Hause, und alles wird sich aufklären. Doch zu Hause erwartet sie ein zerknitterter Zettel mit seiner schludrigen Handschrift, ich bin bei der Fahrstunde, und sie zerknüllt das enttäuschende Stück Papier, wie schade, dass sie so schnell zurückgekommen ist, sie hätte jetzt Eitan gegenübersitzen können, ihn fragen, weißt du noch, wie ich daran geglaubt habe, dass man, wenn man sich nur fest auf den Bauch schlägt, Kinder bekommt?

Aber vielleicht ist es besser so, vielleicht ist es besser, den Termin abzuwarten, den sie vereinbart hat, es gibt keinen Grund zur Eile, sie wird es nicht eilig haben, sich ihm zu erkennen zu geben, wenn sie das Sprechzimmer betritt, sondern abwarten, ob er sie erkennt. Auf diese Art wird sie sich einen Vorteil verschaffen, so wie Joseph einen Vorteil seinen Brüdern gegenüber hatte. Er hatte die Beziehung absichtlich beendet, nie wäre es ihr eingefallen, dass er sie hintergehen könnte, naiv, wie sie war, wie ein Huhn.

Trotzdem ruft sie im Krankenhaus an und erkundigt sich, ob man den Termin bei Doktor Rosen vorverlegen könnte, und während sie noch auf eine Antwort wartet, öffnen sich die silbernen Flügel des Aufzugs und Micki drängt sich heraus, in seinem weiten blauen Polohemd, immer sieht es aus, als wäre die Öffnung zu schmal für ihn, und sie unterbricht den Anruf und legt auf, bevor sie eine Antwort bekommt.

Wann hast du mit Alma gesprochen?, fragt sie schnell, während er sich ein Glas Wasser einschenkt und enttäuscht die Töpfe betrachtet, denn Alma ruft ihn öfter an als sie, und er sagt, gestern, warum gibt es noch einmal Reis mit Linsen?, und sie sagt sofort, dann koch doch selbst, wenn es dir nicht gefällt, und er sagt, du weißt, dass ich kein Problem damit habe zu kochen, das Problem ist, dass ihr, du und Omer, mein Essen nicht mögt, nur Alma isst es gern.

Stimmt, zischt sie, vor lauter Liebe zu deinem Essen ist sie anorektisch geworden, doch sofort bedauert sie ihre Worte, was heißt magersüchtig, sie ist einfach dünn, viele Mädchen würden gern mit ihr tauschen, und warum verletzt sie ihn, nur weil er zu einem unpassenden Zeitpunkt hereingekommen ist, nur weil Alma ihn ihr vorzieht, nur weil sie damals, als sie ihn geheiratet hat, nicht auf die Idee kam, dass Eitan sie suchen könnte.

Wie hat sie sich angehört?, fragt sie, und er sagt, ganz in Ordnung, sie hat mich gebeten, eine kleine Kontoüberziehung zu decken, sie war sehr lieb, und sie sagt, lieb, nicht seltsam?, und er ist erstaunt, seltsam? Was soll das heißen? Warum soll sie seltsam gewesen sein? Sie setzt sich ihm gegenüber an den Tisch, keine Ahnung, Micki, Omer hat etwas gesagt, was mir Sorge bereitet, bald ist er zurück, dann wissen wir mehr, wie sehr hat sie das Konto überzogen? Vielleicht gibt sie ihr Geld für Drogen aus?

Wenn, dann nur für leichte Drogen, sagt er und kichert, alles in allem siebenhundert Schekel, bist du sicher, dass sie sich nicht high angehört hat, und er antwortet verblüfft, wieso high, du kennst Alma doch, sie hat sich nie auf so etwas eingelassen, sie hat immer auf ihre Freundinnen herabgeschaut, die trinken und rauchen. Erinnerst du dich nicht, wie wir gelacht haben, weil sie sich wie eine alte viktorianische Jungfer anhörte?

Die Dinge ändern sich, Micki, beharrt sie, jetzt ist sie allein in Tel Aviv, wir haben keine Ahnung, wo und mit wem sie sich herumtreibt, wir haben ihr zu viel Freiheit gegeben, und er verkündet, ich verlasse mich auf sie! Und welche Wahl hatten wir überhaupt? Ich verlasse mich auf sie, wiederholt er, als versuche er, sich selbst zu überzeugen, und beide horchen gespannt auf den Aufzug, der sich zwischen den Stockwerken nach oben quält, als schleppe er eine besonders große Last, und dann bringt er ihnen ihren Sohn mit der Mitteilung, vor der sie sich fürchten.

He, Mamapapa, was ist los? Ihr lasst euch doch nicht scheiden oder so etwas?, erkundigt er sich, und sie fragt, wieso scheiden?, und er lacht, ihr sitzt da am Tisch und wartet auf mich, als wolltet ihr mir etwas Dramatisches verkünden, und sie sagt, hast du es vergessen, Omer? Zufällig wollen wir hören, was du uns zu sagen hast, was ist das für eine Geschichte mit deinen Freunden und Alma?, und er tut, als habe er es vergessen, aber sie spürt die Anspannung in seinem Lachen, es reicht, ihr braucht nicht so ein Theater zu machen, das Mädchen ist in die große Stadt gekommen und ist offenbar mannstoll.

Mannstoll, Micki spuckt das Wort voller Abscheu aus. Wie redest du?, und Omer beugt sich in seiner ganzen Größe zu ihnen, zwingt sie, die Augen zu ihm zu heben wie zwei kleine Kinder, nenne es, wie du willst, Papa, wenn sie sich auf Jotams Schoß setzt und mit ihm schmust und dann auf Idos Schoß und dann Jonathan vorschlägt, mit ihr hinunter zu den Toiletten zu gehen, und das sind Jungen, die sie von der ersten Klasse an kennt, vermutlich ist sie mannstoll.

Oder sie nimmt Drogen, hört Iris sich mit kalter Stimme sagen, mit der Stimme des Messers, das in ihrem Leib umgedreht wird, kann ich mit einem deiner Freunde sprechen, um mehr Details zu erfahren? Und Omer sagt, lass, Mama, das ist alles, was sie erzählt haben, und es hat sie wirklich verwirrt. Mach dir keine Sorgen, sie haben ihre Situation nicht ausgenutzt, aber ich nehme an, dass andere es sehr wohl tun. Das sind die letzten Neuigkeiten aus Tel Aviv, ich muss jetzt lernen, ich habe übermorgen eine Prüfung, mit diesen Worten verschwindet er in seinem Zimmer, und sie schaut Micki an, aber zu ihrem Erstaunen steht er schnell auf, als hätte er ebenfalls übermorgen eine Prüfung, und verschwindet in seiner Arbeitsecke am Ende des Flurs, und sie hört, wie der Computer hochfährt, und als sie sich nach ein paar Sekunden aufrafft und zu ihm geht, ist er schon in eines seiner schnellen Schachspiele versunken.

Micki, komm, fahren wir zu ihr, sagt sie, ich muss sie sehen, und er knurrt, nicht jetzt, ich bin mittendrin, gib mir noch eine Minute, und sie verfolgt von ihrem Platz hinter seinem Rücken den Bildschirm mit den Quadraten, die irgendwie altmodisch aussehen. Auch ihr Vater hatte Schach geliebt, er war ein großartiger Spieler, er hat ihr sogar noch ein paar Züge beigebracht. Ein Foto ist ihr geblieben, schwarz-weiß, das sie zeigt, ihm gegenübersitzend und zwischen ihnen ein Schachbrett, sie sieht irgendwie besorgt aus, sein Gesicht sieht man nicht, nur seinen Rücken, und das ist es, was sie zu Micki hingezogen hat. In der Cafeteria der Universität, während sie ihren Kaffee trank, hatte sie aus dem Augenwinkel einen großen Mann gesehen, der sich über ein kleines Brett beugte und ganz vertieft in sein Schachspiel war, von Zeit zu Zeit die Figuren bewegte, sowohl die schwarzen als auch die weißen, denn ihm gegenüber saß niemand, und sofort dachte sie an ihren Vater, der in ihrer Erinnerung riesig war, obwohl er in Wirklichkeit nicht besonders groß gewesen war, zweifellos hat Alma den zarten Knochenbau von ihm geerbt. Damals war sie mit entschlossenen Schritten auf den breiten Rücken zugegangen und hatte sich auf den freien Stuhl ihm gegenüber gesetzt, und sofort hatte sie das sichere Gefühl, dass der freie Stuhl nur für sie bestimmt war, obwohl sie nicht spielen konnte, nach dem Tod ihres Vaters gab es niemanden mehr, der es ihr hätte beibringen können. Deshalb beeilte sie sich, dem jungen Mann, der sie fragend anschaute, zu erklären, ich kann nicht spielen, und er lächelte, in Ordnung, ich spiele am liebsten gegen mich selbst, ein Satz, der im Rückblick eine zusätzliche Bedeutung bekommt, derer sich keiner von ihnen damals bewusst war, denn das Leben mit einer Frau, die aus Liebe fast gestorben wäre, ist wie ein Spiel gegen sich selbst, jedenfalls nicht für einen selbst. Damals fing sie an, von ihrem Vater zu erzählen, der leidenschaftlich gern Schach gespielt hatte, deshalb war ihre Mutter manchmal gezwungen gewesen, zum Schachclub zu gehen und ihn zu überreden, nach Hause zu kommen, und wenn er verloren hatte, war er den ganzen Abend schlecht gelaunt und wütend, doch wenn er gewonnen hatte, nahm er sie auf den Arm und tobte mit ihr und war so glücklich, dass man ihm nicht böse sein konnte, und der große junge Mann hörte ihr geduldig zu und seine schwarzen Augen, die ihr am Anfang etwas stumpf vorgekommen waren, wurden tiefer, als er hörte, wie jung dieser Schachliebhaber bei seinem Tod gewesen war und wie jung seine Tochter.

Soll ich es dir beibringen?, fragte er vorsichtig, als habe er Angst vor einem falschen Zug, und sie sagte, nein, ich möchte nur zuschauen, und so beobachtete sie schweigend, wie er gegen sich selbst spielte, sein großes, dunkles und etwas schlaffes Gesicht wechselte schnell den Ausdruck zwischen Anspannung und Zweifel, zwischen Hochmut und Frustration, und sie dachte, wenn ihr Vater gegen sich selbst gespielt hätte, wären ihrer Mutter die erniedrigenden Gänge zum Schachclub erspart geblieben, und sie selbst hätte sich an mehr Stunden mit ihm erinnert. Sie hatten so wenig Zeit miteinander verbracht, und während sie den jungen Mann beobachtete, dessen Glieder groß waren und trotzdem zart aussahen, versuchte sie zu überlegen, wie viele Vaterstunden sie in den wenigen Jahren gemeinsamen Lebens gehabt hatte, und während sie überlegte, die Lippen bewegte und an den Fingern abzählte, spürte sie gar nicht, dass jetzt er es war, der sie beobachtete, und als sie es bemerkte, lachte sie verlegen, bestimmt hielt er sie jetzt für sonderbar. Sie legte ihre hellen Hände neben das Spielbrett und betrachtete seine dunklen Hände und dachte, wenn sie ihre Finger jetzt verflechten würden, würden sie wie Schachfiguren aussehen, die sich anschickten, gegeneinander zu spielen, und sie hatte solche Lust, ihre Finger mit seinen zu verflechten, bis sie sich plötzlich selbst sagen hörte, die ganzen Jahre habe ich das Schachspiel meines Vaters aufgehoben, wenn du willst, gebe ich es dir, und er, verwirrt durch das Angebot, sagte, oho, vielen Dank, aber das kann ich nicht annehmen, es muss bei dir bleiben, und sie sagte nachdenklich, du hast recht, es muss bei mir bleiben, aber ich möchte wirklich, dass es auch dir gehört, schließlich kann ich überhaupt nicht spielen.

Ich habe eine Lösung, sagte er, wir könnten zusammenziehen, und beide lachten, als wäre das ein Witz, doch sie verwirklichten diese Idee schneller als erwartet, so fasziniert war sie von seiner Begeisterung und seinem Vertrauen in sie, aber wie hätte sie wissen können, dass, während sie ihren Umzug planten, der es ihm ermöglichen würde, das Schachspiel ihres Vaters zu benutzen, ohne dass sie sich von ihm trennen musste, Rosenfeld ihre Mutter aufsuchte und sich nach ihr erkundigte und ihre Mutter ihn hinauswarf, als wäre er ein Bettler oder ein Verbrecher.

Und wie hätte sie wissen können, dass im Laufe der Jahre das, was sie zu ihm hingezogen hatte, ihr so verhasst werden würde, wie es ihrer Mutter verhasst gewesen war, obwohl aus dem Schachclub ein Computerbildschirm wurde und aus langen Spielen rhythmische Blitzschachspiele, und trotzdem haben seine Besessenheit und das Ausblenden der Umgebung die Situation immer weiter verschärft, so weit, dass sie sich nachmittags und abends kaum an ihn wenden kann, so vertieft ist er in seine Spiele, vermutlich auch bei der Arbeit, denkt sie manchmal, wenn sie ihn anruft und er mit einer Ungeduld antwortet, die man nur von Abhängigen kennt.

Nicht jetzt, ich bin mittendrin, hat er gesagt, wenn ein Kind von ihm gefahren werden wollte oder um Hilfe bei den Hausaufgaben bat, und sie hat sich damit getröstet, dass der Ausfall des Vaters vermutlich nicht so schlimm war, und jetzt zischt sie seinem Rücken zu, man sagt, dass die Neigung zur Sucht genetisch ist, sie hat ihren Vater schachsüchtig erlebt und jetzt ist sie drogensüchtig.

Jetzt nicht, ich bin mittendrin, murmelt er, und sie fährt fort, wenn du nicht so versunken ins Spiel gewesen wärst, befände sich Alma heute vielleicht in einem besseren Zustand, obwohl sie weiß, dass Alma die Einzige war, die seine Aufmerksamkeit gewann, sogar wenn er mitten in einem Spiel war, die Einzige, die bereit war, einen großartigen Zug zu bewundern und sich mit ihm zu freuen, wenn er gewann, und vor allem, ihn bei einem Verlust zu trösten, egal wie bedeutungslos er in der realen Welt war – meistens wusste er nicht, gegen wen er spielte, die Zahl der Punkte, die er gewonnen oder verloren hatte, interessierte niemanden, doch ihn verletzte es heftig, wie der Verlust jetzt auf dem Bildschirm, und sie versucht noch nicht einmal, ihre Schadenfreude zu verbergen, fang jetzt kein neues Spiel an, um den Verlust auszugleichen, wir fahren.

Wohin, murmelt er, steht auf und geht mit schweren Schritten in die Küche, als wäre er gerade aus einem tiefen Schlaf erwacht, und sie sagt, zu unserer Tochter, und er gähnt, übertreibst du nicht, Iris? Sie wollte sich doch nur amüsieren, und sie äfft ihn nach, nur amüsieren? Wo lebst du denn? Die besten Freunde ihres Bruders verführen, ohne Unterschied, und das kommt dir normal vor?

Wer bin ich, dass ich beurteilen kann, was normal ist, faucht er, jedenfalls weiß ich jetzt, dass sie nicht so asexuell ist wie ihre Mutter, und sie weicht zurück, als habe er sie ins Gesicht geschlagen, geht schweigend ins Schlafzimmer. Asexuell? Wie kommt er darauf? Es passt nicht zu ihm, so mit ihr zu sprechen! Er ist gekränkt, weil sie das Ehebett verlassen hat, das weiß sie, und weil ihr Sexualleben sie, wie die meisten ihrer gleichaltrigen Freunde, in den letzten Jahren nicht mehr besonders begeistert, aber dass er ihr solche Worte entgegenschleudert? Er ist vermutlich angespannter, als er zuzugeben bereit ist, und sie setzt sich auf das Bett, gleich wird sie eine Tablette nehmen und sie wird zu Alma fahren, ohne es vorher anzukündigen, sie wird direkt zur Bar fahren und sie dort überraschen. Alma wird sich über den Überfall bestimmt ärgern, aber sie wird ihre Anwesenheit ertragen müssen, und vielleicht wird sie sie von draußen beobachten können, ohne dass sie es merkt, falls es dort ein Fenster gibt, und die Vorstellung, was sie durch das Fenster sehen könnte, lässt sie erschauern.

Sie wird die Sexualität ihrer Tochter sehen, Eltern sollten so etwas nicht sehen. Vielleicht hat Micki recht, sie hat das Gefühl, dass Eltern der guten Ordnung halber in den Augen ihrer Kinder asexuell sein sollten, und Kinder in den Augen ihrer Eltern, sonst entsteht ein unbehagliches Gefühl, aber das ist im Moment nebensächlich, wenn Alma sich so seltsam verhält, muss sie ihr helfen, auch gegen ihren Willen, und sie zieht sich vor dem Schrank aus. Normalerweise achtet sie nicht darauf, aber heute Abend muss sie gut aussehen, damit ihre Tochter sich nicht für sie schämt, und sie wählt einen engen schwarzen Rock, seit die Schmerzen zurückgekommen sind, isst sie kaum etwas, der Rock ist nicht mehr so eng, wie er war, und die weiße Bluse mit den schwarzen Punkten hat ihr schon immer geschmeichelt, aber als sie sich eilig die Lippen schminkt, kommt er ins Zimmer, das Telefon in der Hand und ein hochmütiges Lächeln im Gesicht.

Mama zieht sich schon für dich an, Süße, sagt er mit offenem Spott ins Telefon, aus dem ein zwitscherndes Lachen dringt, sie will, dass wir zu dir fahren, sie macht sich Sorgen um dich, und sie hört ihre Tochter sagen, dafür gibt es keinen Grund, Papa, mir geht es gut, ich hab heute eine Doppelschicht, ihr braucht nicht zu kommen, ich bin den ganzen Tag auf den Beinen, ich werde keine Sekunde Zeit für euch haben, und ich mache jetzt Schluss, hast du verstanden?, und er kichert, ich habe verstanden, dass es dir nicht eilig ist, uns zu sehen, er führt das Gespräch trotz ihrer wütenden Blicke fort, ich habe gehört, dass Omers Freunde gestern bei dir waren, wie war das?

Frag nicht, klagt sie, sie sind solche Gänseblümchen, sie vertragen nichts, ein Glas Wodka und sie fangen an, alles anzufassen, was sich bewegt, ich war gezwungen, sie rauszuwerfen, sagt sie, sie haben mir wirklich Unannehmlichkeiten bereitet, und ich habe noch für sie gelogen und zu Boas gesagt, sie wären achtzehn. Sag Omer, dass er keinen Freund mehr zu mir schicken soll, und Micki hört ihr vergnügt zu, sein Lächeln wird immer breiter, wer ist dieser Boas, der Besitzer der Bar?, fragt er, und sie zwitschert, ja, mein Boss, und was für ein Boss, in der nächsten Woche bekomme ich die Aufsicht über die Schicht.

Und wann kommst du?, fragt er, vielleicht kommst du am Wochenende? Wir haben dich seit fast einem Monat nicht mehr gesehen. Sie protestiert, aber Papa, am Wochenende sind die Trinkgelder besonders hoch, es wäre blöd, solche Schichten zu verpassen. Weißt du was, vielleicht komme ich am Sonntag, in Ordnung? Da ist nicht viel los, und er sagt, klar, Süße, wann es dir passt, Küsse, er schürzt seine fleischigen Lippen vor dem Apparat, der ihm ein schmatzendes Geräusch zurückgibt, bye, mein Mädchen, pass auf dich auf, und sie sagt, bye, Papale, und in der Stille, die sich im Zimmer ausbreitet, löst sich ihr Zorn darüber, dass er ihr geheimes Vorhaben so leichtfertig verraten hat, in der Erleichterung über die sichere, heitere Stimme ihrer Tochter auf und mischt sich mit der Erkenntnis, dass er trotz seines Schachspielens in der Beziehung zu ihrer Tochter erfolgreicher ist als sie, und das Gefühl, versagt zu haben, tut im Moment so weh, dass es die Schmerzen in ihrem Becken, die ins Bein ausstrahlen, überdeckt. Dazu kommt die Torheit, dass sie sich festlich gekleidet hat, als handle es sich um die Hochzeit ihrer Tochter, und die Erkenntnis, dass sie die ganze Zeit wieder und wieder mit dem Stift über ihre Lippen fährt, bis sie mit einer dicken, klebrigen Schicht bedeckt sind, mischt sich mit seinem Lächeln, das hinter ihr im Spiegel aufblitzt, zufrieden und erwartungsvoll, als habe er ihr ein Geschenk gebracht und warte jetzt auf ihren überraschten und freudigen Aufschrei.

Was werden wir tun, Micki, murmelt sie mit vor Farbe zusammenklebenden Lippen, und er, sachlich, wie es seine Art ist, sagt, komm, gehen wir essen, wir haben schon lange nicht mehr auswärts gegessen, und du hast dich ja schon schön angezogen, und sie verzichtet auf alle Ausreden, denn obwohl sie Schmerzen hat und obwohl sie nicht hungrig ist und obwohl sie morgen früh aufstehen muss und obwohl er sie gekränkt hat, weiß sie, dass sie ihn in diesem Moment nicht enttäuschen darf.

Nur keinen Reis mit Linsen, sagt er lachend, als er die Karte in die Hand nimmt, was ist am weitesten entfernt von Reis und

Linsen?, fragt er die Kellnerin, die ihn nicht ganz versteht, und Iris wirft ihm einen warmen Blick zu. Trotz allem ist er ihr Micki, der sie auf seine Art liebt, der auch die Kinder liebt, der bei ihrer Geburt dabei war, der sie manchmal enttäuscht, dann aber auch positiv überrascht, der sie hingebungsvoll gepflegt hat, als sie verletzt war, der sie unterstützt hat, als sie sich um das Direktorinnenamt bewarb, und sehr stolz war auf ihren Erfolg, und neben dessen großem Körper sie das Gefühl hat, zu Hause zu sein, als wäre sie eine Schildkröte und er ihr Panzer, dem gegenüber sie eine immer stärker werdende Nähe empfindet, so dass sie ihm fast erzählt, dass Doktor Rosen, der mit dem weißen Bart, vermutlich ihre Jugendliebe Eitan Rosenfeld ist und dass sie seit damals immer nur ihn im Kopf hat, die Worte liegen ihr schon auf der Zungenspitze, aber sie schluckt sie hinunter, zusammen mit der scharfen, kalten Paprikasuppe. Was hat es für einen Sinn, ihm von einem ungelegten Ei zu erzählen, da doch in diesem Moment in ihrem Herzen die Entscheidung reift, dass sie nicht zum Krankenhaus gehen und nicht versuchen wird, ihn wiederzusehen, sie wird ihm nicht das Tor zu ihrem Leben öffnen. Der Schmerz, den er ihr zugefügt hat, gehört zu ihrem früheren Leben, und auch wenn er ihr um den Hals fallen oder vor ihr niederknien und um Verzeihung bitten würde, könnte er das Geschehene nicht wiedergutmachen. Ihre Mutter hat gut daran getan, ihn wegzujagen, so wie er sie weggejagt hat, und sie wird gut daran tun, sich durch den neuen-alten Schmerz nicht zu ihm treiben zu lassen, denn heilen kann er sie nicht, und sie wieder krank zu machen, wird sie ihm nicht erlauben.

# SECHSTES KAPITEL

Auf keinen Fall, entscheidet sie am nächsten Tag und auch an dem folgenden, auf keinen Fall wird sie versuchen, ihn wiederzusehen, auf keinen Fall wird sie sich ihm zu erkennen geben, statt sich mit dem Rest ihrer eigenen Pubertät zu beschäftigen, wird sie sich auf die Pubertät anderer konzentrieren. Und als sie in ihrem Büro sitzt und die Kinderzeichnungen an der Wand betrachtet, denkt sie, dass sie eigentlich auch keine Kindheit gehabt hat, denn der Tod ihres Vaters hatte sie über Nacht in einen Menschen verwandelt, der eine große Verantwortung auf den Schultern trug, hatte sie aus der Kindheit in das Erwachsensein geschleudert. Vielleicht fühlt sie sich deshalb manchmal so alt, weil sie schon als Vierjährige erwachsen war, und vielleicht begleitet sie in der letzten Zeit der leichte Überdruss alter Menschen, ein dumpfer Zorn. Aber sie schüttelt die Gedanken ab, im Moment ist das nicht wichtig, heute wird sie früh weggehen, denn Alma hat versprochen, endlich zu kommen, und trotz eines nagenden Zweifels wird sie sich verhalten, als wäre dieser Besuch sicher, sie wird den Biskuitkuchen vorbereiten, den Alma liebt, sie wird ihn sorgfältig aufschichten, abwechselnd Vanille und Schokocreme. Früher haben sie diesen Kuchen jeden Freitag gemeinsam vorbereitet, und das Gesicht des Mädchens bekam Flecken bis an die Stirn, aber nach Omers Geburt taten sie es immer seltener und beschränkten sich vor allem auf Geburtstage.

Wie schwer war es doch, Omer zu erziehen, sie betrachtet verbittert sein Lächeln auf dem Foto, das an der Wand gegenüber hängt, das alte Familienfoto. Es war, als hätte er vom Augenblick seiner Geburt an beschlossen, dass nichts mehr bleiben solle wie zuvor, weder die Nächte noch die Tage, sogar das kleinste familiäre Ritual wie die Zubereitung eines Kuchens stieß auf unzählige Hürden. Entweder brüllte er zornig, weil man ihn nicht beteiligte, und versteckte die Zutaten irgendwo im Haus, und wenn sie bereit waren, ihn mitmachen zu lassen, stritt er ununterbrochen, wollte seine Verantwortlichkeiten erweitern, brachte die Mengen durcheinander, wenn man ihm nicht seinen Willen ließ, verwandelte die Aktion in einen Albtraum, bis Alma in Tränen ausbrach. Sie erinnert sich, wie sie einmal beschlossen hatte, ihn hereinzulegen, sie hatte eine Babysitterin bestellt, die mit ihm zum Spielplatz ging, damit sie mit Alma den Kuchen für ihren achten Geburtstag bereiten konnte. Aber als der Kleine zurückkam, im Gesicht den Ausdruck eines misstrauischen und eifersüchtigen Liebhabers, entdeckte er sofort den Kuchen im Kühlschrank, nutzte einen Moment der Unaufmerksamkeit und warf ihn kochend vor Wut auf den Fußboden, und der Knall der zerbrechenden Form unter der großartigen Creme erschreckte sie damals, sie betrachtete ihren kleinen Sohn erschauernd und fast mit Bewunderung, du bist also wirklich zu allem fähig, wie ich geahnt habe, wie ich gefürchtet habe.

Seit seiner Geburt hatten ihre Freundinnen versucht, sie zu beruhigen, so sind Jungen, du bist nur an ein Mädchen gewöhnt, noch dazu an ein so ruhiges. Jungen sind von Natur aus wild, er ist wie alle anderen, das ist normal, und war geneigt, den beruhigenden Worten zu glauben, doch jedes Mal versetzte ihr die Realität einen Rückschlag. Er war anders, er war nicht wie alle, er war gewalttätiger, er war rebellischer, er war wilder, und in jenem Augenblick, vor der laut weinenden Alma, verstand sie, dass es sich nicht länger leugnen ließ, sie musste sich auf harte Jahre einstellen, und den Preis würde vermutlich das Mädchen zahlen, deren Geburtstagskuchen er jetzt mit voller Absicht zerstört hatte.

Sie selbst nahm, nachdem sie sich wieder gefasst hatte, die Herausforderung an. Sie hatte sich nicht umsonst für Erziehungswissenschaften entschieden, und wenn sie es mit diesem Jungen schaffte, würde es ihr auch mit anderen problematischen Kindern in der Schule gelingen, denen hilflose Eltern, Lehrer und Erzieherinnen frustriert gegenüberstanden. Und sie ist ziemlich erfolgreich gewesen, nach ein paar Jahren war der Junge ruhiger und folgsamer geworden. Jahre der ständigen Anstrengung, in denen Omer sich von einem unmöglichen Jungen in einen fast normalen verwandelt hatte, in einen Jungen wie alle anderen, wenn auch ein bisschen aufbrausender, aber in diesen Jahren wurde Alma vernachlässigt, die sich durch keinen Kuchen für jenen Geburtstagskuchen entschädigen ließ, denn auch der zweite Kuchen, den sie für sie in der Nacht zubereitet hatte, hatte sie nicht entschädigen können, und trotzdem läuft sie jetzt schnell zum Lebensmittelgeschäft und sucht aufgeregt alle Zutaten zusammen, es ist wie ein Versprechen, dass Almas Besuch diesmal angenehm verlaufen wird.

Aber als sie die Biskuits, die sie gerade fröhlich gekauft hat, mit Milch tränkt und in der Form ordnet, überrascht sie das Geräusch des Aufzugs viel zu früh, und sie dreht sich voller Freude und Erwartung um, doch das Mädchen, das heraustritt, ist so anders als ihre Tochter, dass sie sie kaum erkennt, sie scheint sich in einen jungen Mann verwandelt zu haben, so kurz hat sie sich die Haare schneiden lassen, und damit nicht genug, sie hat auch auf ihre wunderbare nussbraune Farbe verzichtet und das wenige Haar, das ihr geblieben ist, rabenschwarz gefärbt, eine Farbe, die ihre Züge betont, die sie von Mickis Mutter geerbt hat, und sie völlig anders aussehen lässt. Die Veränderung trifft sie wie ein Schlag und macht ihr Angst, so dass sie die unnützen Kuchenvorbereitungen vergisst und die Biskuits in der Milch liegen lässt, der ein Löffelchen Kaffee eine leichte Mokkafärbung verliehen hat.

Alma, was ist mit dir passiert?, fragt sie, trocknet die Hände an einem Küchentuch ab und läuft auf sie zu, als drohe sie ohnmächtig zu werden und brauche eine Stütze, und natürlich ist das nicht die richtige Frage, denn ihre Tochter wehrt sich mit kalter Stimme, was hast du denn, Mama? Du starrst mich an, als würdest du einen Geist sehen! Ich habe mir nur die Haare schneiden lassen.

Und Iris, die sofort spürt, dass ihre Tochter bedauert, überhaupt hergekommen zu sein, versucht sich zu korrigieren, nein, du hast dir nicht nur die Haare schneiden lassen, es ist die Farbe, sie verändert dich, du siehst auf einmal Großmutter Hanna ähnlich, und sie umarmt sie, ihr Körper ist angespannt, knochig, zeigt zusätzlich zu der normalen Magerkeit eine neue Härte, und wieder streichelt sie mit den Fingerspitzen über die kühle braune Haut ihrer Arme. Was verbirgt dieser Körper vor ihr, was geschieht mit ihm, diesem Körper, der in ihrer Gebärmutter gewachsen ist, aus ihrem Körper hervorgestoßen wurde und jetzt von ihr getrennt ist und sich hastig abwendet, als hätte er Angst, ein Geheimnis zu offenbaren.

He, wie geht's, Schwesterchen?, ruft Omer und kommt aus seinem Zimmer, cool, was für eine Frisur, warum erinnerst du mich plötzlich an Großmutter Hanna? Und ihn lacht sie an, obwohl er ihr vor dreizehn Jahren absichtlich den Geburtstagskuchen zerstört hat, und erklärt ihm spöttisch, in Tel Aviv würden alle versuchen, sich so schön wie möglich herzurichten, und deswegen habe sie Lust, gegen den Strom zu schwimmen, sie gebe sich keine Mühe, schön zu sein, ganz im Gegenteil. Und sie fügt ein dünnes Fragezeichen hinzu, er kichert, prima, Schwesterchen, Hauptsache, dir gefällt's.

Klar gefällt es mir, sagt sie, wirft einen Blick in den Spiegel und wuschelt sich mit einem herausfordernden und zugleich entschuldigenden Lächeln durchs Haar, diesem irritierenden Lächeln von Großmutter Hanna, doch eine aufmerksame Mutter, die ihre Bewegungen verfolgt, weiß, was Omer nicht weiß, was auch seine Schwester nicht weiß, dass ihre Großmutter Hanna, die, als sie noch Kinder waren, nach einer schweren Krankheit gestorben war, viele Jahre lang geschlagen wurde.

Mal sehen, was Micki sagen wird, denkt sie, während ihre Kinder ein paar lustige Worte wechseln und lachen, mal sehen, ob er jetzt auch so ruhig bleibt und sie verspottet, sie würde sich unnötig Sorgen machen, denn der Schmerz seiner Mutter hatte ihn, zwar verborgen und verleugnet, durch seine ganze Kindheit und Jugend begleitet, obwohl sie alles tat, um ihn vor seinem Vater zu schützen, der viele Jahre älter war als sie, krankhaft eifersüchtig und gewalttätig. Erst als Micki schon ein erwachsener Mann und verheiratet war, hatten sie es gemeinsam geschafft, ihr dabei zu helfen, seinen Vater zu verlassen. Doch kurze Zeit später war sie krank geworden, und statt ihr neues Leben als freie Frau zu genießen, überließ sie sich ganz und gar der Krankheit, den Behandlungen und den Qualen, bis sie erschöpft gestorben war, fast mit einem Seufzer der Erleichterung, während ihr viel älterer Mann sein Leben an der Seite einer neuen Frau genoss und noch lange lebte, und da Micki jede Beziehung zu ihm abgebrochen hatte, erfuhren sie nicht, ob das Schicksal der neuen Frau besser war als das der alten.

Er erinnert mich an meinen Vater, hatte Micki manchmal angesichts von Omers Wutausbrüchen beschämt gesagt, vermutlich hat die Anlage eine Generation übersprungen, aber für ihn wird es noch schlimmer sein als für sie, dass ihre Tochter, die zu einem kurzen Besuch aus der großen Stadt gekommen ist, den alten bedrohlichen Geist von Unterwerfung mitgebracht hat.

Hi, Süße, ruft er ihr entgegen, als der Aufzug ihn direkt in ihre Arme spuckt, meine Almale, und Iris fällt auf, dass sie sich auch aus seiner Umarmung hastig befreit, und auch seinem Blick weicht sie mit der gezwungenen, demonstrativen Fröhlichkeit aus, sie läuft zur Anrichte in der Küche und schnappt sich die Biskuits, die noch nicht eingeweicht sind, und knabbert nervös einen Keks nach dem anderen. Stopf dich nicht mit Biskuits voll, sagt sie schnell, es gibt viel zu essen, denn das, scheint ihr, sollte eine normale Mutter in diesem Moment sagen, und sie fügt mit einem ermunternden Lächeln hinzu, ich mache gerade den Kuchen, den du so magst. Eine normale Mutter in einer normalen Familie mit zwei Elternteilen und zwei Kindern, denn auch Omer schnappt sich jetzt ein paar Biskuits und streckt sich auf dem großen blauen Sofa aus, und Alma setzt sich neben ihn, Micki gießt sich ein Glas Wasser ein und gesellt sich zu ihnen, es sieht aus, als würden sie nur darauf warten, dass sie sich auf das geblümte Sofa ihnen gegenüber setzt, und sie spürt so etwas wie Erleichterung, so etwas wie Stolz auf die normale Familie, die Micki und sie geschaffen haben, obwohl sie selbst nicht aus normalen Familien stammen, aber es gelingt ihr nicht, Freude über das Zusammensein zu empfinden. Der Anblick ihrer Tochter tut ihr so weh, dass sie ihr nicht gegenübersitzen und ein fröhliches Gesicht zeigen kann, ich mache den Salat, sagt sie und dreht ihnen den Rücken zu.

Ist alles in Ordnung, Iris?, fragt Micki und erklärt Alma, dass ihre Mutter wieder Schmerzen hat, die ins Bein ausstrahlen, sie leide sehr in letzter Zeit, und Iris sagt, ist nicht so schlimm, es ist ihr unangenehm, sich im Schatten jenes Ereignisses zu verstecken, unter dem ihre Tochter damals mehr als genug gelitten hat, sie holt Gemüse aus dem Kühlschrank, fängt an, es grob zu zerkleinern, und versucht, sich zu beruhigen. Was ist Alma passiert? Und hat sie vielleicht recht gehabt, als sie die Gegenfrage stellte, und was ist mit dir, denn den anderen fällt nichts auf, sie sehen ganz zufrieden aus, nur ihr Herz klopft heftig und sie ist erschrocken, ohne dass ihr klar ist, warum.

Sie hat sich von den Haaren getrennt, die sie so lange gepflegt hat, sie sind im Abfalleimer irgendeines Friseurs gelandet, obwohl man sich sogar vorstellen kann, dass sie sie selbst geschnitten und dann ihr schönes Nussbraun gegen Rabenschwarz getauscht hat. Auch wenn es keine Katastrophe ist, hat die Veränderung die Harmonie ihres Gesichts zerstört, und zusammen mit der Kleidung, die sie gewählt hat, ein schwarzes, abgerissenes T-Shirt und graue Jeans, sieht sie überhaupt nicht anziehend aus, niemand würde sich nach ihr umdrehen, wie sie es früher taten, wenn sie mit ihren kurzen Röckchen und dem wallenden Haar herumlief. Weshalb also diese Panik? Jahrelang hat sie mit ihrer Tochter geschimpft, weil sie so viel Zeit auf ihr Äußeres verwendet hat, eigentlich müsste sie sich über diese plötzliche Veränderung freuen, aber es ist nicht der vorübergehende Verlust an Schönheit, der sie bedrückt, sondern etwas in ihrem Gesicht, vielleicht Freiheit?

Es ist schwer, den Gesichtsausdruck zu definieren, vielleicht ist es die plötzliche Ähnlichkeit mit Großmutter Hanna, die sie dazu bringt, den Schatten eines Bergs als den Berg selbst zu sehen, denn was hat diese unglückliche Frau, die gegen ihren Willen mit einem herrschsüchtigen, grausamen Mann verheiratet worden war, mit einer jungen Frau zu tun, die allein in der großen Stadt lebt und die ganze Zukunft noch vor sich hat, und sie atmet tief ein, streut Salz über den Salat und drückt eine Zitrone aus, der Auflauf, den sie in den Backofen geschoben hat, schlägt schon Blasen. Kommt zum Essen, ruft sie, Omer, wo ist die Majadra? Sag ja nicht, dass du sie aufgegessen hast.

Wir haben eine Majadra, die unglaublich gut schmeckt, sagt Alma und setzt sich an ihren festen Platz, wir servieren sie mit geschmolzenem Ziegenkäse, und sie bemüht sich, ihr zuzulächeln, es scheint dir ja wirklich gut zu gehen bei deiner Arbeit, und ihre Tochter nickt, ja, wirklich, es ist wie ein Zuhause, ich bin die meiste Zeit dort, die anderen Kellnerinnen sind alle meine Freundinnen, und Boas ist sehr zufrieden mit mir, ab nächste Woche werde ich verantwortlich für die Schicht sein, und sofort stürzt sie sich mit gesundem Appetit auf das Essen, offenbar gibt es keinen Grund zur Sorge, aber die Art, in der sie den Namen Boas ausgesprochen hat, hallt ihr in den Ohren, auch als schon weitere Worte aus ihrem Mund gekommen sind. Sie hat seinen Namen mit einem gewissen Stolz und einer gewissen Heimlichkeit genannt.

Wie alt ist Boas?, fragt sie, als versuche sie sich zu erinnern, und ihre Tochter zieht sich sofort zurück, ich weiß es nicht genau, ungefähr so alt wie ihr, und sie fragt mit demonstrativer Freundlichkeit, um ihre Tochter nicht misstrauisch zu machen, und, ist er nett? Behandelt er euch gut? Ihre Tochter fällt darauf rein, er ist ein ganz besonderer Mensch, die Bar hat er nur für seinen Lebensunterhalt, aber was ihn interessiert, ist die innere Arbeit. Es gibt ein paar Mädchen, die er wirklich gerettet hat.

Wovor hat er sie gerettet?, fragt sie, während ihre Hand, in der sie die Gabel hält, anfängt zu zittern, und ihre Tochter, die das bemerkt, macht sofort einen Rückzieher, nur so, weißt du, solche verlorenen Seelen eben, sie suchen sich selbst, er hilft ihnen klarzukommen, und sie versucht, ihre Stimme und das Zittern unter Kontrolle zu bringen, hat er dir auch geholfen, Alma?, und ihre Tochter wappnet sich mit ihrem spöttischen Ton, was für eine Hilfe sollte ich denn brauchen, deiner Meinung nach? Ich bin ein Mädchen aus gutem Haus, ich habe Eltern, die sich um mich sorgen, ich brauche keine Hilfe!

Später schreit sie Micki an, als er vom Busbahnhof zurückkommt, sag bloß nicht, dass du das einfach so hingenommen hast, wie sie das gesagt hat! Alma hat sich mit Händen und Füßen gewehrt, unter keinen Umständen wollte sie hier schlafen, obwohl sie all ihre Sachen aus ihrem Zimmer geholt und das Bett frisch bezogen und sie gebeten hatte, doch zu bleiben. Du kannst ausschlafen, und wenn du aufgestanden bist, komme ich von der Arbeit und wir können zusammen Kaffee trinken, hat sie gelockt, aber offenbar hat es sich für Alma eher wie eine Drohung angehört, denn sie weigerte sich hektisch und betonte, sie schlafe am liebsten zu Hause, und damit klargemacht, dass der Ort, den sie ihr Zuhause nennt, schon nicht mehr bei ihnen ist. Außerdem, sagte sie, sei es angenehmer, nachts zu fahren als mittags, wenn es heiß und verstopft ist, und nach einer kurzen Umarmung verschwand sie im Aufzug, zusammen mit ihrem Vater, der sich angeboten hatte, sie zum Bus zu bringen, und Iris blieb starr vor den Edelstahltüren des Aufzugs zurück und wartete darauf, dass Micki zurückkommen würde, damit sie vor ihm diesen Satz wiederholen könnte, der so auffallend das Gegenteil gemeint hat, was für eine Hilfe sollte ich denn brauchen, deiner Meinung nach? Ich bin ein Mädchen aus gutem Haus, ich habe Eltern, die sich um mich sorgen, ich brauche keine Hilfe!

Ich habe es genau so verstanden, wie sie es gemeint hat, antwortet er ihr erstaunt, er gießt sich ein Glas Wasser aus dem Kühlschrank ein und setzt sich ihr gegenüber an den abgeräumten Tisch. Sie hat gesehen, dass du dir Sorgen machst, und wollte dich beruhigen, was für eine Ironie meinst du? Hat sie etwa keine Eltern, die sich um sie sorgen? Schau nur, wie sehr du dich sorgst, fügt er streng hinzu, ich fürchte, du hast den Kontakt zur Realität verloren, vielleicht liegt das an den Schmerzmitteln, es ist bekannt, dass sie zu Halluzinationen führen können. Wir sollten ins Krankenhaus fahren und eine Therapie anfangen. Vielleicht gehen wir direkt zum Chef, obwohl ich das Gefühl hatte, er ist ein Psychopath.

Ein Psychopath?, fragt sie überrascht, warum? Eine seltsame Freude steigt in ihr auf. Vielleicht hat er recht, vielleicht halluziniert sie, vielleicht sollte sie den Chefarzt aufsuchen, natürlich muss sie ihn wiedersehen, sie wird auf diese Gelegenheit nicht verzichten, trotz allem, was sie sich versprochen und geschworen hat, sogar auf die Gelegenheit, mit Micki über ihn zu sprechen, kann sie nicht verzichten, und sie fragt noch einmal, warum glaubst du, er ist ein Psychopath?

Hast du nicht bemerkt, wie seltsam er ist? Micki grinst. Er ist förmlich aus dem Sprechzimmer geflohen, ohne uns überhaupt anzuschauen, er hat Angst vor seinem eigenen Schatten, und sie sagt, oder vor unserem. Zum ersten Mal kommt sie auf die Idee, er könne sie erkannt haben und sei geflohen, um sich zu retten, und jetzt ist es an Micki, erstaunt zu sein, warum sollte er vor unserem Schatten Angst haben, fragt er und gibt sich gleich selbst die Antwort, vermutlich ist er einfach ein Misanthrop, aber ich habe gehört, dass er letztlich ein guter Arzt ist, bei uns gibt es eine Frau, der er tatsächlich geholfen hat.

Wirklich? Wen denn?, fragt sie, überrascht von dem Strom an Informationen, der plötzlich aus einer unerwarteten Quelle kommt, und er steht auf und sagt, eine Neue, du kennst sie nicht, sie war es, die mir empfohlen hat, mit dir dorthin zu gehen, als deine Schmerzen angefangen haben, aber ich wollte nicht so lange warten, und außerdem ist er schrecklich teuer.

Oh, Micki, sie seufzt, du hast keine Ahnung, wie teuer er ist, und sie folgt ihm ins Schlafzimmer, folgt den Gegenständen, die an ihren Platz zurückgekehrt sind, Ohrstöpsel, Augencreme, Nachthemd, ein aufgeschlagenes Buch. Im kleinen Spiegel im Badezimmerschrank taucht ihr Kopf neben seinem Ohr auf, eine hohe Stirn und glatte, ausgeblichene Haare. Nebeneinander putzen sie sich die Zähne, gründlich, aber als sie den Mund ausspülen will, hält sie eine seltsame, neue Verlegenheit zurück. Sie möchte nicht, dass er das sieht, was sie ausspuckt, Schleim, die abstoßende rosa Färbung von blutendem Zahnfleisch, und sie hofft, er würde ihr zuvorkommen, aber auch er scheint verlegen zu sein, bewegt die Zahnbürste weiter im Mund, bis sie sich zur Seite beugt und in die Kloschüssel spuckt und sich fragt, was das über sie aussagt, über ihre Intimität, und genau da benutzt er die Gelegenheit, um seinerseits auszuspucken und sofort das Wasser laufen zu lassen, und fast gegen ihren Willen denkt sie an den jungen Mann, den sie so sehr geliebt hat, nichts hatte zwischen ihnen gestanden, vom Aufstehen morgens bis zum Schlafengehen abends, sie schlief in seinen Armen ein, sie atmete die Luft ein, die er ausatmete.

Sie seufzt, wir waren Kinder, das lässt sich nicht vergleichen, und sie betrachtet unglücklich ihre ersten grauen Haare, vielleicht wird sie morgen zum Friseur gehen, nicht weit von der Schule, und sich die Haare so schwarz färben lassen wie die ihrer Tochter, und vielleicht wird die künstliche Ähnlichkeit sie näher zusammenbringen, wenn sie plötzlich in der Bar vor ihr auftaucht, denn sie ist nicht beruhigt, sie ist nicht überzeugt.

Womit habe ich diese Ehre verdient?, fragt Micki, als sie sich im Bett neben ihm ausstreckt, ich habe mich schon daran gewöhnt, allein zu schlafen, bist du sicher, dass du inzwischen nicht angefangen hast zu schnarchen? Sie nähert sich ihm, legt den

Kopf auf seine glatte Brust, die sich zugleich hart und weich anfühlt, die sie schon immer gern berührt hat. Sag, sie dehnt das Wort, während sie den Satz fertig formuliert, was hat sie noch erzählt, diese Frau von deiner Arbeit? Was hatte sie für Schmerzen? Wie genau hat er ihr geholfen? Und plötzlich, wie aufwachend, antwortet er, sie hatte heftige Schmerzen im unteren Wirbelbereich, sie hat furchtbar gelitten, sie konnte ihren Job nicht mehr machen, und sie hat eine kleine Tochter, die sie allein aufzieht. Niemand konnte ihr helfen, bis sie zu ihm gekommen ist, er hat ihr Cortisonspritzen gegeben, die sie tatsächlich gerettet haben.

Wow, du bist wirklich gut informiert, bemerkt sie, ich habe gar nicht gewusst, dass du dich so sehr für die Menschen in deiner Umgebung interessierst, und er protestiert sofort, ich interessiere mich nicht besonders, aber wenn eine junge Frau jeden Tag neben dir weint, kannst du nicht gleichgültig bleiben, und sie sagt, jetzt verstehe ich, weshalb du an diese Ambulanz gedacht hast, ich habe mich tatsächlich gewundert, und sofort versucht sie, das Gespräch auf den Arzt zu lenken, weg von der Kranken, was geht sie die Kranke an, aber Micki scheint sie etwas anzugehen, und vor lauter Interesse wird er aggressiv, was ist in der letzten Zeit mit dir los? Man kann gar nicht mehr mit dir reden! Alles weckt sofort dein Misstrauen, der Morgen des Attentats, die arme Frau, der ich zu helfen versucht habe.

Wie genau hast du versucht, ihr zu helfen?, fragt sie, und er sagt, mit nichts Besonderem, ich habe sie einmal zu diesem Arzt gebracht, als sie vor lauter Schmerzen nicht mehr selbst fahren konnte, und sie kichert, alle Achtung, Micki, ich habe gar nicht gewusst, dass ich mit einem Samariter verheiratet bin, warum reagierst du dann immer gereizt, wenn Omer von dir irgendwohin gefahren werden will? Aber was hat es für einen Sinn, darauf einzugehen, das ist nicht das Wichtigste, und sie versucht es noch einmal, was hat sie noch von ihm erzählt? Und er zischt, nichts Besonderes, sie wurde von ihm behandelt, und es geht ihr viel besser, und Iris seufzt, schön, ich freue mich für sie, sie hat die Information, die sie erhofft hat, nicht bekommen, stattdessen eine ganz andere, eine beunruhigende, ihn jedenfalls scheint die Sache zu beunruhigen, denn er steigt wütend aus dem Bett, ich gehe an den Computer, knurrt er, ich bin nicht mehr müde.

Was hast du denn, Micki? Du bist auf einmal so empfindlich wie ein pubertierendes Mädchen, ruft sie ihm nach, vermutlich hast du wirklich etwas zu verbergen, aber er stürmt bereits zu seinen Schachsoldaten, er hört schon nicht mehr, was sie sagt, und vielleicht ist das gut so, etwas läuft in der letzten Zeit schief, wenn wir reden, denkt sie, wir benutzen Worte, um etwas zu verbergen, statt zu erhellen. Wir betrügen mit Worten, vielleicht ist das schlimmer als Betrug, wir betrügen mit Worten und sie strafen uns.

# SIEBTES KAPITEL

Schwarz, schwarz, sagt sie zu dem Friseur, das schwärzeste Schwarz, das Sie haben, und während die Farbe in ihre Haare gestrichen wird, die in der letzten Zeit gewachsen sind, schaut sie erwartungsvoll in den Spiegel, noch nie hat sie verrückte Dinge mit ihren Haaren gemacht, überhaupt hat sie nicht viele verrückte Dinge gemacht, und an diesem Morgen kommt es ihr plötzlich vor, als würde ihre Jugend heimlich durch einen Spalt, der sich plötzlich aufgetan hat, hereindringen und ihren Widerstand wecken. Sie wird heute nicht in die Schule zurückkehren, sie wird etwas anderes tun. Zu viele Jahre lang hat sie getan, was sie musste, es wird Zeit, das zu tun, was sie möchte. Die Farbe wird ausgewaschen und sie betrachtet sich neugierig, nicht schlecht, überhaupt nicht, die Haare reichen ihr schon fast bis zu den Schultern und betonen in ihrer Schwärze ihre helle Haut und die grünen Augen, und da sie in der letzten Zeit abgenommen hat, treten ihre Wangenknochen wieder stärker hervor, und das blaue Leinenkleid, das sie sich einige Tage vor dem Attentat gekauft und nie getragen hatte, passt ihr wie angegossen, sie sieht ganz anders aus. Sie sehen zehn Jahre jünger aus, sagt der Friseur erstaunt, und sie lächelt, eine so große Veränderung hat sie wirklich nicht erwartet, und sie fotografiert sich, etwas, was sonst gar nicht ihre Art ist, und schickt das Bild an Alma, und diese, was auch nicht ihre Art ist, antwortet sofort, toll!

Hast du in den nächsten Stunden mal frei?, fragt sie, nachdem Alma den Köder geschluckt hat, ich habe einen Termin in Tel Aviv, könnte ich danach zu dir kommen? Aber zu ihrer Enttäuschung weist ihre Tochter sie schnell zurück, ausgeschlossen, schreibt sie, ich habe heute eine Doppelschicht und muss die Bar abschließen.

Was hast du gedacht, dass du bloß die Haare in ihrer Farbe zu färben brauchst und alles ist vergessen? Hast du geglaubt, du könntest sie so billig kaufen? Nun ja, so billig nun auch nicht, denkt sie, als sie den Friseur bezahlt, nicht für mich und erst recht nicht für sie. Wie viele Schichten hat sie wohl gearbeitet, um sich so hässlich zu machen, ihr selbst steht das neue Schwarz gut, aber ihrer Tochter überhaupt nicht, so unterschiedlich sehen sie aus und so unterschiedlich sind ihre Farben.

Hi, Dafnona, sagt sie, als die Stimme ihrer Freundin in das heiße Auto dringt, erschöpft und atemlos, doch sofort wird sie wach, Iris, ich habe dich nicht erkannt! Endlich! Womit habe ich diese Ehre verdient?

Was habt ihr bloß alle mit dieser Ehre, sagt sie und lacht, wie geht's? Wie war's in Barcelona? Und Dafna seufzt, das habe ich vor lauter Arbeit schon vergessen, was machen deine Schmerzen? Sie sagt, mit Tabletten sind sie auszuhalten. Hör zu, ich glaube, ich habe verstanden, warum ich damals verletzt wurde, und Dafna sagt, du bist wegen eines mindestens hundert Jahre alten Streits verletzt worden, komm, fangen wir nicht mit Politik an.

Es ist keine Politik, Dafna, sagt sie, ich bin verletzt worden, weil Micki eine Affäre hatte, deshalb hat er an jenem Morgen die Kinder nicht gefahren, und Dafna schreit, was für ein Blödsinn! Micki? Das kann nicht sein, was fällt dir plötzlich ein? Und sie sagt, ich glaube, er hat jetzt eine Affäre, und wenn er jetzt eine hat, hat er vermutlich damals auch eine gehabt. Wodurch lernen wir etwas über die Vergangenheit, wenn nicht aus der Gegenwart?

Er hat doch nur einer bedauernswerten Frau geholfen, was willst du von ihm?, sagt Dafna dann, als sie sich in einem Café neben ihrem Büro treffen, ihrem ausdrucksvollen Gesicht ist der Zorn anzusehen, was fällt dir bloß ein? Zwei Wochen haben wir nicht miteinander gesprochen, und schon bricht der Himmel zusammen! Ich kann nicht glauben, dass du mich von der Arbeit weggelockt hast, um mir an dem Tag, an dem ich furchtbar viel zu tun habe, solchen Blödsinn zu erzählen!

Auch Alma hat heute viel zu tun, bemerkt Iris. Sie sprechen immer über ihre Töchter, über Dafnas Schira und über ihre Alma, die schon im Kindergarten enge Freundinnen wurden, und als Folge davon auch Dafna und sie. Das Wichtigste hat sie ihr noch nicht erzählt, und sie kämpft innerlich, ob sie es tun soll – nämlich ihr zu sagen, dass sie Eitan gesehen hat, du erinnerst dich, dass ich dir von Eitan erzählt habe? Von meinem ersten Freund? Manchmal kann Dafna sich nicht beherrschen und erzählt alles ihrem Mann weiter, und er, mit seiner großen Klappe, könnte sich vor Micki verplappern, wenn sie sich zu viert treffen. Nein, sie wird ihr nichts sagen, sie muss vorher mit Eitan sprechen, schließlich ist es ihr gemeinsames Geheimnis, denn jetzt, nach fast dreißig Jahren der Trennung, teilen sie ein Geheimnis, und auch wenn er sich dessen noch nicht bewusst ist, existiert es und verbindet sie miteinander, doch vielleicht weiß er es ja doch und ist deshalb so schnell aus dem Zimmer verschwunden. Vielleicht wartet er seither darauf, dass sie allein zu ihm kommt, kontrolliert die Liste der angemeldeten Patienten, sucht ihren Namen, wirft manchmal einen Blick in den Flur. Sie erinnert sich genau, wie er manchmal nach der Schule auf sie gewartet hat, und wenn sie aus der Klasse kam und ihn sah, hat sie eine unvergleichliche Lust empfunden und war aufgeregt zu ihm geeilt, wie eine Braut zum Bräutigam, der unter dem Hochzeitsbaldachin auf sie wartet. Plötzlich stockt ihr der Atem und sie spürt, dass sie sich nicht länger beherrschen kann, es ist genau wie bei Joseph, lasst jedermann von mir hinausgehen, hatte er gerufen, bevor er sich seinen Brüdern zu erkennen gab.

Ich muss los, sagt sie zu ihrer Freundin, die erstaunt den Mund aufreißt, ich glaub's nicht, was fällt dir ein? Du lockst mich von der Arbeit weg und jetzt musst du gehen? Und sie steht auf, entschuldige, Dafnoni, ich habe vergessen, dass ich eine wichtige Verabredung habe, es tut mir so leid, ich werde es wiedergutmachen, und Dafna betrachtet enttäuscht den großen Teller Salat, der gerade gekommen ist, gut, ich werde sagen, dass man ihn mir einpackt, sagt sie, wirklich, ich verstehe dich nicht. Du erzählst mir, dass Micki dich betrügt, aber du hast schon seit Jahren nicht mehr so gut ausgesehen, vielleicht bist du es ja, die eine Affäre hat? Mit wem hast du diese wichtige Verabredung? Iris beugt sich zu ihr und küsst sie auf die Wange, mit der Vergangenheit, flüstert sie ihr ins Ohr, ich habe eine Verabredung mit der Vergangenheit.

Was ist, bist du vielleicht schwanger? Gehst du zum Ultraschall? Was ist los? Und sie versucht sie festzuhalten, und Iris lacht, nein, warum, ich erzähle dir später alles, ich muss unbedingt gehen, bevor mich der Mut verlässt.

Aber er scheint noch zu wachsen, ihr Mut, als wäre er wie durch Zauberhand entstanden, in der Nacht, in der sie allein im Ehebett schlief und Micki auf der anderen Seite der Wand, in Almas Bett. Zum ersten Mal seit langer Zeit haben sie die Betten getauscht, zum ersten Mal seit langer Zeit hat sie konzentriert über ihn nachgedacht, so wie sie manchmal über schwierige, rätselhafte Schüler nachdenkt, dann konzentriert sie sich auf einen einzelnen und versucht, seine Motive herauszufinden, wie man ihn erreichen könnte. So hat sie sich in dieser langen Nacht mit Micki beschäftigt, bis ihr das Bild klar wurde, doch dann wurde er zu einem weiteren »Fall«, aber zu keinem, der sie sonderlich berührte.

Nein, sie empfindet nichts außer dem drängenden Bedürfnis, an den Ort zurückzukehren, an dem sie Eitan gesehen hat, ein drängendes Bedürfnis, an das sie sich noch gut aus ihrer Jugend erinnert, und deshalb kommt es ihr so vor, als hätte sie Micki überhaupt noch nicht getroffen, als gehöre der Tag, an dem ihr Leben sich plötzlich veränderte, zu einer früheren Epoche, bevor sie Micki kennenlernte, und als gehe es ihn deshalb nichts an.

Doch was geht sie etwas an? Die Klänge, die sich aus dem Lautsprecher über sie ergießen, berühren sie wie elektrischer Strom, ein Cello und ein Klavier begleiten einander auf ungebahnten Wegen, ahmen einer den anderen nach und warten wieder, und während sie die Straße hinunterfährt, sieht sie vor ihrem geistigen Auge einen Jungen und ein Mädchen, die einander zuwinken und dabei eine in den Himmel aufragende Leiter hinauf- und hinabsteigen, sie treffen sich einen Moment lang und trennen sich wieder, denn die Wege, die sie gehen müssen, führen in entgegengesetzte Richtungen. Er zum Leben, sie zum Tod, er zum Tod, sie zum Leben, wer hat sie zu der ewigen Trennung verurteilt? Sind Leben und Tod nicht miteinander verbunden, und sie erinnert sich wieder an jene Wochen, in denen sie in ihrem Jugendbett lag, in ihrem kleinen, dunklen Zimmer, bewegungslos, mit trockenen Augen, weder hungrig noch durstig. Durch die Ritzen im Rollladen drangen Lichtstreifen herein, aber für sie war das bedeutungslos, denn wenn sie Eitan nicht mehr sehen würde, wollte sie nichts mehr sehen, wenn sie nicht mehr mit Eitan sprechen konnte, wollte sie mit niemandem sprechen, wenn sie seine Stimme nicht mehr hören konnte, wollte sie nichts mehr hören. Manchmal hatte sie das Gefühl, er rufe ihren Namen, er würde zu ihr zurückkehren, aber er war nicht mehr der Eitan, der nicht fähig war, sie zu verlassen, war nicht mehr derselbe Mensch, dieser Eitan war für immer verschwunden. Und deshalb lag sie auf dem Rücken und wurde immer weniger, sie versank in ihrer Matratze, die in ihrem Bett versank, das im Boden versank, sie musste nichts dazu tun, das war die Hauptsache, sie würde früher oder später in der Erde versinken, sie brauchte nur Geduld, um für immer zu verschwinden.

Manchmal drangen fremde Gestalten in ihr Zimmer und versuchten, sie zu stören und ihre Pläne zu durchkreuzen: die Hausärztin, die Schulpsychologin, ihre Lehrerin, sie setzten sich neben das Bett und sprachen ihr gut zu, aber sie verstand nichts, weil es nicht Eitans Stimme war, und dann wurde im Nebenzimmer geflüstert, es ging um eine Krankenhauseinweisung, aber ihre Mutter wehrte sich hartnäckig dagegen. Unklar erinnert sie sich daran, wie verwirrt ihre Zwillingsbrüder waren, und Joav, der sensiblere von beiden, schlich sich manchmal zu ihrem Bett und flehte sie an, gesund zu werden, aber was hatte sie mit seinem Flehen zu tun, was hatte sie mit Gesundung zu tun.

Lasst mich doch in Ruhe, hätte sie gern gesagt, gebt mich auf, so wie ich euch aufgebe, ihr glaubt, das ist schwer, aber es ist sehr leicht. Es ist eine große Täuschung, durch die die Menschheit am Leben erhalten wird, um vor dem Menschen zu verbergen, dass das Loslassen leichter ist als das Festhalten, aber sobald man das versteht, sobald man in die Frucht vom Baum der Erkenntnis beißt, erkennt man den schrecklichen Geschmack der Sinnlosigkeit, und dann gibt es kein Zurück mehr. Es ist sinnlos zu essen, es ist sinnlos zu trinken, es ist sinnlos, sich zu waschen und anzuziehen, es ist sinnlos, wegzugehen und zurückzukommen, es ist sinnlos zu studieren, es ist sinnlos zu arbeiten, es ist sinnlos zu heiraten und es ist sinnlos, Kinder zu gebären.

Eigentlich weiß sie bis heute nicht, wie sie geheilt wurde. Vermutlich lag es an den Infusionen, die ihre Hausärztin ihr gelegt hatte, als sie schon zu schwach war, um sich zu wehren, vielleicht hat man ihr dadurch auch ein bisschen Lebenselixier eingeflößt, jedenfalls gelang es ihnen am Schluss, sie aus ihrer tiefen Trauer zu ziehen und sie, wenn auch nur künstlich, mit den zur Heilung nötigen Stoffen zu versorgen, und wie ein Säugling, der laufen lernt, lernte sie aufs Neue die Fertigkeiten des Lebens, die ihr fast völlig abhandengekommen waren, und kehrte langsam und vorsichtig in die Welt zurück. Aber in dieser Welt gab es keinen Eitan Rosenfeld mehr, deshalb empfand sie es nicht als Rückkehr ins Leben, sondern als Kennenlernen einer neuen, ziemlich faden Welt, die ihr gleichgültig war, in der sie sich nur vom Impuls treiben ließ und tat, was sie zu tun hatte, einen Tag nach dem anderen, später auch mit Auszeichnung, und langsam bekam dieser Impuls einen neuen Inhalt, die Welt füllte sich, aber jetzt, als sie sich wieder in den kleinen Parkplatz quetscht, der auf sie gewartet zu haben scheint, kommt es ihr vor, als sei alles nur Augenwischerei gewesen.

Deshalb durchquert sie die Flure, mit zusammengepressten Zähnen, als wären sie brausende Flüsse, sie steigt mit klopfendem Herzen Treppen hinauf, schnell, trotz der Schmerzen, um nicht zu spät ans Ziel zu kommen, und schaut immer wieder auf die Uhr, als hätte sie eine feste Verabredung. Bald ist es zwölf, schaut er jetzt auch auf seine Uhr und fragt sich, wann sie wohl kommt? Und wie ist sie in diesen seltsamen glühenden Flur gelangt, gegenüber den bewaldeten Bergen, ein Flur, der nirgendwohin führt, ausgerechnet jetzt, da sie es so eilig hat, schwitzend muss sie sich umdrehen und Vorübergehende fragen. Beim letzten Mal hat Micki sie geführt, der Weg ist viel kürzer gewesen, und in ihrer Naivität hat sie sich nicht gewundert, dass er sich so gut auskennt, aber da zeigt der Pfeil geradeaus, und sie folgt ihm, da ist es, sie ist zu ihm gekommen, aufgeregt, verschwitzt, schwer atmend, so kommt man wohl zu einem Treffen mit der Vergangenheit.

Aber seine Tür ist geschlossen und eine lange Schlange wartet, viele Menschen hoffen auf seine Hilfe, wie kann sie die Belagerung des Schmerzes durchbrechen, wie kann sie zu ihm gelangen, keiner wird für sie auf seinen Platz in der Warteschlange verzichten, und ihr eigener Termin wird erst in knapp zwei Wochen sein. Eine streng aussehende Sekretärin überwacht die Vorgänge, und sie zögert vor der geschlossenen Tür, die Situation ist komplizierter, als sie gedacht hat, vielleicht kann sie sich hineindrücken, wenn die Tür aufgeht, nur um ihm zu sagen, dass sie hier ist, das heißt, dass sie es ist, aber die anderen würden sich sofort auf sie stürzen, Menschen mit Schmerzen sind nicht besonders geduldig. Angespannt betrachtet sie die Reihe, die Erste ist eine hübsche junge Frau mit üppigen braunen Locken, ihr Blick ruht auf einem kleinen Tablet, und ihre Finger gleiten darüber, und sie wendet sich flüsternd an sie, sind Sie als Nächste an der Reihe?, fragt sie, könnte ich vielleicht für einen Moment zusammen mit Ihnen hineingehen? Ich muss nur ein Wort sagen, dann bin ich gleich wieder verschwunden, ich bin wirklich in einer kritischen Situation, in Ordnung?

Die junge Frau runzelt die Brauen, wundert sich über diese Frechheit, nickt aber kurz, als ärgere sie sich über sich selbst, weil sie dieses Ansinnen nicht ablehnen kann, und über Iris, weil sie das ausnutzt. In Ordnung, aber nur einen Moment, zischt sie, und ihr Blick wandert sofort zurück zum Bildschirm, Iris bedankt sich und betrachtet, an die Wand gelehnt, die Tür und das Namensschild daneben. Was für ein wunderbarer Zufall, wer hätte geglaubt, so etwas könnte überhaupt möglich sein, dass sie sich eines Tages vor einer Tür befinden würde, neben der Eitans Name steht, bis plötzlich ein Zweifel in ihr erwacht, schließlich tauschen sie manchmal den Raum und machen sich nicht die Mühe, es zu annoncieren, das ist ihr einmal passiert, und sie wendet sich wieder an die junge Frau, sagen Sie, dort drin ist doch jetzt Doktor Rosen, nicht wahr?, und sie, von ihrer Beschäftigung abgelenkt, schaut zu dem Schild hinüber, dann zu ihrem Tablet, als fände sie da die Antwort.

Ich glaube schon, antwortet sie gleichmütig, für sie spielt es wohl keine Rolle, und Iris bedankt sich wieder, sie wirft einen Blick auf den Bildschirm und wird starr vor Erstaunen, als sie das bekannte Schachbrettmuster erkennt, in den alten Farben Braun und Creme, das sie an das Schachspiel ihres Vaters erinnert. Warum hat sie nicht gleich daran gedacht, das ist doch bestimmt die junge Frau, von der Micki gestern erzählt hat, die junge Frau von seiner Arbeit, das heißt vielleicht seine Geliebte, obwohl ihr das, als sie die Frau betrachtet, unwahrscheinlich vorkommt, sie ist zu jung und zu hübsch in ihrem gestreiften kurzen Kleid, warum sollte sie sich mit Micki abgeben? Trotzdem, nicht viele Menschen spielen Blitzschach, während sie auf den Arzt warten, und die Idee, Micki könnte sie mit seinem speziellen Hobby angesteckt haben, ist nicht ganz abwegig. Deswegen hat sie ihre Bitte akzeptiert, das ist vermutlich der Preis dafür, dass sie ihr den Mann abspenstig gemacht hat, und sie wendet sich wieder an sie und fragt, spielen Sie Blitzschach? Mein Mann ist auch ganz verrückt danach, plappert sie drauflos, und die Frau wirft ihr einen ausdruckslosen Blick zu, nicht viel anders, als Micki sie anschaut, wenn sie ihn mitten im Spiel stört.

Nicht jetzt, murmelt sie und bewegt die Figuren sofort mit ihren Fingern, ihre Locken fallen über den Bildschirm und Iris beobachtet sie unruhig, entspricht sie Mickis Geschmack? Eigentlich weiß sie nicht viel über Mickis Geschmack bei Frauen. Gefallen ihm schlanke besser als dickere, kleine besser als große, hellhaarige oder dunkelhaarige? Als sie sich kennenlernten, war sie knochig und langhaarig, doch innerhalb einiger Jahre hat sich ihr Äußeres verändert, ohne dass er sie weniger anziehend fand. Vor ihr hatte er eine völlig anders aussehende Freundin, eine lebhafte, rundliche Rothaarige. Vermutlich spielt das Aussehen wirklich keine Rolle, und warum soll er sich nicht von dieser Frau angezogen fühlen, deren Augen so braun sind wie ihr Haar, mit der glatten Haut und den Füßen mit glänzend rot lackierten Nägeln in goldenen Sandalen, doch im nächsten Moment ist alles vergessen, denn die Tür öffnet sich und eine kleingewachsene alte Frau mit weißem Haar kommt heraus, einen Stapel Formulare in den Händen, ein Formular fällt zu Boden, auf die Türschwelle, und Iris bückt sich, um es für sie aufzuheben, und als sie sich aufrichtet, sieht sie ihn vor sich stehen, den Blick fragend auf sie gerichtet und mit einer tiefen Falte zwischen den Augen.

Langsam geht sie auf ihn zu, einen Schritt, vielleicht auch zwei, unendlich lange Schritte, denn sie kann nicht gehen, erst heute hat sie zum ersten Mal das Bett wieder verlassen, sie muss alles neu lernen, und sie streckt ihm die Arme entgegen und legt sie zitternd auf seine Schultern, obwohl die Tür offen ist, obwohl die junge Frau in der Tür steht und darauf beharrt, dass sie an der Reihe ist, und zu ihrer Überraschung reagiert er, seine Arme schlingen sich um ihren Rücken, und sie sagt, du bist es, nicht wahr?, denn sie sieht sein Gesicht nicht, und er bestätigt es weder noch leugnet er es ab, er flüstert ihr zu, warte auf mich, und führt sie zur Tür, und sie setzt sich zwischen die Kranken auf den Stuhl, den die junge Frau, die jetzt bei ihm ist, freigemacht hat, mit noch immer zitterndem Körper und der Berührung seiner kalten Finger auf ihrem Arm, und sie verschränkt die Hände, um seine Berührung zu verbergen.

In den folgenden Stunden geschieht es immer wieder, sie geht mit ausgestreckten Armen langsam auf ihn zu, sie legt sie um seine Schultern und fragt ihn wieder und wieder, du bist es, nicht wahr?, und nur das Ende ändert sich manchmal, je nachdem, ob er sagt, warte auf mich, oder, warte nicht auf mich, ob er sie zur Tür führt oder sie wegschickt, wie damals, ich habe die Nase voll von dem Schweren, ich will leben. Bewegungslos sitzt sie da, die junge Frau, die mit ihr hineingegangen ist, ist schon herausgekommen, hat ihr einen neugierigen Blick zugeworfen, ein erschreckend knochiger Mann betritt nach ihr das Sprechzimmer, mit glänzenden Turnschuhen, obwohl er deutlich Schwierigkeiten beim Gehen hat, an Rennen ist nicht zu denken, und schon kommt auch er heraus, Formulare in den Händen, nach ihm geht eine Frau ihres Alters hinein, mit kahlem Schädel, bestimmt wird sie ihn an seine Mutter erinnern, wird er sie hinauswerfen, wird er ihr sagen, er wolle leben?

Zu ihrem Erstaunen bleibt sie länger im Sprechzimmer als ihre Vorgänger, und als sie herauskommt, liegt ein blasses Lächeln auf ihrem Gesicht, nach ihr wird ein alter Mann hineingeführt, begleitet von seiner dunkelhäutigen Pflegerin, und während der ganzen Zeit bewegt sie weder Hände noch Füße, sie öffnet auch nicht ihre Handtasche, obwohl ihr Handy manchmal zu hören ist. Sie wartet auf ihn, wie er es gewollt hat, und selbst wenn er es nicht gewollt hat, wartet sie auf ihn, vielleicht auch nur auf ihre Vergangenheit, die teilweise auch seine war, denn jetzt kommt es ihr vor, als habe keine Handlung, die sich seither vollzogen hat, kein Erlebnis, das sie erlebt, und kein Gefühl, das sie seither empfunden hat, es geschafft, jene Vergangenheit zu überstrahlen.

Es stellt sich heraus, dass es ein Leben gibt, das weiterläuft, Schritt für Schritt, Monat um Monat, man erreicht einen Höhepunkt und richtet sich dort ein, und wenn der Rückzug erfolgt, hat man ihn erwartet und erscheint er natürlich, aber es gibt auch ein Leben, das sich von Anfang an zurückzieht, denn sein Höhepunkt kommt zu früh, wie es ihr in ihrem Leben geschehen ist. Es ist ihr jetzt ganz klar, und eigentlich hat sie es auch damals gewusst, eine lockere Kette scheint das Mädchen, das sie damals war, mit der Frau zu verbinden, die sie heute ist, eine lockere Kette, die kein volles Leben ermöglicht, denn das zentrale Glied fehlt. Wie hat sie so naiv sein können, zu glauben, sie könne ohne zentrales Glied ein Lebensgerüst aufbauen, dieses zentrale Glied befindet sich jetzt hinter der verschlossenen Tür, deshalb heftet sie den Blick auf diese Tür und wagt nicht, ihn abzuwenden, um ja nicht die Gelegenheit zu verpassen, ihn zu sehen, seine Stimme zu hören.

Seltsam, dass er nicht herauskommt, hat er Angst vor ihr? Sie hat gehofft, ihn manchmal zu sehen, ihm insgeheim Blicke zuzuwerfen, wenn er durch den Flur geht, weil er zu einer dringenden Besprechung gerufen wird, so wie es bei ihr war. Sie hat entblößt vor ihm gelegen, hat er sie erkannt und ist deshalb so schnell verschwunden? Ist er an jenem Abend nach Hause gelaufen und hat seiner Frau erzählt, dass er seine Jugendliebe wiedergesehen hat? Du wirst nicht glauben, wen ich heute in der Ambulanz getroffen habe, meine erste Freundin, die ich damals verlassen habe, ich habe sie kaum erkannt, so sehr hat sie sich verändert.

Doch der Gedanke an seine Frau tut ihr nicht gut, sie betrachtet beunruhigt die Schlange, die nicht kürzer wird, denn für jene Menschen, die weggehen, kommen neue, die Welt ist voller Schmerzen, und alle versammeln sich hier. So wird Gott wohl den Kreislauf des Lebens sehen – bekannte Menschen gehen, neue kommen, es ist schwer, zwischen ihnen zu unterscheiden. Alle sehen sich ähnlich, denn alle haben Schmerzen, und da ist er, der ihr zu Beginn ihres Lebens solch einen Schmerz zugefügt hat, und maßt sich an, ihren Schmerz zu lindern. Was für ein Paradoxon! Ist es seine Art, seinen Fehler zu sühnen? Du verfehlst das Ziel, wird sie zu ihm sagen, nur den Verletzten kann man entschädigen, es gibt keinen Ersatz, es gibt keinen Umweg, Sünden dieser Art kann sogar Gott selbst nicht sühnen, ganz zu schweigen von Sterblichen.

Aber andererseits, wie kann man ihn beschuldigen oder Sühne erwarten? Er war ein Junge, nur wenig älter als Omer, ein verwahrloster Junge, verloren, verschreckt. Es ist nicht seine Schuld, dass sie so hart reagiert hat, es ist nicht seine Schuld, dass er vor ihr geflohen ist, wie man vor dem Todesengel flieht. Das war seine Methode, mit dem Tod seiner Mutter fertigzuwerden, verrückt vor Trauer, floh er vor dem Kummer und ließ ihr die Trauer zurück. Sonst wäre er nicht mit solcher Grausamkeit verschwunden, für so lange Zeit, hat er sie wirklich gesucht?

Neben ihr sitzt eine seufzende Frau, das Gesicht gelb von einer Krankheit und mit einem Tuch um den Kopf, aber ihre Bluse ist mit lachenden Herzen bedruckt. Wie auffallend ist hier die Kluft zwischen dem Aussehen der Menschen und ihrer Kleidung. Auch sie hat am Morgen des Attentats eine leichte, gestreifte Bluse getragen, als wäre sie auf dem Weg zu einem Picknick in der freien Natur, und dann war sie durch die Luft geflogen, als wäre sie völlig gewichtslos, aber als sie am Schluss zwischen den brennenden Körpern gelandet war, zwischen Glasscherben, Splittern, Dingen, die aus Taschen geflogen waren, hatte sich ihre fröhliche Bluse mit Blut vollgesogen und ihre Mutter hatte sie später weggeworfen, obwohl sie sie ausdrücklich darum gebeten hatte, sie zu waschen und aufzuheben. Ihre Mutter hatte ihre gestreiften Blusen nie gemocht, die in ihren Augen zu burschikos aussahen, und nutzte die Gelegenheit, wenigstens eine von ihnen loszuwerden, auch ihre Vorliebe für solche Blusen hat nach dem Attentat nachgelassen, bis sie die meisten zu dem Haufen ihrer Kleidungsstücke räumte, die ihr schon nicht mehr passten, und sie an ein Frauenhaus gab. Jetzt fällt ihr das gestreifte Kleid ein, das die junge Schachspielerin getragen hat, und wieder verbinden sich die Teile zufällig zu einem herausfordernden, bedrohlichen Bild zweier parallel verlaufender Leben, die plötzlich zusammentreffen, obwohl sie nie dazu bestimmt waren, einander zu treffen. Aber jetzt kommt ihr das weniger bedrohlich vor, denn auch das Zusammentreffen, das sie sich so leidenschaftlich ersehnt, war nicht vorherbestimmt, und vielleicht war ja das Gegenteil wahr, vielleicht war die Trennung nie vorherbestimmt gewesen.

Wie lange wird sie weiter hoffen? Sie hat das Gefühl, dass seit ihrer Ankunft schon zehn Menschen aus seinem Zimmer gekommen sind, sie kennt die Abfolge bereits genau. Jeder einzelne bleibt etwa eine Viertelstunde darin, manche etwas länger, das heißt, dass er an einem Tag Dutzende Patienten sieht. Wie vielen davon wird er helfen können? Und für wie lange? Sie sieht, dass keiner mit leeren Händen das Sprechzimmer verlässt, alle haben irgendwelche Papiere in der Hand und alle sehen etwas ruhiger aus, vermutlich lächeln sie ihn dankbar an, bevor sie gehen, denn der Rest eines Lächelns liegt noch auf ihrem Gesicht, wenn sie wieder in den Flur treten, in ihr eigenes Leben. Wird auch sie lächelnd herauskommen? Wird er auch ihr weiße Papiere in die Hand drücken?

Und schon lächelt sie, als sie sich daran erinnert, wie sie auf seinem Bett saßen, die Köpfe über Blätter geneigt, wenn sie ihm beim Lernen für Prüfungen half. Obwohl sie ein Jahr jünger und eine Klasse unter ihm war, konnte sie ihm auch bei Stoffen helfen, die sie selbst noch nicht gelernt hatte, mit einer Geduld, die sie vorher nicht gekannt hatte, so sehr liebte sie ihn, und ihm fiel es schwer, ihr zuzuhören, er war abgelenkt, wer weiß, wie es ihm gelungen ist, das Medizinstudium zu absolvieren, denn das Abitur hätte er ohne sie nicht geschafft. Sie hat schon immer leicht gelernt, während er sich schlecht konzentrieren konnte, bei Klausuren reichte ihm die Zeit nie, und das Schulsystem war damals weniger nachsichtig als heute. Ein Junge, der sich allein um seine kranke Mutter kümmerte, konnte nicht mit besonderer Rücksichtnahme rechnen, noch nicht einmal mit der eigenen. Wie frustriert er war, wenn er es wieder mal nicht geschafft hatte, wenn er Fragen vergessen oder aus lauter Schludrigkeit ausgelassen hatte, und was noch schlimmer war, wenn er die Antworten vergessen hatte, die sie ihm am Abend vorher beigebracht hatte, und dann saß sie neben ihm auf dem mit Blättern übersäten Bett und versuchte, ihn zu beruhigen, mach dir keine Vorwürfe, Eitani, du bist mit dem Kopf woanders, da ist es doch klar, dass du dich nicht erinnerst, du hast jeden Grund dazu.

Er hatte sich auf den Rücken gelegt, sich das Kissen unter den Kopf gestopft, der lange, schöne Körper angespannt, und sie hatte ihm immer wieder Vorträge gehalten, ihm Gleichungen beigebracht, die Weltkriege erklärt, die Anfänge des Zionismus, den Aufbau des Parlamentarismus und der Exekutivgewalt, die Regeln der Syntax und der Interpunktion, einen späten Roman von Agnon und frühe Gedichte von Bialik, ausgerechnet Naturwissenschaften lernten sie beide nicht. Sie erinnert sich an die Erleichterung in seinem Gesicht, wenn es ihm gelang, ein Sachgebiet zu verstehen, wie süß er war, er hatte sie begeistert geküsst, ihr die Antwort ins Ohr gesungen. Es hatte ihr solchen Spaß gemacht, ihm etwas beizubringen, vielleicht hat sie sich, als sie schließlich wieder zu Kräften gekommen war und eine Entscheidung für ihr Leben treffen musste, an das Vergnügen des Unterrichtens erinnert, der freudigen und liebevollen Gewährung von Wissen, so wurde sie bei der Armee Lehrerin und deshalb studierte sie danach Pädagogik, zur Enttäuschung ihrer Mutter, die sich gewünscht hatte, sie würde Jura studieren, während er, ihr erster Schüler, der nur langsam und schwer kapierte, wunderbarerweise erfolgreich Medizin studiert hatte, ohne ihre Hilfe und sogar ohne ihr Wissen.

Die Tür geht auf, sie sieht den Jungen mit den Krücken heraushumpeln, er ist fast eine halbe Stunde im Sprechzimmer gewesen, gleich wird der Nächste eintreten, ein dickbäuchiger Mann, der ungeduldig vom Stuhl springt, aber das bekannte Gleichgewicht von Herauskommenden und Eintretenden scheint durcheinandergeraten zu sein, denn nun kommt ein zusätzlicher Mensch heraus und macht die Tür hinter sich zu, und keiner tritt ein. Ohne den weißen Kittel sieht er aus wie ein Patient seiner selbst, knochig, leicht gebeugt, das bärtige Gesicht müde, das Hemd zerknittert, ein Patient, der mit leeren Händen und schwerem Herzen das Sprechzimmer des Arztes verlässt, denn ohne ein Lächeln sagt er zu ihr, komm.

Er ist mit seinen langen Schritten immer schneller gelaufen als sie, und auch jetzt muss sie ihm durch die Flure fast hinterherrennen. Auserwählt hat sie sich gefühlt, als er ausgerechnet sie aus der Reihe derer, die vor seiner Tür warten, ausgewählt hat, aber jetzt ist sie verwirrt, während er die Treppen hinuntereilt, als würde er vor ihr davonlaufen, ein Stockwerk und noch eines, bis sie die kalten Operationssäle entdeckt, und dort dreht er sich zum ersten Mal um, um sich zu vergewissern, dass sie ihm gefolgt ist, und deutet auf eines der Wartezimmer. Es ist ein Zimmer ohne Fenster, niemand kann sie hier sehen, niemand kann sehen, wie er ihr um den Hals fällt, wie er die Arme um sie schlingt, Irisim, flüstert er, Irisim, seine Hand streichelt ihr Haar, tastet über ihr Gesicht, als wäre er blind, seine Berührung ist zugleich fremd und vertraut, und auch sie schließt die Augen, schmiegt sich an seinen knochigen Körper, er ist es, ihre Hände erinnern sich, er ist es, ihr Körper weiß es, sie sind es, außerhalb von Raum und Zeit, sie waren immer da, fast immer.

Dann schiebt er sie von sich und führt sie zu einem harten Sessel und zieht für sich einen zweiten Sessel heran, bis ihre Knie sich berühren, ihre Augen treffen sich und er sagt mit weicher Stimme, du hast mich gefunden, Irisim, ich fühle mich wie ein Verbrecher, der geschnappt wird.

Mach dir keine Sorgen, ich werde dich befreien, sagt sie schnell, gekränkt und verwirrt, denn die Worte passen nicht zu seinen erregten Bewegungen, und er sagt, du sollst mich nicht befreien, ich bin froh, dass ich geschnappt wurde, ich habe dich schon viele Jahre lang um Verzeihung bitten wollen.

Und wieder ist sie gekränkt, ist das der einzige Grund für seine Freude, sie zu sehen, um dann mit reinem Gewissen zu seinem Leben zurückzukehren, und sie antwortet kühl, ich habe dir schon längst verziehen, du warst noch ein Kind, du warst ein verwaistes Kind, ihre Augen prüfen jede Falte und jeden Fleck in seinem Gesicht, sogar sein Bart täuscht, denn die meisten Haare sind grau, und trotzdem sieht er weiß aus, und über seinen hellen jungen Augen senken sich die Lider, und zwischen den Augen hat er eine tiefe Falte, doch seine Stirn ist glatt. In einem Augenblick sieht sie ihn, wie er heute ist, und im nächsten, wie er damals war, geht es ihm mit ihr ebenso, während er prüfend ihr Gesicht betrachtet, und zu ihrem Erstaunen empfindet sie keine Verwirrung, als wäre ihre Haut noch glatt und strahlend, wie sie es damals war.

Wir waren beide verwaiste Kinder, sagt er, aber ich habe eine Tochter, die so alt ist wie du, und wenn ihr jemand das antäte, was ich dir angetan habe, würde ich ihn umbringen, und sie kichert, so alt wie ich? Ich bin bald fünfundvierzig, und er sagt, klar, so alt, wie du damals warst.

Aber ich hatte zu meinem Leidwesen keinen Vater, der dich hätte umbringen können, sagt sie, deshalb bist du noch am Leben. Wie heißt deine Tochter? Und er antwortet, Mirjam, er spricht den Namen sehnsüchtig aus, und sie nickt, natürlich, was hätte er anderes tun können, als seiner Tochter den Namen seiner Mutter zu geben, die vornehme Mirjam Rosenfeld wurde zu Mirjam Rosen, einem wahrscheinlich großen, schlanken Mädchen mit hellen Augen.

Sieht sie ihr ähnlich?, fragt sie aus irgendeinem Grund flüsternd, und er antwortet, weniger, als ich gehofft habe, ich habe sie bekanntlich nicht allein gemacht, sie ist viel heller als meine Mutter, aber es gibt eine gewisse Ähnlichkeit, und plötzlich schnürt es ihr die Kehle zu, denn sie denkt an die Tochter, die ihnen hätte geboren werden sollen, ihre Mirjam, mit dunklen Haaren und blaugrünen Augen, ihr Schneewittchen. Ist Alma deshalb so wütend auf sie, weil sie vom Tag ihrer Geburt an gespürt hat, dass sie nicht die ersehnte Tochter ist?

Sei nicht traurig, sagt er, du hast auch zwei Kinder, nicht wahr? Ich habe es in deiner Krankenakte gesehen, verheiratet plus zwei, aber auch seine Augen glänzen feucht, und sie fragt, hast du mich sofort erkannt?, und er antwortet, natürlich! Wie hätte ich es nicht tun sollen? Ein Fleisch wie deines wird man nicht schnell vergessen, zitiert er aus einem der Bücher, die sie damals mit ihm durchgearbeitet hat, und sie lächelt dankbar, ich habe gedacht, ich hätte mich ganz und gar verändert, und er schüttelt wieder und wieder den Kopf, ein jungenhaftes Lächeln auf den Lippen, für mich bist du gleich geblieben, Irisim, seine Finger bestätigen die Worte, indem sie ihr Gesicht streicheln, als hätten sie nie damit aufgehört.

Wie kann das sein?, protestiert sie glücklich, aber auch für sie verschwimmt sein heutiges Gesicht, und um das vertraute Lächeln erscheint das Gesicht des Jungen, der er gewesen ist, ihres Jungen, und sie spürt, wie ihr Körper sich mit Liebe füllt, wie ein leerer Brunnen, in dem sich endlich die Regenfälle sammeln, ein zerborstener Brunnen, der jetzt heil und ganz ist und das Wasser aufnimmt, all das Wasser, dem es nicht gelungen ist, ihre Liebe auszulöschen, die Flüsse, die nicht geflossen sind, fließen jetzt in ihr, lassen die Zeit vergessen und heilen den Riss. Die Wunden der Liebe können nur von dem geheilt werden, der sie zugefügt hat, sie erinnert sich plötzlich, dass sie diesen Spruch irgendwann gehört hat, ihre Finger liegen auf seinen, die ihr Gesicht streicheln, und plötzlich fallen ihr alle möglichen Sprüche ein, alles rückt auf seinen Platz, besser spät als gar nicht, ein Tag nach dem anderen, eine Nacht nach der anderen waren wir zusammen, alles andere habe ich längst vergessen.

Ich muss zurück in die Sprechstunde, sagt er, zieht sein summendes Handy heraus und wirft einen Blick auf das Display, man erwartet mich, und er steht da und zieht sie an sich, sein Kinn ist gereckt, und ihre Lippen drücken sich auf seine, zitternd und atemlos, als hätten sie sich noch nie geküsst, und sie spürt noch nicht einmal seinen Bart, sondern die weiche Wange, die er als Junge hatte, damals, als seine Lippen noch etwas voller waren, und auch damals hatten sie einen leichten Duft nach Krankenhaus verströmt, nach Desinfektionsmitteln und Medikamenten.

Danke, dass du mir verziehen hast, Irisim, sagt er heiser, atmet die Worte in ihr Ohr, als sei das der Grund für ihr Zusammentreffen, ich muss jetzt los, und er löst sich plötzlich von ihr und macht die Tür auf, und sie sagt, Eitan, warte einen Moment, und er hält zwar inne, aber ein junger Arzt in der blauen Kleidung der Chirurgen spricht ihn an, und sie steht daneben und betrachtet ihn, sein Gesicht hat sich verändert, er sieht wieder ernst und distanziert aus, und als er sich umdreht, sagt sie, Eitan, eigentlich ist sie bereit, seinen Namen von morgens bis abends auszusprechen, einen Tag nach dem anderen, bis sie sich wieder treffen, und sie hört sich fragen, Eitan, wann sehen wir uns wieder?

Wann du willst, sagt er, als gäbe es nichts Einfacheres, und sie ist schockiert von der unbegreiflichen Veränderung, wie kann das sein, dass diese Erinnerung, dieser Bereich außerhalb jeder Vorstellung, fast undenkbar, dunkel, erschreckend und krank, sich plötzlich öffnet und sonnenüberflutet und freundlich vor einem liegt, ein Folterkeller, der zu einem Sanatorium wird, und er zieht eine Visitenkarte aus der Tasche und hält sie ihr hin, ruf an, sagt er.

Und schon entschwindet sein Rücken auf der Treppe, und sie dreht sich auf dem lauten Flur um, da ist die Tür, die er für sie geöffnet hat, hier ist der kalte, fensterlose Raum, da sind die beiden Sessel, die schweigend einander gegenüberstehen, und da ist sie selbst, zitternd vor Erregung, die Hände auf den Lippen, die hier geküsst wurden, auf dem Gesicht, das hier gestreichelt wurde, und sie setzt sich auf den einen Sessel, legt die Füße auf den Sessel gegenüber und schließt die Augen. Das Gesicht des Jungen, der er war, taucht vor ihr auf und kommt näher, der Mund ist leicht geöffnet, dichte Wimpern verschatten seine Augen, seine Wangen sind von der Sonne rosig wie die Wangen eines Säuglings, wenn sie die Augen öffnet, wird sie die Zweige des Maulbeerbaums über ihnen sehen. Sie sind den Hang von Eitans Haus zu der Quelle unter dem Baum hinuntergegangen, am goldensten Tag, dem schmalen Spalt nach der Kälte und vor der Hitze. Die Blumen des späten Winters standen in voller Blüte, die Luft war honiggesättigt, es war vielleicht der einzige Tag, an dem sie sich erlaubten, sich wie ein verliebtes Paar zu verhalten, und das war, wie sie zugeben muss, der glücklichste Tag ihres Lebens, glücklicher als ihr Hochzeitstag, glücklicher als die Tage, an denen ihre Kinder geboren wurden. Der warme Felsen unter ihrem Rücken, der schöne Junge, der ihre Brüste streichelte, die rosafarbenen Knospen, und sie umschlang ihn zwischen den antiken Terrassen mit der absoluten Sicherheit, dass nichts sie je trennen würde. Sie erinnert sich noch, dass sie Blätter vom Baum pflückte, für die Seidenraupen, die ihre Brüder damals in einem alten Schuhkarton züchteten, dass sie ihre Füße in die Quelle hängte, während er hineinstieg. Komm ins Wasser, sagte er, und sie zweifelte, ist es nicht zu kalt?

Ja, die Klimaanlage wird stärker, sie schüttelt sich, schließlich sind nicht nur bald dreißig Jahre vergangen, sondern auch die wenigen Momente ihres Zusammentreffens, die jetzt schon zu einer Vergangenheit gehören, nach der sie sich sehnt, die sie wiederbeleben will. Was genau ist gesagt worden und was hat sie verstanden, was weiß sie über ihn, eigentlich fast nichts, dass er eine Tochter in ihrem Alter hat, das heißt eine siebzehnjährige, dass er ihre Verzeihung braucht, dass sie sich in seinen Augen nicht verändert hat, und das ist fast zu gut, um glaubhaft zu sein, oder eigentlich schlecht, denn durch die Tür, die sich geöffnet hat, strömt ihr Leben wie Abwasser, sie möchte jetzt nicht nach Hause zurückkehren, es gibt nichts, was sie tun möchte, außer ihn wiederzusehen, als wären keine dreißig Jahre vergangen, und deshalb wird sie hier in diesem Zimmer bleiben und auf ihn warten, sie wird ihm eine Nachricht schicken, dass sie noch hier ist, in dem kleinen Wartezimmer, von dem vermutlich nur Eingeweihte wissen. Auf dem bläulichen Bildschirm, den sie erst jetzt bemerkt, flimmern die Anfangsbuchstaben von Namen vorbei, Namen von Operierten, vielleicht wird auch ihr Name erscheinen, I. E., denn sie hat sich noch immer nicht von der Operation erholt, die fast dreißig Jahre gedauert hat, und vielleicht stellt sich jetzt heraus, dass alles vergeblich war, vergeblich haben sich Operationsteams bemüht, ihn aus ihrem Körper herauszuschneiden, denn es hat nur einen Lidschlag gedauert, da ist er wieder da und füllt die Leere aus, die durch nichts ausgefüllt werden konnte, weder durch Micki noch durch die Kinder oder ihre Arbeit, eine Leere, die eine Leere geblieben ist, krank und schmerzend.

Ihr Blick richtet sich auf den Bildschirm und sie spannt ihre Beine, die Sessel sind zwar hart, doch sie korrigiert ihren Sitz, als bereite sie sich auf eine lange Wartezeit vor, verfolgt die kargen Informationen, die über den Bildschirm flimmern: Initialen, Geburtsjahr, Geschlecht, Verlauf der Operation. Da ist M. D., geboren 1942, wird schon in den Aufwachraum gebracht, er ist genauso alt, wie ihr Vater, wenn er am Leben geblieben wäre, heute wäre. Hätte er Eitan damals umgebracht? Wäre sie weniger verletzt worden, hätte sie einen Vater gehabt?

Wie lange die Operation von R. L. dauert, fällt ihr auf, eine Frau in ihrem Alter, wird seit fünf Uhr morgens operiert, wo wartet ihre Familie? Und sie denkt an ihre Familie, die in einem dieser Zimmer vor zehn Jahren gewartet hat, Micki und die Kinder und ihre Mutter, der es damals offenbar noch gut ging, auch wenn bereits ab und zu Zeichen ihrer Krankheit aufblitzten. Ausgerechnet zu der Zeit, in der sie Micki mit den Kindern hätte helfen sollen, und die Krankheit sich als Hindernis herausstellte, sogar als Gefahr, als sie zwischen schmutziger und sauberer

Wäsche nicht mehr unterschied, einmal wären sie fast alle drei überfahren worden, als sie darauf beharrte, bei Rot die Straße zu überqueren, oder sie irrte sich bei einer Einbahnstraße, sie kochte immer wieder Hühnersuppe, weil sie vergaß, dass sie Vegetarier waren, alle Versuche Mickis, sich von ihr helfen zu lassen, endeten im Chaos. Eine Familie auf tönernen Füßen waren sie damals, deren Zusammenbruch im Lauf von Stunden und Tagen, von Wochen und Monaten mit Hilfe von Schrauben und Nägeln repariert wurde, wie bei Pinocchio, der Holzpuppe, und eigentlich sind sie nie wieder zu der Familie geworden, die sie vorher gewesen waren, die Gewissheit ihrer Zerbrechlichkeit und ihrer Verletzlichkeit hatte sich in das Bewusstsein eines jeden unabänderlich eingebrannt.

Offensichtlich waren sie vereint in der Sorge um sie und in der Pflege, aber ganz innen waren sie zerbrochen, wie ihre Hüfte, denn an einem einzigen Tag hatten sie sich von einer jungen, naiven Familie in eine erwachsene, bittere Familie verwandelt, in eine Familie ohne Illusionen, ohne Erwartungen, und das alles weiß sie jetzt, da sie schläft, sieht sie mit geschlossenen Augen. Sie müsste von hier verschwinden, aber sie schläft noch, wie sollte sie rehgleich durch den Wald springen, ihre kalten Lider bedecken ihre Augen, ihre Arme umschlingen ihre Eisrippen, die Klimaanlage wird von Sekunde zu Sekunde aggressiver, es ist, als hätte man ihren Körper noch lebend ins Zimmer der Toten gelegt.

Er hat sie in dieses Zimmer gebracht, um die Zeit anzuhalten, um sie beide zurückzuversetzen, denn was für einen Sinn sollte es haben, sich erneut zu verlieben, die Welt hat sich inzwischen verändert, neue Geschichten wurden erzählt, neue Verbindungen geknüpft, es gibt neue Menschen wie Omer und Alma, wie seine Tochter Mirjam, Menschen, die zwischen ihnen stehen, auch als er sie umarmte, hat sie Fremdes gespürt. Ihr Micki und seine Frau, ihre Wohnungen, Hypotheken, ihre Freunde und Partner, alles, was sie seit damals aufgebaut haben, und sie versucht, sich seine Wohnung vorzustellen, schafft es aber nicht, vermutlich lebt er in einer geräumigen, gepflegten Wohnung nicht weit von hier, aber sie kann ihn nur in der kleinen Erdgeschosswohnung seiner Mutter sehen, am Stadtrand, er steht ihr am Ende der Trauertage gegenüber und verkündet ihr den Entschluss, den er für sich gefasst hat. Bricht das Weinen, das sich jahrelang hinter ihren trockenen Augen versteckt hat, plötzlich hervor? Sie schüttelt sich erschrocken, zittert vor Kälte, ihre Fingerspitzen sind eiskalt und ihr Hals brennt. Eine Welle von Weinen schlägt ihr entgegen, drückt die Tür zu ihrem geheimen Wartezimmer auf, ergießt sich aus offenen Mündern, und zu ihrem Entsetzen wird ihr sofort klar, dass ihre ungerufenen Gäste schon nicht mehr warten, sondern trauern, nun, da sie keinen mehr haben, auf den sie warten können, treten sie ein und stellen sich vor den Bildschirm. Mama, komm zurück, Mama, schreien sie, und sie schaut zum Bildschirm und sieht, dass R. L. verschwunden ist, als hätte es sie nie gegeben, sie hinterlässt eine riesige Menge verwirrter Trauernder, die sich jetzt um sie drängen, und sie tut, als würde sie warten, wirft einen besorgten Blick auf den Bildschirm, während sie verzweifelt um ihren Verlust trauern.

Die Ärzte hier sind Metzger, schreit ihr ein Mann entgegen, er ist ungefähr in ihrem Alter, mit einer schwarzen Kippa auf dem Kopf, sie haben meine Frau umgebracht, sie haben sie kaltblütig geschlachtet. Sie hatte nichts, nur eine einfache Operation, sie vernichten eine Familie! Ist es Ihr Mann, der operiert wird? Holen Sie ihn dort raus, solange er noch lebt, dieser Ort hier ist die Hölle!

Von dem Moment an, als sie sie entdeckt haben, sammeln sie sich um sie, als könnte sie sie retten, bringen ein Detail nach dem anderen vor, als könnte sie das wichtigste noch korrigieren, das Detail, das alles kaputtgemacht hat, sie erinnern sie an ihre Schüler, die sie aufgeregt bitten, den Streit zu schlichten und den Schuldigen herauszufinden. Ich habe ihr gesagt, in meinen Augen bist du schön, so wie du bist, wozu brauchst du diesen Ring im Bauch? Er wiegt sich vor und zurück, als würde er beten, sie wollte abnehmen, sie war dicker geworden nach den Schwangerschaften und wollte abnehmen, und jetzt sind die Kinder Waisen, Gott möge sich erbarmen! Er stößt laute Schluchzer aus, und neben ihm klagt eine schwere Frau mit einem schwarzen Tuch um den Kopf, vermutlich die Mutter der Verstorbenen, acht Kinder! Bei der letzten Geburt waren es Zwillinge! In zwei Monaten werden sie drei! Und Iris hört ihnen entsetzt zu, wollen sie etwa ihr die Waisen auf den Schoß setzen?

Stammelnd redet der Vater weiter von den letzten Stunden vor der Operation, davon, wie ihnen langsam klar wurde, dass es Komplikationen gab, dass nichts mehr so sein würde, wie es war, und ihr ist schon nicht mehr klar, ob es ihr erzählt wird oder ob einer es dem anderen erzählt, wie sie wieder und wieder Psalmen gelesen haben, Hilf, HERR, dem König, und erhöre uns, wenn wir rufen! Er sende dir Hilfe vom Heiligtum und stärke dich aus Zion. Die Anwesenheit der Menschen erhöht die Zimmertemperatur, sie spürt, wie ihr Körper auftaut, am liebsten würde sie weglaufen, aber wie kann sie sie in ihrer Trauer im Stich lassen? Von Zeit zu Zeit wendet sich ein Familienmitglied an sie, immer ein anderes, und fügt ein Detail hinzu, als wäre sie dazu bestimmt, das Geschehene zu bezeugen, aber ihre Aufmerksamkeit gilt vor allem dem Vater, Zion heißt er, wie sich herausstellt, und er hört nicht auf zu klagen. Ein Ring! Ein Ring im

Bauch! Was sind das für Erfindungen! Mit einem Ring habe ich sie zu meiner Frau gemacht! Damit sie durch einen Ring stirbt? Abnehmen wollte sie, jetzt wirst du abnehmen, wenn dich die Würmer fressen, wirst du nichts mehr wiegen. Er jammert, und all seine Brüder und alle Brüder der Verstorbenen und ihre Schwestern und die größeren Kinder brechen in Weinen aus, bis sich ihr Zorn wieder gegen die Ärzte richtet. Sie sind Metzger, sie haben sie umgebracht, sie vernichten Familien, holen Sie Ihren Mann schnell heraus, bevor er stirbt! Sie drängen sie, und sie nutzt die Gelegenheit, tut, als wolle sie den Rat befolgen, murmelt einige Beileidsworte und verlässt schnell den Raum, und erst, als sie oben ist, stellt sie fest, dass es bereits Abend wird, der Flur vor seinem Sprechzimmer hat sich geleert, und als sie an seine Tür klopft, bleibt es still.

Außer ihr ist niemand mehr in der Ambulanz, als wäre der Schmerz in der Zeit, in der sie geschlafen hat, aus der Welt verschwunden, nur aus der Notaufnahme klingt erschreckender Lärm herüber. Vielleicht sollte sie dorthin gehen, nicht zum Parkplatz, sie hat das Gefühl zu glühen, ihr Hals tut weh, ihre Zähne klappern und ihr Körper verwandelt die Kälte, die er aufgesogen hat, in eisige Hitze und glühende Kälte, und sie stolpert zum Auto, lässt den Motor an und schaltet die Heizung ein, schaut durch die dunklen Fenster hinaus. Schwarze Hitze hüllt sie ein, die Hitze einer Sommernacht, an deren Ende kein Morgen wartet, und sie holt ihr Handy aus der Tasche, dem sie schon vor Stunden den Ton abgestellt hat, zahllose Anrufe erwarten sie, Nachrichten, E-Mails, ihre Stellvertreterin hat fast jede Stunde angerufen, Ruthi vom Rathaus, Arie aus dem Schulamt, Lehrer, die Inspektorin, Dafna, Prashant im Namen ihrer Mutter, Micki auf seine lakonische Art: Wo steckst du?, und Omer, der zu Jotam gefahren werden und später wieder abgeholt werden möchte, und dann fragt Micki wieder, ist alles in Ordnung?, und danach begnügt er sich mit einem Fragezeichen, und sie reagiert nicht, denn wenn sie anfängt zu antworten, wird es nicht aufhören, sie möchte nicht antworten, sondern Antworten bekommen, sie holt seine Visitenkarte aus der Tasche und tippt die Telefonnummer in ihr Handy, und statt sie unter dem E seines Vornamens oder dem R seines Nachnamens zu speichern, schreibt sie: Schmerz.

# ACHTES KAPITEL

Was hast du dir eigentlich gedacht, dass er dir mitten im Abendessen antwortet? Dass er zu seiner Frau sagt, entschuldige, das ist meine frühere Liebe, und vom Tisch aufsteht und sich mit dir auf die Terrasse zurückzieht, damit niemand etwas hört? Dass er zu seiner Tochter Mirjam sagt, das ist eine Frau, die einmal so alt war wie du, ich habe sie geliebt, bis ich sie verlassen habe, und wenn dich einer so verlässt, bringe ich ihn um? Und vielleicht hat er ja auch kleine Kinder und liest ihnen etwas vor, bringt sie ins Bett, er bemerkt ihre Nachricht gar nicht, in der sie ihn um einen Rückruf bittet, sie legt das Handy auf den Beifahrersitz.

Warum hast du so lange gewartet, du bist in dem Leichenkühlraum im Keller eingeschlafen, als hättest du seit Jahren kein Auge zugemacht. Auch wenn es ihn aufgeregt hat, dich zu sehen, so hat er sich inzwischen bestimmt wieder gefasst, ihm ist klar geworden, was auf dem Spiel steht, er hat beschlossen, die altneue Beziehung zu lösen, bevor sie begonnen hat, denn wenn er dich verließ, als du siebzehn warst, in voller Blüte, wird es ihm nicht schwerfallen, dich mit fünfundvierzig zu verlassen, schon leicht verwelkt trotz der tiefschwarz gefärbten Haare, du hättest das Eisen schmieden müssen, solange es heiß war, du hättest ihn sofort anrufen und eine Verabredung treffen müssen oder ihm im Flur auflauern, aber das Eisen ist vermutlich im Wartezimmer im Keller abgekühlt. Nicht umsonst zittert sie noch immer vor Kälte, und in ihrer Kehle sticht es wie mit Nadeln, sie muss schnell nach Hause fahren, sie braucht ihr Bett, Micki macht sich Sorgen und sogar Omer spürt ihre Abwesenheit, sie hat versprochen, heute Abend mit ihm Grammatik zu lernen, aber sie dirigiert ihr Auto nicht zu ihrer Wohnung, sondern fährt zähneklappernd zu dem Haus, das sie im Schlaf gesehen hat, zum Haus seiner Mutter. Sie spürt, wie sie Fieber bekommt, ihr Kopf schwankt auf dem Hals wie der Kopf seiner kranken Mutter, du wirst sie dort nicht finden, auch ihn wirst du nicht finden, die kleine Wohnung ist bestimmt verkauft oder vermietet, dort wird das Treffen nicht fortgesetzt werden, nur der Abschied ist dort zurückgeblieben wie ein verbrannter Körper, aus dem noch Rauch aufsteigt.

Die ganzen Jahre hat sie nicht gewagt, sich dem Haus zu nähern, und jetzt fährt sie hin, mit halb geschlossenen Augen und viel zu schnell, als erwarte sie jemand in dieser verlassenen Erdgeschosswohnung in einer Siedlung, die schon alt ausgesehen hat, als sie gerade neu gebaut worden war. Es scheint, als erinnere sich das Auto an den Weg, den es doch nie gefahren ist, und sie parkt gegenüber der Bushaltestelle, dort hatten sie zusammen gesessen, sich umarmt, nach Nächten der Liebe im Schlaf und nach dem Schlaf in der Liebe, auf dem Weg zur Schule oder ins Krankenhaus oder nach Hause, wenn sie ihrer Mutter mit den Zwillingen helfen musste, und meist wartete er mit ihr, immer hielt er ihre Hand oder legte den Arm um ihre Schulter, ihre jungen Körper ohne Anstrengung und ohne jeden Gedanken ineinander verschmolzen.

Heute fahren die Busse häufiger, schon zwei sind an der leeren Haltestelle vorbeigefahren, damals fuhren sie nur alle halbe Stunde, wenn sie einen knapp verpasste, war es schwer, die Wartezeit zu füllen, und manchmal, wenn sie ohne ihn dort wartete, kehrte sie für einen neuen, süßen Abschied zu ihm zurück, kroch, wenn er noch schlief, zu ihm ins Bett, und wenn sie endlich wieder aufstand, hatte sie einen weiteren Bus verpasst, aber es tat ihr nicht leid, denn sie hatte ein bisschen Zeit mit ihm gewonnen. Von hier aus war sie auch an jenem Morgen nach den sieben Trauertagen weggefahren, als er sie weggestoßen hatte, ausgerechnet damals war der Bus sofort gekommen, fällt ihr plötzlich ein, damals, als sie nicht mehr wusste, wohin sie sich wenden sollte.

Eine hohe, dichte Hecke umgibt das Erdgeschoss des Hauses, dem die Jahre sogar gutgetan haben, sie haben ihm eine gewisse Würde verliehen, und sie geht hinüber zum Eingang, sucht einen Durchschlupf zum Garten, um einen Blick durch die Fenster zu werfen. Außer den Johannisbrotbäumen und einem Pflaumenbaum wuchs dort im Garten nichts, er war immer leer und vernachlässigt gewesen. Nur während der Trauertage hatte er sich mit Leben gefüllt, als ganze Gruppen von Besuchern im angenehmen Wind eines frühen Sommerabends im Garten saßen. Manche zündeten Kerzen an, andere spielten Gitarre, und sie bewegte sich zwischen ihnen, empfing für ihn die Trostworte und behielt den Zehnten für sich. Eitan erhob sich kaum von seinem Platz, fällt ihr jetzt ein, aber sie lief zwischen den runden Tischchen umher, die ihnen die Nachbarn geliehen hatten, unterhielt sich mit Verwandten und Freunden der Familie und genoss insgeheim ihre Aufgabe. Manchmal, wenn sie zu ihm an den Tisch kam, setzte sie sich, wenn kein Stuhl mehr frei war, auf seine Knie und legte den Arm um seine Schulter. Wie ähnlich ihr euch seht, hörten sie immer wieder, wie Bruder und Schwester. Sie waren beide groß und schlank, mit dunklem Haar und hellen Augen, nur seine Nase war ein bisschen adlerhaft gebogen und ihre gerade. In ihren Augen war er viel schöner als sie, obwohl sie, wenn sie einen Blick in den Spiegel im Flur warf, fast zufrieden war beim Anblick des gertenschlanken Mädchens mit dem vollen Haar und den Augen, die strahlten wie die einer Braut am Tag ihrer Hochzeit. Ja, das war es, denkt sie jetzt erschüttert, das war vermutlich ihre erste Sünde, dafür wurde sie bestraft, dass diese sieben Trauertage in dem kleinen Garten für sie sieben Hochzeitstage waren, voll tiefen Glücks, eines Glücks, das jetzt von irgendwo hinter der Hecke zu ihr herübersprüht wie von einem Rasensprenger, der nur für sie allein bestimmt ist. Sie kann sie fast hören, wie sie dort singen und spielen, lachen und weinen, trinken und rauchen, wir waren zusammen, Tag um Tag, Nacht um Nacht, alles andere habe ich längst vergessen.

Was für einen Sinn hat es, jetzt in diesen Garten zurückzukehren, durch die Fenster in die Wohnung zu schauen, die er vermutlich seit Jahren nicht mehr betreten hat. Es hat keinen Sinn, und trotzdem wird sie nicht aufgeben, es ist das Ende des einzigen Fadens, den sie in der Hand hat, und sie wird an ihm ziehen oder sich von ihm ziehen lassen, denn eine unbekannte Kraft drängt sie zwischen die Sträucher der Hecke, bringt sie dazu, eine Lücke zu suchen. Ihre Wange wird von einem Dornenzweig zerkratzt, aber sie steckt schon in der Hecke, als wäre sie Teil von ihr, nicht umsonst nennt man solche Hecken lebende Zäune. Zu ihrem Erschrecken hört sie Schritte, die sich dem Haus nähern, offenbar ein Vater mit seinem kleinen Jungen, dessen zwitschernde Stimme ihr im ersten Moment bekannt vorkommt. Vielleicht ist er zu allem Unglück einer ihrer Schüler, sie hat etliche Schüler aus dieser Gegend, hoffentlich sieht er sie nicht, das Gerücht einer durchgeknallten Direktorin würde sich blitzschnell verbreiten.

Papa, Einbrecher tragen weiße Anzüge, nicht wahr?, sagt der Junge, Papa, Einbrecher brechen nur im Erdgeschoss ein, nicht wahr? Der Vater nickt zerstreut, bleibt vor dem Eingang stehen, schaut in den Briefkasten, nie wirst du deine Anwesenheit hier in den Büschen erklären können, aber da steigen sie schon hinauf, in den sicheren ersten Stock, während der Junge nicht aufhört, seiner Angst Ausdruck zu verleihen, Papa, es stimmt doch, dass Einbrecher viel Lärm machen?, und erst da sagt der Vater zum ersten Mal etwas, aber statt ihn zu beruhigen, bemüht er sich um die Wahrheit. Nein, wieso denn das, Einbrecher versuchen, sehr leise zu sein, damit sie nicht geschnappt werden.

Stimmt nicht, widerspricht der Junge, du verstehst nichts von Einbrechern! Aber zu ihrem Glück fällt die Tür schon hinter den beiden ins Schloss, genau in dem Moment, als ein Zweig hörbar unter ihrem Gewicht bricht, und sie versinkt in dem Strauch, versucht, sich einen Weg hinaus zu bahnen, das heißt hinein in den Garten. Sie fürchtet schon, für alle Ewigkeit hier festzusitzen, aber sie lässt das Ende des Fadens, das sie in der Hand hält, nicht los, ihre Beine spannen sich in dem Dickicht, sie rudert mit den Armen, ihr Kopf stößt sich durch das dichte Laubwerk wie der Kopf eines Kindes durch den Geburtskanal. Sie spürt, dass auch ihre andere Wange einen Kratzer bekommt, aber es geht nicht anders, sie packt Zweige und drückt sie nach hinten, bis ihr Körper weitergeschoben wird und auf der anderen Seite der Hecke landet.

Nie hätte sie sich vorgestellt, dass es so schwer sein könnte, einen lebenden Zaun zu durchdringen, und sie hat keine Ahnung, wie sie wieder hinauskommen soll, es sei denn, die Erdgeschossbewohner würden sie im Garten entdecken und die Polizei rufen, um sie entfernen zu lassen, oder auch die Bewohner des ersten Stocks, denn schon hört sie den kleinen Jungen erschrocken schreien, Papa, hast du das gehört? Es gibt Einbrecher hier! Aber zu ihrem Glück hört der Vater nicht auf ihn, er schimpft mit seinem Sohn, er solle endlich seine Cornflakes essen, statt blödes Zeug zu reden, und sie richtet sich vorsichtig auf, hält sich an der Hauswand fest und versucht, lautlos zum großen Wohnzimmerfenster zu schleichen.

Zu ihrem Leidwesen ist es dunkel, so wie der Garten in dieser mondlosen Nacht, und sie tappt weiter zum Schlafzimmerfenster, dort ist der Rollladen halb heruntergelassen und das Licht gedämpft, nur Wasserrauschen bezeugt, dass die Wohnung nicht leer ist. Sie wartet, die Augen so fest auf das Fenster geheftet wie vorher auf den kleinen Bildschirm, den ganzen Tag wartet sie, ihr ganzes Leben hat sie gewartet. Was tut sie überhaupt hier? Zitternd vor Kälte, aber mit glühend heißem Atem, mit zerkratztem Gesicht und zerrissenem Kleid klammert sie sich wie eine Verrückte an die Gitterstäbe des Fensters. Kann er sie noch immer so erschüttern wie damals, würde sie wieder nach Hause zurückkehren und sich in ihr Bett legen, bewegungslos wie damals? Liebeskummer mit fünfundvierzig, wer könnte so etwas glauben.

Was sucht sie hier? Die Wohnung ist sicher an ein Studentenpaar vermietet oder an eine junge Familie, obwohl im Garten keine Kinderspielsachen herumliegen und keine Spielgeräte installiert sind, die auf die Anwesenheit von Kindern hingedeutet hätten, eigentlich weist nichts auf irgendjemandes Anwesenheit oder auf die vergangene Zeit hin. In dem gedämpften Licht kommt es ihr vor, als sei zwischen den schmächtigen Johannisbrotbäumen und dem Pflaumenbaum, an den sie sich gut erinnert, nichts hinzugefügt und nichts weggenommen worden. Während der Trauertage hatten sie beschlossen, den Garten herzurichten, sie wollten Blumen und vielleicht sogar Gemüse anpflanzen, aber dann hat er sie verlassen, und nicht nur sie, bestimmt auch diesen Ort, der ihn an Krankheit erinnerte. Bestimmt hat er Blumen und Gemüse in einem anderen Garten gepflanzt, dort lebt er mit seiner Familie, mit seiner Tochter Mirjam und ihrer Mutter und vielleicht noch einem weiteren Kind oder zwei, und obwohl er ihr Gesicht gestreichelt und ihre Lippen geküsst hat, wird er letztlich auf sie verzichten, sie war seine Jugendliebe, was hat sie mit seinem Erwachsenenleben zu tun, sie sind nicht mehr das, was sie damals waren. Ein ganzes Leben ist inzwischen vergangen, alle schicksalhaften Entscheidungen liegen schon hinter ihnen, die Konfrontation mit der Vergangenheit ist so unfruchtbar wie dieser Garten hier, der nichts hervorbringt, ihre schönen Jahre liegen sowieso schon hinter ihnen, und das, was geschehen ist, lässt sich nicht zurückbringen, sie wird jetzt zu ihrem Auto gehen und unverrichteter Dinge nach Hause fahren, wenn die Zweige es zulassen, denn die jetzigen Bewohner dieser Wohnung haben die vornehme Frau nicht gekannt, die früher mit ihrem einzigen Sohn hier lebte, sie würden ihr Leben nicht in einem alt-neuen Licht erscheinen lassen können, nicht ihre Vergangenheit und nicht ihre Zukunft, und sie dreht sich langsam um und hält sich an den Zweigen eines Johannisbrotbaums fest.

In diesem Moment wird sie vom Strahl einer Taschenlampe getroffen, aber es ist nur das Licht, das im Schlafzimmer vor ihr angeht, und zu ihrem Erstaunen entdeckt sie durch die Ritzen des Rollladens einen bärtigen Mann, nicht mehr jung, der ihr jetzt den gebeugten Rücken zuwendet, er trägt nur eine Unterhose, und sie schüttelt ungläubig den Kopf oder es ist ein Schauer, der ihr über den Rücken läuft und ihren Kopf dazu bringt, sich von einer Seite zur anderen zu bewegen? Das kann nicht sein, darauf wäre sie nie gekommen, aber er ist es, hier wohnt er, hierher ist er letztlich zurückgekehrt, wo ist Mirjam, seine Tochter, wo ist seine Frau, es sieht nicht aus, als würden noch andere Menschen in der Wohnung sein, werden sie morgen früh zurückkommen? Oder könnte es sein, dass er allein lebt und nur auf sie wartet? Sie folgt ihm zum Wohnzimmer, in dem das Licht angeht, er geht in die Küche und holt sich ein Bier, wenn er sie hier sieht, wird er seinen Augen nicht trauen, er wird nicht glauben, dass sie freiwillig zu dem Ort zurückgekehrt ist, von dem man sie einst verjagt hat.

Die Wohnung hat sich seit damals kaum verändert, sie ist noch ebenso grau und vernachlässigt wie in ihrer Erinnerung, nichts deutet auf die Anwesenheit einer Frau hin. Ist er wirklich allein, frei für sie, frei, die Trauer von damals fortzuführen? Sie sieht, wie er ein graues Hemd und eine helle kurze Hose anzieht, sie weiß, dass er das Hemd offen lassen wird, Wassertropfen werden Flecken auf dem Stoff hinterlassen. Sie sieht, wie er sich im Wohnzimmer an einen Computer setzt, der auf dem Esstisch steht, und ihn hochfährt, sie sieht sein ernstes Profil, den leicht gebeugten Rücken, wird er sich freuen, wenn er sie sieht, oder erschrecken, schließlich hat er sich nicht die Mühe gemacht, ihre Nachricht zu beantworten. Vielleicht hat er ja gedacht, es handle sich um eine lästige Pflegerin, und hat die Nachricht gar nicht abgehört, sie muss es noch einmal versuchen, jetzt, da sie ihn vor Augen hat. Sie wird es wieder versuchen und die Wahrheit erkennen, zur richtigen Zeit, sie sieht, wie er langsam aufsteht, vermutlich sucht er sein Handy, und dann verschwindet er im Schlafzimmer, und sie hört seine Stimme doppelt, einmal aus dem Handy und einmal aus dem Fenster, sie strömt zu ihr mit dem Abendwind. Hallo?, fragt er, und da sie nichts sagt, fährt er fort, bist du das, Irisim?, und er erklärt, ich habe nicht gewusst, ob es passt, wenn ich dich so spät anrufe, vielleicht bist du ja bei deiner Familie, er erwähnt ihre Familie nur als allgemeinen Begriff, und sie antwortet leise, ich bin nicht bei meiner Familie, Eitan, ich bin bei dir, ich bin hier, im Garten.

Du bist im Garten?, staunt er, seine Stimme lächelt ihr zu, das kann doch nicht sein!, und sie sinkt auf die trockene Erde, ihre Zähne klappern, sie weiß, er wird die Tür aufmachen und aus dem Wohnzimmer kommen, er wird die wackligen Stufen heruntersteigen, vier oder fünf, das Telefon in der Hand, und das bläuliche Licht wird auf sie scheinen, wenn er sagt, da bist du ja, und statt sie in den Arm zu nehmen und in seine Wohnung zu führen, lässt er sich neben sie fallen. Was tust du hier, Irisim, ich kann gar nicht glauben, dass du hier bist, flüstert er und betrachtet ihr Gesicht im Licht des Handys, du siehst krank aus, stellt er fest, legt eine Hand auf ihre Stirn, du hast Fieber, du hast auch Kratzer im Gesicht, dein Kleid ist zerrissen, warum bist du nicht durch die Tür hereingekommen? Woher hast du überhaupt gewusst, dass ich hier bin?

Ich habe es nicht gewusst, murmelt sie, ich habe nicht gewusst, wer hier wohnt, und er lacht, du hast immer eine starke Intuition gehabt, du hast immer gewusst, was man tun muss und was passieren wird, und sie protestiert, wirklich nicht, Tatsache ist doch, ich hatte keine Ahnung, dass du drauf und dran warst, mich zu verlassen.

Auch ich hatte keine Ahnung, sagt er zu ihrer Überraschung, und sofort fragt er, wie wirst du nach Hause kommen? Was wirst du deinem Mann sagen? Sie flüstert, ich werde ihm sagen, dass ich Einbrecher getroffen habe, und er lacht, ja? Und was hat man dir gestohlen?, und sie sagt, alles, mein ganzes Leben, ich habe ihnen alles gegeben, damit sie mich freilassen.

Das hast du gut gemacht, sagt er, und du denkst, dass er dir glauben wird?, und sie sagt, natürlich wird er mir das glauben, ich lüge nie, und er lacht wieder, mein gutes Mädchen, du bist ein gutes Mädchen geblieben, er versucht, ihre Stirn mit der Bierflasche zu kühlen, die er immer noch in der Hand hält. Als ich dich heute Mittag gesehen habe, hattest du kein Fieber, bist du meinetwegen krank?, und sie sagt, klar, jetzt musst du mich behandeln, und er sagt, ich werde mir die größte Mühe geben. Er bietet ihr von dem Bier an, und sie fällt durstig über das Getränk her, seine vom Duschen feuchten Haare streichen über ihr Gesicht, als er sie, auf einen Arm gestützt, betrachtet, und sie liegt ausgestreckt auf der Erde unter dem Pflaumenbaum.

Es ist bequemer auf dem nackten Boden als zu Hause in ihrem Bett, in ihrem Schlafzimmer, es ist wohltuend mit dem vertrauten Körper neben sich, dies ist ihre Erde, es scheint, als trüge sie noch ihre Fußabdrücke von damals, so wie die Fußabdrücke des ersten Menschen, der den Fuß auf den Mond setzte, bis heute unverändert sind, denn es fehlen Wind und Regen, ohne Witterung ändert sich nichts, und sie ist jetzt zu ihrem Mond zurückgekehrt, unter ihr ist die Erde und umfängt sie, über ihr ist der Himmel und sie liegt dazwischen. Hierher gehört sie, zu diesem Pflaumenbaum, dessen Früchte immer ein bisschen unreif oder ein bisschen überreif waren, als wären sie nur an einem einzigen Tag wirklich gut, und trotzdem hat sie sie immer verschlungen, heiß von der Sonne, und wenn sie die Augen schließt, sieht sie zwischen den Zweigen kleine Früchte hängen, und sie fragt, sind sie seit damals besser geworden, die Pflaumen?, und er wirft einen gleichgültigen Blick hinauf zu dem Baum und sagt, nicht wirklich, sie schmecken nach Oliven, vermutlich ist das eine Kreuzung aus einem Oliven- und einem Pflaumenbaum. Übrigens, auch ich bin nicht besser geworden, er lacht, und sie betrachtet verzaubert seine Augen, die von den dichten, dunklen Augenbrauen verschattet werden, du solltest auch nicht besser werden, sagt sie leise, in meinen Augen warst du wunderbar, so wie du warst.

Seltsam, keine Frau nach dir hat wie du gedacht, bekennt er, und sie lacht, siehst du, du hättest bei mir bleiben sollen, und er seufzt laut, oh, Irisim, denkst du etwa, ich weiß das nicht? Da ist ein scharfer Aufschrei aus der Wohnung über ihnen zu hören, Papa, es gibt Einbrecher im Garten! Ich höre sie! Ich höre Stimmen!

Hör schon auf mit dem Theater, schimpft sein Vater. Jeden Abend erfindest du etwas Neues, nur um nicht schlafen zu gehen, und der Junge bricht in Weinen aus, ich möchte bei Mama schlafen, bei ihr gibt's keine Einbrecher! Und Eitan lächelt, der arme Kleine, er hat solche Angst, er erinnert mich an meinen Sohn.

Du hast einen kleinen Sohn?, fragt sie überrascht, wie alt ist er?, und er sagt, neun, und sie fragt in einem plötzlich sachlichen Ton, als habe sie die Frage vorbereitet, wie viele Kinder hast du eigentlich? Er sagt, ich habe zwei Kinder und zwei Frauen, und sofort korrigiert er sich, von zwei Frauen, das heißt, dass keine von ihnen mit mir lebt, und sie seufzt erleichtert, als hätte sie wirklich geglaubt, er wäre nicht frei, sondern gleich mit zwei Frauen verheiratet, diese neue Information ist wunderbar, und obwohl ihr leise Zweifel daran kommen, ob man das ein gelungenes Liebesleben nennen kann, ist sie nicht bereit, sich weiter damit zu beschäftigen. Es ist nicht die Zeit für Fragen und Forderungen, es ist die Zeit für Freude über das Zusammentreffen, an das sie nicht geglaubt hat, das sie nicht mehr erhofft und nicht erwartet hat, das sie sich nicht vorgestellt hat, trotzdem kommt es ihr jetzt so vor, als habe sie seit damals nur für diesen Moment gelebt, alles, was sie inzwischen getan hat, das Studium, die Heirat, die Kinder, die Arbeit waren nur eine Ablenkung, comme il faut.

Komm, sagt er, bückt sich und hält ihr die Hand hin, komm, gehen wir ins Haus, haben wir Erbarmen mit unserem Nachbarn aus dem ersten Stock, und sie fragt sich, ob er den Vater oder den Sohn meint, und sie erhebt sich schwerfällig, die schwarze Nacht bohrt sich in ihre Augen, sie sieht fast nichts, und hätte er sie nicht gestützt, wäre sie hingefallen, aber er führt sie, trägt sie fast auf Händen, wie ein Bräutigam die Braut in das Haus trägt, das er für sie vorbereitet hat. So bringt er sie in das Haus, aus dem er sie vor fast dreißig Jahren verjagt hat, und so, wie sie in seinem Gesicht das jüngere Gesicht sieht, öffnet sich die Wohnung vor ihr, wie sie war und wie sie auch auf den zweiten, genauen Blick aussieht, und sie hat das Gefühl, dies sei der einzige, richtige Blick. Von der Schwelle aus überblickt sie das kleine Wohnzimmer, das Sofa wurde ausgetauscht, aber es steht genau an dem Platz, an dem es auch damals gestanden hat, als sie zum ersten Mal in das Haus kam und einen schmalen Rücken unter einer Decke sah, darüber das volle, gut frisierte schwarze Haar, und Eitan sagte mit weicher Stimme, Mama, das ist Iris, und dann bewegte sich die Decke langsam und mit Anstrengung, und das Gesicht, das zur Wand gekehrt war, drehte sich zu ihr um, riesige, überraschend junge blaue Augen betrachteten sie forschend.

Herzlich willkommen, Iris, sagte seine Mutter mit warmer, zarter Stimme, drehte sich auf die Seite und stützte sich auf den Arm, den Kopf in die eine Hand gelegt, und streckte ihr die andere Hand hin, sehr angenehm, ich bin Mirjam, entschuldige, dass ich dir zu Ehren nicht aufstehen kann, mir tun die Beine weh, und Iris drückte aufgeregt die ausgestreckte Hand, schon in diesem Moment hatte sie die Frau von Herzen lieb, und sie sagte, Sie brauchen nicht für mich aufzustehen, ich werde Eitan helfen, Sie zu umsorgen.

Es reicht, wenn du dich um ihn kümmerst, sagte seine Mutter lächelnd, es erleichtert mich sehr zu wissen, dass er nicht allein ist, und als sie versuchte, sich ein wenig aufzurichten, rutschte auf einmal ihre Haarpracht vom Kopf und gab einen nackten Schädel frei, Eitans Mutter wurde rot vor Verlegenheit, ich komme mit dieser Perücke nicht zurecht, murmelte sie, nahm sie ab und legte sie neben das Kissen, und tatsächlich trug sie sie danach nicht mehr, und als ihr Blick jetzt in den Spiegel fällt, der seit damals im Flur hängt, streicht sie sich erstaunt über ihr Haar, das glatt und glänzend geblieben ist, obwohl sie sich doch im Staub gewälzt hat. Erinnerst du dich an ihre Perücke, fragt sie, und er versteht sofort, was sie meint, gerade wollte ich dir sagen, dass du ihr wirklich ähnlich siehst, nicht nur die Haare, es ist kaum zu glauben, wie ähnlich du ihr geworden bist, und sie sagt, sie ist genau in meinem Alter gestorben, was bedeutet das alles?, und er streicht ihr mit der Hand über das Haar, wir werden sehen, und für einen Moment schreckt sie zurück wie vor einer Drohung.

Du zitterst, sagt er, du hast hohes Fieber, komm, behandeln wir dich endlich. Ich weiß nicht, womit ich anfangen soll, willst du dich hinlegen?, er deutet auf das Sofa, vielleicht duschen?, und sie antwortet, sowohl als auch, und er sagt, dann fangen wir mit dem Duschen an, führt sie vorsichtig zum Badezimmer, aus dem er vor einer knappen Stunde herausgekommen ist. Halte dich an den Griffen fest, damit du nicht hinfällst, er deutet auf die Aluminiumstangen, an denen sich seine Mutter immer festgehalten hatte, und ruf mich, wenn du mich brauchst, und als er zurückkommt und ihr ein Handtuch bringt, ist sie bereits fast nackt, und obwohl sie sich nicht im Geringsten geniert, geht er schnell wieder hinaus, er betrachtet sie nicht, weder die Schwangerschaftsstreifen auf dem Bauch noch die Operationsnarben und die Erschlaffung all ihrer Glieder, er sieht in ihr das junge Mädchen, das sie einmal war, und durch sie erscheint ihm seine Mutter, im Guten wie im Bösen.

Deshalb ist sie auch nicht überrascht, als er ihr den ausgeblichenen geblümten Morgenrock hinhält, an den sie sich verschwommen erinnert. Als sie aus der Dusche gekommen ist, hat sie sich in ein Handtuch gewickelt, so sehr hat sie sich beeilt, denn die Vorstellung, kostbare Zeit mit ihm zu versäumen, hat sie plötzlich sehr traurig gemacht. Vielleicht ziehst du den so lange an, schlägt er vor, und sie wickelt sich in den Morgenrock, der erstaunlich gut riecht, als wäre er für sie frisch gewaschen worden, sie streckt sich auf dem Sofa aus und trinkt den Tee, den er für sie gekocht hat, schluckt die Tablette, die er ihr hinhält, überlässt es ihm, ihre Bedürfnisse zu erfüllen. Er schneidet eine Wassermelone in kleine Würfel und gibt sie ihr, legt ihr ein kühles Tuch auf die Stirn, bringt ihr ein Glas Wasser, es ist, als würde alles, was sie damals für ihn getan hat, konzentriert zu ihr zurückkommen, gleich wird er sich zu ihr setzen und mit ihr für die Prüfungen lernen.

Was findest du so lustig, Irisim?, fragt er mit weicher Stimme, und sie sagt, ich habe daran gedacht, wie ich mit dir fürs Abitur gelernt habe, das war wirklich schwer, wie hast du eigentlich das Medizinstudium geschafft?, und er lacht, es gab immer Frauen, die daran geglaubt haben, dass ich mich nur anstrengen muss.

Das glaub ich gern, stößt sie aus, demonstriert ihren Zorn, und er sagt, die Wahrheit ist, im Verlauf der Jahre hat sich mein Gehirn geschärft, nach dem Militär habe ich festgestellt, dass ich eigentlich gern lerne, sei nicht zornig auf mich, bittet er und streckt sich neben ihr auf dem Sofa aus, ich weiß, dass ich ein kompletter Dummkopf war, aber ich hatte Gründe dafür, das hast du selbst gesagt.

Sie lächelt, klar, ich verurteile dich nicht, obwohl sie nicht weiß, ob er über seine Lernschwierigkeiten spricht oder darüber, dass er sie verlassen hat. Es ist ihr jetzt auch egal, als sie die Augen schließt und seine Hand hält, sie hat das Gefühl, als würde ihr Fleisch vor Hitze schmelzen, schmelzen und sich mit seinem vereinen, als wäre es unmöglich, sie zu trennen. Was hast du mir gegeben, Morphium, fragt sie kichernd, medizinisches Cannabis? Ich glaube, ich fantasiere.

Einfach Aspirin, sagt er und lacht, und sie protestiert, Aspirin habe ich zu Hause, ich brauche keinen Schmerztherapeuten für Aspirin. Warum hast du dich für Schmerztherapie entschieden?, und er sagt, wer nicht an medizinische Heilung glaubt, wendet sich dem Schmerz zu, das ist eine ganz andere Lebenseinstellung. Bei den meisten Ärzten ist die Krankheit das Wichtigste, bei uns ist sie nur die Nebensache. Wir versuchen nicht zu heilen, sondern das Leiden zu lindern. Du bist die Letzte, die das fragen dürfte, du warst doch mit mir dort.

Sie hat schlimm gelitten, sagt sie, in ihren Ohren hallen noch immer die furchtbaren Seufzer nach, die sie am Todestag seiner Mutter durch den Vorhang gehört hatte. Einen Moment lang hat sie das Gefühl, als stiegen die Seufzer aus ihrer eigenen Kehle auf, schenkt er ihr jetzt die Krankheit, pflegt er sie jetzt mit derselben Hingabe, mit der er seine Mutter gepflegt hat, wird er das Leiden lindern, für das er verantwortlich ist? Sie ist bereit dafür, wenn sie hier bis zum Tag ihres Todes mit ihm zusammen sein kann und nicht mehr nach Hause zurückkehren muss. Sie braucht die Zeit mit ihm. Sie möchte ihn so vieles fragen, sie weiß doch noch nichts, zum Beispiel was er tat, nachdem er sie von hier fortgeschickt hatte, am selben Tag und am Tag danach, eigentlich möchte sie mit ihm den ganzen Kalender durchgehen, einen Tag nach dem anderen, eine Stunde nach der anderen, von damals bis heute, auch wenn das fast dreißig Jahre dauern wird, sie möchte die kleinsten und die großen Details rekonstruieren, der Reihe nach, wie sie sich ereignet haben. Was hat er beim Militär gemacht, wo hat er studiert und welche Frau hat er geheiratet, wo hat er gewohnt, wann hat er sich getrennt, wen hat er dann geheiratet, wo leben seine Kinder und wann sieht er sie und ob er noch immer saure Äpfel liebt. Aber der Nachtwind weht das Gefühl unendlicher Zeit über sie, sie hat keine Ahnung, wie viel Uhr es ist, ihre Zeit hat sich verändert, sie ist in einem anderen Land, dort häufen sich die Jahre. Schläfst du?, fragt er flüsternd, und sie nickt und fügt zu ihrem Erstaunen hinzu, ich bin glücklich, und er streichelt ihre nackten Arme, seine Finger schweben über ihren Brüsten unter dem Morgenrock, Irisim, was ist mit deiner Familie, warten sie nicht auf dich? Machen sie sich keine Sorgen?

Von mir aus, sagt sie leise, aber er bittet sie, schick wenigstens eine Nachricht. Wo ist dein Handy? Ich möchte dir keine Schwierigkeiten machen. Er drückt ihr das Gerät in die Hand, es ist erst halb elf, entdeckt sie, sie wird noch bei ihm bleiben, schließlich kann sie sich nicht mehr von ihm trennen, und sie schickt eine lakonische Nachricht an Micki, ich bin in Tel Aviv und komme spät zurück, mach dir keine Sorgen, und sofort kommt seine Frage, was machst du in Tel Aviv?, und sie schickt rasch eine SMS an Dafna, ich bin bei dir in Tel Aviv, in Ordnung? Erkläre es dir morgen, und erst nach Dafnas Antwort schreibt sie, bei Dafna, warte nicht auf mich.

Erstaunlich rasch organisiert sie alles, als bestehe ihr Leben aus Lügen, dabei hat sie ihn noch nie betrogen, noch nie belogen, immer hat sie sich über Freundinnen gewundert, die heimliche Affären hatten, sie selbst hat das immer für eine zusätzliche körperliche und seelische Last gehalten, und bisher hat sie nie einen Mann getroffen, der in ihren Augen eine solche Last gerechtfertigt hätte. Manchmal war ein Vater eines Schülers öfter als notwendig in ihr Büro gekommen, im Schulamt hatte sie zuweilen anzügliche Blicke aufgefangen, vor allem vor ihrer Verletzung, aber sie hat sich nie auf etwas eingelassen, nicht nur aus Treue Micki gegenüber und ihrer Familie, sondern auch aus dem sicheren Gefühl heraus, dass diese Männer ihren Hunger sowieso nie stillen würden. Aber jetzt ist sie in einem anderen Land, hier hört der große Hunger auf, sie ist in ihrem Ägypten, deshalb belügt sie, ohne mit der Wimper zu zucken, auch ihre Kinder, denn zur Sicherheit schreibt sie auch an Omer, ich bin in Tel Aviv, verschieben wir die Lernerei auf morgen, und er antwortet sofort mit einem Smiley, viel Spaß, Mamusch, für ihn spielt es keine Rolle, wo sie ist, Hauptsache, er hat was zum Anziehen und sein Teller ist voll.

Und während der ganzen Zeit ist er in der Küche, lässt ihr ihre Privatsphäre, obwohl sie nicht darum gebeten hat, und während sie Lügen erfindet, holt er aus dem Kühlschrank noch eine Flasche Bier und setzt sich wieder an den Computer, sie betrachtet ihn beim Tippen, als wäre sie noch immer im Garten, vor dem Fenster, und einen Moment lang scheint er vergessen zu haben, dass sie hier ist. Sie sieht die über den Augen zusammengezogenen Brauen, die inzwischen getrockneten grauen Haare, die dunklen Lippen, das ernste Gesicht, sie schließt die Augen und lauscht dem Klappern der Tastatur. Was schreibst du?, fragt sie schließlich, und erst da steht er auf und kommt zu ihr, dehnt die Arme nach oben und dann nach hinten.

Ich beantworte Fragen von Patienten, er seufzt, das hört nie auf, ich sitze jeden Abend stundenlang da und schreibe E-Mails, und sie streckt ihm die Arme entgegen, auch ich habe Fragen, flüstert sie, aber ich möchte die Antworten mündlich, und er streckt sich wieder neben ihr auf dem Sofa aus, er hat alle Lichter ausgeknipst, nur vom Bildschirm scheint bläuliches Licht, und durch das Fenster dringt der kühle Wind eines hellen, Jerusalemer Sommerabends mit dem Duft nach Gras. Kann ich dir die Fragen mündlich beantworten, aber ohne Worte?, fragt er mit heiserer Stimme, und sie fragt, wie?, und er flüstert, so, seine Lippen sind auf ihren, und ihr ist, als wecke er mit seinem langen Kuss die Essenz des Lebens, das sie bisher geführt hat, noch einsamer als er, ja, sie weiß alles, sie hat keine Fragen mehr, vielleicht nur, ob er keine Angst hat, sich bei ihr anzustecken.

Unter dem geblümten Morgenrock, der früher den Körper seiner Mutter umhüllt hat, wird ihr Körper mit Küssen bedeckt, ihre verschwitzte Haut erblüht, sie ist ein blühender Pflaumenbaum, sie ist eine Hecke, sie ist durch einen wundervollen Wandel zu einer Pflanze geworden, einer Pflanze, deren Bedürfnisse einfach sind, und er ruht in der Erde, denn ist's doch Holz auf dem Felde und nicht ein Mensch. Plötzlich fällt ihr wieder ein, wie sie mit ihm gelernt hat, Bibelkunde, und dass er diesen Satz nicht verstand, ist's doch Holz auf dem Felde und nicht ein Mensch. Wie sie sich anstrengte, ihm die widersprüchlichen Erklärungen beizubringen, könnte man sagen, der Mensch wird gegen einen Baum auf dem Feld abgewogen? Offensichtlich ja, denn auch er wächst aus einem winzigen Samen, auch er wächst und wird gefällt wie ein Baum, aber der betreffende Abschnitt im 5. Buch Moses beschäftigt sich mit den Gesetzen des Kriegs und fordert das Gegenteil, wenn der Baum auf dem Feld wie der Mensch ist, muss er dann das Leid der Belagerung ertragen? Der Mensch kann doch fliehen und der Baum nicht, der Mensch kann angreifen, der Baum nicht, und trotzdem ist es verboten, ihn zu fällen.

Sie saßen hier am Tisch und haben gelernt, und er schlug vor lauter Frust auf den Stuhl, seine Augen wurden feucht. Er hat immer leicht geweint, leichter als sie, nur an dem Tag, als er sie von sich wies, weinte er nicht, aber jetzt wird er sie nicht mehr wegschicken können, denn sie ist hier eingepflanzt wie der Pflaumenbaum, nie hat sie so sehr irgendwohin gehört, in keiner der Wohnungen, in der sie lebten, hat sie dieses tiefe Gefühl empfunden, zu Hause zu sein. Jetzt trägt er sie auf den Händen ins Schlafzimmer und zieht ihr den Morgenrock aus, und es gibt nichts zwischen seiner kühlen Haut und ihrer glühenden, zwei verschiedene Klimazonen treffen aufeinander, zwei Kontinente, von einem einzigen Sturm gepackt, über denen eine schwere Hagelwolke in einer Lichtexplosion zerspringt. Das ist ein Zusammenstoß, der Blitz erzeugt, und Donner, der über den Himmel rollt wie ihre Stimme, die wieder und wieder erklingt, mein Liebster, mein Liebster, die Worte, die sie ihm sagen will, hören nie auf, und jedes einzelne Wort möchte unzählige Male wiederholt werden, nur in einem Satz, der so lang ist wie ihr Leben, und zu ihrer Überraschung fängt er an, ihr ins Ohr zu flüstern, während ihre Glieder noch ineinander verschlungen sind, und erzählt ihr von den ersten Jahren nach ihrer Trennung, seine Stimme wird immer heiserer, und sie, vor Angst, bald nichts mehr zu verstehen, lauscht gierig seinem atemlosen Flüstern.

Ich war so einsam, Irisim, kannst du verstehen, wie das ist, wenn man keinen Menschen auf der Welt hat? Ich ging sofort zur Armee, ich wollte zu einer Kampfeinheit, ich wollte sterben. An den Wochenenden bin ich jedes Mal zu einem anderen Freund gefahren, ich wählte sie nach ihrer Entfernung von Jerusalem aus. Je weiter, umso besser. Ich wollte dieses Haus nicht sehen, auch nicht meine Großeltern, die selbst fix und fertig waren. Ich glaube, ich bin drei Jahre lang nicht in Jerusalem gewesen.

Und was war mit mir?, fragt sie, wolltest du mich nicht sehen? Plötzlich verwandelt sich die Geschichte seiner Mutter in eine fantastische Geschichte, soll sie sich darüber freuen oder traurig sein, und er legt seinen grauen Kopf auf ihre Brust, natürlich wollte ich dich sehen, du warst der Mensch, der mir am nächsten stand, aber ich hatte Angst vor dieser Nähe, ich bin so weit wie möglich vor ihr geflohen, nur um nichts zu fühlen. Wer nichts fühlt, leidet nicht. Das war jahrelang mein Traum, jedes Gefühl einzuschläfern, nicht umsonst habe ich mich für die Anästhesie entschieden. Ich habe mit Frauen geschlafen, ohne etwas zu empfinden, ich habe geheiratet, ohne etwas zu empfinden, erst als Mirjam geboren wurde, ist mein Gefühl zurückgekommen.

Und wie war das, als es zurückgekommen ist?, fragt sie, plötzlich erscheinen ihr die Monate ihres eigenen Leidens, von denen er nichts weiß, leicht und unbedeutend neben den langen Jahren, die er beschreibt. Vielleicht wird sie ihm gar nichts davon erzählen, außer er fragt danach. Und was kann sie sagen? Ich habe bewegungslos im Bett gelegen, völlig erstarrt, Tag um Tag in derselben Haltung? Ich habe nichts gegessen und nichts getrunken, ich habe nicht gesprochen und nichts gehört? Wie eine Pflanze war ich, wie ein Baum auf dem Feld. Wie kann sie ihm überhaupt böse sein, aus lauter Liebe hat er sie verlassen, aus Schmerz, und er antwortet auf ihre Frage, wie das war? Es war wunderbar und schrecklich, und es hat vor allem meine Ehe zerstört.

Wirklich?, fragt sie, warum?, und er sagt, weil ich plötzlich verstand, dass ich ihre Mutter nicht liebte, und das war keine besonders erfreuliche Entdeckung. Ich bin bald ausgezogen. Mirjam hat dadurch, dass ich zu fühlen begann, verloren.

Ich bin sicher, dass sie auch dabei gewonnen hat, sagt sie, um ihn zu trösten, genau wie damals, in ihrer Jugend, als sie nur allzu bereit war, seinen Schmerz auf sich zu nehmen, und er sagt, nicht genug, zu meinem Leidwesen, mit all der Last und der Schichtarbeit und ihrer feindseligen Mutter war es sehr schwer, eine Beziehung zu festigen, sie war zu klein, als wir uns getrennt haben. Und dann habe ich noch im Ausland studiert und habe sie kaum gesehen, und Iris saugt gierig die Unmengen an überraschenden Informationen auf, die ihr nicht in den Sinn gekommen wären. Wenn sie an ihn dachte, stellte sie sich ihn immer glücklich verheiratet vor, mit einer Frau, die besser war als sie, einer Frau, die man nicht verlassen konnte und mit der er wohlgelungene Kinder aufzog. Nie wäre sie auf eine Scheidung gekommen, und während der ganzen Zeit damals war er eigentlich einsam, und während der ganzen Zeit jetzt macht er mit ihr Liebe und spricht mit allen Gliedern zu ihr, sie hat schon vergessen, dass er so ist, dass seine Glieder so sind. So sehr hat sie sich an Mickis zweckdienliche Berührungen gewöhnt, der zwischen Wort und Berührung unterschied, und jetzt mischt sich alles vor seiner Vergangenheit und ihrer Vergangenheit, die sie parallel rekonstruiert. Denn seine Tochter Mirjam ist ein paar Monate vor ihrer Tochter Alma geboren worden, und zu dem Zeitpunkt, als er seine Frau verließ, war sie schon zum zweiten Mal schwanger und fragte sich, wem das überhaupt nützen würde, eine Frage, die an Bedeutung gewann, als Omer auf der Welt war und all ihre Kraft forderte, zugleich aber schrumpfte, weil sie keine Zeit hatte, darüber nachzudenken, und auch, weil sie dem Baby unwillkürlich dankbar war, diesem zornigen, aktiven Baby, das nicht aufhörte zu schreien und sie abzulenken, und so, während sie ihrer beider Leben aufleben lässt, stellt sie überrascht fest, dass sie vermutlich glücklicher war als er, zumindest in jenen Jahren, trotz des verschwommenen Gefühls einer Niederlage, das sie immer begleitet hat. Denn nachdem sie sich von ihrem Zusammenbruch erholt hatte, von dieser Nähe des Nichts, fand sie ihr einfaches Leben meist zufriedenstellend, ein Leben ohne große Höhepunkte, und als sie glaubte, die Lektion vergessen zu haben, kam jener Selbstmordattentäter, ein palästinensischer Polizist aus Bethlehem, der sie wieder daran erinnerte, wie nahe das Nichts war und dass das Bestehende doch noch besser war. Und jetzt bekommen all diese Verkettungen eine neue Bedeutung und ein neues Aussehen, das doppelte Aussehen ihres Jungen von damals, der zu einem nicht mehr jungen und vermutlich auch nicht einfachen Mann geworden ist, seine dicken dunklen Augenbrauen, seine schönen Augen und die vollen Lippen, die ihre ganze Fülle erst offenbaren, wenn er sie küsst, und wieder wundert sie sich über diese Doppelsicht, eine Schicht über der anderen, so sehen wir uns vermutlich selbst und auch diejenigen, die uns nahestehen. Aber sie hat nicht gesehen, wie auf seinen Wangen ein Bart wuchs und wie seine Haare grau wurden, sie hat ihn nicht gesehen, als er auf dem Gipfel seiner Größe war, jetzt wird er wohl schon kleiner werden, so vieles müssen sie ergänzen, fast dreißig Jahre haben sie versäumt.

Jetzt müssen sie wieder zwanzig oder dreißig sein, heiraten und die Kinder ihrer alten, tiefen Liebe bekommen, ihre gemeinsame Mirjam, denn sein Samen dringt jetzt in ihren Körper und sie hat das Gefühl, dass dort seit ihrer Jugend ein heimliches Ei auf ihn wartet, und er bewegt sich auf ihr, als würde er beten. Mit seinem Bart und der Hingabe auf dem mageren Gesicht sieht er aus wie ein Kantor, der am Abend des Jom Kippur das Gebet leitet, einen Moment, bevor das Urteil gefällt wird, Oeffne uns das Thor, wenn schon sich schließen will, das Himmelsthor! Schon wendet sich der Tag!, und sie fällt in das Gebet ein, Der Tag wendet sich, die Sonne zieht dahin und wendet sich, o laß uns eingehen in deine Thore!, ihr Körper schlägt voller Lust und Segen gegen seinen, dein Gebet wird erhört, mein Gebet wird erhört und unser Gebet wird erhört. O Gott, vergieb! O verzeih', o sieh es nach! O walte mild, erbarme Dich! O sühne Schuld und lasse Vergehen und Sünden entschwinden!

# NEUNTES KAPITEL

Auch als sie am Morgen die Augen öffnet, fühlt sie sich gesegnet, trotz der Halsschmerzen und des hohen Fiebers. Langsam und allmählich sieht sie klarer. Die abgerissenen Teile ihres Lebens fügen sich zu einer bunten Kette zusammen, ähnlich den Ketten, die sie als Kinder für das Laubhüttenfest gebastelt hatten, und sie, die sich so sehr nach einer Laubhütte sehnte, hatte immer mehr bunte Streifen ausgeschnitten und zusammengeklebt als die anderen Kinder, denn sie glaubte, wenn sie ihrer Nachbarin eine besonders lange Kette schenkte, würde man sie umso freundlicher in ihrer Laubhütte willkommen heißen, denn bei ihr zu Hause gab es niemanden, der eine Laubhütte hätte bauen können. Deshalb schnippelte und klebte sie, zog ihre guten Sachen an, aber auf dem Weg zu den Nachbarn hatte sich die viel zu lange Kette verheddert und zerriss, und sie war bitterlich weinend wieder nach Hause gegangen, und nun klebt sie also wieder einen roten Streifen an einen blauen, den blauen an einen grünen, den grünen an einen rosafarbenen, alle Papierglieder kleben zusammen und die Farben fließen ineinander über und die Kontraste machen sie lebendig. Wie verändert das Gelb aussieht, wenn es neben Rot kommt, ganz anders als Gelb neben Blau, so wie sie sich an der Seite Eitans verändert hat, und allein der Gedanke an ihn verändert ihre Existenz. Auch als sie sich in der Nacht von ihm verabschiedet hatte, vor ihrem Haus, spürte sie, dass nichts mehr so war wie zuvor. Er hatte Angst, sie allein fahren zu lassen, und fuhr hinter ihr her, die Scheinwerfer seines Autos streichelten sie wie zwei glänzende Augen, versetzten sie in eine stürmische Gelassenheit, als sie ihn zu ihrem Haus brachte, zu ihrem Leben.

Er parkte neben ihr auf dem Parkplatz, der zu ihrem Gebäude gehört, half ihr beim Aussteigen und stützte sie, bis sie in den Fahrstuhl stieg, der sie gleich in ihr Wohnzimmer brachte, von dort aus schlich sie vorsichtig in Almas Zimmer. Eine tiefe Fremdheit trennte sie von dieser Wohnung und ihren Bewohnern, Mickis Tür war geschlossen, sie war erleichtert, dass sie ihn nicht treffen und ihm bekennen musste, dass sie zu einem anderen Mann und zu einer anderen Zeit gehörte, auch Omer schlief schon, und sie sank mit einem Seufzer auf das Bett ihrer Tochter, sie hatte das Gefühl, von einer langen Reise zurückgekehrt zu sein, aber nicht zu ihrem Zuhause, sondern zu einer Station unterwegs, zu einer Art Gasthaus. Die Reise ist lang, hat aber erst begonnen.

Auch jetzt lauscht sie mit geschlossenen Augen auf die Geräusche in der Wohnung, sie hört schnelle Schritte im Flur, der Kühlschrank wird geöffnet und wieder geschlossen, der Aufzug bewegt sich nach oben, die Flügel öffnen und schließen sich, und erst als alles still ist, steht sie auf und verlässt vorsichtig das Zimmer, wie eine Besucherin, die es vorzieht, ihre Gastgeber nicht zu treffen. Vermutlich waren sie zusammen weggegangen, Micki zur Arbeit und Omer zur Schule, und trotzdem schaut sie sich prüfend um, um nicht unvorbereitet erwischt zu werden, betrachtet die Spuren ihrer morgendlichen Tätigkeiten. Sie selbst hat gestern Nacht keine Spuren hinterlassen, alle verräterischen Dinge hat sie in ihrer Reichweite deponiert, das Kleid, die Handtasche und natürlich ihr Handy, sie hat sich innerhalb einer Nacht die erforderliche Vorsicht zugelegt, und jetzt beeilt sie sich, das

Kleid zu waschen, sich die Haare mit Shampoo einzuschäumen und ihren Körper mit Seife, sie deckt die von den Zweigen aufgeschrammten Wangen mit Make-up ab und zieht ein frisches Nachthemd an. Jetzt ist sie für sie bereit, bereit und angespannt, denn wer ein Geheimnis hat, muss immer angespannt sein, auch im Schlaf, aber wie kann Seife die Wahrheit abwaschen, eine Wahrheit, die mehr als nur ein Fleck ist, ihre ganze Existenz hat sich gewandelt, ihr Inneres ist mit Wucht aufgeblüht, das lässt sich nicht mit Make-up verbergen, und sie kehrt ins Bett zurück, in der einen Hand eine Tasse Tee, in der anderen ein Honigbrot, und klebt wieder und wieder ihre Papierstreifen zusammen.

Wie er vor ihr stand, den Blick fragend auf sie geheftet, und die Falte zwischen seinen Brauen immer tiefer wurde, wie sie langsam auf ihn zuschritt, bis sie ihm zitternd den Arm um die Schulter legte, und er zu ihrem Erstaunen die Umarmung erwiderte, wie seine Arme ihren Rücken umfassten und sie sagte, du bist es, nicht wahr?, denn sie sah sein Gesicht nicht, und er flüsterte, warte auf mich, und führte sie zur Tür, und sie wartete, stundenlang wartete sie, bis er zu ihr herauskam, und sie folgte ihm in das kleine Wartezimmer im Untergeschoss, wo sie sich einander zu erkennen gaben, wie Joseph sich seinen Brüdern zu erkennen gab, und wie sie ihn im Haus seiner Mutter gefunden hatte, wie er sich neben ihr auf der Erde ausgestreckt hatte, unter dem Pflaumenbaum. Wie sie seinen vertrauten, lieben Körper wiedertraf, als hätte sie sich nie von ihm entfernt, wie er hinter ihr hergefahren war, bis hierher, und all das ist an nur einem einzigen Tag geschehen, falls es überhaupt geschehen ist, es ging zu gut, zu leicht, ist zu gut, zu leicht, es steht im Widerspruch zu allem, was sie inzwischen über das Leben gelernt hat, doch da meldet sich ihr Handy, und sie liest gierig die Nachricht, die ihr gerade in diesem Moment geschickt wird, wie geht es dir, mein

Liebes?, fragt er, und sie streichelt die Buchstaben, die er ihr geschickt hat, mit den Augen, mit den Fingern, ich bin krank und glücklich, schreibt sie.

Bist du allein?, fragt er, kann ich dich kurz besuchen?, und sie, erregt von dieser Möglichkeit, antwortet sofort mit allen Wörtern, die ihr zur Verfügung stehen, klar, natürlich, sicher, gewiss, selbstverständlich, komm, schließlich soll er kein Zögern oder kein Zurückweichen ihrerseits vermuten, gerade weil sie ein bisschen Angst hat, und ja, sie ist allein, sie wartet auf ihn, fast dreißig Jahre hat sie auf ihn gewartet, und Micki ist bei der Arbeit und Omer in der Schule, die Chance, dass sie am späten Vormittag zurückkommen, ist so gering, wie es ihre Chance war, ihn wiederzutreffen. Sie beeilt sich, ihre Haare mit dem Glätteisen zu bearbeiten, das sie sich für besondere Zwecke aufgehoben hat, sie schminkt sich hastig, und während sie im Schrank nach einem Kleid sucht, das ihr besser passt als dieses alte Nachthemd, ertönt die Klingel und lässt sie erzittern. Er ist hier, er ist gekommen, und sie geht zur Gegensprechanlage, Eitan? Ich schicke dir den Fahrstuhl, aber da ist niemand, und es hört nicht auf zu klingeln und bringt sie ganz durcheinander, bis sie versteht, dass es die Türklingel ist, die fast nie benutzt wird, und sie öffnet ihm mit zitternden Fingern, fällt ihm sofort um den Hals, mit einem Körper, der glüht vor Krankheit, und ihr Herz klopft vor Erregung.

Du bist sechs Stockwerke zu Fuß gegangen?, fragt sie, die Wange an seine Schulter gedrückt, warum nicht mit dem Aufzug?, als gäbe es nichts Wichtigeres zwischen ihnen, und er sagt, ich benutze nie Aufzüge, sie wimmeln von Bazillen, aber vor den Bazillen, die sie in ihrer Mundhöhle züchtet, hat er offenbar keine Angst, denn er hebt ihr Kinn und seine Lippen drücken sich auf ihre, gleich wird er gierig ihren ganzen Körper einatmen, seine Hände berühren durch ihr dünnes Nachthemd ihre Brüste, die Brüste, die zwei Kinder gestillt haben, Kinder, die nicht seine sind, aber kein Mann hat sie vor ihm berührt. Wieder hält er sie in seinen Armen, wieder ist sie sein, ihr Körper schmilzt, das ist die vollkommene Hingabe, an die sie sich von damals erinnert, die sie nach ihm nie wieder empfunden hat, sie atmet zwischen seinen Fingern, ihre Haut flattert unter seiner Berührung, es ist, als stünde sie nicht mehr auf ihren Füßen, sondern auf seinen, denn er hebt sie hoch, drängt ihren Rücken nach hinten, während er durch den dünnen Stoff ihre Brüste küsst, und das Entzücken ist so groß, dass sie schon nicht mehr weiß, wo sie ist. Auch wenn Micki in diesem Moment einträte, würde sie nicht aufhören, auch wenn Omer plötzlich aus seinem Zimmer käme und sie entsetzt anschaute, würde sie weitermachen, sie würde nicht auf diese Lust verzichten, sie würde diesen Körper nicht loslassen, der mit dem ihren vollkommen verbunden ist, von der Fußsohle bis zum Kopf. Es ist die Anziehungskraft der Natur, so sind wir geschaffen, wie zwei Teilchen eines magnetischen Felds, das ist eine weitere Naturerscheinung auf dem Erdball, der man nicht entrinnen kann, eine von vielen, und es gibt schlimmere als diese, hört sie sich rechtfertigen, hört sie sich atmen. Was sagst du?, lacht er in ihr Ohr, und sie flüstert, nichts, ich habe einen Fieberwahn, komm, setzen wir uns ein bisschen, und sie führt ihn zum Sofa, und in dem Moment, als sie sich setzen, noch bevor sie ihre Hand aus Eitans gelöst hat, nimmt sie das bekannte Schnaufen des Aufzugs wahr, und als er hält und die Tür aufgeht, taucht Schula, ihre Haushaltshilfe, vor ihren erschrockenen Augen auf.

Sie achtet immer darauf, gut angezogen zu sein, wenn sie zur Arbeit kommt, in einem Minikleid und mit hohen Absätzen, um diese Kleidung dann sofort gegen eine alte Kittelschürze und

Sandalen zu tauschen, und immer macht Iris ihr Komplimente über ihr Aussehen, und auch jetzt versucht sie trotz ihres Entsetzens eine Bemerkung über ihre rote Bluse zu machen, aus Gewohnheit, wie gut dir die Farbe steht, sagt sie, und erst der erstaunte und schockierte Ausdruck auf dem Gesicht ihrer langjährigen Hilfe trifft sie, als wäre ein Eimer Wasser über sie gekippt worden. Sie springt schnell auf, frag nicht, ich fühle mich schrecklich, sagt sie, was für ein Glück, dass gerade mein Arzt hier in der Gegend war und sofort kommen konnte, das ist Doktor Rosen, der Chefarzt des Schmerzzentrums, sagt sie, und Schula tritt näher, noch immer verwirrt, die Ehrfurcht vor seinem Beruf lindert den Schock ein wenig, und obwohl sie für den verdächtigen Anblick eine beruhigende Erklärung gegeben hat, vor allem, als der verehrte Herr Doktor sich ebenfalls erhebt und mit ernstem Gesicht ihre Hand drückt, weiß Iris, dass ihre Lippen geschwollen und ihre Haare zerzaust sind und dass auf ihrem Nachthemd verräterische Flecken zu sehen sind.

Also was schlagen Sie vor, soll ich Antibiotika nehmen?, fragt sie mit sachlicher Stimme, während Schula in einem Zimmer verschwindet, um sich umzuziehen, und er sagt, die Wahrheit ist, ich habe keine Ahnung, was Ihnen fehlt, ich verstehe nur etwas von unheilbaren Krankheiten, und beide brechen in ein Lachen aus, das sie nicht stoppen können, auch als Schula in ihrer Kittelschürze ins Wohnzimmer zurückkommt, soll ich mit Almas Zimmer anfangen, damit du dich nachher wieder hinlegen kannst?, fragt sie, und Iris nickt begeistert, danke, Schulinka, du bist die Beste, ruft sie dem sich entfernenden Rücken hinterher.

Ich hoffe, du hattest nicht vor, sie zu entlassen, sagt er kichernd, jetzt hat sie dich in der Hand, schon morgen wird sie eine Gehaltserhöhung fordern, und sie protestiert, wieso denn, so eine ist sie nicht, sie würde mir nie schaden, und trotzdem hat sie das Gefühl einer neuen, bedrohlichen Situation, als er auf die Uhr schaut und sagt, ich muss in die Klinik, tut mir leid, dass ich dir Schwierigkeiten gemacht habe, Irisim, es ist besser, wenn du die Regeln festlegst, du hast mehr zu verlieren als ich, und sie begleitet ihn zur Tür, ich habe nichts zu verlieren außer dir.

Trotzdem läuft sie rasch zu Schula, um herauszufinden, wie groß ihr Misstrauen ist, sie lässt sich auf ihr Bett fallen, noch während Schula staubsaugt, was für ein Glück hatte ich, plappert sie, ich habe mich so schlecht gefühlt, dass ich nicht die Kraft hatte, zum Arzt zu gehen, und da ist mir wieder eingefallen, dass Doktor Rosen mit mir auf der Schule war, deshalb habe ich ihn angerufen, und er war gerade hier in der Gegend, und Schula sagt, ach so, du warst mit ihm auf der Schule! Was für ein Zufall!

Einen Moment lang kommt es ihr vor, als wäre Schula besänftigt, trotz der Nähe, die nicht zu übersehen war, aber über ihr Gesicht flattert dieselbe offene Unzufriedenheit, die sie zeigt, wenn sie entdeckt, dass Omer wieder einmal ein nasses Handtuch auf dem Teppich in seinem Zimmer liegen gelassen hat, und jetzt steckt sie sich die Kopfhörer in die Ohren, sie hört immer Radio und teilt gern das, was sie hört, mit jedem, der sich gerade in der Wohnung befindet.

Was für ein Zufall, wiederholt sie plötzlich, ich habe gehört, dass sich in Israel der Prozentsatz der Ehebrüche in den letzten zehn Jahren verdoppelt hat, interessant, woher man das weiß, schließlich halten die Leute ihre Ehebrüche geheim, und sofort übertönt der Staubsauger mit seinem Lärm alles, was gesagt oder nicht gesagt wird, und Iris schließt die Augen. Zweifellos ist ein Problem entstanden, aber sie wird sich ihm später stellen, denn das Problem ist die kleine Babuschka im Bauch eines viel größeren Problems, und um es zu lösen, muss sie im Bauch der großen

Babuschka wühlen, das wird noch warten müssen, sie wird in diesem Moment nicht über das Wort nachdenken, das in das staubfreie Zimmer geworfen wurde, schade, dass man es nicht einfach aufsaugen kann, Ehebruch.

Kann man es Ehebruch nennen, wenn sie mit absoluter Sicherheit weiß, dass es sich um ein Wunder handelt? Kann man es Ehebruch nennen, wenn sie spürt, dass sie noch nie im Leben sich selbst so treu war? Stehen sie plötzlich, sie und Micki, auf zwei Seiten einer Barrikade, so dass ihre Treue zu sich selbst Untreue ihm gegenüber bedeutet? Und wenn das so ist, ist das nicht ein Zeichen dafür, dass ihre Verbindung auf einem grundsätzlichen Irrtum beruht? Wie hässlich das Wort Ehebruch ist, wie kann man einem so schönen, lustvollen Zusammentreffen einen so hässlichen Namen geben? Es ist Lust, kein Ehebruch, protestiert sie in das Schweigen hinein, denn Schula ist mit dem Staubsauger irgendwo anders in der Wohnung und stößt ein neues Wort aus, einen ungebetenen Gast, und wenn Micki nach Hause kommt und spürt, dass ein Fremder hier war, ein Eindringling aus der Vergangenheit, was tut sie dann?

Es ist besser, wenn du die Regeln festlegst, hat Eitan gesagt, als er, groß und leicht gebeugt, an der Tür stand, die Lider mit den langen Wimpern gesenkt, und das ist vermutlich bequem, aber ganz unmöglich, denn sie spürt genau, dass sie sich ihm nie verweigern kann, nie wird sie auf ein kurzes, unvorsichtiges Treffen verzichten, so wie das heutige, ihr Hunger nach ihm ist zu groß, er ist ihr zu kostbar, da gibt es keine Regeln, die Konventionen sind außer Gefecht, möchte sie sagen. Vielleicht kann sie, wenn sie wieder gesund ist, diese Beziehung mit sicherer Hand leiten, so wie sie bisher ihre Schule geleitet hat, aber vorläufig fühlt sie sich so weich und grenzenlos wie Wasser, das in jede Öffnung fließt, die sich ihm bietet. Sie hätte jetzt gern Wasser, aber sie kann nicht aufstehen, deshalb trinkt sie von dem Tee, der neben ihrem Bett kalt geworden ist, gleich wird sie Schula rufen und um ein Glas Wasser bitten, und ganz beiläufig wird sie erwähnen, dass sie Micki besser nichts von dem Besuch des Arztes erzählen soll. Du weißt doch, wie er sich mit Geld anstellt, er erfährt besser nicht, dass ich einen Privatarzt bezahlt habe, statt zum Kassenarzt zu gehen, aber bevor sie diesen Plan ausführen kann, der ihr geschickt und ein bisschen gerissen vorkommt, ist sie bereits eingeschlafen.

Als sie die Augen wieder aufmacht, hat sich schon der Abend herabgesenkt, eine bläuliche Dunkelheit breitet sich wie ein Vorhang vor dem offenen Fenster aus, und sie hört die rhythmische Erkennungsmelodie des Nachrichtensenders. Hoffentlich bringen sie in den Nachrichten nicht, was Schula ihr berichtet hat, dass die Zahl der Ehebrüche im Land sich in der letzten Zeit verdoppelt hat, eine Nachricht, die Micki dazu bringen könnte zu fragen, wo sie eigentlich in der letzten Nacht war. Gestern hat sie ihn verdächtigt, und heute ist der Verdacht zu ihr zurückgekommen, vielleicht sind sie ja beide Ehebrecher, vielleicht sind sie es, die die Statistik plötzlich erhöht haben, und sie versucht vergeblich, etwas von den Nachrichten aufzuschnappen, die Worte der Sprecherin werden vom Klappern des Bestecks verschluckt, es hört sich an, als würde die Sprecherin mit ihnen im Wohnzimmer sitzen und essen.

Sie betrachtet das immer dunkler werdende Fenster und erinnert sich an die Tage, die sie ans Bett gefesselt verbracht und den Geräuschen ihrer Familie gelauscht hatte, als wäre es ein altes Hörspiel »Familienleben«, aus längst vergangenen Tagen, als Geräusche noch zugänglicher waren als Bilder. Ein Hörspiel, das sie nicht besonders berührte, so hatte sie es damals empfunden, ein Hörspiel über einen Vater und zwei Kinder, die versuchen, Alltag zu leben, während sie sich an die Illusion klammern, dass die kranke Mutter bald zurückkehrt, eine Illusion, der die Zuhörer nicht so ganz trauen.

Dein Essen ist eklig, ich will Mamas Essen, hatte Omer gejammert, und Micki hatte ihn angeschrien, von mir aus brauchst du gar nichts zu essen!, und sofort tat es ihm leid und er versuchte, die Wogen zu glätten, wir wollen alle, dass Mama schnell gesund wird, mein Schatz, so lange müssen wir flexibel sein.

Ausgerechnet Alma war sehr flexibel, außerhalb des Blickfelds ihrer ängstlichen Mutter aß sie die seltsamen Gerichte, die Micki kochte, er liebte es, Dinge zusammenzumischen, die nicht zusammenpassten, und einen Suppenrest zusammen mit frischer Pasta und altem Reis in einem Topf zu kochen, das jedenfalls schloss sie aus dem Lob, das an ihr Ohr drang. Jeden Abend hatte sie dieses Hörspiel gehört, hatte die Mechanismen herausgefunden, die Geschehnisse analysiert, aber eine neue Gleichgültigkeit hatte sie von den handelnden Akteuren getrennt, zwischen ihnen hatte sich eine Wand der Belanglosigkeit aufgebaut. Sieht alles, wenn man es aus der Entfernung betrachtet, so belanglos aus?, hatte sie sich manchmal erstaunt gefragt, ist das Gefühl tiefer Zusammengehörigkeit, gegen das kein Einspruch erhoben wird, das Einzige, was uns dazu bringt, uns in ein winziges Baby zu verlieben, sich dem Partner hinzugeben? Denn von dem Moment an, an dem die Willkür plötzlich das Gefühl der Zugehörigkeit und der Kontinuität unterbricht, wird alles belanglos.

Nach dem Essen und dem Duschen kamen Omer und Alma ins Schlafzimmer, um ihrer Mutter gute Nacht zu sagen, und sie versuchte, sich auf ihre Geschichten zu konzentrieren und sie anzulächeln, auch wenn sie große Schmerzen litt. Nie hat sie in ihrer Anwesenheit eine Träne vergossen, immer hat sie sich um Selbstbeherrschung bemüht, um ihnen die Situation zu erleichtern, aber insgeheim hätte sie es vorgezogen, dass in diesen schweren Monaten keiner zu ihr gekommen wäre, besonders kein Kind. Im Krankenhaus fühlte sie sich geschützter, und nach der dritten und letzten Operation hatte sie regelrecht darum gebettelt, noch ein paar Tage länger bleiben zu dürfen. Sie erinnert sich, dass man ihr den Klinikpsychiater schickte, um herauszufinden, ob bei ihr zu Hause alles in Ordnung sei, und sie hatte sich natürlich nicht geöffnet und nur verkündet, es gibt kein Problem zu Hause, hier ist es nur bequemer.

Sie verstecken sich zu sehr vor ihnen, hatte er mit seinem angelsächsischen Akzent gesagt, zeigen Sie ihnen, wie schwer es ihnen fällt, und geben Sie ihnen die Möglichkeit, Ihnen zu helfen, und sie erklärte stolz, das ist gegen meine Lebensanschauung, und ahmte unabsichtlich seinen Akzent nach. Kein Wunder, dass er danach nicht mehr wagte, zu ihr zu kommen.

Hatte sie auch Micki nicht die Möglichkeit gegeben, ihr zu helfen? Offensichtlich hatte er ihr ununterbrochen geholfen, sie konnte ja nicht auf den Beinen stehen, sie war vollkommen abhängig von ihm, so wie sie damals, in jener Krise, von ihrer Mutter abhängig gewesen war, vielleicht fühlte sie sich deshalb seltsam geübt in ihren Einschränkungen, vielleicht störte sie deshalb die Anwesenheit der Kinder so sehr. Und er, Micki, bemühte sich, aber der Kaffee, den er ihr brachte, war immer kalt, und das Essen schmeckte seltsam, und genauso war er selbst, kalt und seltsam, jetzt macht er die Tür auf, einen Suppenteller in der Hand, lässt grelles, schmerzhaftes Licht in das abgedunkelte Zimmer dringen.

Du bist hier?, fragt er mit einem Lächeln, während er von der Suppe probiert. Aus irgendeinem Grund scheint er gute Laune zu haben, vielleicht hat er es geschafft, einen unbekannten Feind beim Schach zu schlagen. Schula ist vermutlich verliebt, sie hat ein Glas Salz in die Suppe gekippt, wer braucht überhaupt Suppe bei dieser Hitze? Er nörgelt, ohne auf sein albernes Lächeln zu verzichten, und Iris betrachtet ihn mit halb geschlossenen Augen, er hat sie noch nicht begrüßt, er hat nicht bemerkt, dass sie krank ist, er interessiert sich nur dafür, was sein Mund schmeckt, überzeugt, dass das, was ihn interessiert, selbstverständlich auch sie interessiert, er spricht mit ihr, ohne darauf zu achten, ob sie schläft oder wach ist, hat sie ihn deshalb ausgewählt? Hat sie von Anfang an einen Mann vorgezogen, dessen Fähigkeit, seinen Nächsten zu verstehen, so schwach ausgeprägt ist?

Micki, es geht mir nicht gut, sagt sie und öffnet ein Auge, im Licht, das aus dem Flur hereinfällt, sieht er fast aus wie eine abstrakte Figur, ohne Details. Wieder die Schmerzen?, fragt er, und sie erschrickt, aber er hat die Frage ohne Hintergedanken gestellt. Nein, es sind nicht die Schmerzen, vermutlich habe ich mich in Tel Aviv erkältet, bei diesen Klimaanlagen überall, ich habe hohes Fieber, sagt sie, und er fragt, was hast du dort überhaupt getan? Sie hat noch keine Zeit gehabt, sich mit Dafna abzustimmen, deshalb begnügt sie sich mit einer allgemeinen Antwort, Dafna wollte, dass ich sie zu einem Treffen begleite, bitte, bring mir ein bisschen Suppe.

Ihr Plan funktioniert, er kehrt gern zu dem vorherigen Gesprächsthema zurück, und wieder murrt er, wieso eigentlich Suppe bei dieser Hitze?, und sie sagt, vermutlich weil ich krank bin, bringst du mir welche?, ich habe heute noch nichts gegessen, und er geht in die Küche und sie stößt einen Seufzer der Erleichterung aus. Er ist augenscheinlich misstrauisch, aber er ist zu sehr auf sich selbst konzentriert, um sein Misstrauen aufkommen zu lassen und Schlüsse zu ziehen. Das ist ihm zu anstrengend. Es ist ihm bequemer, zu seinen eigenen Angelegenheiten zurückzukehren, zu seinem Schach. Es wird ihm nicht auffallen, dass ihr

Handy plötzlich neben ihrem Bett liegt. Er hat bis jetzt noch nicht einmal ihre neue Haarfarbe bemerkt, auch nicht die Kratzer in ihrem Gesicht. Er betrachtet sie nicht aufmerksam, trotzdem sollte sie sich zur Sicherheit im Dunkeln aufhalten, deshalb bittet sie ihn, als er mit der Suppe zurückkommt, das Licht nicht anzuknipsen. Es tut mir in den Augen weh, flüstert sie, und überrascht sich selbst mit einer neuen Ausrede, merkst du, ich habe keine Stimme mehr. Es ist, als hätten sich alle Lügen, die ihr ihre Schüler und manchmal auch ihre Lehrer im Lauf der Jahre aufgetischt haben, in ihrem Gedächtnis gesammelt und würden ihr jetzt, da sie sie braucht, zur Verfügung stehen. Geh ruhig zu deinem Computer, mir fällt das Sprechen ohnehin schwer, fügt sie großzügig hinzu und vermeidet ihre übliche Formulierung, zu deinem verdammten Schach. Er steht unschlüssig zwischen dem Bett und der Tür, erstaunt über die erteilte Bewilligung, fürchtet aber, sie zu enttäuschen, als könnte er bei einer Prüfung durchfallen und sie würde es sich merken und ihm später vorhalten.

Wieso denn?, protestiert er schließlich ritterlich, ich gehe nicht Schach spielen, wenn du dich schlecht fühlst, ich werde bei dir bleiben, und sie seufzt, alle Auseinandersetzungen, die sie im Lauf der Jahre wegen seines Schachspielens geführt haben, kommen ihr plötzlich so überflüssig vor. Was hat sie von ihm gewollt? Er hätte ihr doch sowieso nicht geben können, was sie brauchte, auch wenn er nicht von ihrer Seite gewichen wäre. Und plötzlich empfindet sie Mitleid mit ihm, so ein Klotz, eigentlich ist er auch ihr Sohn, ein alt gewordener, ungeschlachter Sohn, der, erwachsen geworden, das Haus nicht verlässt, wie sein Bruder es sicher tun wird. Wie hat sie ihm einen Ehebruch zutrauen können? Dafna hat recht, das passt nicht zu ihm, er ist gradlinig, er ist an nichts schuld, er genügt ihr einfach nicht, er ist nicht Eitan, deshalb wird sie weiter für ihn sorgen wie für Omer, aber ihr Innenleben wird sie für sich behalten, wie Mütter es normalerweise tun. Eine Mutter hat das Recht, sich zu verlieben, solange sie ihre Kinder nicht vernachlässigt, und sie wird sie nicht vernachlässigen. Sie wird hier bei ihnen bleiben, sie wird den Schein wahren, aber sie wird manchmal heimlich in ihr anderes Leben verschwinden, man kann das noch nicht einmal ein Doppelleben nennen, denn es gibt keinerlei Verdoppelung. Dort ist sie eine Frau und hier ist sie Mutter, das sind zwei Dinge, die zusammen eine Einheit bilden, und das ist die Lösung, die sich fast natürlich aus ihrem Lebenslauf ergibt.

Hätte Eitan Rosenfeld sie in ihrer Jugend nicht verlassen, hätte sie bis heute mit ihm und mit den Kindern, die sie bekommen hätten, zusammengelebt und hätte ein vollkommenes Leben gehabt, aber so ist es nicht geschehen, und jetzt gibt es drei Menschen auf der Welt, für die sie verantwortlich ist, und sie wird zu der Verantwortung stehen, die sie auf sich genommen hat, solange sie ihre Bedürfnisse respektieren, ihre Empfindungen, ihre Treue zu dem Mädchen, das sie einmal war, und zu der Frau, zu der sie geworden ist.

Warum schaust du mich so an?, fragt er, und sie reißt sich zusammen, ich, wie denn?, und er sagt, als würdest du mich zum ersten Mal sehen oder zum letzten Mal, das kannst nur du wissen, und sie bricht in verlegenes Husten aus, ich sterbe noch an dieser Grippe, Micki, also vielleicht wirklich zum letzten Mal, immer gibt es Leute, die an der Grippe sterben, sie versucht, seine Worte leicht zu nehmen, den Stich seines Stachels, seines zutreffenden Instinkts auszublenden.

Aber die sind im Allgemeinen älter, antwortet er seltsam ernst, und sie sagt schnell, ich bin auch schon ziemlich alt, je mehr er an sie in diesen Begriffen denkt, umso weniger würde er sie verdächtigen und sie vielleicht auch weniger begehren.

Steht er etwa deshalb noch immer dort, vor der Tür, hofft, es könnte eine Chance der Annäherung sein, da sie schon im Bett liegt? Der Gedanke an seine Berührung weckt ein dumpfes Gefühl der Ungehörigkeit in ihr, wie die unkoordinierte Berührung eines heranwachsenden Jungen, ihre Geduld zerbricht, sie flüstert, ich möchte schlafen, und er protestiert, du hast doch noch nicht die Suppe gegessen, die ich dir gebracht habe, und sie seufzt, mir ist plötzlich so übel, vielleicht später, und um keinen Zweifel aufkommen zu lassen, ruft sie ihm nach, als er hinausgeht, mach die Tür zu, gute Nacht, und sie versucht, das Lächeln zu unterdrücken, das plötzlich in ihr aufsteigt wie das unbewusste Zucken eines Babys.

Diese Krankheit gefällt ihr eigentlich sehr, wie gut, dass die Klimaanlage sie krank gemacht hat. Die Krankheit schenkt ihr etwas Ruhe, eine Privatsphäre, Freiheit, alles, was eine ehebrecherische Frau benötigt, denn dieses Wort, das Schula ausgestoßen hat, schwebt zu ihrem Leidwesen noch immer im Raum, während sie nicht aufhört, sich darüber zu wundern, wie viele Finten und Ausflüchte ihr einfallen, wie sie darin von Minute zu Minute besser wird, als wäre sie von frühester Jugend an dazu bestimmt, eine Betrügerin zu werden, eine Frau mit einem Geheimnis. Vielleicht sollte ich einen Workshop für Ehebrecher anbieten, sie kichert, und den Männern und Frauen beibringen, wie man einen vollkommenen Ehebruch begeht, ohne Verdacht zu erwecken, ich würde natürlich mit den Eltern meiner Schule anfangen und durch Mundpropaganda zu einer begehrten Referentin werden. Erstaunt beobachtet sie ihre eigenen Fortschritte, denn am nächsten Morgen taucht er wieder auf, das ist zwar kein Tag der Haushaltshilfe, aber sie hat aus der Erfahrung gelernt, sie führt ihn in ihr Zimmer und verschließt die Tür, und auf dem Bett ihrer Tochter genießt sie das Glück ihres Zusammenseins, ihr Körper, der in der Krankheit geschrumpft ist, schwillt unter ihm zum vollkommenen Körper des jungen Mädchens, das sie einmal war, das Gefühl einer gestillten Sehnsucht, doch bald erwacht sie wieder, geh nicht weg, bleib bei mir, aber er hat nicht viel Zeit, er muss zu seinen Kranken zurückkehren, er wird versuchen, morgen wiederzukommen.

Am folgenden Tag schafft er es nicht, in der Zeit zu kommen, in der sie allein ist, und sie wälzt sich enttäuscht im Bett, ihre Haut braucht ihn so dringend, wie sie im Winter einen warmen Mantel braucht, einen Windhauch an einem Chamsintag. Hat er schon genug von ihr? Das wird sie kein zweites Mal ertragen. Doch am Tag darauf erscheint er früh, nur einige Minuten nachdem Micki und Omer das Haus verlassen haben, er riecht frisch und seine Augen glänzen. Ich halte es keinen Tag ohne dich aus, ich bin verrückt nach dir, flüstert er, und sie bekennt glücklich, ich auch, ich habe es gestern fast nicht ertragen, und sie schließt die Tür, zieht ihn aus und hängt die Kleidungsstücke über Almas Stuhl vor dem Tisch, an dem sie ihre Hausaufgaben gemacht hat, neben ihrem inzwischen leeren Aquarium. Sie umschlingt ihn mit Armen und Beinen, was hat dieser Körper an sich, was sie so hungrig nach ihm macht, er ist mager, empfindsam und knochig und treibt ihr vor Entzücken Tränen in die Augen, lässt sie vor Schmerz lachen, er redet unaufhaltsam, er fordert sie ganz, mit Haut und Haar, mit Leib und Seele, mit den süßen Orgasmen ihrer Lust. Die nackten Wände des Zimmers schauen auf sie herab, geblieben sind nur die Konturen der Bilder, die früher an der Wand hingen, in verschiedenen Größen, aus der Zeit, als Alma vom jungen Mädchen zur Frau wurde: Familienfotos, selbstgemalte Bilder, Starposter aus geliebten Serien. Es erinnert mich an dein Zimmer, sagt er, du hattest auch so ein Bett, zu groß für eine Person und zu klein für zwei, wir haben oft gesagt, deine Mutter müsste mit uns tauschen, sie hat schließlich immer allein geschlafen, und er fragt, wie geht es ihr, lebt sie noch? Nach Alma erkundigt er sich nicht, obwohl er in ihrem Bett liegt, und auch sie selbst verdrängt erfolgreich jeden besorgten Gedanken an das Leben ihrer Tochter.

Während er hier ist, gestattet sie es sich nicht, auch nicht, wenn er gegangen ist, denn dann denkt sie an ihn, rekonstruiert jede Minute, verdoppelt die Lust, das Wunder seiner Rückkehr in ihr Leben, auch nicht am Nachmittag, wenn Micki von der Arbeit kommt und sie sich bemüht, freundlich zu ihm zu sein, und nicht, wenn Omer von der Schule kommt und sich mit einem Teller Essen zu ihr setzt und sich mit ihr unterhält. Im Gegensatz zu Alma genießt er es, sie einzubeziehen, und er quält sich gerade mit der Frage, wie er seiner Freundin beibringen soll, dass er ein bisschen mehr Raum braucht, und nicht, wenn sie lustlos die Dutzend E-Mails beantwortet und versucht, möglichst viele an ihre Vertreterin weiterzuleiten, ihren Schützling, eine junge Frau voller Begeisterung, die noch immer dankbar für jeden Vertrauensbeweis ist, und inzwischen lässt Eitan den Blick durch das Zimmer schweifen und fragt, schläfst du allein, weil du krank bist?, und sie sagt, nein, weil er schnarcht, und er lacht erleichtert und sichtlich schadenfroh. Er hat noch nicht viel gefragt, und sie hat wenig erzählt, auch nicht von ihrer Krise damals, nachdem er sie verlassen hatte. Es ist schade, die Zeit mit Dingen zu vergeuden, die ich weiß, denkt sie, ich würde lieber von ihm Dinge erfahren, die ich nicht weiß, oder nur einfach mit ihm zusammen sein, ihn neu kennenlernen, denn sie hat das Gefühl, die neu-alte Verliebtheit sei ihrem Wissen zuvorgekommen, habe sie plötzlich in ein vergessenes Dasein zurückgeworfen, das Dasein eines starken Gefühls, das sie ganz ausfüllt und keine Stelle zurücklässt, die ohne ihn ist.

In ihrer Jugend war es natürlich umgekehrt, da kannte sie ihn erst, bevor sie sich in ihn verliebte, oder vielleicht kannte sie ihn ja nicht wirklich, sondern hatte sich nur an seine Erscheinung gewöhnt, obwohl er eine Klasse über ihr war und es fast keine Freundschaften zwischen den verschiedenen Stufen gab, bis er in die Zwölfte kam und seine Klasse in jenem Jahr die Feierlichkeiten zum Tag der Erinnerung vorbereiten musste. Heute fürchtet sie sich davor, junge Männer kurz vor dem Wehrdienst zu sehen, die Gedenksprüche deklamieren, als bereiteten sie sich auf ihren Tod vor, doch damals war es ihr ganz selbstverständlich vorgekommen, auch ihre Teilnahme an der Zeremonie. In ihrer Schule gab es einige Eltern, die ihre Kinder im Krieg verloren hatten, aber sie war die einzige Kriegswaise, deshalb wurde sie jedes Jahr auf die Bühne gebeten, um von ihrem Vater zu erzählen, eine Geschichte, die sich von Jahr zu Jahr kaum veränderte, über seinen heldenhaften Tod im brennenden Panzer am Suezkanal, außerdem sang sie mit ihrer schönen Stimme zu seinem Andenken zwei Lieder, die sich allerdings änderten. In jenem Jahr fiel die Wahl, die Zeremonie zu eröffnen, auf Eitan, das war keine Überraschung, er war groß, hatte blaue Augen und ein ernstes Gesicht, er schien geeigneter als jeder andere, deshalb traf sie während der wochenlangen Proben und Vorbereitungen oft mit ihm zusammen, und obwohl er von den Mädchen seiner Klasse umgeben war, zog er offensichtlich ihre Gesellschaft vor.

Sie spürte, dass ihre Vaterlosigkeit ihn faszinierte, obwohl sie noch nicht wusste, warum das so war, sie versuchte nur, seine Fragen ernsthaft zu beantworten, ob die Erinnerungen mit der Zeit verblassten, wollte er wissen, ob sie wütend auf ihren Vater sei, weil er sie verlassen hatte, oder auf das Land, das ihn ihr genommen hatte, oder auf die ägyptischen Soldaten, die ihn umgebracht hatten. Ihm zuliebe versuchte sie alle Erinnerungen hervorzukramen, die sie an ihren Vater hatte, auch die, welche nicht immer schmeichelhaft waren, zum Beispiel seine schreckliche Angst vor Kriechtieren, die er ihr vererbt hatte, und wie er sie immer hochhob, um sie vor jedem Kriechtier zu beschützen, er schnappte sie sofort, auch wenn es sich nur um eine Kakerlake oder eine kleine Spinne handelte, trotz des energischen Einspruchs ihrer Mutter. Sie beschrieb auch seinen schlechten Geschmack bei Frauen, den er bei der Wahl ihrer Mutter bewiesen hatte, und sie vertraute ihm sogar an, dass sie überzeugt war, nur eine ungeplante Schwangerschaft habe ihn dazu gebracht, sein Leben mit dem ihrer Mutter zu verbinden, das heißt, ein ungewolltes Kind, das heißt, sie, und dass er eigentlich seinen Tod gewählt hatte, um sich von der Frau zu befreien, die so gar nicht zu ihm passte. Ihretwegen konnte ich mich nicht von ihm verabschieden, sagte sie, sie hat nicht erlaubt, dass er mich weckt, als er eingezogen wurde, nur damit ihre Ordnung nicht gestört wurde, und vor allem erzählte sie ihm, wie sich das Leben nach seinem Tod sofort änderte, als wären sie herausgerissen und in ein anderes Land verpflanzt worden, in eine andere Inkarnation, und dass das Schlimmste für sie der Verlust der Hoffnung war, denn von einem Moment auf den anderen hatte sie nichts mehr, worauf sie wartete. Bis dahin hatte sie die Tage damit verbracht, sich darauf zu freuen, dass er abends heimkam, auf ihre Gespräche, darauf, auf seinen Knien zu sitzen, in seinen Armen, und der Verlust dieser Erwartung war schlimmer als der Verlust des Vaters, denn ihren Vater sah sie nur zwei, höchstens drei Stunden, während die Erwartung sie fast durch den ganzen Tag begleitete, und ohne sie, die Erwartung, wurde sie zu einem fleißigen, schwermütigen Mädchen, zu einer, die ihrer Mutter half, ohne Freude zwei überflüssige Kinder zu erziehen und dafür zu sorgen, dass sie nachts nicht aufwachten, dass sie nicht krank wurden, dass ihre Mutter sich nicht ärgerte.

Sie liebte es, wie Eitan den Hals neigte, wenn er ihr zuhörte, mit einem Interesse, an das sie nicht gewöhnt war, sie liebte seine Fragen, die erwachsen und direkt waren, sie liebte seine leuchtenden Augen, seine vollen Lippen, ohne zu hoffen, dass er sich für sie interessieren könnte, sie nahm an, dass er nach der Zeremonie wieder zu dem Abstand zurückkehren würde, der von jeher zwischen ihnen geherrscht hatte, doch zu ihrer Überraschung und zu ihrem Glück geschah das nicht, denn sofort nach der Zeremonie, nach dem Singen der Nationalhymne, fragte er sie, was sie am Abend vorhabe, dem Vorabend des Unabhängigkeitstages, und schlug vor, ihn und einige Freunde zu der Quelle nicht weit von seinem Haus zu begleiten, eine Quelle, die keiner kannte, unter einem Maulbeerbaum.

Gibt es unsere Quelle noch?, fragt sie ihn per SMS, als er schon gegangen ist, und er antwortet mit Verspätung, man hat dort im Wadi eine Siedlung gebaut und sie dabei zerstört. Ich habe gehört, dass man sie jetzt rekonstruieren will. Ich werde am Schabbat nachschauen, wenn ich vorbeifahre. Sie weiß, dass er an den Wochenenden, an denen seine Kinder bei ihren Müttern sind, mit seinem modernen teuren Fahrrad Ausflüge macht, und der Gedanke daran, dass er zu jenem Ort zurückfahren wird, an dem sie vollkommenes Glück kennengelernt hat, erregt sie, sie schreibt, warte auf mich, ich möchte mit dir hinfahren, und er antwortet zwei Stunden später, ich werde warten.

Den Abend verbringt er ohne sie, er schickt ihr lange Nachrichten, vermischt Erinnerungen und Sehnsüchte und Pläne, meine Mutter hat dich sehr lieb gehabt, schreibt er plötzlich, bevor sie gestorben ist, hat sie gesagt, ich soll dich heiraten. Was für ein Dummkopf war ich doch. Was hältst du davon, auf ihrem Grab zu heiraten? Sie hört Micki die Wohnung betreten und schickt ihm unter der Decke eine hastige Nachricht, wir wollten an der Quelle heiraten, hast du das vergessen?

Ich habe es nicht vergessen, antwortet er und fügt hinzu, an diesem Abend sei es unmöglich, weil sein Sohn bei ihm sei und sie das Leiterspiel spielen würden. Ich muss ihn unbedingt sehen, schreibt sie, und er schickt ihr sofort ein Foto. Wieder schiebt sie den Kopf unter die Decke und betrachtet es heimlich, wie jung er ist, ihr Herz zieht sich zusammen, neun ist er, sieht aber aus wie sechs, etwas Teuflisches funkelt in seinen Augen, er sieht seinem Vater überhaupt nicht ähnlich. Über seine Mutter hat sie noch nichts erfahren, ihre Unterhaltungen sind sprunghaft, werden ständig durch Berührungen unterbrochen, durch Erinnerungen, durch Zwänge. Wie süß er ist, schreibt sie schnell, ich wäre jetzt gern bei euch, und er antwortet, komm, so wie er vor ein paar Tagen gesagt hat, ruf an. In diesem Moment taucht Micki in der Tür auf und fragt, was machst du da unter der Decke?, und sie fährt sofort hoch, nichts, gar nichts, das Licht stört mich, und er sagt, was für ein Licht? Hier ist es ganz dunkel! Und sofort beklagt er sich, warum gehst du nicht zum Arzt? Du bist jetzt schon eine Woche krank, und sie seufzt, ich habe keine Kraft hinzugehen, Micki, ich bin wirklich sehr schwach.

Dann bestellen wir dir eben einen Privatarzt nach Hause, egal wie viel es kostet, schlägt er großzügig vor, und sie bedauert insgeheim, dass sie ihn bei Schula diffamiert hat. Oder hat er von ihr vom Besuch des Arztes erfahren und stellt sie auf die Probe? Es ist besser, die Augen zu schließen und sich schlafend zu stellen, bis dieses Thema vergessen ist, das Handy vibriert in ihrer Hand und sie sehnt sich danach, wieder unter die Decke zu kriechen und nachzuschauen, was er geschrieben hat, aber Micki steht noch da und betrachtet sie besorgt. Schon seit einer Woche hat er sie nicht außerhalb des Bettes gesehen, das zu ihrer Festung geworden ist, das Bett, in das sie ihn nicht einlädt, das Bett, das sie trennt, denn in ihm versteckt sie ihren Körper, der ein Geheimnis birgt, und ihr Handy, das ein Geheimnis birgt, das muss ihn ja stören. Unter den Lidern hindurch sieht sie, wie er mit zusammengebissenen Zähnen weggeht. Ich mache Schakschuka, ruft er aus der Küche, möchtest du auch? Sie antwortet nicht, wieso schlägt er ihr etwas zu essen vor, wenn sie doch offensichtlich schläft, und wieder vibriert ihr Handy, sie kann sich nicht beherrschen und wirft einen Blick darauf, ihre Hand zittert, als sie liest, ich mache Schakschuka, möchtest du auch?

Was soll das heißen? Sie erschrickt, hat Micki die Nachricht lesen können, bevor sie sie erreicht hat? Schließlich beschäftigt er sich mit Hightech, vielleicht gibt es ja eine geheime Methode, Nachrichten in der Luft abzufangen, wie man Schmetterlinge mit einem Netz fängt? Was für ein Unsinn, versucht sie sich zu beruhigen, es ist einfach ein zufälliges Zusammentreffen, in vielen Wohnungen bereitet man jetzt Schakschuka, trotzdem beeilt sie sich diesmal nicht mit der Antwort. Ihr Herz klopft heftig unter der Decke. Vielleicht passt die Rolle der Ehebrecherin ja gar nicht zu ihr. Vielleicht passt es nicht zu ihr zu lügen, etwas zu verbergen, in jedem Wort und in jedem Hinweis einen Hintergedanken zu suchen. Das tut weh, das belastet, das beschämt, und wenn sie erst gesund ist und wieder arbeitet, wird es sie auch bei ihren Aufgaben stören. Vielleicht soll sie jetzt aufstehen, sich zu Micki an den Tisch setzen und ihm alles erzählen, während er seine Schakschuka isst? Er hat keine Schuld, sie hat keine Schuld, niemand hat Schuld. Es ist ihr gutes Recht, sich zu verlieben, und sein gutes Recht ist es, das zu erfahren. Auch Verheiratete sind freie Menschen. Ihm steht es frei zu wählen, ob er dieses Leben fortsetzen will, und sie wird frei von Lügen sein.

Schon richtet sie sich im Bett auf, ihre Füße stehen auf dem Boden, ihr Kopf dreht sich. Micki, sagt sie, als sie auf ihn zugeht, sie sieht seinen Rücken vor dem Bildschirm, neben ihm ein leerer Teller, nicht jetzt, sagt er mechanisch, ich bin mittendrin.

Sie weicht zurück, vielleicht ist es besser so, beichten kann man immer, und alles ist noch so frisch, sie kennt Eitan überhaupt nicht, auch sich selbst kennt sie nicht mehr, ihr Leben hat sich in einer einzigen Woche auf den Kopf gestellt, es ist zu früh für Schritte, von denen es kein Zurück gibt, und trotzdem hat sie das Gefühl, etwas verpasst zu haben, als sie sich wieder ins Bett legt.

Fast hätte ich Micki alles gesagt, schreibt sie, und er antwortet sofort, schade, und sie fragt sich sofort, was er schade findet. Schade, dass sie es nicht gesagt hat, oder schade, dass sie kurz vor einer Beichte stand und damit ihre Ehe gefährdet hätte? Was für ein riesiger Unterschied zwischen diesen beiden Möglichkeiten. Soll sie ihn fragen? Da er es nicht erklärt, geht er vermutlich davon aus, dass sie es von selbst versteht, und wenn sie es nicht versteht, kennt sie ihn vermutlich nicht gut genug, und deshalb ist es vernünftiger, dass sie nichts gebeichtet hat, aber in ihr nagt das dumpfe Gefühl, dass dieser Moment nicht wiederkehren und es ihr in Zukunft noch leidtun würde, dass sie Micki, sich selbst, ihren gemeinsam verbrachten Jahren, ihren beiden Kindern nicht dieses grundsätzliche Recht zugesprochen hat, das Recht, alles zu erfahren.

# ZEHNTES KAPITEL

Liebe Eltern, die Liebe zeigt viele Gesichter – weiche und harte, offene und verschlossene, gewährende und verbietende, großzügige und einengende. Als Eltern und Erzieher wählen wir in jedem Moment, welches der vielen Gesichter wir in der betreffenden Situation zeigen wollen. Wenn die Kinder heranwachsen und sich der Bereich ihrer Unabhängigkeit allmählich erweitert, geben wir ihnen in der Regel klare Grenzen vor, zwischen Innen und Außen, wie man zwischen Fremdem und Bekanntem unterscheidet, zwischen Freund und Feind, Sicherheit und Gefahr.

Doch wann und wie ändern sich diese Definitionen in ihr Gegenteil, werden zu einer Falle, die sich um uns schließt? Die Realität des Staates Israel stellt uns vor eine nicht endende Herausforderung – wie verhalten wir uns dem Fremden gegenüber, dem Fremden, der unter uns lebt. In der Stadt, in der sich Juden und Araber mischen, sephardische und aschkenasische Juden, fromme und nichtreligiöse, Flüchtlinge und Feinde, müssen Eltern, die ihre Kinder beschützt erziehen wollen, immer wieder die Definitionen und die Grenzen neu bestimmen. Die Entscheidung, Kinder von Gastarbeitern und Flüchtlingen in der Schule aufzunehmen und einen Lehrplan auf der Basis multikulturellen Zusammenlebens zu erstellen, bedeutet einen erweiterten Prozess, der unter dem Motto »Der Andere bin ich« steht.

Im Rahmen dieses Lehrplans werden unsere Schüler nächstes Jahr gleichaltrige Schüler aus dem arabischen Sektor treffen und zusammen jüdische und arabische Feste feiern, sie werden von gemeinsamen Überlieferungen erfahren und sich gegenseitig auf unmittelbare Art und Weise kennenlernen. Wenn es an diesem Ort irgendeine Form von Hoffnung geben soll, dann wird sie aus diesen Treffen erwachsen.

Erschöpft legt sie den Laptop neben das Bett und schließt die Augen. Sie wird morgen weitermachen, sie ist nicht mehr konzentriert, und sowieso liest keiner ihre ermüdenden, bis zum Platzen gutwilligen Aufrufe bis zum Ende. Und sie nützen sowieso nichts. Die Macht der Straße ist immer stärker, und die Straße wird zunehmend extremistischer und rassistischer. Zu hassen ist leichter als zu lieben, obwohl es ihr selbst in der letzten Zeit viel leichter fällt zu lieben. Sie verwirklicht das Programm »Der Andere bin ich« aus einem inneren Drang, mit ihrem ganzen Wesen. Der Andere ist ihr Fleisch und Blut, und sie selbst ist der Andere, der Feind, der zum Geliebten geworden ist. Der Fremde, der in ihr lebt, ihre Liebe hat viele Gesichter, und alle sind ihm zugewandt.

Erstaunt erinnert sie sich an die letzten Jahre, in denen die schulischen Angelegenheiten das Zentrum ihres Lebens waren, denn jetzt sind sie an den Rand gerutscht, jetzt ist die Hauptsache, dass keine Katastrophe passiert. Inzwischen versucht sie, Brände von ihrem Bett aus zu löschen. Das Schuljahresende naht, die Arbeit verdoppelt sich. Das alte Jahr muss abgeschlossen und das neue vorbereitet werden, viele Lehrerinnen sind krank und es gibt nicht genug Aushilfskräfte, die langwierigen Besprechungen über die Noten sind noch nicht vorbei. Schon seit Jahren versucht sie, nicht allein Noten zu verteilen, sondern die Schüler einer umfassenden Beurteilung zu unterziehen, und jetzt scheint es, als habe sie ihr Ziel aus den Augen verloren, es interessiert sie nicht mehr, sie werden es ohne sie erledigen müssen. Ihre Stellvertreterin scheint erstaunlich schnell in die Rolle der Direktorin hineinzuwachsen, sie rechtfertigt das Vertrauen, das sie ihr entgegenbringt. Natürlich wird sie sie mit Vergnügen ersetzen, vorläufig gefällt ihr diese Vorstellung, jedenfalls besser als die, das Bett zu verlassen.

Wie soll sie der Welt entgegentreten, sie ist schließlich noch nicht gesund, es scheint, als würde ihr Leben in einer komplizierten Operation wieder zusammengeflickt, denn die Tage, die sie im Bett ihrer Tochter verbringt, schließen sich unmittelbar an jene Zeit an, als sie nahezu bewegungslos zu Hause bei ihrer Mutter im Bett lag, und sie hat das Gefühl, als würden all ihre Gebete von damals jetzt erhört, während die Jahre dazwischen einfach verschwunden sind, all das, was sie sich in ihrem Erwachsenenleben aufgebaut hat und was ihr jetzt so unbedeutend erscheint, ein schaler Abklatsch ihres wahren Lebens. Denn nun, da er zurückgekehrt ist, weiß sie, dass er zu jener Jugendlichen zurückgekehrt ist, zu ihr, die jede Nacht und jeden Morgen um dieses Wunder gebetet hat, damals, im Haus ihrer Mutter: Komm und sage mir, dass du dich geirrt hast, komm und sage mir, dass diese Trennung vorbei ist, dass du ebenso wenig ohne mich leben kannst wie ich ohne dich. Wir gehören vom Beginn der Schöpfung an zusammen, wie der Sand und das Meer, wie der Donner und der Blitz, die Wolke und der Regen, der Pfeil und der Bogen, wie die Stimme und das Echo. Stundenlang lauschte sie gegen ihren Willen auf die Geräusche des Hauses und der Straße, die Zwillinge stritten, ihre Mutter schimpfte mit ihnen, die Nachrichten wurden an- und ausgeschaltet, Nachbarn unterhielten sich auf dem Balkon, auf der Straße erklangen schnelle Schritte. Komm, wenn auch nur um zu sehen, ob ich lebe oder gestorben bin, es kann doch nicht sein, dass dir das gleichgültig ist, hatte sie gebetet und immer wieder die Silben seines Namens wiederholt, und siehe da, er hat sie schließlich doch gehört, er ist zu ihr zurückgekehrt, er kommt, wenn das Haus leer ist, ihre Mutter ist bei der Arbeit, und die Zwillinge sind in der Schule, er klopft leise an die Tür, und mit einem Schlag wird sie von einer Welle des Glücks und der Hoffnung getragen, all ihre Schmerzen sind verschwunden.

Heute sitzen wir im Wohnzimmer, sagt sie, zieht ihn zu dem großen Sofa, Omer hat sich am Morgen nicht wohlgefühlt, er könnte plötzlich nach Hause kommen, heute trinken wir Kaffee und unterhalten uns wie alte Freunde, und er schenkt ihr dieses knabenhafte Lächeln, das sein Gesicht aufleuchten lässt, ich kann mich nicht mit dir unterhalten, ohne dich anzufassen, dieses Verbot ist zu hart, sagt er, und sie schimpft ihn mit gespieltem Ernst, du hast es fast dreißig Jahre ausgehalten, mich nicht zu berühren.

Das war wirklich sehr schwer, sagt er, und sie streicht ihm über das Haar, mein armer Schatz, du tust mir wirklich sehr leid, und er protestiert schnell, auf meine Art bin ich dir treu geblieben, Tatsache ist doch, dass ich es mit keiner anderen ausgehalten habe, was man von dir nicht behaupten kann, er macht eine weite Handbewegung, du hast eine Familie gegründet, und sie meint Spott in seiner Stimme zu hören.

Du hast mir keine Wahl gelassen, mein Liebster, sagt sie, vergiss nicht, dass du es warst, der mich verlassen hat, und er seufzt, glaub mir, dass ich das keine Sekunde vergesse, ich war ein Idiot, und sofort zieht er sie an sich, aber du verzeihst mir, nicht wahr? Ich küsse dich so lange, bis du mir verzeihst. Und schon sitzt sie auf seinem Schoß, ihr kurzes Hauskleid rutscht hoch und entblößt ihre Schenkel, ich werde dir schon deshalb nicht verzeihen, damit du nicht aufhörst, mich zu küssen. Hat sie diese Worte ausgesprochen oder nur gedacht? Die Grenzen verschwimmen, aber was spielt das für eine Rolle, nichts spielt eine Rolle, weder das Alter noch der Familienstand, sie benehmen sich wie zwei Halbwüchsige, ohne Sorgen, ohne Verantwortung, wie Omer und seine rothaarige Freundin, und als ihr Omer einfällt, löst sie sich von ihm, läuft in die Küche und kommt mit zwei Tassen Kaffee und einer Schale mit Trauben zurück. Ich habe dich noch nicht essen sehen, ich habe dich noch nicht schlafen sehen, zeig mir mehr von dir, aber da wird er wieder von der Klinik angerufen, er muss gehen, und morgen ist Freitag und übermorgen Schabbat, viele Stunden werden vergehen, bis sie ihn wiedersieht. Los, werde schon gesund, sagt er, dann können wir uns bei mir treffen. Wir haben genug Arzt gespielt, lass uns weitergehen, und sie fragt, wohin denn?, und er seufzt, eine gute Frage, Irisim.

Hast du eine gute Antwort?, fragt sie, und er steht vor ihr, an die Tür gelehnt, betrachtet sie konzentriert, die Falte zwischen seinen Augen wird tiefer, im Allgemeinen gibt es in diesem Leben keine zweite Chance, sagt er ruhig, aber wir haben eine bekommen. Diesmal bist du an der Reihe, Irisim, ich habe mich beim letzten Mal falsch entschieden, jetzt entscheide du, und er drückt einen Kuss auf seinen Finger und legt ihn auf ihre Lippen, als wäre sie eine Mesusa. Dann macht er sofort die Tür auf und geht hinaus, und sie steht vor der Tür, die gerade ins Schloss gefallen ist, verwirrt und erregt durch die klaren Worte, so dass sie den Aufzug nicht hört, der im Wohnzimmer hält, erst Omers Kichern hinter ihrem Rücken, he, Mamusch, was willst du dort? Siehst du Gespenster?, und sie dreht sich langsam zu ihm um, betrachtet mit brennenden Augen den Jungen, der zu einem jungen Mann geworden ist. Sie waren eins, Omer und sie, und jetzt sind sie dazu bestimmt, sich zu teilen, wird er ihr verzeihen? Wird er sich mit seinem verlassenen Vater identifizieren und sie bestrafen? Wird dieser Morgen in seinem Lebenslauf als der Morgen eingehen, an dem sich sein Leben geändert hat?

Was ist mit dir? Hast du einen Dieb gesehen? Einen Vergewaltiger?, er kichert, aber zum Glück erwartet er keine Antwort, wie beschränkt ist in seinem Alter doch das Interesse am Nächsten, ein Alter, aus dem die meisten seiner Geschlechtsgenossen nie herauskommen. Du hast mich mit deiner Grippe angesteckt, schimpft er, ich fühle mich beschissen, und sie beeilt sich zu sagen, komm, leg dich ins Bett, du musst Fieber messen, ich koche dir Tee. Sie beruhigt sich sofort mit den gewohnten Handreichungen. Ihre Lippen, die gerade noch geküsst wurden, flattern über die Stirn ihres Sohnes, er ist jetzt der junge Mann, nicht Eitan, sie darf sich keinesfalls in den Zeiten irren, obwohl alles durcheinander ist, und sie bringt ihm Tee mit Zitrone, kocht ihm den Brei, den er liebt. Wird er sich später, wenn er wütend auf sie sein wird, an ihre Fürsorge erinnern? Es war so schwer, ihn aufzuziehen, mit seinen Wutausbrüchen und seinen extremen Reaktionen, mit seiner Dickköpfigkeit und seinem fieberhaften Reden, mit diesen ständigen Provokationen und dem Mangel an Unterstützung durch Micki, der sich immer wieder zurückzog.

Sie hat das fast Unmögliche geschafft, mit Beharrlichkeit und Konsequenz, unterstützt durch Fachleute und mit all dem Wissen und der Erfahrung, die sie gesammelt hatte, dass er Selbstbeherrschung und Empathie und Einfühlungsvermögen entwickelte. Sie hat weder ihm noch sich selbst nachgegeben, deshalb war sie über jedes erhoffte Maß hinaus erfolgreich, und sogar jetzt, auf dem Höhepunkt seines Erwachsenwerdens, ist er freundlich und verhältnismäßig umgänglich, er flippt nicht aus und dreht nicht durch, und schon möchte sie sich vor dem Jungen verteidigen, der gerade eingeschlafen ist, sie setzt sich an sein Bettende, betrachtet seine vom Fieber geröteten Wangen, seinen vollen, halb offenen Mund, seine vom Gel steifen, nach hinten gekämmten Haare.

An der Wand hinter ihm hängt ein Foto des Jungen, der er einmal war, lachend und mit Zahnlücken, in den erhobenen Händen den Pokal für irgendein gewonnenes Basketballspiel in einem Ferienlager. Wie sehr hat er sich seit damals verändert, und wie sehr wird er sich in Zukunft noch verändern, und sie versucht ihn sich vorzustellen, wie er als Erwachsener aussehen wird, die winzige Andeutung zwischen seinen schönen Augenbrauen wird sich zu einer Falte vertiefen, der noch dünne Flaum auf seinen Wangen wird dichter werden, und in vielen Jahren, wenn es sie schon nicht mehr gibt, wird er grau werden wie Eitans Bart. Wie wird er sie in Erinnerung behalten? Wird sie die Frau sein, die seine Familie zerstört, die seine Jugend kaputtgemacht hat? Er ist kein Kind mehr, und in ein paar Jahren wird er das Haus verlassen und seiner Wege gehen, aber wie wird das Haus aussehen, das er verlässt? Das hängt nur von ihr ab, von ihrer Entscheidung, ob er, wenn er weggeht, eine feste, geordnete Basis hinter sich lässt oder eine zerbrochene Familie, und es kommt ihr jetzt vor, als stünde dieses Problem zwischen ihr und ihm, nicht zwischen ihr und Micki, als müsse sie sich zwischen zwei jungen Männern entscheiden, zwischen zwei Zukunftsformen, zwischen der bekannten Zukunft, die sie in diesem Haus erwartet, und einer neuen Zukunft, einer stürmischen, innerlich aufwühlenden, und sie streichelt die heiße Hand ihres Sohnes, er verströmt Hitze wie ein Ofen, erhitzt auch sie, man sagt, Fieber sei gesund,

Fieber zerstöre Bazillen, aber bei ihrer Krankheit hat es zum Wachstum von Ehebruchbazillen geführt.

Sie erinnert sich, wie er sich als Kind vor Bazillen gefürchtet hat, nie wollte er aus einer Wasserflasche trinken, aus der sie vorher getrunken hatte, und wenn sie unabsichtlich einen seiner Freunde berührte, drehte er durch, herrisch und eifersüchtig, wie er war, du darfst mich nie mehr anfassen, brüllte er, eine Furcht mit der anderen vermengend. Wie wird er reagieren? Es stimmt, er hat sich in den letzten Jahren beruhigt, aber eine solche Krise könnte alle Teufel wieder aufwecken, vor allem jetzt, da die Armee ihn schon ungeduldig erwartet und nicht nur ihn bedroht, sondern auch sie. Und wie wird ihre Tochter reagieren? Zweifellos wird sie sich, ohne zu zögern, auf die Seite ihres Vaters stellen und ihr die kalte Schulter zeigen, ihre Schultern sind sowieso kalt, sie denkt an die steife Umarmung an ihrem letzten Morgen, sie ist sowieso wütend auf sie, sie ist von vornherein wütend auf sie, und Micki selbst, wie wird sein Leben aussehen? Er wird bestimmt nicht allein bleiben, aber er wird für immer verletzt sein, er wird ihr nie verzeihen, und sie schüttelt den Kopf, versucht nicht an die bedrückende Zukunft zu denken, an die Höhe des Preises. Was hast du es so eilig, was ist schon passiert? Das ist nicht die Zeit für Entscheidungen! Du kennst ihn nicht, er ist, was dich betrifft, ein völlig fremder Mann. Er ist nicht mehr der Junge, der er einmal war, und auch den Jungen, der er einmal war, hast du nicht wirklich gekannt, schließlich hast du nicht erwartet, dass er mit einem Axthieb eure Liebe zerschlagen würde, ohne zu zögern oder auch nur nachzudenken, mit einem Axthieb gegen deinen Hals, wie wirst du ihm noch einmal glauben können?

Schweiß rinnt ihr über den Körper, sie steht zornig vom Bett ihres Sohnes auf. Eine zweite Chance, hat er mit verhangenem

Blick gesagt, aber wieder ist sie es, die den Preis bezahlen wird, genau wie damals. Ich habe gelebt, ohne etwas zu fühlen, hat er gesagt, und auch jetzt wird er nichts fühlen und nichts verlieren, wenn er genug von ihr hat, aber sie wird die Menschen verletzen müssen, die ihr die liebsten sind. Diesmal bist du an der Reihe, hat er gesagt, als würden sie das Leiterspiel spielen, jetzt bist du an der Reihe, entweder steigst du auf der Leiter höher hinauf oder die Schlange zieht dich herunter.

Für dich ist es einfach, murmelt sie wütend, du hast nichts zu verlieren, wie kannst du es wagen, mir das als leichten Schritt anzubieten? Sie geht schnell unter die Dusche, ihre Kräfte kehren zurück, aber mit ihnen auch Zorn und Angst, und sie zieht das Bett ab, stopft alle Zeichen ihrer Krankheit in die Waschmaschine. Ich bin wieder gesund, beschließt sie, ich habe mich von dir erholt. Ich habe eine Familie, ich leite eine Schule, schön, dass du aufgetaucht bist, aber für mich ist es zu spät. Mit energischen Bewegungen stellt sie die Schale mit den Weintrauben in den Kühlschrank, und die Kaffeetassen, infiziert mit den Bazillen des Ehebruchs, wäscht sie mehrmals gründlich ab, dann räumt sie sie in die Spülmaschine und schaltet sie ein, obwohl sie noch fast leer ist.

Das Summen der elektrischen Haushaltsgeräte wirkt im Allgemeinen beruhigend auf sie, jetzt jedoch nicht, während sie am Küchenfenster steht und zwischen den Häusern hindurchspäht, bemüht, einen Schimmer von der Wüste zu entdecken. Zu ihrem Bedauern steht das Tote Meer ihren Nachbarn zur Verfügung, für sie gibt es nur den Blick nach Westen, auf die Stadt, ohne jede Besonderheit. Sie erinnert sich, dass ausgerechnet Alma sie bei ihrem Kampf um die Aussicht unterstützte, und sie hatte diesen seltenen Beistand genossen und den Kampf noch erbitterter geführt, nur um sie näher zu sich zu ziehen. Was für einen Sinn hat es, in Jerusalem zu wohnen, wenn man vom Fenster aus nur Stadt sieht, da könnten wir doch ebenso gut in Tel Aviv wohnen, hatte Alma zu Micki gesagt, als sie berieten, welche Wohnung sie kaufen sollten, aber die Preisdifferenz war groß, und Micki wollte einen Aufzug, und die fragile Verbindung zu Alma zerbröckelte vollkommen, als sie kurz nach ihrem Umzug in die neue Wohnung in den Anschlag geriet. Bis heute versteht sie nicht, warum ihre Tochter sich in jener schweren Zeit so weit von ihr entfernte, als hätte sie sich freiwillig dazu entschieden, dem Haus fernzubleiben, ans Bett gefesselt zu sein, und seither hat sie sich immer weiter von ihr entfernt, deshalb ist sie schließlich nach Tel Aviv gegangen, nicht nur, weil man von hier aus das Tote Meer nicht sehen kann, und dort hat sie sich ihr wundervolles Haar abgeschnitten und das, was von ihm übrig blieb, schwarz gefärbt, und ihr Gesicht hat einen fremden, kranken Ton angenommen, als würde sie von innen verfaulen, und es versetzt ihr einen Stich, als sie daran denkt. Sie verspürt Angst und Zorn auf ihre Tochter, die ihr ihre Verletzungen bei dem Terroranschlag nicht verziehen hat, vermischt mit Zorn auf sich selbst, dass sie dieses Thema nie aufgeklärt und nicht um sie gekämpft hat, dass sie die Entfremdung zuließ, und vermischt mit Feindseligkeit gegen Eitan, der plötzlich aufgetaucht ist und sie die Sorge um ihre Tochter vergessen ließ, und jetzt verlangt er, dass sie all ihre Verpflichtungen vergisst und zu seiner Geliebten wird, für die es außer ihm nichts im Leben gibt.

Erstaunlicherweise wächst ihr Zorn noch, und sie geht zum Computer, checkt ihre E-Mails, die sie in der letzten Woche kaum überflogen hat, weil sie nur mit ihm beschäftigt war. Was für eine Unverschämtheit von ihm, zu glauben, wenn er frei ist, müsse auch sie frei sein, wenn es für ihn leicht ist, müsse es auch für sie leicht sein. Du hast eine Familie gegründet, hat er spöttisch gesagt und mit einer Handbewegung auf ihr bürgerliches Wohnzimmer gedeutet, aber die Familie, die sie gegründet hat, ist kein Thema für Spott, und sie hat nicht vor, sie zu zerstören, nur weil es ihm jetzt passt, sie versuchsweise in sein Leben einzugliedern, für eine kurze Zeit, nur um sie nach einiger Zeit wieder zu verstoßen, wie er es vermutlich mit seinen beiden anderen Frauen getan hat. Sie hat, naiv wie sie ist, noch nicht einmal danach gefragt, hat nicht gebohrt, keine Auskunft verlangt, sie war dumm genug zu glauben, er habe nur auf sie gewartet, deshalb seien seine Ehen in die Brüche gegangen, während die wirklichen Gründe zweifellos weniger schmeichelhaft waren, sowohl für ihn als auch für sie.

Betrogen, betrogen, betrogen, hört sie sich murmeln, sie wird nicht wieder darauf hereinfallen, sie wird ihm jetzt schreiben, lass uns Schluss machen, bevor es zu spät ist. Ich habe mich gefreut, dich zu sehen, und ich wünsche dir ein schmerzfreies Leben. Ja, so wird sie ihm schreiben, und damit ist der Wahnsinn zu Ende, sie geht energisch zu ihrem Handy, um die richtigen Worte zu schreiben, doch da erwartet sie schon eine Nachricht von ihm, wie kann das sein, dass er noch immer ihre Gedanken spürt, genau wie damals, als ihre Nähe so tief war. Es gibt keine Eile, Geliebte, schreibt er, ich bin bereit, auch weitere dreißig Jahre auf dich zu warten, und sie wirft das Handy auf den Teppich, genau wie Omer es bei seinen Wutanfällen tut, hoffentlich geht es kaputt, hoffentlich geht es kaputt und sie kann sich seine Nummer nicht mehr beschaffen, aber sofort kniet sie sich auf den Boden und hebt es auf, versichert sich mit einem erleichterten Seufzer, dass es noch heil ist.

Es gibt keine Eile, Geliebte, liest sie wieder und wieder, lernt die Wörter auswendig, bevor sie gelöscht werden, ich bin bereit, auch weitere dreißig Jahre auf dich zu warten, es gibt keine Eile,

Geliebte, es fällt ihr schwer, diese Nachricht zu löschen, aber sie hat keine Wahl, sie muss vorsichtig sein, damit sie, wenn es so weit ist, die richtige Entscheidung treffen kann, aber gibt es überhaupt eine richtige Entscheidung?

## ELFTES KAPITEL

Jetzt ist alles klar, verkündet Dafna mit einem säuerlichen Lächeln, jetzt verstehe ich, warum du in der letzten Zeit abgetaucht bist. Die Jugendliebe wiedertreffen! Ich bin fast neidisch auf dich. Und Iris lächelt, ich bin auch neidisch auf mich, es ist verrückt, es ist nicht nur ein Treffen mit ihm, es ist ein Treffen mit der Jugend selbst, mit der Liebe an sich, die Zeit ist plötzlich stehengeblieben! Sie hat das Gefühl, bis zum frühen Morgen erklären und beschreiben und ihrer Freundin jedes Detail erzählen zu können. Bisher hat sie es sich ja nur selbst erzählt, hat das Wunder in Gedanken hin und her gewendet. Sie hat gehofft, Dafna würde gespannt zuhören, schließlich hat sie sie immer ermuntert, aus ihrer Arbeitsroutine auszubrechen. Du lebst wie eine Ameise, hat sie immer wieder erklärt, aber heute Abend sieht sie besorgt aus, sie teilt ihre Begeisterung nicht.

Was ist los, Dafna, hast du dich wieder mit Gidi gestritten?, fragt sie, und ihre Freundin sagt, während ihre Freundin ernst die Karte studiert, nein, wirklich nicht, wer hat überhaupt Kraft für solche Streitereien. Was möchtest du essen? Es gibt nichts Besseres als die Jugendliebe, fügt sie hinzu, ohne auf eine Antwort zu warten, ehrlich gesagt, ich habe neulich meinen ersten Freund auf Facebook gesucht, aber da ist er nicht, er hat sich in Luft aufgelöst. Ihr Blick hängt an der Karte, als könnte sie ihn dort finden.

Lass die Karte, du bestellst doch sowieso nur Salat, fährt Iris sie an, und Dafna wendet sich ihr endlich zu, ich habe Hunger,

Süße, nicht alle leben wie du nur von der Liebe, du bist magersüchtig geworden. Sie lächelt ihr zu, ich esse, was du isst, sagt sie, vielleicht steckt mich dein Glück an. Erzähl weiter, wie sieht er aus? Hat er sich sehr verändert? Wie habt ihr euch getroffen? Ist er verheiratet? Habt ihr schon miteinander geschlafen? Aber über ihrem Lächeln weichen ihr die schmalen Augen aus, und trotz ihres Fragenschwalls hat Iris das Gefühl, als wolle sie eigentlich nichts hören.

Nicht wirklich, sagt sie, ertappt sich dabei, ihre beste Freundin anzulügen, vorsichtshalber, auf einmal fühlt sie sich ihr gegenüber nicht mehr sicher, und Dafna protestiert sofort, nicht wirklich? Worauf wartest du? Dass du achtzig bist? Los, schlaf mit ihm, werde nüchtern, mach weiter. Das Leben geht vorwärts, nicht zurück! Und sie nickt, genug, Dafna, lass mich, ich verstehe nicht, warum du mich unbedingt treffen wolltest, wenn du keine Geduld hast. Was ist passiert? Was beschäftigt dich?

Ehrlich gesagt, ich wollte herausfinden, was es ist, das dich beschäftigt, platzt Dafna heraus, du beantwortest keine Telefonanrufe, du reagierst nicht auf E-Mails, wer hätte geglaubt, dass du einen Liebhaber hast! Und Iris korrigiert sie schnell, ich habe keinen Liebhaber, Dafna, Eitan ist kein Liebhaber, er ist die Liebe meines Lebens, verstehst du? Er steht mir näher als irgendein anderer Mensch, ich bin fast gestorben, als er mich verlassen hat. Und jetzt lebt alles wieder auf, verstehst du?

Ich verstehe vor allem, dass du den Kopf verloren hast, entscheidet sie mit leiser Stimme, Eitan ist deine Jugendliebe, aber das macht ihn nicht zur Liebe deines Lebens. Schließlich hast du die meiste Zeit deines Lebens ohne ihn gelebt! Alles, was du ab dem Alter von siebzehn getan hast, hat nichts mit ihm zu tun. Du bist nicht mehr das Mädchen, das du einmal warst. Du bist an der Schwelle der Menopause, Süße.

Was willst du damit sagen, murmelt Iris unbehaglich, komm, bestellen wir was zu essen. Durch die offenen Fenster ist die goldbeleuchtete Stadtmauer zu sehen, wie schön ist dieses neue Café, das die gut informierte Dafna vorgeschlagen hat, ob sie je mit ihm hier sitzen wird, ganz öffentlich?

Ich habe gesagt, du sollst es dir gut gehen lassen, aber nicht, dass du Dummheiten machen sollst, sie kommt mit ihrem Gesicht näher, eine Strähne ihres hellen Haars tanzt über der hohen Stirn, lebe deine Affäre aus, aber tue es mit Verstand, ohne jemanden zu verletzen, ohne alles allzu sehr auf den Kopf zu stellen.

Ich verstehe, sagt sie wütend, jedes Wort ihrer Freundin wird heute Abend zu einem Angriff, aber warum eigentlich? Natürlich ist es richtig zu warten, aber wenn ich in ein paar Monaten noch immer das Gefühl habe, dass er die Liebe meines Lebens ist, dann muss ich doch alles auf den Kopf stellen, du hast doch gesagt, ich soll nicht warten, bis ich achtzig bin.

Ich halte es nicht für richtig, Iris, es ist wirklich nicht der richtige Zeitpunkt, sie schüttelt nachdrücklich den Kopf, und Iris unterbricht sie, du hast es mit einer vierjährigen Tochter gemacht, das ist viel schwerer. Meine Kinder sind schon groß, sie haben ihr eigenes Leben. Viele Paare trennen sich in dieser Lebensphase, wenn sie ihre Kinder aufgezogen haben.

Man hört nie auf, sie aufzuziehen, sagt Dafna. Schira ruft mich noch immer zwanzigmal am Tag an, die Familie bleibt für sie immer das Wichtigste. Wenn Omer beim Militär ist, wird er ein stabiles Zuhause im Rücken brauchen, und Alma braucht das auch immer noch. Vielleicht viel nötiger, als du weißt.

Was meinst du damit?, fragt sie angespannt, genau als die Kellnerin zu ihnen tritt und die Tagesgerichte aufzählt. Sie hat das Gefühl, dass Dafna sie absichtlich mit allen möglichen nebensächlichen Fragen zurückhält, nur um den Satz, der immer noch nachklingt, nicht erklären zu müssen, vielleicht viel nötiger, als du weißt, vielleicht viel nötiger, als du weißt.

Was weißt du, was ich nicht weiß? Sie schreit die Frage fast, als die Kellnerin verschwunden ist, und Dafna beschwichtigt sie, beruhige dich, nicht viel, nur dass sie sich in der letzten Zeit von Schira zurückgezogen hat, sie verabredet sich mit ihr und hält die Verabredung nicht ein, solche Sachen. Schira macht sich Sorgen.

So macht sie es auch mit mir, stößt Iris zornig aus, seit ihrem Umzug nach Tel Aviv ist es viel schlimmer geworden. Sie kommt kaum mehr nach Hause. Du siehst, sie braucht weder mich noch ihre Familie. Ich habe ihr gegeben, was ich konnte, sie hat kein Interesse, irgendetwas von mir zu bekommen, und Omer ist mit seinen eigenen Angelegenheiten beschäftigt, er wird es kaum merken, wenn ich das Haus verlasse. Ehrlich gesagt, auch Micki wird es kaum merken.

Das glaubst du nur, Dafna lacht, Familie bedeutet mehr als nur Micki, Alma und Omer und ihre Situation zu diesem Zeitpunkt. Das Ganze ist mehr als die Summe der Einzelteile. Als ich jung war, habe ich das nicht verstanden, aber jetzt ist es mir klar. Auch die Alternative ist mir jetzt viel klarer. Wie lange wird diese Erregung anhalten? Höchstens ein Jahr. Und dann bleibt dir nur noch, mit ihm alt zu werden, mit allen Komplikationen von seiner und von deiner Familie, mit den Schuldgefühlen und Enttäuschungen. Das ist unpassend, das ist pathetisch, das ist wie ältere Frauen, die sich wie junge Mädchen anziehen.

Wie kannst du dir da so sicher sein?, fragt sie, wieder aufgebracht, es gibt viele späte Lieben, die gelingen, es gibt viele Männer und Frauen, die ihre Familie für weniger als das auflösen, was ich habe. Kapierst du überhaupt, was für eine Liebe das ist? Es ist die tiefste Liebe, die es gibt, es ist eine Verbindung, die gestorben ist und plötzlich wieder zum Leben erwacht. Stell dir vor, du triffst plötzlich jemanden, von dem du sicher warst, er wäre gestorben, jemanden, um den du viele Jahre lang getrauert hast, verstehst du, was das für ein Wunder ist? Während sie das sagt, scheint ihr plötzlich erst klar zu werden, was für eine große Sache ihr tatsächlich geschehen ist, sie atmet aufgeregt und fürchtet plötzlich, das alles bisher nicht genügend geschätzt zu haben, etwas verpasst zu haben, denn ausgerechnet die Natürlichkeit ihrer Beziehung hat sie beide dazu gebracht, sich allzu schnell anzupassen, es ist ihr so selbstverständlich, mit Eitan zu sprechen, es ist so selbstverständlich, mit Eitan zu schlafen, diese Selbstverständlichkeit ist es gerade, die das Wunder fast alltäglich werden lässt, und sie fragt sich, ob sie sich damals, wenn das Wunder geschehen wäre, nach dem sie sich in ihrer Kindheit unaufhörlich gesehnt hatte, wenn ihr Vater plötzlich zurückgekommen wäre, auch allzu schnell angepasst hätte? Aber die Rückkehr ihres Vaters hätte sie nichts gekostet, während Eitans Rückkehr von ihr einen Preis verlangt, und deshalb verdüstert sich das Gesicht ihrer Freundin, ihre Augenbrauen ziehen sich ernst nach oben, während sie ihren aufgeregten Erklärungen lauscht.

Ich glaube nicht an Wunder, sagt sie entschieden, ich glaube auch nicht mehr an die große Liebe. Natürlich gibt es eine gewisse Korrelation, aber schließlich handelt es sich um schwere Arbeit. In dieser Hinsicht passt Micki sehr gut zu dir. Er hat etwas Solides, Beruhigendes an sich. Ich würde nicht so leichtherzig auf ihn verzichten.

Etwas Beruhigendes, das stimmt, spottet Iris, fest entschlossen, ihn anzuschwärzen, er ist noch nicht einmal bereit, eine Kakerlake für mich umzubringen, während ich fast ohnmächtig werde. Du müsstest sehen, mit welcher Zartheit er versucht, diese Tiere aus dem Fenster zu werfen, und was du solide nennst, nenne ich apathisch.

Mit einer verliebten Frau kann man nicht diskutieren, sagt Dafna lachend, und was weißt du schon von deinem Wunder? Ist er zum Beispiel ein Held, was die Bekämpfung von Kakerlaken betrifft? Ich möchte Tatsachen hören, keine Eindrücke. Ist er verheiratet? Hat er Kinder? Wie ernst meint er es? Und als Iris versucht, die Tatsachen zu beschreiben, nickt sie entschieden, es ist natürlich angenehm, dass er frei ist, aber nicht zwangsläufig ein gutes Zeichen. Irgendetwas kommt mir zu glatt vor, aber vielleicht irre ich mich ja, es ist nur ein Gefühl im Bauch. Apropos Bauch, was ist mit dem Essen, das wir bestellt haben?

Die Kellnerin ist gerade erst in die Küche gegangen, du hast sie mit all deinem Gerede aufgehalten, sagt Iris, übrigens, findest du es nicht schrecklich, dass man bei allem Guten gleich misstrauisch wird? Als hätten wir jede Hoffnung verloren, dass das Leben glücklich sein kann. Aber ihre Freundin sucht nach dem Handy, das in ihrer riesigen Tasche klingelt, sie hat kein Ohr für ihre Gedankengänge, hi, Schira, sie lächelt in das Handy, das sie endlich herauszieht, was ist, hat er geantwortet? Nein, du schreibst auf keinen Fall noch einmal, natürlich hat er deine Nachricht bekommen, nein, da war kein Fehler im Netz. Reiß dich zusammen! Hör mir nur einen Moment zu, sie versucht, den erregten Monolog zu unterbrechen, der typisch für ihre Tochter ist, ich sitze mit Iris zusammen, willst du vielleicht mit ihr sprechen? Sie betont die Frage so seltsam, dass Iris ihr einen erstaunten Blick zuwirft, was ist hier los, was verbergen sie vor ihr, sie streckt die Hand aus, aber da ist das Gespräch auch schon zu Ende, Schira hat, was nicht ihre Art ist, einfach aufgelegt.

Was ist los?, schreit sie und hält sich erschrocken die Hand vor den Mund, worüber sollte Schira mit mir sprechen? Dafna seufzt, deswegen wollte ich mich unbedingt mit dir treffen, Iris, ich habe dir ja gesagt, dass Schira sich Sorgen macht. Sie ist gestern in die Bar gegangen, und Alma hat sie regelrecht vertrieben, sie hat behauptet, ihr Boss möge es nicht, wenn sie Besuch von Freundinnen bekommt. Sie sagt, dass Alma sonderbar aussieht, aber du kennst Schira ja, sie übertreibt immer.

Was willst du mir damit sagen, dass ich nicht mal einen Moment an mich selbst denken darf?, beharrt Iris flüsternd, meinst du, dass ich dafür bezahlen muss, wenn ich einen Moment vergesse, dass ich Mutter bin? Was soll ich jetzt tun? Einen Privatdetektiv beauftragen, dass er sie beobachtet? Ihretwegen auf die Chance einer Liebe verzichten, die einzige Chance, die ich je gehabt habe?

Ach, Iris, du hörst ja überhaupt nicht zu, woher kommt plötzlich dieses Pathos? Dafna betrachtet sie zweifelnd, du musst weder auf Liebe verzichten noch einen Privatdetektiv losschicken, du sollst nur die Augen aufmachen. Es ist wie in deiner Schule, man muss die ganze Zeit alles im Auge haben. Darin bist du doch gut, hast du letztes Jahr nicht den Pädagogikpreis bekommen? Iris seufzt, ich habe die Nase voll von Pädagogik, jetzt interessiert mich nur noch die Liebe.

Dann geh und mache Liebe, sagt Dafna wütend, warum vergeudest du einen Abend hier mit mir? Geh, ich bin dein Alibi bis zum Morgen, und Iris sagt, dich liebe ich auch, Dafnona, und außerdem ist er heute Abend mit seinen Kindern zusammen, und Dafna nickt, siehst du? Es ist nicht einfach! Dafür willst du deinen Kindern wehtun? Um Schakschuka für Kinder zu braten, die nicht deine eigenen sind?

Was habt ihr alle denn plötzlich mit Schakschuka? Iris seufzt, du verstehst es nicht, ich bin so verliebt in ihn, dass ich sogar bereit wäre, ihnen die Windeln zu wechseln, wenn es nötig wäre, und Dafna sagt, wie schön, und bald wirst du auch ihn wickeln müssen, wie viele gute Jahre könnt ihr eigentlich haben? Er ist schon nicht mehr jung, und alternde Männer sind eine Last.

Man könnte denken, das Micki deiner Meinung nach nicht altert, protestiert sie, hast du eigentlich bemerkt, was für einen Bauch er in letzter Zeit bekommt? Auch dein Gidi ist kein siegreicher Jüngling mehr, und Dafna lacht, klar, aber an Micki und Gidi sind wir gewöhnt, siehst du denn nicht den Unterschied? Iris sagt, ich sehe vor allem das Wunder, das mir geschehen ist. Darauf kann ich nicht verzichten.

Es ist ja nicht so, dass ich dich nicht verstehe, sagt Dafna versöhnlich, ich war ja selbst mal schrecklich verliebt in Gidi, und nach einem Monat habe ich Schira geschnappt und das Haus verlassen. Gerade darum bin ich jetzt klüger, denn letztlich bin ich mir nicht so sicher, ob sich das ganze Drama gelohnt hat. Die tolle Liebe hört schnell auf, das ist ein Naturgesetz. Wenn es problemlos ist – warum nicht? Aber für so etwas Mann und Kinder verlassen? Wirklich nicht.

Bei aller Anerkennung deiner Erfahrung mit Gidi, es gibt auch andere Möglichkeiten, murmelt Iris. Schon immer ist sie überzeugt gewesen, dass ihre Freundin mit der Entscheidung für diesen lauten, herrschsüchtigen Mann einen Fehler gemacht hat, und insgeheim hat sie gehofft, sie würden sich wieder trennen, was sie knapp einen Monat später auch fast getan hätten, nach einem heftigen Streit, aber kurz darauf versöhnten sie sich wieder, und keiner von ihnen wusste noch, worüber sie gestritten hatten. Wer den bittersten Preis bezahlen musste, war Schira, die zwischen ihrer Wohnung und der ihres wiederverheirateten Vaters hin- und hergerissen wurde, und in beiden Wohnungen lebte ein anderer, der sich über ihre Anwesenheit nicht besonders freute, vielleicht hat sie sich deshalb bis heute nicht von ihrer Mutter lösen können, bitte, da ruft sie schon wieder an. Er hat mir geschrieben, ihre helle Stimme ist deutlich zu hören, obwohl der Lautsprecher nicht eingeschaltet ist, er hat vorgeschlagen, dass wir uns morgen Abend treffen, was soll ich antworten?

Schreib, dass du morgen nicht kannst, befiehlt Dafna mit ernster Stimme, und ihre Tochter protestiert, aber ich kann doch! Ich habe morgen Abend nichts vor! Ihre Mutter schimpft ungeduldig, natürlich kannst du, und natürlich wirst du noch viele freie Abende haben, wenn du dich weiterhin so verhältst, aber Schira widerspricht, ich verabrede mich mit ihm für morgen, er wird gekränkt sein, wenn ich es nicht tue, und es nie wieder versuchen.

Mach, was du willst, ihre Mutter zuckt mit den Schultern, aber weine mir dann nicht die Ohren voll, wenn er ebenfalls das Weite sucht, und Iris streckt ungeduldig die Hand nach dem Handy ihrer Freundin aus, die sich nicht wehrt, Schirale, entschuldige, dass ich mich einmische, sagt sie schnell, tu, was dein Gefühl dir sagt, und hör auf, deine Mutter um Rat zu fragen, und Schira ist sofort bereit, ihr zu vertrauen, ich soll mich also für morgen mit ihm verabreden, fragt sie hoffnungsvoll, und Iris sagt, klar, wenn es das Richtige ist, braucht man keine Spielchen zu spielen, und wenn es nicht das Richtige ist, hilft auch kein Spiel. Und jetzt will ich von dir die ganze Wahrheit wissen, was war in Almas Bar?

Das ist es ja, es war nichts, sagt Schira erstaunt, aber ich habe schlimme Gerüchte gehört. Deshalb bin ich hingegangen, aber sie hat mich wirklich rausgeschmissen. Und Iris fragt scharf, was für Gerüchte sind das? Du musst mir alles sagen, was du weißt, und Schira platzt erschrocken heraus, vielleicht ist es ja nur dummes Zeug, aber man sagt, dass dieser Boas die Mädchen, die bei ihm arbeiten, unterdrückt, als eine Art Guru, er schließt sie von der Umwelt ab, so was wie eine Sekte oder so.

Das Handy ihrer Freundin fällt ihr aus der Hand, als sie diese klaren Worte hört, und Dafna bückt sich, um es aufzuheben und das Gespräch mit ihrer Tochter fortzuführen, die bereits bedauert, diese besorgniserregende Nachricht weitergegeben zu haben. Es ist gut, dass du es gesagt hast, bestätigt ihre Mutter, Alma hat Eltern, sie müssen Bescheid wissen, dafür muss eine gute Freundin sorgen, es geht nicht darum, blinde Treue zu demonstrieren, sondern abzuwägen, und wegen morgen Abend rate ich dir auch abzuwägen, sie lässt nicht locker, und Iris hört ihre Abschiedsworte nur verschwommen, Bilder schwirren vor ihren Augen, verbinden sich miteinander. Zwei Mädchen tanzen in einem vollen Saal Ballett, Schira ist einen Kopf größer als Alma, etwas schwerfällig, mit heller Haut, Alma dagegen dünn und dunkel, beide sind nicht besonders anmutig, beide werden bald aufhören, aber noch tanzen sie weiter, ihre Körper haben noch keine Rundungen, noch sind ihnen keine Brüste gewachsen, sie lächeln einander zu, während sie sich um Exaktheit bemühen, und sie möchte diesen Anblick festhalten, sie und Dafna sitzen nebeneinander, sie hat den kleinen Omer auf dem Arm, und Dafna ist schwanger, und Schira ist noch nicht das neurotische Mädchen und Alma nicht das Mädchen, das sich einer Sekte angeschlossen hat. Eine Sekte! Wieder erschrickt sie, was bedeutet das eigentlich? War es dieser Guru, der ihr befohlen hat, sich die Haare abzuschneiden und schwarz zu färben, Omers Freunde zu verführen, und was wird er noch befehlen? Übelkeit steigt in ihrer Kehle auf und lässt sie die Lippen zusammenpressen, sie spürt Dafnas Hände auf ihren Schultern, das ist nicht das Ende der Welt, Iris, sagt sie leise, beruhigend, Schira übertreibt bestimmt, und wenn Alma trotzdem einen falschen Weg eingeschlagen hat, wirst du sie herausziehen.

Wie kann ich das?, sagt sie mit einem Seufzer, schwer atmend, sie ist nicht wie Schira, sie diskutiert nicht und tut nicht, was man ihr sagt, sie ist eine harte Nuss! Ich kann nicht mit ihr reden, ich habe keinen Einfluss auf sie! Auch Micki nicht, obwohl er überzeugt ist, eine großartige Beziehung zu ihr zu haben. Ich weiß nicht, was ich mit dieser Information anfangen soll, wie kann ich das alles nachprüfen, wo kann ich anfangen?

Heute Abend gehst du einfach schlafen, du bist nicht in der Verfassung, irgendetwas zu unternehmen, sagt Dafna, aber morgen musst du mit Micki sprechen und irgendeine Taktik entwickeln. Es gibt Fachleute für solche Fälle, aber ich verlasse mich auf dich. Die Hauptsache ist, sie zu erreichen und nichts zu tun, was die Distanz noch weiter vergrößert. Man muss es im Guten probieren.

Ja, wir werden zu ihr fahren, murmelt Iris, ich will schon lange hinfahren und sehen, wie sie lebt. Wir werden morgen zu der Bar fahren, nach der Arbeit, und uns diesen Boas anschauen, und vor allem soll er uns sehen, er soll merken, dass sie nicht irgendein Findelkind ist, das er nach Belieben manipulieren kann, sie hat Eltern, die auf sie aufpassen, ein Mädchen mit Familie, einem Zuhause, wie Eitan gesagt hat, eine Familie.

## ZWÖLFTES KAPITEL

Ich stehe nicht auf, um wegen eines hysterischen Gerüchts loszufahren, zischt er wütend und dreht ihr den Rücken zu, was fällt dir bloß ein? Diese Tabletten haben dich vollkommen verrückt gemacht! Glaubt er etwa, wenn er sie erniedrigt, wird auch das Gerücht in sich zusammenfallen, das sie ihm an diesem Morgen serviert, dass er die besorgniserregende Nachricht nebensächlich macht, indem er sie angreift?

Sie hat ihn mit Schiras Bericht geweckt, nachdem sie sich die ganze Nacht schlaflos herumgewälzt hat, jede Bewegung tat ihr weh und stach ihr in den Körper, als wären spitze Steine auf der Matratze verteilt. Hier ist deine Gutenmorgengeschichte, wer ist in ihr der Gute und wer der Böse, eine Aufwachgeschichte über ein junges Mädchen in Schwierigkeiten, aber wie schwer ist es doch, ihn zu wecken, denkt sie wütend, deine Tochter steckt in Schwierigkeiten und du schläfst, deine Tochter ist in die Fänge eines Gurus geraten, und du schläfst, was sagt das über dich aus? Er liegt noch im Bett, schon immer fällt es ihm schwer, morgens aufzustehen, es ist ein ständiger Kampf mit dem Wecker, und wer weiß, vielleicht ist sein ganzes Leben verfehlt wegen dieses Problems, deshalb ist er beruflich nicht weitergekommen, obwohl er ein ausgezeichneter Student in Informatik war, deshalb hat er keine Führungsposition erreicht. Nun, da sie wütend seinen abweisenden Rücken anstarrt, denkt sie, dass er nur ein einziges Mal in seinem Leben früh aufgestanden ist, ein Umstand, der damals, ohne dass er es wollte, zu ihrer Verletzung geführt hatte.

Er war schon angezogen, als sie aufwachte, als hätte er sich gar nicht ausgezogen, als hätte er in jener Nacht nicht zu Hause geschlafen, so stand er in seiner senffarbenen Jacke vor ihr. Warum hatte er an jenem Morgen überhaupt diese Jacke angezogen, hier ist doch nicht Europa, wo es an einem Sommertag plötzlich regnen kann, dieses Land ist trocken, hier scheint unaufhörlich die Sonne, hier in Jerusalem braucht man höchstens abends mal eine Jacke. War er überhaupt erst morgens nach Hause gekommen und deshalb noch angezogen?

Wo ist eigentlich diese Jacke, fragt sie plötzlich, ich habe sie seit Jahren nicht mehr gesehen, und zu ihrem Erstaunen versteht er sie sofort und antwortet, sie passt mir schon lange nicht mehr, ich habe sie Schula gegeben, für ihren Mann, und sie dreht sich um, geht zur Küche und kocht frischen Kaffee, wie schwer ist es doch, eine einzelne Minute aus dem Leben herauszugreifen, diese Minute zum Beispiel, denn an jede Minute fügt sich eine weitere. Ärger fügt sich zu Ärger, Sorge zu Sorge, im hellen Morgenlicht fügen sich die Ereignisse zu einer stacheligen, erbarmungslosen Kette zusammen, hängen fest aneinander. Er trug die senffarbene Jacke, er hatte es eilig, zur Arbeit zu kommen, weil das System zusammengebrochen war, Omer war noch nicht fertig, er hopste, noch im Pyjama, auf dem Ehebett herum, sie schlug vor, die Kinder an seiner Stelle zur Schule zu fahren, damit er los konnte, Omer versteckte sich in der Toilette, und Alma wollte einen französischen Zopf, deshalb verließen sie das Haus mit leichter Verspätung, sie erreichte den falschen Ort zur falschen Zeit und wurde schwer verletzt, Alma erholte sich nie davon und landete ihrerseits an einem falschen Ort, aber man kann die Ereignisse auch zu einer anderen Kette zusammenfügen, die ihnen eine andere Bedeutung verleiht.

Sie hatte diesen groß gewordenen Jungen geheiratet, der an ihr hing, aus dem tiefen Gefühl einer schicksalhaften Gemeinschaft heraus und aus Dankbarkeit, sie fühlte sich zu verletzt, um sich zu verlieben, und deshalb gab sie ihm nie eine Chance, und noch schlimmer, sie hatte nie vor, ihm eine Chance zu geben. War es da ein Wunder, dass er sich die Liebe woanders suchte, an einem anderen Ort, in einer anderen Zeit, zu ihrem Unglück gerade zu der Zeit, als sich in ihrer Stadt Leute herumtrieben, die sich in lebende Bomben verwandelten und möglichst viele andere Menschen mit sich rissen, unter anderem auch sie. Alma, die sich an jenem Morgen hauptsächlich für ihren Zopf interessierte, bezahlte nicht den Preis für den hundert Jahre alten Streit, sondern den Preis für das grausame Verhalten Eitan Rosenfelds, denn ihre Mutter hatte die Tochter Eitan Rosenfelds gebären wollen, und deshalb hatte Alma, ebenso wie ihr Vater, nie wirklich eine Chance, geliebt zu werden, deshalb hat sie sich von ihr entfernt und deshalb passt sie nicht auf sich selbst auf. Aber man kann eine andere Kette zusammenfügen, eine, die mit dem Tod ihres Vaters beginnt oder sogar noch früher, damit, dass ihre Eltern miteinander geschlafen hatten, was zu einer ungewollten Schwangerschaft und zu einem ungewollten Tod führte und sie dazu zwang, neben einer strengen, hartherzigen Mutter aufzuwachsen, unsensibel gegenüber ihren Bedürfnissen, die verhinderte, dass ihre Tochter zu einer reifen Mutter werden konnte und nun ihrerseits ihre Tochter in die Arme jenes Mannes getrieben hat, der, wie Schira es formulierte, so eine Art Guru war, so etwas wie eine Sekte?

Durch das offene Fenster dringt ein staubiger Windstoß, sie macht es schnell zu, sie sollte lieber etwas tun, statt zu analysieren. Hinter sich hört sie die Schritte Mickis, der sich Kaffee einschenkt und ihr gegenüber Platz nimmt, in seinen karierten Boxershorts, seine Brust ist breit und schwer, sein brauner Bauch quillt hervor, er hat in letzter Zeit zugenommen oder sie hat sich schon an Eitans mageren Körper gewöhnt, Mickis Fleisch weckt in ihr Erstaunen und Widerwillen, als sähe sie ihn zum ersten Mal. Wir werden nach der Arbeit zu ihr fahren, sagt sie wieder, wir müssen wissen, wie sie lebt.

Ich beteilige mich nicht an diesem Drama, beharrt er, streicht sich mit der Hand über den rasierten, aggressiv vorgestreckten Kopf, Schira ist hysterisch und übertreibt, das weißt du genau, ich werde nicht wegen eines unbegründeten Gerüchts einfach losfahren. Was ist bloß los mit dir? Es passt gar nicht zu dir, so zu reagieren. Wieso eine Sekte? Wieso ein Guru? Ich telefoniere jeden Tag mit Alma und sie hört sich absolut normal an.

Warum hast du ein Problem damit, nach Tel Aviv zu fahren? Ihre Stimme ist rau vor Zorn, kaum eine Stunde Fahrt! Es gibt Menschen, die diese Strecke jeden Tag fahren! Und beide wissen, dass an diesem Vorwurf ein anderer hängt, nämlich ein Stellenangebot, das er vor ein paar Jahren erhielt, mit einem weit höheren Gehalt, ein Angebot, das er nur ausschlug, weil es mit der Fahrt nach Tel Aviv und einem damit einhergehenden frühen Aufstehen verbunden war, und er verteidigt sich sofort, ich habe kein Problem damit, nach Tel Aviv zu fahren, es handelt sich hier um etwas Grundsätzliches! Ich verlasse mich auf sie und du nicht, ich glaube an sie und du nicht!

Hör schon auf mit diesem dummen Wetteifern!, fährt sie ihn an, weißt du was, ich glaube nicht an dich! Es ist dir einfach bequemer, etwas zu leugnen, statt dich zu stellen! Du ziehst es vor, mit Leuten, die du noch nie gesehen hast, Schach zu spielen, statt dich um die Probleme deiner Tochter zu kümmern. Wenn du sagst, du verlässt dich auf sie, meinst du eigentlich, dass es dir alles egal ist, dass man dich in Ruhe lassen soll. Vielleicht ist das legitim, aber sei bloß nicht so überheblich.

Wie wagst du es mit mir zu sprechen, faucht er, es soll mir egal sein? Wer von uns beiden hat denn beschlossen, sein Leben Kindern zu widmen, die nicht die eigenen sind, du oder ich? Du bringst mehr Geduld für die Kinder in deiner Schule auf als für deine eigenen! Sie zittert vor Zorn, du wirfst mir vor, dass ich meine Arbeit ernst nehme? Du fetter Chauvinist, der du bist! Nie im Leben hättest du so etwas zu einem Mann gesagt. Vielleicht bist du ja nur neidisch, weil ich erfolgreicher bin als du?

Wirklich nicht, zischt er, ich bin nicht so von Anerkennung besessen wie du! Mir reicht mein Erfolg, ich muss niemanden überflügeln, um zufrieden zu sein, ich schaue mich nicht ständig um, ob jemand mich überholt, und sie nimmt einen Schluck Kaffee, er schmeckt bitter wie seine Worte, es ist, als sähe sie sich durch seine Augen, den ganzen Schmutz, der sich in all den Jahren des Zusammenlebens angesammelt hat. Nur eine dünne Schicht trennt das Alltagsleben von dem Abfallhaufen, denkt sie. Vielleicht wird sie darüber in ihrer nächsten Ansprache reden? Wir glauben, dass unser Haus sauber ist, wenn wir jeden Tag den Abfall in die Mülltonne kippen, wir glauben, dass unsere Körper sauber sind, wenn wir sie unter der Dusche schrubben, aber der gefährlichste Abfall versteckt sich unter unserer Haut, ihn kann man nicht entfernen, denn auch wenn man ihn ausspuckt, wie er es jetzt tut, verschwindet er nicht, sondern er verdoppelt sich, er bleibt jetzt auch in ihr. Denn jeder Mensch ist ein kleines Universum, das Abfall sammelt, und auch wenn wir duschen und uns parfümieren, auch wenn wir uns schön anziehen, um in ein Restaurant oder ins Theater oder in die Oper zu gehen, auch wenn wir uns höflich unterhalten und auch wenn wir

Liebe machen, handelt es sich immer um zwei Abfallhaufen, und bei irgendeiner Gelegenheit kommt es heraus, wie jetzt, da er nicht nachgeben will. Er knöpft sein helles Hemd über dem dicken Bauch zu und sagt, ich habe kein Problem mit deinem Erfolg, es ist nur schade, dass er auf Kosten der Kinder geht, und sie stellt die Tasse hart auf den Tisch und schreit, wieso geht das auf Kosten der Kinder?, und er sagt, es ist doch eine Tatsache, dass du jedes Kind in deiner Schule besser kennst als deine eigene Tochter.

Es ist fast lächerlich, dass sie durch das Fenster das Müllauto vor ihrem Haus halten sieht, wie ein Krankenwagen, der gekommen ist, um einen Menschen abzuholen, der das Bewusstsein verloren hat, und plötzlich weiß sie nicht, was sie antworten soll, vielleicht hat er recht, hoffentlich hat er nicht recht, und sie fragt mit unterdrückter Stimme, du fährst also nicht mit mir?, und zu ihrer Überraschung bekommt sie sofort eine Antwort, ich fahre mit dir, aber die Worte kommen nicht aus seinem Mund, sondern aus Omers, der im Flur steht und sie erregt betrachtet.

Ich fahre mit dir, Mamusch, sagt er noch einmal, mit der Betonung auf dem ersten Wort, entblößt im unbarmherzigen Morgenlicht das fast durchsichtige Spinnennetz, in dem sie sich bewegen, und Micki fängt, wie erwartet, an zu schimpfen, klar, du wirst immer auf Mamas Seite sein, und Omer antwortet sofort, was hat das mit Mama zu tun? Ich habe auch gemerkt, dass es Alma schlecht geht, und sie fühlt sich bemüßigt zu sagen, das ist alles, was du zu ihm sagen kannst, statt anzuerkennen, dass er sich um seine Schwester sorgt?

Tut mir leid, Omer, murmelt Micki und geht schnell zum Aufzug, in meinen Augen ist diese Fahrt einfach überflüssig, und ich hasse überflüssige Dinge, und sie stößt aus, du selbst bist überflüssig, aber die Aufzugtüren verschlucken ihre Worte.

Es tut mir leid, Omer, sagt sie und lässt sich kraftlos auf das Sofa fallen, ihre Augen brennen, es tut mir sehr leid, dass du das gehört hast, und er sagt, das macht nichts, ich bin schon groß, und mit einer kindlichen Stimme, die nicht zu seiner Körpergröße passt, verkündet er, ich werde eine andere Partnerschaft haben, Mamusch, und obwohl sie sich über das Wort Partnerschaft wundert, lächelt sie ihn an, hoffentlich, obwohl wir wirklich nicht besonders schlimm sind, ich weiß nicht, wie es heute Morgen zu solch einem Streit kommen konnte, normalerweise geht es nicht so weit.

Ich habe ein Problem mit Papa, sagt er und setzt sich ihr gegenüber auf das Sofa, er sieht so hübsch aus mit seinen kurzen Jeans und dem grünen T-Shirt, das seine braungrünen Augen betont, und sie seufzt, ich weiß, Omer, ich hoffe, dass eure Beziehung besser wird, wenn du älter bist, und er protestiert, was hat das mit dem Alter zu tun? Es geht um den Charakter! Er hat ein Problem mit mir, und sie beeilt sich, das zu leugnen, wieso denn, er hat kein Problem mit dir, er liebt dich sehr, er hat ein Problem mit mir, wenn schon.

Was hat das mit mir zu tun?, fragt er naiv. Ihr Herz fliegt ihm zu, und sie sagt, das muss wirklich nichts miteinander zu tun haben, aber in Familien geraten Dinge durcheinander. Wir alle haben Mängel und gute Seiten, Omer, ich hoffe, dass es ihm in Zukunft besser gelingt, dir seine guten Seiten zu zeigen.

Warum hast du ihn eigentlich geheiratet?, fragt er wütend, warst du wirklich mal verliebt in ihn?, und sie versucht ein Lächeln, Liebe hat viele Gesichter. Die Wanduhr über ihrem Kopf erinnert sie daran, wie spät es ist, aber es fällt ihr schwer, vom Sofa aufzustehen, es fällt ihr schwer, das Gespräch zu unterbrechen, wie viel Nähe erwartet sie noch? Wird sie diese Nähe ihr Leben lang herstellen können? Wieder sieht sie die Buchstaben seines Namens über die Steintafel flattern, und je älter er wird, umso schlimmer ist diese Vorstellung, es ist schon spät, sagt sie, was willst du auf dein Brot?

Während sie sein Rührei brät, überlegt sie, wie sehr Dafna sich diesmal bei ihren gut gemeinten Ratschlägen geirrt hat, sie ist plötzlich so rechthaberisch geworden. Was für einen Sinn hat es, eine Familie um jeden Preis zu erhalten? Vielleicht gibt es ja Familien, bei denen es sich lohnt, Opfer zu bringen, aber die Familie, die sie und Micki gegründet haben, gehört nicht dazu, leider. Noch nie haben sie auf festliche Mahlzeiten am Schabbat und an anderen Feiertagen Wert gelegt, auch nicht auf Familienspaziergänge, die wenigen Zeremonien, die sie entwickelt hatten, lösten sich nach ihrer Verletzung auf, und danach haben sie sich nicht die Mühe gemacht, sie wiederzubeleben, denn es war schwer genug, einen normalen Alltag wiederaufzubauen. Vielleicht hat er recht, vielleicht kennt sie ihre Schüler wirklich besser als ihre Tochter, als ihr eigen Fleisch und Blut. Doch selbst wenn er recht hat, wer könnte ihr wegen ihrer Arbeit Vorwürfe machen. Auch Dafna arbeitet schwer in ihrem Architekturbüro, und das hat Schira nie daran gehindert, an ihr zu kleben. Doch das ist jetzt nebensächlich, unsere Zeit ist abgelaufen, wie das Sandwich von gestern, das sie aus Omers Tasche zieht, als sie das neue warme und duftende einpackt. Alles, was Micki zu ihr gesagt hat, ist nebensächlich, und alles, was sie zu ihm gesagt hat, an diesem Morgen und an allen vergangenen Morgen, ist nebensächlich, auch jener Morgen, an dem er wach vor ihr stand, in der senfgelben Jacke. Sie schaut nicht zurück, sondern voraus, durch das Küchenfenster blitzt für einen seltenen Moment eine Spur der Wüste zwischen den Häusern auf, und während sie in die Ferne späht, kommt es ihr vor, als habe die Familie, die sie vor einem Vierteljahrhundert gründeten, versagt, als habe sie keine Existenzberechtigung mehr.

Wie schnell der Vormittag in den Nachmittag übergeht und wie viel Arbeit noch auf sie wartet. Eine Sitzung wechselt die andere ab, ein Treffen das andere. Die vielen gelben Klebezettel auf ihrem Tisch wachsen wie Löwenzahn nach Regen, und die Schmerzen in ihrem Leib nehmen an Kraft zu, mischen sich mit dem starken schwarzen Kaffee. Sie sieht auf ihrem Handy, dass Micki sie angerufen und Omer ihr eine Nachricht geschickt hat, heute Abend feiert Jotam Geburtstag, deshalb könne er sie leider nicht begleiten. Sie hat sowieso nicht vorgehabt, ihn mitzunehmen, sie hat sich nur über sein Angebot gefreut, und bevor sie ihm antworten kann, tritt die junge Lehrerin ein, die sich um eine Stelle bewirbt, in einem langen blauen Kleid und mit blauen Augen gefällt sie ihr sofort sehr gut.

Ich habe einen Studienplatz in London bekommen und habe bei der Arbeit schon gesagt, dass ich gehe, aber plötzlich habe ich die Liebe meines Lebens getroffen und beschlossen, in Israel zu bleiben, erzählt sie freimütig, jetzt habe ich Liebe, aber keine Arbeit, und Iris hört sich selbst sagen, Sie sind erst am Anfang Ihres Lebens, wie können Sie wissen, dass es die Liebe Ihres Lebens ist? Die junge Frau schickt blaues Feuer aus ihren schönen Augen, ich weiß es einfach, wenn es passiert, weiß man das, sonst wäre ich nicht bereit gewesen, so einen Preis zu bezahlen, und Iris hört ihr besorgt zu, hoffentlich wird sie nicht enttäuscht, denkt sie, hoffentlich wird er ihr nicht in fünfundzwanzig Jahren sagen, dass sie ihre Kinder vernachlässigt hat, er soll sie nie mit Augen voller Abfall anschauen, und sie entschließt sich sofort, die junge Frau noch vor Schuljahresende zu nehmen, als Aushilfslehrerin, um den Preis, den sie für ihre Liebe bezahlen muss, ein wenig zu verringern, und was ist mit ihrem Preis?

Müde betrachtet sie die Zettel, die sich auf dem Tisch häufen, an diesen glühend heißen Nachmittagen kommt ihr der Preis vernachlässigbar vor. Auch wenn Alma sie jetzt braucht, verpflichtet sie das nicht zusammenzubleiben. Auch wenn Paare getrennt sind, kümmern sie sich um ihre Kinder. Die Kinder sind schließlich groß geworden, auch die Frustrationen, der Zorn, der Groll, die offenen Rechnungen, die Enttäuschungen. Nur die Liebe ist nicht gewachsen. Wenn wir uns wenigstens in dem Ausmaß lieben würden, wie wir zornig sein können, besser noch in dem Ausmaß, wie wir streiten können, wie wir jemanden liebkosen, um selbst geliebt zu werden, wie wir ärgern, um selbst geärgert zu werden. Mit den Jahren scheint sich die Fähigkeit, einander zu verletzen, vervollkommnet zu haben, während die Genussfähigkeit langsam verblasst. Liegt es daran, dass wir alt werden, oder daran, dass die Beziehung alt geworden ist? Vielleicht geht es letztlich nur um die Qualität der Beziehung, und sie, sie und Micki, haben ihre Beziehung endgültig ausgeschöpft und keine verborgenen Möglichkeiten zurückgelassen, denn auch wenn sie manchmal das Gefühl hat, ihm nie eine Chance gegeben zu haben, dann kann sie das jetzt wohl erst recht nicht tun, nachdem sie Eitan getroffen hat, nachdem sie das feste Land der alt-neuen Lust betreten hat, die sich nie erschöpfen wird, sie hat in einem Teich gebadet, der nie austrocknen wird.

Wenn sie an ihn denkt, fällt es ihr schwer, sich auf die Arbeit zu konzentrieren, deshalb wird sie versuchen, es zu vermeiden, so gut sie kann. Er wird am Nachmittag auf sie warten, so haben sie per SMS vereinbart, sie wird auf ihrem Weg nach Tel Aviv bei ihm vorbeifahren, sie hat ihn nicht gesehen, seit sie wieder gesund ist, aber der Abend wird kurz sein, sie wirft einen Blick auf die Uhr, ihr bleiben noch vier Stunden, und das Warten fällt ihr schwer, je weiter sich der Tag dem Ende nähert, umso langsamer vergeht die Zeit, als wäre sie müde vom Rennen. In dieser Woche versucht sie, alle Stränge ihres Lebens miteinander zu verbinden, sie zu verknoten, sie kann ihr Leben nicht nur der Liebe widmen. Sie hat die Schule vernachlässigt, jetzt muss sie alle wieder um sich versammeln und jene Sicherheit ausstrahlen, die sie immer ausgestrahlt hat, jene verbindliche Entschiedenheit, die Sicherheit, dass sie an der richtigen Stelle sind, dass sie das Richtige tun. Wenn sie allein im Büro ist, lässt sie ihre Gedanken wandern, aber wenn jemand zu ihr kommt, gelingt es ihr, sich zusammenzunehmen, deshalb ist sie froh, als es wieder an ihre Tür klopft und eine Frau in ihrem Alter eintritt, mit ernstem Gesicht.

Haben Sie einen Moment Zeit für mich, fragt sie, und Iris erkundigt sich erstaunt, in welcher Angelegenheit? Haben wir einen Termin? Die Besucherin sagt, nein, ich bin nur hier, um einen Eindruck zu bekommen, und wollte schauen, ob Sie zufällig Zeit haben. Wir haben uns in dieser Schule angemeldet, aber ich bin unsicher, ich fürchte, dass Ihr Rahmen zu starr ist für mein Kind.

Waren Sie im Winter beim Elterntreffen?, fragt Iris. Sie hat das Gefühl, als wären seit ihrer Ansprache vor den Eltern Ewigkeiten vergangen, sie berichtete ausführlich und nicht ohne Stolz von den Grundsätzen der Schule. Heute fällt es ihr schwer, Stolz zu empfinden. Sie kennt vielleicht die Kinder ihrer Schule, nicht aber ihre Tochter, mit fremden Kindern hat sie vielleicht Erfolg, nicht aber mit ihrer Tochter, und sie lauscht der Schilderung, zerstreut und unwillig, einerseits weiß ich, dass er einen Rahmen braucht, andererseits habe ich Angst, dieser Rahmen könnte zu starr sein und seinen Frust vergrößern, ich bin wirklich ratlos, ich habe offenbar kein Talent zur Mutter.

Sie sind nicht allein in diesem Club, hört Iris sich sagen, sie fängt sofort an zu lachen und tut, als habe sie einen Witz gemacht, wir haben viel Erfahrung mit solchen Kindern. Die Frau erinnert sie an die besorgte Mutter von Sascha, dem schwierigsten Schüler, den sie je hatte. Saschas Mutter hatte ununterbrochen Hilfe gebraucht, wird sie dieser Frau hier auch die nötige Unterstützung geben können? Vielleicht bringen Sie mir seine Unterlagen, schlägt sie vor, ich werde sie durchgehen und Ihnen offen sagen, ob wir gut für ihn sind. Noch nie hat sie einen derart freundlichen Vorschlag gemacht, aber die offensichtliche Sorge der Frau rührt an ihr Herz. Als diese unter vielen Dankesbekundungen gegangen ist, füllt sich das Zimmer mit den üblichen Gestalten, den Mitgliedern des Koordinationskomitees, der Psychologin, einer Erzieherin und einem Elternpaar, und sie versucht, sich wie immer zu verhalten, sie glaubt an sich und das System, das sie aufgebaut hat, aber ihre Sorge wächst, am liebsten möchte sie die verwirrten Eltern wegschicken, um mit den Fachleuten den Fall ihrer Tochter zu diskutieren.

Natürlich könnte sie sich nach der Sitzung mit der sehr erfahrenen Psychologin besprechen, aber das passt nicht zu ihrer Rolle als Direktorin der Schule, ihr privates Versagen hat zwischen diesen Mauern nichts verloren. Für ihr Gefühl stehen ihr im Moment nur zwei Möglichkeiten offen, entweder spricht sie ununterbrochen über Alma oder sie flieht aus der Situation, das heißt, sie ist mit ihm zusammen, als Siebzehnjährige, lange vor Almas Geburt, doch einstweilen bleibt ihr nur der Weg dazwischen, und sie tut, als höre sie den Sprechenden aufmerksam zu. Wie jung ist dieses Elternpaar doch, die Mutter sieht immer noch aus wie ein junges Mädchen. Auch sie selbst ist eine junge Mutter gewesen, nur wenige Jahre lagen zwischen der Trennung von Eitan und Almas Geburt, weniger Jahre als zwischen dem Attentat und dem heutigen Tag, natürlich hatte sie sich noch nicht von der Krise erholt, natürlich war sie noch nicht reif. Sie hatte unbedingt eine Familie gründen wollen, um sich selbst zu beweisen, dass ihr Leben trotz allem gut verlief, dass sie zu einer Familie mit einem Vater gehörte, aber vermutlich reicht ein Vater nicht, es braucht auch eine Mutter.

Natürlich hat sie auch eine Mutter, hört sie sich selbst auf ihre Gedanken antworten, laut, zum Erstaunen aller Anwesenden, und sofort reißt sie sich zusammen, sagt schnell, Entschuldigung, ich war einen Moment woanders, um ihre Autorität wiederherzustellen, wir werden ihm vier Stunden Nachhilfe geben und versuchen, eine Sozialpädagogin zu bekommen, entscheidet sie. Vielleicht ist das mehr, als der Junge braucht, aber sie muss die Eltern für ihre Unaufmerksamkeit entschädigen, und sofort kommen die nächsten Eltern, jetzt geht es um ein anderes Mädchen mit völlig anderen Problemen, nur die Belastung ist ähnlich schwer, und sie schaut heimlich auf die Uhr. In einer Stunde wird sie schon im Auto sitzen, auf dem Weg zu Eitan, ohne dieses Versprechen würde sie das hier wohl nicht aushalten, sie versteht schon nicht mehr, wie sie so viele Jahre lang ohne die Erwartung leben konnte, ihn bald zu sehen, aber vielleicht war diese Hoffnung ja schon immer da, unbewusst, aber existent, und trieb sie von einem Tag zum anderen, von einem Jahr zum nächsten.

Endlich ist sie auf dem Weg zu ihm, hält unterwegs an einem Geschäft, überlegt hin und her, was sie kaufen soll. Wie kann ein Mensch gleichzeitig so vertraut und so fremd sein, was hat er lieber, Wein oder Bier, Weißwein oder Rotwein, Süßes oder Salziges, Gemüse oder Obst, Käse oder Fleisch, Tee oder Kaffee? Sie weiß so wenig von ihm, sogar von Alma, ihrer Tochter, weiß sie mehr, vielleicht sollte sie deshalb lieber nach ihrem eigenen Geschmack einkaufen, Schafskäse, Brot mit Oliven, Cherrytomaten, Walnüsse, Rotwein. Was haben sie damals bei ihrem Ausflug durch das blühende Wadi zur Quelle mitgenommen, an jenem einzigartigen Frühlingstag, noch nicht zu heiß und nicht mehr kalt, die Luft erfüllt von Honigduft? Damals war es noch nicht üblich, dass Jugendliche Alkohol tranken, noch nicht einmal sie, die kurz davor waren, ohne Eltern zu leben. Sie erinnert sich verschwommen an eine Packung einfacher Kekse und sucht in den übervollen Regalen ähnliche, aber wozu denn, ihre Hände sind bereits voll, zu viel Proviant für das zu kurze Treffen, das sie erwartet, schließlich muss sie bald zu Alma fahren.

Beim letzten Mal war sie krank und verschreckt, sie war wie ein Dieb in das Haus eingedrungen, während sie jetzt den Königsweg geht, ihre Hand streicht gedankenlos über die Hecke, ihr Finger drückt auf die Klingel. Die Tür ist ausgetauscht worden, aber noch immer steht sein alter Name darauf, daneben sein jetziger, und er steht in der Tür, in kurzen grauen Hosen und einem verblichenen T-Shirt, verbindet auch im Aussehen den jungen Mann mit dem erwachsen gewordenen, denn wieder verblüfft sie sein Körper, der so aussieht, als würde er nicht zu seinem Erwachsenengesicht gehören, aber als er sie anlächelt, werden die Jahre auch aus seinem Gesicht gewischt. Irisim, sagt er weich, es ist, als wären wieder dreißig Jahre vergangen, seit wir uns gesehen haben. Was hast du mitgebracht? Du verlässt dich wohl nicht auf mich, und mit Recht, er lacht, ich habe es nicht geschafft, etwas vorzubereiten, ich habe gedacht, wir bestellen etwas oder gehen essen. Ach, ich habe vergessen, dass du nicht mit mir ausgehen darfst. Sag deinem Mann, dass ich ältere Rechte habe, er plaudert drauflos, wie viel Zeit hast du für mich? Bis Mitternacht? Ich war noch nie mit einer verheirateten Frau zusammen, ich fühle mich wie ein Gigolo. Sie packt in der kleinen Küche ihre Tüten aus, wie soll sie ihm sagen, dass der Plan sich geändert hat, dass sie heute Abend noch zu Alma fahren muss. Sie möchte ihm nichts über Alma erzählen, sie möchte ihre junge Beziehung nicht belasten, außerdem ist sie, wenn sie mit ihm zusammen ist, sowieso keine Mutter, Mütter empfinden so etwas nicht, nicht diese egoistische, alles beherrschende Ausschließlichkeit ihrer Liebe.

Zum ersten Mal wird ihr bewusst, wie fremd ihr dieses Gefühl eigentlich ist. Jahrzehnte hat sie ohne es gelebt, hat navigiert zwischen der Angst vor Schmerzen und einer launenhaften Freude. Zum ersten Mal kommt ihr in den Sinn, dass ihre Tochter vielleicht gerade jetzt das Gleiche empfindet, vielleicht ist es das, was ihr fehlt. Empfindet sie für diesen Boas ein derart ausschließliches Gefühl, dass es sie zu blindem Gehorsam treibt? Ihr wird schwindlig bei diesem Gedanken, aber sie wird es ihm nicht sagen, obwohl er sich erkundigt, was sie bedrückt, und wieder denkt sie an die Tochter, die ihnen nicht geboren wurde, wäre sie, wegen der vollkommenen Liebe zu ihrem Vater, dieser Tochter eine bessere Mutter gewesen? Manchmal ist es wohl so, doch manchmal passiert auch das Gegenteil, dass die starke Beziehung zwischen den Eltern die Kinder außen vor lässt.

So viele Möglichkeiten hat sie in den Jahren gesehen, in denen sie für Hunderte von Kindern verantwortlich war und ihre Familien kennengelernt hat. Manchmal gewinnen die Kinder durch die ausschließliche Liebe ihrer Eltern, sie gewinnen oder verlieren, dafür gibt es keine Regel, aber Alma hat jedenfalls verloren, nicht nur deshalb, weil ihre Mutter ihren Vater nicht aus vollem Herzen und mit ganzer Kraft geliebt hat, sondern weil sie sich bei ihrer Geburt noch nicht von ihrer Krise erholt hatte, weil sie noch immer dem Leben nachtrauerte, das sie verloren hatte, und deshalb ist er schuld an allem, deshalb darf sie es ihm erzählen und sogar wütend auf ihn sein, obwohl er doch so großartig ist. Er öffnet die Weinflasche, die sie mitgebracht hat, und schenkt ihr ein, auf dich, meine Schöne, sagt er, ich habe mich nach dir gesehnt, jeder Tag, an dem ich dich nicht sehe, zerreißt mir das Herz.

Auf dich, sagt sie, trinkt durstig die unvergleichlichen Worte, wonach hat sie sich ihr Leben lang gesehnt, wenn nicht nach genau diesen Worten, durstig trinkt sie den dunklen Wein, ihr Gesicht glüht und eine heiße Welle überflutet sie, erinnert sie an ihr Alter, an ihre Situation. Sind die Worte zu spät gekommen, wie Träume, die sich zum falschen Zeitpunkt verwirklichen und einen Segen zum Fluch werden lassen, was soll sie mit diesen Worten anfangen, da klingelt ihr Handy und Mickis Name erscheint auf dem Display. Sie wird nicht antworten, es ist ihr gutes Recht, ihn zu ignorieren, nachdem er sie am Morgen so tief verletzt hat, sie wird auch ihr Alter ignorieren, neben ihm verschwinden sowieso all die Jahre, sogar der Schmerz ist plötzlich verschwunden, obwohl sie schon ein paar Stunden lang keine Tablette genommen hat, sogar die Sorge um ihre Tochter verblasst, wenn sie bei ihm ist, vielleicht hat Schira wirklich übertrieben, was für eine Sekte, was für ein Guru, warum soll man denn einem unbegründeten Gerücht glauben.

Dein Mann?, fragt er, stellt einen großen Topf mit Wasser auf die Platte und sagt ruhig, verlasse ihn, Irisim, und sie betrachtet ihn erregt, was hast du gesagt?, und er kommt zu ihr, begeistert wie ein Junge, mit seinen langen, schönen Beinen und den leuchtenden Augen, hör zu, ich habe in den Tagen, in denen wir uns nicht getroffen haben, unaufhörlich darüber nachgedacht. Uns ist etwas Großes geschehen, Irisim, ist dir das klar? Verstehst du überhaupt, was uns geschehen ist, völlig unerwartet, fast in letzter Minute? Sie lächelt ihn an, natürlich verstehe ich das, möchte sie sagen, ich denke die ganze Zeit an nichts anderes, statt daran zu denken, wie ich meiner Tochter helfen kann, die an irgendeinen Guru geraten ist.

Wir haben eine zweite Chance bekommen, sagt er, das heißt eine letzte Möglichkeit, wir dürfen sie nicht verstreichen lassen, seine Finger streicheln über ihr Gesicht, seine Oberlippe zittert, komm zu mir zurück, Irisim, wir haben uns nicht umsonst nach so vielen Jahren wiedergetroffen, unsere Liebe hat nie aufgehört, diese Trennung damals war ein schrecklicher Irrtum. Ich habe geglaubt, ich wähle das Leben, aber es war ein Selbstmord für mich.

Vermutlich war es eine tödliche Verknüpfung von Mord und Selbstmord, sagt sie, ich bin auch fast gestorben, und sie zieht ihn neben sich auf das Sofa und erzählt ihm zum ersten Mal, was sie ihm nie hatte erzählen wollen, was sie nie einer lebenden Seele erzählt hat, und auch mit den wenigen Zeugen hat sie nie darüber sprechen wollen, sie erzählt nicht von sich, sondern von der Siebzehnjährigen, die viele Wochen lang das Bett nicht verließ, die nicht sprach, nicht aß, nicht trank, nicht auf ihre Umgebung reagierte, deren Körper steif war und in einer Position erstarrt, ich sollte ins Krankenhaus eingeliefert werden, aber meine Mutter wollte das nicht, sagt sie, man hat nachgegeben, weil sie Krankenschwester war, sie konnte mir die Infusionen zu Hause geben, und er lauscht mit gesenkten Augen, traurig und bedrückt, die Hand auf den Mund gelegt.

Das habe ich nicht gewusst, murmelt er, und sie fährt ihn an, was hast du denn gedacht? Hast du überhaupt an mich gedacht?, und er sagt, offenbar nicht genug, und er fügt hinzu, jetzt verstehe ich, warum deine Mutter mich rausgeworfen hat, und sie flüstert, das stimmt nicht, das ist nicht passiert, und er sagt, sie hat mich wie eine Verrückte angeschrien, sie hat eine Teetasse nach mir geworfen und die ist zerbrochen.

Wann war das?, fragt sie, warum hast du mir das nicht erzählt? Und er sagt, ich habe mich geniert, es war einer der beschämendsten Momente meines Lebens. Ich weiß nicht, was ich im Kopf hatte. Es war, kurz bevor ich geheiratet habe, ich war in der Nähe und wollte dich noch einmal sehen. Ich dachte, vielleicht wohnst du noch dort, aber sie hat die Tür aufgemacht, und als sie mich erkannte, hat sie sofort angefangen zu schreien, und Iris erinnert sich verschwommen an einen glühend heißen Nachmittag, als sie die kleine Alma zu ihrer Mutter brachte, die wütend das Treppenhaus putzte. Hier ist eine Tasse zerbrochen, pass auf die Scherben auf, schrie sie ihr entgegen, als wäre sie schuld daran, und sie hob schnell die Kleine hoch und fragte nicht sehr interessiert, wie ist das passiert?, und ihre Mutter blaffte etwas von den Nachbarn, und sie trug Alma ins Wohnzimmer und verschwand, denn sie musste dringend zu einer Konferenz. Micki wird sie um sechs abholen, rief sie ihr zu und trat unwissentlich auf die Scherben ihrer Sehnsucht, die fast Wirklichkeit geworden wäre.

Was werden wir mit alldem anfangen, murmelt er, er legt seinen Kopf auf ihre Knie, mit gebogenem Rücken, wie ein Mensch, der vor Ruinen steht, und sie legt aus alter Gewohnheit die Hand auf seinen Rücken und streichelt ihn, hinauf und hinab, entlang der hervortretenden Wirbelknochen, sie fühlt seinen schweren Atem. Einen Moment lang glaubt sie, er würde gleich anfangen zu weinen, wie er am Grab seiner Mutter geweint hat, nach dem Kaddisch, seine Beine trugen ihn nicht mehr, er fiel vor dem Erdhügel auf die Knie, komm zurück, komm zurück, schrie er, und sie kniete sich neben ihn und streichelte seinen Rücken, genau wie jetzt, und plötzlich steigt in ihrer Kehle ein erstickendes Gefühl der Trauer auf, das ihr den Atem nimmt, und auf einmal ist ihr, als lägen sie schon in der Erde, und auch wenn sie es geschafft haben, einen schmalen dunklen Gang zwischen ihren Gräbern zu graben und sich durch den Gang die erdigen Hände zu reichen, ist das nur die Illusion eines Zusammenseins, und sie versucht sich zu vergewissern, du bist wirklich, du lebst?

Soviel ich weiß, ja, sagt er seufzend, nur ein lebendiger Mensch kann solch einen Schmerz empfinden, und sie schmiegt sich an ihn, legt den Kopf auf seine Schulter, die Wärme seines Körpers beruhigt sie ein wenig, sein Geruch, seine Atemzüge. Seite an Seite sitzen sie am Rand des Sofas, mit geneigten Rücken, wie zwei Gerettete eines Pogroms, die wissen, dass ihre Angreifer bald zurückkommen werden, und dann steht er auf und füllt Wein in die Gläser, komm, machen wir Liebe, sagt er, wir haben fast dreißig Jahre nachzuholen. Weißt du, um wie viel Liebe es sich da handelt?

Er versucht heiter zu klingen, das ist deutlich zu merken, er möchte die bedrückende Vergangenheit wegwischen, aber was bleibt uns sonst, denkt sie, nur wegen der Vergangenheit und dank der Vergangenheit sind wir hier, und trotzdem versucht sie, es ihm nachzumachen, damit er ihr nicht noch einmal sagen kann, du erinnerst mich an dieses schreckliche Jahr, du erinnerst mich an die Krankheit, sie nimmt einen Schluck Wein, ignoriert, dass er sich so schnell gefasst und die Trauer verdrängt hat, genießt es sogar, sie streckt sich unter ihm auf dem Sofa aus, das Wasser im Topf kocht, als er sie küsst, ein Spielzeugauto fährt plötzlich über den Teppich, er zieht eine Fernbedienung unter ihrem Rücken hervor, Stille wird lebendig, Lebendiges wird still, sie dreht ihre Haut von innen nach außen, nur die Innenseite kann seine Nähe spüren, die normale ist zu rau, und deshalb ist seine Berührung stark und fast schmerzhaft. Bestimmt fühlt sich ein Neugeborenes so, wenn es zum ersten Mal berührt wird, empfindet er das Gleiche? Seine Augen scheinen feucht zu werden, er hat immer schnell geweint, sie weiß noch, wie verlegen er war, als er ihr unter Tränen von der Krankheit seiner Mutter erzählte, ihr ging das Herz auf, das Herz eines längst verwaisten Kindes gegenüber einer zukünftigen Waise, und jetzt zieht sie sein Gesicht zu ihrem und küsst seine feuchten Augen, mein Geliebter, flüstert sie, ihre Finger wühlen in seinem Haar, seine

Finger wühlen in ihrem Körper, entlocken ihr die vollkommene, zähe, klebrige Lust, eine Schicht warmen Klebstoffs bindet ihren Körper an seinen. Wenn diese Schicht erkaltet und hart wird, wird sie feststellen, dass sie sich nicht mehr von ihm lösen kann, auch wenn sie das möchte, aber sie möchte es gar nicht, es gibt nichts, wofür sie ihren Arm von seinem lösen würde, ihren Bauch von seinem Bauch, ihre Schenkel von seinen.

Ich muss etwas Wasser nachfüllen, sagt er leise, sonst verbrennt der Topf, aber er löst sich nicht von ihrem Körper, und sie flüstert, soll er doch verbrennen, und erinnert sich an ein Haiku, das sie einmal von Micki gehört hat, über einen Dichter, der in die Einsamkeit zog, und als er zurückkam, fand er sein Haus abgebrannt. Statt zu trauern, schrieb er: Schober abgebrannt, und nichts verbirgt mehr den Mond.

Wie schön, sagt er, ein Haus Schober zu nennen, das ist stark, es passt zu diesem besonderen Haus, und er wiederholt die Worte laut und deutet auf den Mond, der durch das Fenster scheint, ein riesiges, orangefarbenes Ei, das Ei eines ausgestorbenen Riesentieres. Die Welt ist voller Wunder, sagt sie und er nickt, ja, voller Wunder und Katastrophen, und er fährt im Mondlicht mit dem Finger über die Narben auf ihrem Bauch, an ihrem Oberschenkel, es tut mir so leid, dass ich das nicht gewusst habe, sagt er, ich hätte dich behandelt, wenn ich es gewusst hätte, ich hätte dich auf meine Station gelegt, wann genau ist das passiert?

Auch als sich herausstellt, dass er damals in Amerika war, bedauert er die versäumte Möglichkeit, ich hätte nicht zugelassen, dass ein anderer Arzt dich berührt, ohne dass ich ihn überwache, sagt er, ich hätte dir selbst vor der Operation die Narkose gegeben, ich wäre bei der Operation die ganze Zeit dabei gewesen und hätte dich von innen geküsst. Wir haben zehn Jahre versäumt, sagt er, und sie denkt an diese zehn Jahre, an ihre Schule, an das Werk ihres Lebens. Hätte sie das geschafft, wenn er an ihrer Seite gewesen wäre? Wäre es möglich gewesen, nicht in seiner Liebe zu ertrinken?

Wir hätten ein Kind haben können, fährt er fort, als würde er diese Vorstellung genießen, und sie unterbricht ihn, das glaube ich nicht, alles in mir ist zerrissen, und er sagt, ich hätte es repariert, ich habe schon kompliziertere Dinge hinbekommen, das kannst du mir glauben, und sie sagt, ich glaube dir, ich liebe dich, einen Tag nach dem anderen, eine Stunde nach der anderen, ihre Hand streichelt sein Gesicht, verfängt sich in seinem Bart.

Seit wann hast du den?, fragt sie, und er sagt, schon viele Jahre, eigentlich schon immer, schließlich bin ich in Trauer, hast du das vergessen? Sie sagt, aber ich erinnere mich nicht, dass du einen Bart hattest, und er sagt, mir sind noch kaum Haare im Gesicht gewachsen, aber als es losging, habe ich mir einen Bart wachsen lassen, in den ersten Jahren aus Trauer und danach aus Gewohnheit.

Ich habe gedacht, du wolltest vor der Trauer fliehen, sie kann sich nicht beherrschen, das hast du zu mir gesagt, jetzt sieht es aus, als wärest du vor mir geflohen, und er fleht, genug, bitte hör auf, lass uns nicht mehr darüber sprechen, ich war nicht nur wegen meiner Mutter in Trauer, sondern auch wegen dir, ich konnte es nicht auseinanderhalten, und sie sagt, die Trauer um mich ist zu Ende, du könntest dir den Bart abrasieren, ich würde dich gern so sehen, wie du warst.

Bist du sicher, dass die Trauer um dich vorbei ist?, fragt er, ich habe Angst, dass sie jetzt erst wirklich anfängt, und sie flüstert, ja, ich bin sicher, sie schaut sich um, als wolle sie sich vergewissern, dass kein weiterer Zeuge dieses Versprechen gehört hat, und er folgt ihrem Blick, der Topf, erinnert er sich, läuft nackt in die Küche und füllt Wasser nach, und als er ins Wohnzimmer zurückkommt, trägt er eine schwarze Unterhose, er betrachtet sich im Spiegel, in der Hand hat er ein Rasiermesser und eine Dose Rasierschaum, komm, sagt er, du hast mich in der Hand.

Er lacht über ihr Erstaunen, komm schon, eine Herzoperation dauert länger, sie geht zu ihm, bewegt das Messer vorsichtig über sein Gesicht, sie hat Angst, die weiße Haut zu verletzen, die vor ihnen auftaucht, meine Patienten werden erschrecken, ich bin so bleich wie ein Geist, sagt er. Aus dem Topf steigen Dämpfe auf, die verbrannt riechen und immer wieder den Spiegel beschlagen, beide schweben wie eine Halluzination in dem türkis gestrichenen Rahmen.

Du bist dauernd in Bewegung, sagt sie, ich hatte ganz vergessen, wie quirlig du bist, und er lacht, du kitzelst mich, Vorsicht, das ist eine gefährliche Angelegenheit, und sie sagt, schau mich an, ohne dich zu bewegen, wann bist du eigentlich so groß geworden? Ich habe dich nicht so groß in Erinnerung, und er sagt, tut mir leid, ich war in jeder Hinsicht ein Spätentwickler, und du bist schöner geworden.

Wirklich?, protestiert sie vergnügt, das verstehe ich nicht, und er sagt, es stimmt aber, du hattest ein reicheres Innenleben als ich, du warst so zart und dünn und blass wie ein Gedanke, jetzt bist du viel weiblicher. Jetzt lass mich diese Sache zu Ende bringen, und er nimmt ihr das Messer aus der Hand und mit zwei raschen Bewegungen entblößt er die hohen Wangenknochen, an die sie sich erinnert, und beim Anblick des Gesichts, das genau wie früher aussieht, bleibt ihr die Luft weg.

Erst jetzt glaube ich wirklich, dass du es bist, sie schmiegt sich an ihn, bis jetzt habe ich nur so getan. Lass sehen, du hast dich fast nicht verändert. Seine Haut ist zart und glatt, und außer den etwas eingefallenen Wangen und der faltigen Haut unter seinem Kinn ist er genau der Junge, der er war, und ihre

Augen fangen an zu tränen, als sie wieder und wieder den Kopf schüttelt und sich vor Staunen auf die Lippe beißt. Das Gesicht, das ihr aus dem Spiegel entgegenblickt wie das Gesicht eines geliebten Toten, zeigt sich plötzlich, nach vielen Jahren, und wirft Licht auf eine ferne Vergangenheit.

Nun sieht sie sein Gesicht in der Schule vor sich, er ist in der Pause in ihre Klasse gekommen und lächelt verlegen, da ist sein Kopf auf ihrem Kopfkissen, schlafend, seine dichten Wimpern verschatten seine Lider, und da ist sein Gesicht, das sie an jenem schönsten aller Tage anstrahlt, in jenem schmalen Spalt nach der Kälte und vor der Hitze. Die Berührung des warmen Felsens unter ihrem Rücken, über ihr die schwankende Krone des Maulbeerbaums, ihr schöner Junge streichelt ihre Brüste, sein Mund ist leicht geöffnet, seine hellen Augen glänzen, seine Wangen sind von der Sonne gerötet wie bei einem kleinen Kind, und sie umschlingt ihn mit der absoluten Sicherheit, dass nie etwas zwischen sie treten wird.

Wer ist das? Ich kenne ihn nicht!, er betrachtet sich misstrauisch, streicht sich über die Wangen, verzieht die Lippen, was hast du mit mir gemacht? Ich habe das Gefühl, die Identität gewechselt zu haben, er lacht, die Kinder werden geschockt sein, ich bin ganz nackt. Er bedeckt das Gesicht mit den Händen und geht zur Küche, füllt den Topf wieder mit Wasser, nimmt Tomaten aus dem Kühlschrank und schneidet sie in kleine Würfel, füllt Spaghetti in das kochende Wasser und lässt sie allein vor dem Spiegel zurück. Es scheint, als fehle in der letzten Zeit auch ihrem Gesicht etwas, seit sie ihn getroffen hat, sieht sie anders aus, das sagen alle, ihre Augen sind größer geworden, das Gesicht schmaler. Wieso ist mir nie aufgefallen, was für schöne Augen du hast, haben einige ihrer Lehrerinnen gesagt, Frauen, die sie schon zehn Jahre lang Tag für Tag sehen, vielleicht ist es der Ausdruck, der sich verändert hat, wie hat er gesagt? Du bist von innen lebendiger geworden, und sie schaut schnell zu ihm hinüber, um ja keinen Moment zu verpassen.

Wie schnell die Zeit an seiner Seite vergeht, es ist schon acht Uhr, aus der Wohnung über ihnen hört man die Erkennungsmelodie der Nachrichten, der ängstliche kleine Junge ist heute vermutlich bei seiner Mutter, und der Vater kann in aller Ruhe die deprimierenden Ereignisse des Tages verfolgen, die um Längen beängstigender sind als Diebe im Garten. Sie wird in ungefähr einer Stunde losfahren, sie kann ihn nicht einfach verlassen, nun, da er Abendessen für sie kocht, sie hat ihm noch nicht einmal gesagt, dass sie nicht viel Zeit hat. Was soll ich machen, Geliebter?, fragt sie, und er sagt ruhig, während er Knoblauch schneidet, verlasse deinen Mann, und sie sagt schnell, ich habe gemeint, wie ich dir beim Abendessen helfen kann, nicht etwas Existenzielles. Der Spott in seiner Stimme, als er »dein Mann« gesagt hat, verletzt sie, sie wirft einen Blick auf ihr Handy, für einen Moment fürchtet sie, Micki könne ihnen auf eine geheime Art zuhören, sie vielleicht sogar beobachten, rund und still wie der Mond, das Leben ist voller Wunder und Katastrophen.

Decke den Tisch im Garten, schlägt er vor, und sie geht die ausgetretenen Stufen hinunter zu dem wackligen runden Holztisch, der da steht, mit trockenem Laub bedeckt, sie wischt das Laub mit der Hand zu Boden, geht in die Küche zurück und findet ohne Schwierigkeiten einen Lappen und eine Tischdecke, Teller, Besteck, schließlich hat sie diese Wohnung damals so gut gekannt wie ihre eigene, ein Teil des Geschirrs kommt ihr sogar bekannt vor.

Seit wann wohnst du eigentlich hier?, fragt sie, hast du schon mit deinen Frauen hier gelebt? Trotz ihrer Neugier hat sie es bisher nicht gewagt, Fragen zu seinem Leben als erwachsener Mann zu stellen, sie hat sich auf ihre gemeinsame Vergangenheit konzentriert, sie hat Angst, seinen Lebensweg nach ihrer Trennung zu verfolgen, Angst, dass die dreißig Jahre, die sie getrennt gelebt haben, das eine Jahr ihres Zusammenseins überdecken könnten, und er antwortet sofort, du bist meine Frau, ich hatte keine anderen Frauen.

Sie lacht, also wirklich, du hast aber zweimal geheiratet und zwei Kinder bekommen, und er brät den Knoblauch und die Tomaten, kippt die Spaghetti in ein Sieb und füllt sie ebenfalls in die Pfanne, Tatsache ist aber, dass ich mit keiner zusammengeblieben bin, im Unterschied zu dir, sagt er, und sie widerspricht, diese Tatsache lässt alle möglichen Auslegungen zu, gute und schlechte.

Frauen legen immer alles negativ aus, sagt er lachend, hält ihr die Schüssel mit den Spaghetti hin, stellt die Weinflasche auf das Tablett, ein Tellerchen mit schwarzen Oliven und eine Schale mit Ziegenquark, und als sie endlich am Tisch sitzen, sind Schritte zu hören, sie erschrickt, vielleicht ist es Micki, vielleicht hat er sie bis hierher verfolgt, hat sich hinter der Hecke versteckt, doch dann zeigt sich eine magere Katze, der besorgte Ausdruck auf Eitans Gesicht ist fast lächerlich.

Komm, Gulliver, die Luft ist rein, sagt Eitan zu der Katze, Itamar ist nicht da, du kannst beruhigt sein, und er steht auf und füllt Trockenfutter in ein Schüsselchen neben den Stufen. Itamar ist zu wild mit ihm, sagt er, immer wenn er hier war, ist der Kater ganz durcheinander, und sie fragt zögernd, wer ist Itamars Mutter?, er antwortet, du leider nicht, erinnerst du dich, wie wir geglaubt haben, du wärst schwanger, weil wir bei dir zu Hause zusammen gebadet haben?

Klar, was hatten wir für eine Angst, sagt sie, sofort danach habe ich angefangen, die Pille zu nehmen, und er seufzt, wir hätten jetzt einen siebenundzwanzigjährigen Sohn haben können, und sie korrigiert ihn sofort, eine Tochter, keinen Sohn. Er lacht, wie bist du da so sicher?, und sie sagt, es hätte eine Tochter sein müssen, und wir hätten sie Mirjam genannt.

Das habe ich schon getan, sagt er trocken, wischt sich mit der Serviette über das Gesicht, seine Lippen, die ohne Bart klar zu sehen sind, sind rot von der Soße, sein Gesicht ist hell, er scheint grauer geworden zu sein, und sie sagt, aber nicht mit mir, und plötzlich empfindet sie Schuldgefühle, dass sie ihre Tochter im Stich lässt, nicht weniger als er sie im Stich gelassen hat, und sie fragt schnell, also, wer ist Mirjams Mutter? Zu ihrem Erstaunen weicht er ihr diesmal nicht aus, sie heißt Susan, sie ist Frauenärztin, und ihr läuft ein Schauer über den Rücken, er hat also wirklich eine Ärztin geheiratet und er hat sie wirklich gesucht, die Teile der Information, die wahr sind, mischen sich mit den Lügen, ihre Mutter hat gesagt, er ist mit einer Ärztin verheiratet und hat drei gelungene Kinder.

Habt ihr zusammen studiert?, fragt sie, hat sie dir vor den Prüfungen geholfen?, und er lacht, klar, ohne sie hätte ich es nicht geschafft. Das Thema scheint ihn zu langweilen, aber sie will nicht aufgeben, sie will alles wissen, trotz ihrer Angst, wo sie geheiratet haben und wo sie gewohnt haben und worüber sie sich unterhielten und wie haben sie sich geliebt, was er für ein Ehemann war, was für ein Vater, sie möchte Fotos sehen, alle Fotos, die er hat, vielleicht irrt sie sich wieder, wie sie sich damals geirrt hat, als sie glaubte, für immer mit ihm eins zu sein, sie möchte mit ihm zusammen unter dem Hochzeitsbaldachin stehen, sie möchte mit ihm im Bett liegen, sie möchte seine Tochter sehen, die eine andere Frau geboren hat. Wenn es nun so gekommen ist, möchte sie wenigstens dort sein, an seiner Seite, doch andrerseits möchte sie ihm nichts erzählen, nichts von ihrer Ehe und nichts von Alma, die bei der Geburt so erstaunlich winzig und schön war, aber sie hatte sie enttäuscht betrachtet, weil sie nicht das Baby war, das sie sich vorgestellt hatte, mit langen Gliedern, blauen Augen und schwarzen Haaren, sie war nicht ihre und Eitans Mirjam.

Was möchtest du wissen?, fragt er, ich habe es dir doch erzählt, nicht wahr? Und sie wirft einen Blick auf die Uhr, ihr schönes Baby hat sich vermutlich in Schwierigkeiten gebracht, und sie muss sie herausholen, um den ersten Blick wiedergutzumachen, diesen distanzierten, enttäuschten Blick, aber wie soll sie ihm beibringen, dass sie gehen muss, und wie wird sie es schaffen, ihre Beine von hier fortzubewegen, da es ihr doch so angenehm ist, mit ihm in diesem verwilderten Garten zu sitzen, der nicht weniger zu ihr gehört als ihr eigenes Zuhause, denn in diesem Garten, umgeben von Bäumen, ist ein Fossil des Mädchens, das sie war, vollkommen bewahrt geblieben.

Wieder und wieder füllt er ihren Teller, ihr Glas, wie wird sie überhaupt Auto fahren können, jetzt, da der kleiner und blasser gewordene Mond wie eine gelbe Pflaume in dem Baum über ihnen hängt, die Welt ist voller Wunder und Katastrophen, und jetzt ist sie auf der Seite der Wunder, da ist es ganz normal, dass sie nicht aufstehen und zur Seite der Katastrophen gehen kann, aber sie hat keine Wahl, sie steht auf, schwankt ein wenig und geht zu ihm, wobei sie sich an dem wackligen Tisch festhält.

Wohin gehst du?, fragt er und zieht sie auf seine Knie, es ist kaum zu glauben, wie ähnlich du meiner Mutter bist, und sie sagt, das liegt nur an den Haaren, die dich an ihre Perücke erinnern, aber er schüttelt den Kopf, es sind auch die Augen und etwas am Gang, das wundert mich, ich verstehe nicht, wie mir geschieht, in welcher Zeit ich lebe. Er packt ihre Haare, als versuche er, ihr die Perücke abzunehmen, und drückt seine Lippen so fest auf ihre, dass sie keine Luft mehr bekommt, er knöpft ihre Bluse auf und drückt den Kopf zwischen ihre Brüste, mein Liebster, murmelt sie, ich muss gehen, und er sagt leise, geh nicht, bleib bei mir, und als sie wieder auf die Uhr schaut, ist es schon nach Mitternacht und ihr Körper bedeckt mit zerbröselnden trockenen Blättern und erfüllt von seiner Liebe, vom Harz ihrer Jugend, von Versprechen und Schwüren, voller Sehnsucht nach den Kindern, die ihnen nicht geboren wurden, und sie verabschiedet sich mit brennendem Herzen von ihm, auch sie weiß nicht mehr, wer sie ist und in welcher Zeit sie lebt, woher sie gekommen ist und wohin sie gehen wird, ob sie verurteilt wird und von wem.

Als ihr Auto den Hang hinauffährt, packen sie Sorgen, die so alt wie ihre ungeborenen Kinder sind, und sie versucht, sich zu beruhigen. Sie wird morgen zu Alma fahren, ein Tag Verspätung wird weder nützen noch schaden, und Micki schläft bestimmt schon, überzeugt, dass sie nach Tel Aviv gefahren ist. Es ist unwahrscheinlich, dass er auf sie wartet, nachdem er sich geweigert hat mitzufahren, und Omer hat verkündet, dass er bei Jotam schlafen wird, deshalb wird niemand sie nach Hause kommen sehen, niemand wird ihre geküssten Lippen sehen, ihren Körper, der geliebt wurde und einen Duft nach Nähe verströmt, sie betritt die Wohnung auf Zehenspitzen. Sie wird morgen früh duschen, es ist besser, keinen unnötigen Lärm zu machen, sie wird sich schnell in der Küche die Zähne putzen, doch als sie sich leise auszieht und ins Bett steigt, stößt sie an einen fremden Körper unter der Decke und unterdrückt einen erschrockenen Schrei. Ist es Micki, der auf sie lauert, gekrümmt vor Eifersucht, denn sein Körper hat nicht die gewohnte Größe, sie springt vom Bett, zieht leise den Rollladen ein Stückchen höher, und im Licht des Mondes, das sie hierher begleitet hat, erkennt sie Alma, ihr

Mund leicht geöffnet, auf ihrem Gesicht mischen sich Erstaunen und Abscheu, als ob sich hinter ihren Lidern ein besonders erschreckender Anblick verbirgt.

Mit klopfendem Herzen betrachtet sie ihr Alibi, das entspannt vor ihr liegt, ein mageres, zerbrechliches Alibi. Was soll sie zu Micki sagen? Warum hat er ihr nicht getextet, dass Alma zu Hause ist und es nichts bringt, zu ihr zu fahren? Er hat es ihr wohl absichtlich nicht mitgeteilt, er hat ihr eine Falle gestellt, und jetzt muss sie ihn ebenfalls reinlegen, doch sie hat nicht genug Details. Wann ist Alma gekommen? Bis wann war sie bei der Arbeit? Sie könnte doch sagen, sie sei hingefahren und habe sie im Lokal nicht angetroffen, dazu muss sie, um nicht bei einer Lüge ertappt zu werden, Alma jetzt aufwecken.

Alma?, flüstert sie, wie gut, dass du da bist! Wann bist du gekommen?, sie tut, als merke sie nicht, dass ihre Tochter schläft, doch zu ihrem Erstaunen reagiert Alma auf ihr Spiel und murmelt verschlafen, Mama! Ich habe auf dich gewartet, wo warst du?, und sie stößt aus, in der Schule, wann bist du gekommen? Warum hast du nicht Bescheid gesagt? Aber Alma wälzt sich auf die Seite und dreht ihr den schmalen Rücken zu, der in Mickis weitem T-Shirt steckt, und Iris lässt leise den Rollladen herunter und schleicht auf Zehenspitzen zu Omers Zimmer, um in seinem Bett zu schlafen, nur damit Micki nicht aufwacht, sie kann ihm so nicht ins Gesicht schauen, mit der Schicht Liebe auf ihrer Haut und ihrem absolut lügenleeren Kopf.

Wie ist das möglich? Er hat doch angekündigt, dass er bei Jotam schlafen will, aber er liegt in seinem Bett, sein Körper verströmt Wärme und er schnarcht leise, seine Anwesenheit ist deutlich und lebendig, sogar wenn er schläft, und sie verlässt sein Zimmer, schwankt zum Sofa. Die Bettwäsche und die Decken sind im Schlafzimmer untergebracht, das sie auf keinen Fall betreten möchte, es bleibt ihr nichts anderes übrig, als sich angezogen auf dem Sofa auszustrecken, ohne Decke, obwohl die nächtliche Kühle sie erzittern lässt. Vielleicht sollte sie aufstehen und sich mit zwei Handtüchern zudecken, obwohl sie kalt und ein bisschen feucht sind, jemand hat vor kurzem geduscht, die Wohnung schickt ihr geheime Hinweise, ihre Bewohner strafen sie unabsichtlich, sie ändern ihre Pläne, ohne sie zu warnen, verbreiten falsche Informationen, verbannen sie auf das Sofa. Sie zittert unter dem feuchten Handtuch, warum ist Omer nicht zu dem Geburtstag gegangen? Weil Alma gekommen ist? Ist sie aus freien Stücken gekommen oder hat Micki sie angerufen, um ihre Ängste zu beschwichtigen, um zu beweisen, dass er recht hat? Vielleicht hat er wirklich recht, vielleicht kennt er Alma ja besser als sie. Wie süß ihre Stimme geklungen hat, als sie sagte, Mama, ich habe auf dich gewartet.

Vielleicht hat Schira wirklich übertrieben. Morgen wird sie mit ihrer Tochter sprechen und zu verstehen suchen, um was es geht. Sie ist noch so jung, und in diesem Alter ändern sich die Umstände so schnell. Vielleicht kann sie morgen schon ihre Sorgen beiseiteschieben, sie kichert unter dem feuchten Handtuch wie ein verliebtes Mädchen, außerdem wird sie, ohne Störung, den wundersamen Weg weitergehen, der sich vor ihr auftut, in eine Welt, in der die Jahre weggewischt sind, in der sie durch blühende Anlagen zurückkehren, in der sie immer wieder durch das duftende Wadi gehen kann, zwischen Honigwolken, an jenem Morgen im Frühling, als es nicht zu warm und nicht mehr kalt war.

# DREIZEHNTES KAPITEL

Sie will als Erste aufstehen und im Bad der Kinder duschen und wach und energisch das Schlafzimmer betreten, um sich anzuziehen und zu schminken. Wenn sie bestimmt auftritt, erregt sie weniger Verdacht, vor allem dann, wenn er noch nicht ganz wach ist. Vielleicht wird er die Ereignisse des vergangenen Abends vergessen haben, ihre lange Abwesenheit unter dem Vorwand, sie wolle nach Tel Aviv fahren und nach Alma sehen, während Alma nach Jerusalem kam. Sie wird alles schnell organisieren, das Zimmer genau dann verlassen, wenn sein Wecker klingelt, um ihn zu einem neuen Tag zu wecken. Wozu eigentlich? Sie weiß so wenig über seinen Alltag, über sein Verhältnis zu seinen Vorgesetzten und den Mitarbeitern, über die Aufgaben, die ihm zugeteilt sind. Wie vielen Frauen in Schwierigkeiten hat er schon geholfen, hat sie zu verschiedenen und seltsamen Ärzten gefahren, wie viele Schachpartien kann er heimlich spielen, mit wem unterhält er sich, wem erzählt er von seinem Misstrauen? Seine sozialen Bedürfnisse sind gering, waren es immer, und seit sein bester Freund aus Kinderzeiten das Land verlassen hat, pflegt er so gut wie keine freundschaftlichen Beziehungen.

Sie schmiert schnell ein Brot für Omer, wirft einen Blick in Almas Zimmer. Dort ist es noch dunkel, sie scheint tief zu schlafen. Sie wird ihr eine Nachricht schreiben, sie möge sie anrufen, sie wird auf eine Sitzung verzichten, um sie zu treffen. Mama, ich habe auf dich gewartet, hat sie gesagt, so seltene Worte, vielleicht wollte sie mit ihr über ihr Leben sprechen? Sie wird natürlich liebevoll zuhören, ohne zu urteilen und ohne zu kommentieren, sie wird sie unterstützen, wir alle machen am Anfang des Lebens Fehler, wird sie versichern, jeder Fehler ist eine wichtige Lektion.

Micki kommt auf sie zu, schwerfällig, wie ein Mondsüchtiger, er lächelt ihr auf dem Weg zur Kaffeekanne zu und stellt keine einzige Frage, vielleicht ist es kein Lächeln, sondern das freundliche Nicken des Erkennens, als würde er eine Nachbarin an der Mülltonne treffen, und sie beeilt sich zu sagen, ich muss rennen, bitte wecke Omer, ja? Sein Brot ist schon in seiner Tasche, wir sprechen später, und schon ist sie im Aufzug, im Auto, gefangen im Auto, oben, unten, rechts, links, Hauptsache nicht mehr in seinem Blickfeld.

Gut, dass sie sich so früh auf den Weg gemacht hat, sie wird sich noch auf die Jahresabschlussbesprechung mit der Inspektorin vorbereiten können, und eigentlich ist es gar nicht besonders früh, die ersten Kinder kommen schon, einige steigen aus Autos, andere gehen zu Fuß, den schweren Ranzen auf dem Rücken, die Kleinsten werden von ihren Eltern begleitet. Sie hatte an jenem Morgen Alma und Omer nicht bis zur Klasse begleitet, sie waren allein durch das Tor gegangen und hatten sich im Schulhaus getrennt. Hätte sie sie begleitet, wäre der Autobus ohne sie explodiert, doch was lässt sich daraus schließen, was für eine Lektion kann man aus diesem Fehler ziehen? Wie hohl ist doch der Spruch, dass man aus seinen Fehlern lernt. Eitan hat einen Fehler begangen, als er sich von ihr trennte, und ihrer beider Leben wurde schwer beschädigt. Sogar die Kinder, die ihr Leben diesem Fehler verdanken, wurden beschädigt. Voller Angst erinnert sie sich an die talmudische Geschichte von dem Mann, der sein Versprechen brach, das Mädchen zu heiraten, das ihm bestimmt war, er heiratete eine andere Frau und verlor seine Kinder auf verschiedene Arten, bis er zu der ersten Frau zurückkehrte. Immer wenn sie diese Geschichte hörte, musste sie an Eitan denken, aber in der Geschichte hatte das Mädchen weiterhin auf ihn gewartet, auch wenn sie sich verstellen musste, denn sie spielte verrückt, damit man sie nicht an einen anderen gab, hätte sie eine Familie gegründet, wären auch ihre Kinder gefährdet gewesen, nicht nur seine.

Deshalb muss sie dringend eine Nachricht an ihre Tochter schicken, bevor sie aus dem Auto steigt, meine Tochter, wird sie schreiben, ruf mich an, wenn du wach bist, ich werde sofort kommen, wir müssen miteinander sprechen, aber ihre Finger wühlen in der Tasche, ohne das Handy zu entdecken, zornig kippt sie den ganzen Inhalt auf den Beifahrersitz. Viele nützliche und überflüssige Gegenstände fallen heraus, Schmerztabletten, Kaugummi, Paranüsse, Einkaufslisten, die Sonnenbrille, die sie wochenlang gesucht hat, ein offener Lippenstift, Watte, Bleistifte, gelbe Klebezettel und Handcreme, Sonnenschutzcreme, zerknitterte Formulare, aber ihr lebenswichtiges Handy liegt wahrscheinlich auf der Anrichte in der Küche, deshalb kann sie Alma keine Nachricht schicken, und was noch schlimmer ist, jetzt ist sie Mickis Neugier ausgesetzt. Mit einem einzigen Klick kann er herausfinden, wo sie gestern Abend war, sogar ohne einen Klick, mit einem zufälligen Blick auf das Display könnte er eine neue Nachricht entdecken, die inzwischen vielleicht eingegangen ist, ein paar schnell hingetippte Liebesworte am Morgen, eine Nachricht, die man, auch wenn man sie nicht absichtlich sucht, nicht übersehen kann.

Eine der Lehrerinnen mit orangefarben glitzernden Fingernägeln klopft an ihre geschlossene Autotür, aber sie bedeutet ihr, sie würde später mit ihr sprechen. Ein heftiger Schmerz pocht zwischen ihren Schläfen, ein schicksalhaftes Missgeschick, sie hatte es so eilig, ihm zu entfliehen, dass sie ihm ihr Geheimnis zur Verfügung gestellt hat. Sie muss unbedingt nach Hause fahren und das Handy holen, aber dann wird sie zu spät zur Sitzung kommen. Das hat ihr noch gefehlt, die Inspektorin hat in der letzten Zeit ein übertrieben großes Interesse an ihr gezeigt. Angeblich aus Sorge um ihre Gesundheit hat sie jede negative Veränderung in ihrer Arbeit beobachtet. Der Zeitpunkt ist nicht fern, an dem sie zu ihrer Entlassung raten wird, außerdem ist es sowieso zu spät, es nützt nichts, schnell nach Hause zu fahren, Micki ist schon auf dem Weg zur Arbeit, egal ob er das Handy entdeckt hat oder nicht, sie bückt sich und sucht zwischen den Sitzen, vielleicht hat sie es ja auf den Beifahrersitz gelegt und es ist hinuntergerutscht, sie tastet sogar unter den Fußmatten, versucht sich zu erinnern, welche verräterischen Nachrichten auf ihrem Handy sein könnten. Im Allgemeinen löscht sie sie im Aufzug, bevor sie die Wohnung betritt, nur die letzte hat sie vergessen zu löschen, aber für Micki reicht das, er braucht keinen Überblick über die Entwicklung ihrer Liebe.

Und wenn Micki ihr Handy wie durch ein Wunder übersehen hat, könnte Omer es entdeckt haben oder Alma, sie erinnert sich an Almas Blicke, doch da wird wieder an ihr Fenster geklopft, sie richtet sich auf und bedeutet wieder mit einer abwehrenden Handbewegung, nicht jetzt, lasst mich in Ruhe, aber zu ihrer Überraschung erscheint in ihrem Fenster eine vertraute Hand, die ihr etwas hinhält, sie öffnet das Fenster, versucht ihre aufgewühlten Gefühle zu verbergen.

Suchst du das?, fragt er, ein schiefes Lächeln, fremd und höflich, liegt auf seinem starren, dunklen Gesicht, vermutlich hat er gehofft, sie mit dem Fundstück zu erfreuen. Ich dachte, du brauchst es, sagt er und verschwindet sofort in seinem Auto, das neben ihrem parkt. Seit wann steht er eigentlich schon da? Sie hat seine Ankunft nicht bemerkt, so wie sie jetzt nicht bemerkt, dass er losfährt, sie hat noch nicht mal einen Dank murmeln können, sie hat ihm das Gerät aus der Hand gerissen und sofort nachgeschaut, ob es eine neue Nachricht gibt, ob die Nachricht beweist, dass sie ertappt worden ist.

Wann kommst du, ich warte auf dich, komm schnell, meine Geliebte, ich bin zu Hause, lautet die alte Nachricht, die jedem, der es wissen will, alles verrät, aber es ist ihr nicht anzumerken, ob ein Fremder sie gelesen hat. Glücklicherweise hat sie keine neue Nachricht von ihm bekommen, nachdem sie sich in der Nacht getrennt haben, es sei denn, sie ist wütend gelöscht worden, doch das kann sie herausfinden. Guten Morgen, mein Liebster, tippt sie schnell, hast du mir heute Morgen geschrieben? Zu ihrer Freude antwortet er sofort, beantwortet ihre Frage aber nicht, warum fragst du das?, und sie tippt angespannt, ja oder nein?, und darauf antwortet er nicht, vielleicht ist gerade jemand in sein Sprechzimmer gekommen, aber vielleicht ist es auch seine Art, gegen die Gründe zu protestieren, die von ihm verlangen, seine Liebe zu ihr geheim zu halten, Gründe, die seine Nachrichten, Quellen höchsten Glücks, in eine schreckliche Bedrohung ihres Seelenfriedens verwandeln, und sie legt den Kopf auf das Lenkrad. Was für eine abscheuliche Situation, diese beiden Männer verbergen lebenswichtige Informationen vor ihr, jeder nach seinen Bedürfnissen, und sie muss jetzt in die Besprechung, ohne zu wissen, was ihr bevorsteht, das Klingeln ist schon zu hören, sie steigt schwerfällig aus dem Auto, wird von Schülern aufgehalten, die zu ihren Klassenräumen strömen. Sie verliert alles, bald verliert sie alles, auch diese Schüler, die sie so gut kennt, diesen Ort, den sie eigenhändig aufgebaut hat, Micki, Alma, sie hat es noch nicht geschafft, ihr eine Nachricht zu schicken, und da steht die Inspektorin schon vor ihr. Sie wird Alma sofort nach der Sitzung schreiben, Alma schläft gern lang, so wie ihr Vater, bestimmt wacht sie erst mittags auf.

Guten Morgen, mein Mädchen, melde dich bei mir, wenn du wach bist, dann komme ich sofort, tippt sie, als sie in ihr Büro zurückkehrt, sie sinkt kraftlos auf ihren Stuhl, und auch diesmal kommt die Antwort schnell, aber nicht so, wie sie sich gewünscht hat, ich bin schon am Busbahnhof, schreibt ihre Tochter, einstweilen bye. Sie seufzt, was für ein Pech, schon wieder verschwindet ihre Tochter, schon wieder verschwindet die Information, aber so leicht gibt sie nicht auf, schließlich hat sie in der Nacht ausdrücklich gesagt, ich habe auf dich gewartet, sie ruft an, Alma, warte auf mich, ich komme zu dir, schlägt sie vor, wir trinken einen Kaffee, und dann fährst du, aber Alma antwortet, habe es eilig, bin schon beim Einsteigen, und sie fragt, wann bist du gestern gekommen? Es tut mir so leid, dass ich dich verpasst habe, warum hast du nicht gesagt, dass du kommst?

Ich habe es selbst nicht gewusst, sagt Alma, ich bin getrampt und fand mich plötzlich in Jerusalem wieder, und Iris hört ihr besorgt zu, was soll das heißen, hast du nicht gewusst, wohin du fährst?, bohrt sie mit scharfer Stimme, die das Tor natürlich sofort wieder zuschlägt. Spielt keine Rolle, ich kann es schwer erklären, murmelt das Mädchen, ich komme nächste Woche, und Iris lässt nicht locker, für mich spielt es eine Rolle, mit wem bist du getrampt? Du steigst in ein Auto, ohne zu wissen, wohin es fährt? Und ihre Tochter sagt, ich verstehe dich nicht, Mama, hier im Bus ist es schrecklich laut, bye, bis dann.

Wieso trampt sie, hat es was mit der Sekte zu tun? Hat Schira etwa nicht übertrieben, sondern sogar untertrieben? Die schrecklichsten Vorstellungen überfallen sie jetzt, Sex auf dem Rücksitz, fremde Männer, Drogen, Gewalt, sie kann die Bilder nicht von sich fernhalten. Soll sie schnell ins Auto steigen und Almas Bus den Weg versperren, bevor er die Haltestelle verlässt, den Fahrer bedrohen? Gib meine Tochter heraus oder ihr alle könnt was erleben, wird sie sagen. Das wird eine völlig neue Art Terroranschlag sein, ein mütterlicher Terroranschlag, so wird man es bestimmt in den Augenzeugenberichten lesen. Sie hat das Gefühl, jetzt zu allem fähig zu sein, jahrelang fiel es ihr schwer, Autobusse nur anzuschauen, aber heute ist das ihr geringstes Problem. Sie wird den Bus beherrschen, sie wird die Fahrgäste als Geiseln nehmen, sie wird zu ihrer Tochter sagen, bis du nicht mit mir nach Hause fährst, lasse ich keinen einzigen frei, oder vielleicht, komm nach Hause oder ich werfe mich vor den Bus, der dich in deine Katastrophe fährt.

Ist alles in Ordnung?, fragt die Sekretärin, die das Büro mit einem Stoß Formulare zum Unterzeichnen betritt, und sie schüttelt den Kopf, nein, heute ist nichts in Ordnung, und Ofra sagt, nur heute? Schon lange, scheint mir. Kann ich dir helfen, Iris? Du kümmerst dich hier um alle und lässt dir von keinem helfen.

Mir kann niemand helfen, sagt sie kalt und wiederholt es erstaunt, als würde ihr diese schreckliche Tatsache erst jetzt bewusst, mir kann niemand helfen, und Ofra betrachtet sie traurig. Dann guck, dass du das Jahr zu Ende bringst, bald fangen die Ferien an, und sie seufzt, welche Ferien? Weißt du, wie viele Einstellungsgespräche ich noch führen muss, wie viele Fortbildungen organisieren, ganz zu schweigen von der Renovierung der ersten Klassen, und Ofra sagt, das ist doch ein Klacks für dich, und natürlich hat sie recht. Sie wäre bereit, das ganze Gebäude zu renovieren, alle Lehrkräfte auszutauschen, nur um nicht an die Tochter denken zu müssen, die auf eine leichtsinnige, anmutige Art dabei ist, die Albträume ihrer Mutter zu verwirklichen.

Im Lehrerzimmer trifft sie auf die junge Lehrerin, die gerade erst zu ihnen gekommen ist, nicht viel älter als Alma, obwohl sie ein Abgrund trennt, die eine hat Arbeit und Liebe, die andere steckt in einer zweifelhaften Situation, die sie umso mehr erschaudern lässt, je länger sie darüber nachdenkt.

Ich fand mich plötzlich in Jerusalem wieder, hat sie gesagt, ich fand mich plötzlich in Jerusalem wieder. Sie setzt sich der jungen Lehrerin gegenüber, sie empfindet plötzlich ein heftiges Bedürfnis, sie besser kennenzulernen, etwas über ihre Familie zu erfahren, über ihre Mutter, vielleicht wird ihr auf diese Art der Unterschied klar werden, aber welche Fragen soll sie stellen, hat Ihre Mutter Sie früher im Stich gelassen, hat sie Sie in eine schwere Krise gestürzt? Hat Ihre Mutter Ihren Vater ohne große Begeisterung geheiratet, ohne Freude, nur aus einem Gefühl der Pflicht heraus, wie man es ihr beigebracht hat? Empfand sie Trauer, als sie Sie zum ersten Mal gesehen hat, verstand sie, dass Sie nicht die Tochter sind, von der sie geträumt hat, weil Sie nicht die Tochter des Mannes waren, den sie liebte?

Sie könnte alles Mögliche fragen, aber was würde es nützen, egal ob sie an allem schuld ist oder nicht, jetzt muss sie alles tun, um ihrer Tochter aus den Schwierigkeiten herauszuhelfen. Trotzdem kann sie sich nicht beherrschen und fragt mit verkrampfter Freundlichkeit, nun, wie geht's? Was ist mit Ihrer Liebe?, und Ja'ara antwortet mit einem breiten Lächeln, verlegen und selbstsicher zugleich, ein Traum, es ist ein Traum.

Toi, toi, toi, sagt Iris und klopft schnell auf den nächsten Tisch, ich freue mich sehr für Sie, und sofort fragt sie, hatten Sie zu Hause ein Vorbild? Haben sich Ihre Eltern auch sehr geliebt?, und zu ihrer Enttäuschung nickt die junge Frau begeistert, ihre Augen strahlen, meine Eltern sind toll, nach dreißig Jahren halten sie noch immer Händchen! Iris nimmt diese Information mit einem düsteren Nicken zur Kenntnis, aber zum Glück mischt sich eine andere Lehrerin in das Gespräch, das sagt gar nichts, meine Eltern haben sich getrennt, als ich noch ein Kind war, aber meine Ehe ist trotzdem gut, und die Naturkundelehrerin bietet eine gegenteilige Meinung an, über ihre Eltern, die wahre Turteltäubchen waren, und sie, ihre Tochter, ist bereits zweimal geschieden, doch Iris bleibt an der deprimierendsten Aussage hängen, nach dreißig Jahren halten sie noch Händchen!

Hat Alma sie Händchen haltend gesehen? Nicht oft, das ist nicht ihre Art. Sie werden sehr schnell stachelig, keineswegs romantisch, aber sie haben ihre Aufgabe als Eltern, als Familie, nicht schlecht erfüllt. Die Beziehung zwischen ihnen allen ist einigermaßen gelungen, sie hat nur versagt, soweit es Alma betrifft, das ist ihr Versäumnis, es ist allein ihr Fehler, dass sie es nicht geschafft hat, ihrer Tochter die vollkommene Sicherheit ihrer Liebe zu schenken. Bedrückt geht sie zurück in ihr Büro und verlässt die Diskussion, die ohne sie weitergeführt wird.

Sie muss mit Micki sprechen, selbst wenn er etwas gesehen hat, spielt das jetzt keine Rolle, sie sind Almas Eltern, und alles, was zwischen ihnen steht, ist momentan nebensächlich, und wieder liest sie die Nachricht, die er vielleicht gesehen hat, wann kommst du, ich warte auf dich, komm schnell, meine Geliebte, ich bin zu Hause. Der arme Micki, wie schlimm muss es sein, einen solchen Text auf dem Handy seiner Frau zu entdecken, was für eine Enttäuschung, was für eine Lüge, obwohl er nicht besonders erschüttert ausgesehen hat, fröhlich, fast heiter, hat er seine Hand durch das Autofenster geschoben, hat er etwa auch etwas laufen, sie denkt an den Verdacht, der ihr neulich mal gekommen ist? Sie muss ihn anrufen und mit ihm über Alma sprechen, aber ihr Finger zögert über der Tastatur, sie gibt den Namen der Bar ein, die sich aus irgendeinem Grund B'l'am nennt, Bar – Restaurant B'l'am.

Gespannt liest sie den bekannten Namen Boas Gerber, warum hat sie das bis heute nicht recherchiert, aber was hätte es genützt, auch die beste Suchmaschine hätte ihr nichts über das Leben ihrer Tochter verraten, auch kein Foto jenes Boas und keine Verbindung zu irgendeiner Sekte, auch nicht zu Alma, aber die Suchmaschine hat jede Menge Einträge mit schrecklichen Informationen über Sekten, und sie surft durch die Links, liest erschrocken von Menschen, die zu Opfern von Sekten geworden sind, und von dem mangelnden Interesse der Gesellschaft, sie liest, wie wichtig es ist, rechtzeitig zu reagieren, und wie schwierig, die Anzeichen zu erkennen. Sie zählt erschrocken die Anzeichen auf, die neue Kleidung, die neue Frisur, Alma verhält sich anders, hat den Kontakt zu ihrer Familie und ihren Freunden abgebrochen. Übelkeit steigt in ihr auf, ihr Magen dreht sich, nein, Alma, murmelt sie, nein, Alma, als stünde ihre Tochter auf einem hohen Dach, den Fuß schon über dem Abgrund, sie denkt an die Anspannung, die früher mit Almas Essgewohnheiten verbunden war, auch damals hatte sie sich vorgestellt, sie sei in ständiger Gefahr, aus der sie gerettet werden müsse. Ich habe heute früher Schluss gemacht, möchtest du, dass wir uns treffen?, Eitans Worte überdecken die bedrohlichen Nachrichten, sie ergreift sie, als hätte sie einen Schatz gefunden, klar, wo?

Gut, dass er diesen Ort vorgeschlagen hat, außerhalb der Stadt, in einem arabischen Dorf oben auf einem Hügel, dort müssen sie nicht fürchten, Bekannten zu begegnen. Sie ist noch nie hier gewesen und betrachtet die ruhige, dörfliche Umgebung, Hühner, die im Staub picken, zwei magere Kühe, die über das trockene Feld laufen. Natürlich ist das eine Täuschung, unter jedem Dach können sich Katastrophen verbergen, egal ob in einer Stadt oder in einem Dorf, in einem Schloss oder in einem Zelt, das einfache Leben bietet keine Sicherheit, und trotzdem wirkt die von der Heuernte erfüllte Luft beruhigend, sie setzt sich in einem Garten an den letzten Tisch, fast außerhalb des Lokals, von dort aus kann sie den Hang überblicken und sieht sein silbernes Auto näher kommen. Was für ein wunderbarer, unglaublicher Anblick, die Sonnenstrahlen sammeln sich auf dem Autodach, und einen Moment lang sieht es aus, als würde es in Flammen aufgehen. Sie steht auf und läuft ihm entgegen, jedes ihrer Treffen versetzt sie in Erstaunen, so viele Jahre hat sie ohne ihn verbracht und schon fast geglaubt, sie würde ihn bis ans Ende ihres Lebens nicht wiedersehen. Nicht wenige Menschen ihres Alters werden krank und sterben, und auch an jenem Morgen vor zehn Jahren war sie dem Tod näher als dem Leben, trotzdem hätte sie ihn ohne jene Katastrophe nicht getroffen, und dieser Gedanke ist unerträglich, nicht weniger als der Gedanke an den Anschlag selbst. Da geht seine Autotür auf und er steigt aus, lang und nachlässig, und es fällt ihr schwer zu glauben, dass er es ist, ihr Eitan, der zu ihr zurückgekehrt ist, dass der Schmerz, der sie getrennt hat, sie wieder zusammengeführt hat, doch diesmal nicht, um sie erneut zu trennen.

Sein blasses, bartloses Gesicht ist in ihren Augen wunderschön, mit dem noch immer üppigen, grauen Haar, das es umgibt, und mit der Sonne, die in seine Augen fällt und die blauen Ringe um seine Pupillen erstrahlen lässt, und sie umarmt ihn lange, drängt sich an seinen mageren Körper. Hier ist niemand, außer dem Lokalbesitzer, der in der Küche zu tun hat und sie nicht kennt, aber Eitan kennt er offenbar gut, er fuchtelt mit den Armen, winkt aufgeregt und drängt sich fast in ihre Umarmung. Doktor!, ruft er, willkommen, ich habe mir schon Sorgen gemacht, weil Sie so lange nicht hier waren, und Eitan schlägt ihm freundschaftlich auf die Schulter, Sie wissen doch, wie es ist, man hat keine Zeit zum Atmen. Wie geht es bei Ihnen? Wie geht's der Mutter?

Er erklärt Iris, Mussas Mutter ist eine alte Patientin von mir, und Mussa fügt hinzu, er hat sie gerettet, sie hat so sehr gelitten, sie hat geweint vor Schmerzen. Ihm hat sie es zu verdanken, dass es ihr besser geht, jetzt kümmert sie sich sogar um ihre Enkel, und sofort führt er sie zu ihrem Tisch und fängt an, sich zu schaffen zu machen, er bringt ihnen einen Ventilator, eine Kanne mit Wasser, Pfefferminze und Zitrone, dazu drei Gläser Arrak, eines für sich selbst, denn er setzt sich sofort zu ihnen.

Orit wird es leidtun, dass sie Sie verpasst hat, sie arbeitet heute bis spätabends, sagt er, und Eitan fragt, wie geht es ihr, wie geht es euch?, und Mussa seufzt, was soll ich sagen, das Zusammenleben ist nicht einfach, das wissen Sie doch.

Mussa hat den Fehler seines Lebens gemacht und eine Jüdin geheiratet, erklärt Eitan mit einem breiten Lächeln, statt ein einfaches Mädchen aus dem Dorf zu nehmen, hat er eine Städterin geheiratet, die über jede Kleinigkeit mit ihm diskutiert, und Mussa lacht und hebt das Glas auf seine Frau, ich bin verrückt nach ihr, aber sie macht mich auch verrückt, wann findet ihr endlich eine Medizin für diese Krankheit?

Gespannt verfolgt sie das Gespräch der beiden Männer. Seit sie sich wiedergefunden haben, waren sie immer allein, in einer Oase der Rückkehr in die Vergangenheit, und eigentlich gab es auch damals, in ihrer Jugend, nicht viele Freundschaften, so sehr waren sie mit der Krankheit seiner Mutter beschäftigt, und jetzt genießt sie es, ihn in eine leichte Plauderei vertieft zu sehen, sie genießt es, die Partnerin dieses Mannes zu sein, in diesem Territorium, das ihr fast utopisch vorkommt, ein hübsches, freundliches arabisches Dorf in den Bergen Jerusalems, unter dem Dach eines Paares, das die schönste Utopie dieser Region verwirklicht, eine Koexistenz.

Ihr wird schwindlig von dem Getränk, sie betrachtet hingerissen sein scharf geschnittenes Gesicht, wenn sie es schaffen, dann können wir das auch, verspricht sie sich selbst, wir haben keine zweite Chance bekommen, um sie wieder zu vergeuden. Vielleicht ist es auch gut für Micki, vielleicht wird es erstaunlich einfach sein, so wie sie ohne Leidenschaft geheiratet haben, werden sie sich auch ohne Leidenschaft trennen, und sie wird ihre erste Jugendliebe zur Liebe für den Rest ihres Lebens machen, und unabsichtlich kommt ein glückliches Lachen aus ihrer Kehle, das Gespräch hört auf und beide schauen sie an.

Was bringt dich zum Lachen, Irisim?, fragt Eitan weich und legt die Hand auf ihren Oberschenkel, und sie umarmt ihn und legt den Kopf in die Vertiefung an seinem Hals, ihre Lippen sehnen sich nach seinen Küssen unter der langsam untergehenden Sonne, vor den Augen ihres Gastgebers. Da haben sie einen Zeugen getroffen, und sie muss ihm beweisen, dass es wirklich ist, dass ihr dieser Mann von Jugend an bestimmt ist. Ihre Finger gleiten über seine Wange, sie möchte mit ihm in diesem Dorf leben, in dicsem einsamen Haus auf dem Hügel Kühe und Ziegen züchten, sie möchte dieses Dorf nie mehr verlassen, und wieder kichert sie, atmet tief seinen bekannten, geliebten Geruch ein, den Geruch nach Seife und Medizin, den Geruch seines Verwaistseins. Zu ihrem Bedauern hat es der Zeuge so eilig, den Tisch zu verlassen, als fliehe er vor ihrer Berührung, aber sofort kommt er mit beladenen Tellern zurück, bedeckt den Tisch mit vielen Gerichten, an die er offenbar gewöhnt ist und die er gern isst. Wie hungrig sie doch ist, aber außer einer Schüssel mit gelbem Reis ist alles Fleisch, und sie weicht zurück.

Essen Sie, essen Sie, drängt Mussa, als Eitan über die Gerichte herfällt, und sie erklärt ihm entschuldigend, ich bin Vegetarierin, und Eitan legt überrascht die Gabel hin, das habe ich nicht gewusst, früher warst du keine Vegetarierin! Er wird fast laut, wendet sich an Mussa, was machen wir mit ihr?, aber Mussa beruhigt ihn, kein Problem, ich koche ihr Gemüse. Wieder verlässt er den Tisch, bedauernd schaut sie seinem Rücken in dem weißen Hemd hinterher, als er sich bereitwillig entfernt, erst dann wendet sie den Blick zu Eitan, der sich begeistert über das rosafarbene Steak hermacht, das saftige Kebab, das junge Huhn, seine Kiefer mahlen schnell, eine Duftwolke von gebratenem Fleisch steigt vom Tisch auf, und sie spürt Brechreiz in der Kehle.

Seit wann bist du Vegetarierin?, fragt er, und sie sagt, schon über zwanzig Jahre. Micki und ich haben, als wir heirateten, beschlossen, in Zukunft keine toten Tiere mehr anzurühren. Es ist ihr unangenehm, den Mann zu erwähnen, an dessen Seite sie seit vielen Jahren lebt, der ihre Weltanschauung und ihre Essgewohnheiten teilt, und Eitan nickt unbehaglich, du nimmst hoffentlich B12, sagt er warnend, und sie sagt, natürlich, wenn ich daran denke, sie freut sich, das Thema, das ihr, Micki und den Kindern so wichtig ist, zu einer Bagatelle herunterzuspielen. Sie versucht sich zu beruhigen, Paare überwinden größere Gräben als diesen, trotzdem fällt es ihr schwer, zuzuschauen, wie genießerisch er isst, als wäre das, was er auf dem Teller hat, nie ein lebendiges Tier gewesen, als hätte er nie einen Gedanken daran verschwendet.

Ich habe nicht gedacht, dass du noch so primitiv bist, bemerkt sie schließlich, sie kann sich nicht zurückhalten, diese Tiere haben gelebt, wie du und ich! Wie kannst du sie essen?, und er schlägt zurück, dann geh doch zurück zu deinem Mann, wenn dich das so stört, faucht er, während sich seine Kiefer ununterbrochen bewegen, und als er einen Schluck Arrak nimmt, sieht seine Mundhöhle schwarz und hohl aus. Ich habe ihn noch nicht verlassen, sagt sie, und sein Gesicht kommt näher, natürlich hast du ihn verlassen, sagt er entschieden, sonst wärst du nicht hier.

Seine Augen, die sogar in der Dämmerung leuchten, bohren sich in ihre, du kommst zu mir zurück, sagt er lächelnd, schiebt sich ein Stück Fleisch zwischen die Lippen und kaut trotzig, dann hebt er ihr Kinn und leckt ihr die Lippen, bis ihr Mund sich öffnet und sich mit dem längst vergessenen, ekelhaften Geschmack von gebratenem Blut füllt, und erschrocken spürt sie den Geschmack des Fleischstücks, das in ihren Mund geschoben wird, sie versucht vergeblich, sich vom Druck seiner Lippen zu befreien, sie schafft es auch nicht, das Fleischstück zurückzuschieben, ihr Magen dreht sich um und ihre Lungen werden leer, bis ihre Widerstandskraft nachlässt und sie schluckt, mit dem Gefühl einer brennenden Niederlage, und erst dann lässt er sie los.

Du bist nicht normal, schreit sie ihn an, schwer atmend, sie weiß, dass sie sich wie eine alte, rechthaberische Lehrerin anhört, was sollte das? Zu ihrem Erstaunen lacht er, wie halsstarrig du geworden bist, hast du keinen Sinn für Humor? Sind alle Vegetarier solche sauren Gurken oder nur du? Sie verlässt wütend den Tisch und geht schnell zur Toilette, füllt sich wieder und wieder den Mund mit Wasser und Seife und spuckt alles aus. Nein, sie findet das nicht zum Lachen, wirklich nicht, aber sie findet es auch nicht zum Lachen, wenn sie daran denkt, wie sie die kleine Alma gefüttert hat, fast genauso hat sie ihr den zerdrückten Brei in den Mund geschoben, mit Bitten, Drohungen, Verführungen, auch als sie den Widerwillen des Mädchens spürte, hat sie weitergemacht, wie hat sie das bloß tun können, wie hat er es tun können. Das Motorgeräusch eines Autos dringt an ihr Ohr, und einen Moment lang hofft sie, er wäre es, er wäre einfach nicht mehr da, wenn sie zum Tisch zurückkommt, hofft sie das wirklich? Jemand muss verschwinden, er oder sie oder Micki oder Alma oder alle Tiere, aber als sie wieder hinaustritt, sieht sie, dass er sie vor der Tür erwartet. Entschuldige, Irisim, ich mache Blödsinn wie ein verliebter Junge, sagt er, legt die Arme um sie, das Lokal ist ein bisschen voller geworden, sie lässt den Blick über die Gesichter gleiten, hofft, dass sie niemanden kennt, vor allem, dass niemand sie kennt. Mit gesenktem Kopf befreit sie sich aus seinen Armen und kehrt zu ihrem Tisch draußen, unter der Weinlaube, zurück, alle Teller sind weggeräumt, nur ihre Gemüsegerichte warten noch neben dem gelben, kalt gewordenen Reis, aber sie hat noch den Geschmack der Seife im Mund, sie möchte nichts mehr essen.

Vermutlich bin ich nur eifersüchtig, stellt er fest, und sie fragt erstaunt, du? Ich erinnere mich nicht, dass du je eifersüchtig warst, und er sagt, ich habe nicht gewusst, dass du Vegetarierin bist, und sie lacht, wie kann man böse auf ihn sein, sie möchte nicht böse auf ihn sein, solange sie die Wahl hat. Es hat mich daran erinnert, wie ich meine Tochter zum Essen gezwungen habe, sagt sie, bestimmt war es schrecklich für sie, aber ich konnte nicht anders, ich hatte Angst, sie würde sterben.

Sie würde sterben?, wiederholt er erstaunt. Du hast übertrieben! Kein Kind stirbt unter solchen Bedingungen an Hunger, und sie seufzt, ich habe einen schrecklichen Fehler gemacht, ich habe gedacht, ich rette sie. Sie hat nie nach Essen verlangt, sie war nie hungrig, sie ist nicht gewachsen, ich wusste nicht, was ich machen sollte, und er lacht, vielleicht wollte sie einfach Fleisch essen, wenn du ihr Fleisch gegeben hättest, hätte sie es verschlungen, und sie schüttelt den Kopf, das ist nicht witzig, Eitan, wieder hört sie sich wie eine Lehrerin an, und er sagt, vielleicht, aber es ist auch nicht tragisch, vorausgesetzt, du zwingst sie heute nicht mehr zum Essen.

Heute zwingt sie ein anderer, noch ganz andere Dinge zu machen, sagt sie, sie empfindet das dringende Bedürfnis, ihn zu beteiligen, ich mache mir schreckliche Sorgen um sie, Eitan, ich glaube, sie steckt in Problemen, und er fragt, wie alt ist sie?, noch immer leicht amüsiert, und bekennt, es kommt mir seltsam vor, dass du Kinder hast, und sie sagt, einundzwanzig, und in diesem Moment vibriert sein Handy auf dem Tisch, und er sagt, entschuldige, das ist das Krankenhaus. Seine Stimme hat sich verändert, er wird sofort ernst, als ginge es noch immer um seine kranke Mutter, dann erhöht die Dosierung, sagt er, ich bin gleich da und schaue nach ihr. Interessiert ihn deshalb Almas Geschichte nicht, weil er an schlechte Nachrichten gewöhnt ist oder weil sie nicht seine Tochter ist?

Ich muss los, Irisim, sagt er, wann kann ich dich sehen?, und sie zuckt mit den Schultern, morgen habe ich bis spät zu tun, und er sagt, übermorgen sind die Kinder bei mir, und sie würde am liebsten sagen, sieh mich an, sieh mich jetzt an, ich bin kein siebzehnjähriges verliebtes Mädchen, ich bin eine Mutter, deren Tochter in Gefahr ist, das ist es, was ich bin, aber er steht schon auf. Übrigens, ich fahre Ende des Monats zu einem Kongress nach Rom, möchtest du mitkommen?

Wie könnte ich das, murmelt sie, und er sagt, wenn du es willst, geht es. Wir haben genug gelitten. Es ist an der Zeit, es uns gut gehen zu lassen, und er bückt sich und küsst sie auf die Stirn, verwuschelt ihr die Haare, tut mir leid, Irisim, ich habe dich gewarnt, dass wir uns heute nur kurz treffen können, ich muss in die Klinik.

Du hast mich nicht gewarnt, aber es ist in Ordnung, sagt sie. Zum ersten Mal, seit sie ihn wiedergetroffen hat, spürt sie, dass er nur ein Teil ihres Lebens ist, nie wird es eine endgültige Lösung geben. Es ist in Ordnung, selbst wenn du noch zehn Stunden hier geblieben wärst, hättest du keine Antwort auf das Problem, das mich jetzt bedrückt, doch auch das ist in Ordnung, denn dafür bist du nicht da, der Fehler liegt in der Erwartung, und sie nimmt gedankenlos einen Schluck von dem bereits warm gewordenen Arrak, und erst als das Glas leer ist, begreift sie, dass sie so bald nicht Auto fahren kann, nicht nach Hause und nicht zu ihrer Tochter, nicht nur, weil das Gesetz mit Strafe droht, sondern weil ihr Kopf sich dreht und wehtut, und sie winkt Mussa, der sofort herbeieilt.

Alles in Ordnung?, fragt er, möchten Sie einen Kaffee? Tee mit Nana? Etwas Süßes zum Nachtisch? So ist es mit dem Doktor, er verschwindet immer mitten im Essen, sagt er tröstend. Sie hat das Gefühl, dass sie ihm leidtut, dass er sie mitleidig anschaut, und sie fragt sich, ob er etwas weiß, von dem sie keine Ahnung hat, ob Eitan oft Frauen hierherbringt. Aber das ist es nicht, was sie jetzt bedrückt, sie deutet auf den leeren Stuhl. Vielleicht setzen Sie sich einen Moment zu mir, bittet sie, haben Sie eine Tochter, Mussa?

Eine Tochter und drei Söhne, antwortet er, warum wollen Sie das wissen? Und sie führt nun das Gespräch fort, das gerade unterbrochen worden ist, meine Tochter ist einundzwanzig, sagt sie, ich glaube, sie steckt in Schwierigkeiten, sie ist Kellnerin in einer Bar in Tel Aviv, sie hat sich von uns entfernt, auch von ihren Freundinnen, sie hat ihr Aussehen verändert, ich glaube, dass sie vollkommen von ihrem Chef beherrscht wird. Vielleicht handelt es sich nicht wirklich um eine Sekte im üblichen Sinn, aber es ist beunruhigend. Alles, was sie Eitan erzählen wollte, erzählt sie nun ihm, während der Abend herabsinkt und die Lichter im Dorf angehen, während die Vögel mit lauten Rufen ihre Küken zum Nest locken, und er hört ihr ruhig zu, steckt sich eine Zigarette an, sein angenehmes junges Gesicht ist ihr aufmerksam zugewandt. Ich mache Ihnen jetzt einen starken Kaffee, sagt er schließlich, mit viel Zucker, damit Sie Kraft haben, Sie müssen zu ihr fahren und herausfinden, was mit ihr los ist, aber nicht allein,

Sie müssen mit ihrem Vater hinfahren, und sie sagt, das wird er nicht wollen, ich habe Ihnen ja gesagt, dass ich ihn schon seit ein paar Tagen darum bitte, aber er zieht es vor, die Augen zu verschließen, und Mussa sagt, er wird mitkommen, wenn Sie wirklich wollen, dass er es tut.

Eine kleine Kellnerin in Almas Alter kommt zu ihnen, und er bestellt für sie Salat mit viel Zitrone. Sie müssen sich stärken, sagt er, und sie isst gehorsam und stellt verwundert fest, dass sie umso hungriger wird, je länger sie isst, sie verlangt noch einmal nach dem gelben Reis und dem gebratenen Gemüse, seine Anwesenheit beruhigt sie, es fällt ihr schwer, sich von ihm zu verabschieden, sie bestellt noch einen Kaffee, die Dunkelheit um sie herum ist dicht und warm wie der Kaffee, den er ihr bringt. Die Dörfler, die in den Bergen leben, sind an solche Nächte nicht gewöhnt, nicht an die glühende Dunkelheit, aber jene Nacht, als man ihnen die Nachricht vom Tod ihres Vaters brachte, war genau so. Sie erinnert sich, dass sie vor lauter Hitze nicht einschlafen konnte, deshalb hatte sie das Klopfen an der Tür gehört, das Schreien ihrer Mutter, sie hatte gehört, wie die Verwaisung in die kleine Wohnung einbrach, wie eine Horde Wilder, die gekommen waren, um ein Pogrom zu veranstalten.

Hat sie vielleicht unbewusst ihre Situation als Halbwaise auf ihre Tochter übertragen? Sie schaut westwärts, dort zeigen sich noch letzte Reste des vergehenden Tageslichts, in der Ebene hinter den Bergen, und dort ist ihre Alma, sie muss sich beeilen, bevor ihr Licht erlöscht, und genau als sie das Handy aus ihrer Tasche nimmt, um Micki anzurufen, kommt er ihr zuvor. Was ist mit dir, bist du noch bei der Arbeit?, fragt er, und sie will ihn in dieser Nacht nicht belügen, ich hatte eine Verabredung außerhalb der Stadt, sagt sie, ich habe Kopfweh, ich kann nicht nach Hause fahren, ich will auch nicht nach Hause fahren, ich will, dass wir nach Tel Aviv fahren, zu Alma, es wird Zeit, Micki. Hol mich an der Autobahnkreuzung ab.

Es dauert eine Weile, bis er antwortet, und sie hört ihn schwer atmen und fragt, hast du gehört?, und er sagt, ja, ich denke darüber nach, und sie sagt, da gibt es nichts mehr nachzudenken, Micki, ich habe für uns beide nachgedacht. Ich mag deinen Befehlston nicht, empört er sich, und sie sagt schnell, und ich mag nicht, dass du die Augen verschließt, und er seufzt, okay, ich habe keine Kraft, mit dir zu streiten, gib mir eine halbe Stunde. Seine Stimme ist feindselig und kühl, es fällt ihm leichter, wütend auf sie zu sein, als sich Sorgen um seine Tochter zu machen, wie töricht zu hoffen, wenn man von einem Mann enttäuscht wird, würde einen der andere überraschenderweise nicht enttäuschen, sondern es könnte etwas Gutes dabei herauskommen, wie töricht ist es, überhaupt zu hoffen.

## VIERZEHNTES KAPITEL

Wird dieses Wortgefecht ewig andauern oder irgendwann einmal ein Ende finden? Anscheinend werden die Mutter und der Vater bis zum letzten Atemzug darüber streiten, wer schuld ist, wer als Elternteil besser war, wer recht hat und wer unrecht. So viele Eltern hat sie im Lauf der Jahre schon getroffen, und nur wenige haben es ohne Streit geschafft, sie gehören offenbar nicht dazu. Feindselig und schweigend holt er sie an der Kreuzung ab, ist er verärgert wegen dieser Fahrt selbst oder hat der Treffpunkt an der Kreuzung sein Misstrauen geweckt, vielleicht hat er am Morgen doch die Nachricht gelesen und ist schon nicht mehr misstrauisch, sondern weiß bereits Bescheid? Sie zieht es jetzt vor, nicht zu grübeln, sondern sich darauf zu konzentrieren, was sie zu ihrer Tochter sagen will, sofern sie überhaupt dort ist, oder zu ihrem Chef, falls sie ihn treffen. Sollen sie direkt mit ihm sprechen oder sich vorsichtig vortasten oder ist es zu diesem Zeitpunkt besser, nichts zu sagen, sich auf den Augenschein zu konzentrieren? Wie schön wäre es, wenn sie mit Micki so einfach sprechen könnte wie mit Mussa und sich ganz offenherzig mit ihm beraten und ihr weiteres Vorgehen planen. Wie ist es möglich, dass man leichter mit einem Fremden reden kann, Orit, Mussas Frau, würde sich vielleicht unter bestimmten Bedingungen besser mit Micki beraten als mit ihrem Mann, das ist zweifellos das auffallendste Paradoxon im Zusammenleben, man kommt sich näher, um sich voneinander zu entfernen, wozu also das Ganze?

So viele Schmerzen und Empfindlichkeiten, Wunden und Narben entstehen aus der Nähe. Aber es ist auch sinnlos, sich jetzt bei ihm zu beklagen, und sie ist, in ihrer neuen Position als Ehebrecherin, die Letzte, die das Recht hat, ihm Vorwürfe zu machen. Auch wenn er es noch nicht weiß, so weiß sie es doch, und ihr Handy weiß es, denn in diesem Moment klingelt es, er sucht sie, Schmerz, und sie wird natürlich nicht antworten, doch auch als sie das Klingeln wegdrückt, lässt er nicht locker, schickt einen Text, der im geschlossenen Auto vibriert. Sonst beleben sie seine Nachrichten, aber heute hat er ein totes Tier in ihren Mund geschoben und sie ist entsetzt.

Frierst du? Soll ich die Klimaanlage herunterschalten?, fragt Micki, und sie sagt schnell, ja, ein bisschen, und aus irgendeinem Grund stellt er die Musik lauter. Papa kehrt zu seinen Wurzeln zurück, hat Omer über Mickis neue Hingabe an die irakische Musik gespottet, ihr selbst haben allerdings die neuen CDs gefallen, die er nach Hause brachte, aber sie hat sie noch nie aufmerksam angehört. Neulich hat er sogar bedauert, seinen Namen hebräisiert zu haben, als sie heirateten, von Muallem zu Eilam, und sie wies ihn schnell darauf hin, dass es nicht auf ihre Initiative hin geschah, obwohl sie ihn dabei unterstützt hatte, und dass es ihm dabei vor allem darum gegangen sei, sich von seinem Vater zu distanzieren. Was sie betreffe, könne er diese Entscheidung rückgängig machen, und auch jetzt versucht er zu polemisieren, indem er ihr die Klänge seines Ursprungs schickt, die Musik der babylonischen Juden, wie er es nennt, und sie wird ihn natürlich nicht darum bitten, die Musik leiser zu stellen, obwohl sie das Gefühl hat, die Stimmbänder der Sängerin drohten zu zerreißen, halb singt sie, halb schreit sie in ihrem heiseren Arabisch, sie lässt sich nicht beruhigen, obwohl ein Geiger sich die größte Mühe gibt, sie zu besänftigen. Sie scheint von einem schrecklichen Schmerz niedergestreckt zu sein und auf dem Gipfel des Leids zu lamentieren, sie versucht, sie zu sich zu ziehen, zu dem Ort, an dem einem die Augen für die Ewigkeit geöffnet werden, und Iris möchte ihr sagen, wir sind schon dort, du bist nicht allein, doch die Sängerin antwortet mit einem heiseren Schrei, ihr seid noch nicht einmal auf halbem Weg, ihr habt keine Ahnung, was euch erwartet, und wieder erzittert sie, wendet den Blick hinaus zu der Ebene, die Türme von Tel Aviv blinzeln zu ihnen hinüber, löschen mit ihrem Licht die Sterne am Himmel, und sie denkt, wie nahe Tel Aviv eigentlich ist, vor allem abends, wenn der Verkehr nachlässt.

Es gab Jahre, da sind sie oft hingefahren, aber ausgerechnet seit ihre Tochter nach Tel Aviv gezogen ist, scheint sich die Stadt von Jerusalem entfernt zu haben, so wie sich ihre Tochter von ihnen entfernt hat, doch da steuern sie schon durch die hell erleuchteten, belebten Straßen. Ein paar junge, schöne Frauen überqueren rasch die Straße, in hellen Minikleidern, in sehr kurzen Shorts und T-Shirts, die Stadt macht einen offenen, überhaupt nicht sorgenvollen Eindruck, sie kümmert sich um eine junge Frau aus einer anderen Stadt, die in Schwierigkeiten geraten ist. Die Stadt hat genügend junge Frauen, an denen sie sich freuen kann, und junge, anziehende Männer bevölkern die Straßen, wie kommt es, dass Alma ihnen einen Mann mittleren Alters vorzieht, einen Barbesitzer im Süden der Stadt, warum hat ihre Tochter in dieser Stadt voller Leben und Freiheit ausgerechnet Versklavung gefunden?

Und vielleicht sind die Gerüchte auch falsch, denn nun kommen sie an, Sie haben das Ziel erreicht, verkündet das Navigationssystem, und ihr Ziel sieht ziemlich anständig aus, hell erleuchtet, die großen Fenster gehen zur Straße, sie versuchen nichts zu verbergen, und Micki findet erstaunlich schnell einen Parkplatz, und erst als Musik, Klimaanlage und Scheinwerfer ausgestellt sind und der Motor schweigt, macht er den Mund auf und fragt, was genau hast du vor, wie ist der Plan?

Es gibt keinen Plan, sagt sie, wir sind hergekommen, um uns einen schönen Abend zu machen. Wir haben genug gelitten, es ist an der Zeit, sich zu amüsieren, nicht wahr? Und er lacht bitter, es ist wirklich an der Zeit, aber warum ausgerechnet in Almas Bar? Und sie macht die Autotür auf, tu mir einen Gefallen, Micki, lass deine verlorene Ehre einen Moment beiseite und arbeite mit mir zusammen, in Ordnung? Hoffentlich irre ich mich und du hast recht, aber wir müssen es herausbekommen.

Und wie willst du es herausbekommen, knurrt er, indem du hineingehst und sie einfach fragst? Oder ihn? Willst du sie zur Klärung ins Direktorat bestellen? Im Ernst, Iris, ich habe gedacht, du wärst klüger, und sie sagt, bist du ein einziges Mal bereit, für mich zu sein und nicht gegen mich? Bist du bereit, nicht ständig mit mir zu konkurrieren? Ich habe keine Antworten, wir gehen einfach hinein und sehen, was passiert, okay?

Habe ich eine Wahl?, raunzt er, ich kenne dich, du gibst nie auf, bis du selbst siehst, dass ich recht habe, und sie nimmt seinen Arm und geht immer langsamer neben ihm her, während sie sich dem Lokal nähern, Schritt für Schritt, als befänden sie sich auf einem Minenfeld. Aus einem Schaufenster schaut ihnen eine nackte Puppe entgegen, die Plastikbrüste herausfordernd vorgestreckt, eine verirrte Wäscheklammer springt wie ein Grashüpfer zwischen ihre Füßen und sie richtet den Blick nach oben, zu einer alten Frau, die sich aus einem Fenster beugt und Wäsche aufhängt. Gerade klammert sie einen alten, geblümten Morgenmantel fest, der dem Morgenmantel, den sie vor gar nicht langer Zeit getragen hat, erstaunlich ähnlich sieht, eine Straßenlaterne wirft gelbes Licht auf die Kleidungsstücke, sie bewegen sich leicht und wie kraftlos im Wind, der vom Meer herüberweht.

Die meisten Rollläden, an denen sie vorbeikommen, sind schon heruntergelassen, aber aus den verwahrlosten Wohnungen dahinter dringt Stimmengewirr heraus, dumpfe Streitereien, genussvolles Stöhnen, Babygeschrei. An der Wand finden sich Graffiti auf Arabisch, und obwohl sie daran glaubt, dass Sprachen eine kulturelle Brücke sind, hat sie noch nicht Arabisch gelernt, und über der Wand weht ausgerechnet eine israelische Fahne, verblasst und leicht zerrissen, es sieht aus, als hänge sie schon seit dem Unabhängigkeitstag da, der Sonne ausgesetzt, eher aus Nachlässigkeit denn aus Stolz, und nun stehen sie vor dem großen Fenster der Bar, der mysteriösen Arena, auf der sich das geheimnisvolle Leben ihrer Tochter abspielt.

Hinter dem Fenster sitzt eine etwa sechzigjährige Frau mit rotgefärbten Haaren, vor ihr auf dem Tisch steht ein aufgeklappter Laptop, hinter ihr sieht man zwei junge Paare. Von weitem sind noch einige an die Theke gelehnte Gestalten zu erkennen, und nun läuft eine Kellnerin zwischen den Tischen herum, ein Tablett in der Hand, aber es ist nicht Alma, sie hat helle Haare und einen üppigen Körper. Hat ihre Schicht noch nicht begonnen? Und wo ist der Besitzer? Wie wenig man doch von draußen erkennen kann, vielleicht auch von drinnen, sie zieht Micki am Arm, und gemeinsam überqueren sie die Straße hinüber zu der Glastür, die sich für sie öffnet.

Die Bedienung ist hier nicht besonders toll, bemerkt Micki, als keiner zu ihrem Tisch kommt, ich rufe Alma an, damit sie unsere Bestellung entgegennimmt, und sie sagt, sehr witzig, ihr ist es gar nicht aufgefallen, dass Zeit vergangen ist, denn sie betrachtet aufmerksam jedes Detail und muss zugeben, dass ihr das Lokal gefällt. Es ist wohnlich eingerichtet und nicht besonders durchgestylt, die Musik ist nicht sehr laut, das große blaue Sofa in der Ecke erinnert sie sogar an das Sofa in ihrem eigenen Wohnzimmer, die Kellnerin, die endlich mit der Karte zu ihnen kommt, sieht angenehm und freundlich aus.

Soll ich Ihnen unsere Tagesgerichte nennen?, fragt sie und zählt sofort routiniert die Gerichte auf. Sollen sie sich bei ihr nach Alma erkundigen? Es ist besser, vorläufig zu warten, sich nur dann zu erkennen zu geben, wenn sie keine Wahl haben, und sie will Micki das zuflüstern, aber er ist sowieso mit der Karte beschäftigt, nicht wie sie, die sich bereits in einem anderen Lokal satt gegessen und keinen Hunger hat. Ich habe gehört, das Madjara soll hier besonders gut sein, sagt er, und sie stellt zufrieden fest, dass er seine Quelle nicht verrät, und die Kellnerin bestätigt, bei uns ist alles gut, ihre Zähne stehen leicht vor, und ihre Haare, die von weitem zusammengebunden aussahen, sind eigentlich so kurz wie Almas Haare, sie trägt ein schwarzes T-Shirt und eine graue Hose, ist das hier eine Art Uniform? Ist es die Uniform der Sekte? Entschuldigen Sie, dass es so lange gedauert hat, bis ich zu Ihnen gekommen bin, fügt sie plötzlich hinzu, obwohl sie sich nicht beschwert haben, wir haben heute Personalmangel, und Iris fragt angespannt, warum, was ist passiert?, und sie antwortet, ein paar Kellnerinnen sind krank geworden, aber wir kommen zurecht.

Komm, nehmen wir die Bestellung zurück und fahren zu Alma in die Wohnung, sagt Micki, als die Kellnerin verschwunden ist, wir haben hier nichts verloren, wenn sie krank ist, ich rufe sie an, um zu erfahren, was sie hat, aber sie hält ihn zurück, warte, ruf nicht an, ihre Stimme ist so laut und rau, dass die Gäste am Nachbartisch Blicke herüberwerfen, und auch Micki schaut sie an, als hätte sie den Verstand verloren, doch sofort vertieft er sich in das Display seines Handys und ignoriert sie völlig.

Über zwanzig Jahre, und noch immer hat sie das Rätsel seines Gesichts nicht gelöst, denkt sie, während sie bedrückt das breite, ausdrucksvolle Gesicht betrachtet, er hat große schwarze Augen, eine lange Nase, breite Lippen, und trotzdem wirkt sein Gesicht irgendwie zart, und sie versucht, sich auf seine Züge zu konzentrieren und ein für alle Mal zu verstehen, wie das sein kann, aber in diesem Moment geht die Tür auf und ein Mann kommt herein, nicht jung, nicht groß, in einer weißen Hose und einem engen schwarzen T-Shirt, und sie weiß sofort, dass dies der Besitzer ist, sie merkt es an der Anspannung, vielleicht sogar dem Erschrecken, die sie im Gesicht ihrer Kellnerin wahrnimmt, und hinter ihm tritt eine lärmende Familie ein, die jetzt den Blick versperrt, ein Elternpaar und zwei große Kinder, ein Sohn und eine Tochter, wie die Widerspiegelung ihrer unerfüllten Hoffnung, denn diese vier Menschen genießen es offensichtlich, zusammen auszugehen. Sie setzen sich an den Nachbartisch, und sie hört sie lachen, einander necken, der Vater klopft dem Sohn auf die Schulter und die Tochter tuschelt mit der Mutter und beide lachen, und wieder schnürt ihr das Gefühl, versagt zu haben, die Kehle zu. Statt mit ihr zu tuscheln, hat ihre Tochter schreckliche Geheimnisse vor ihr, statt zu viert essen zu gehen, verfolgen sie jetzt ihre Tochter, und auch darin versagen sie offenbar, denn sie ist nicht hier, und wenn sie krank ist, wer kümmert sich dann um sie? Offenbar gibt es nichts Beunruhigendes an diesem Lokal, außer dass sie nicht anwesend ist, vielleicht handelt es sich wirklich um ein falsches Gerücht, und sie sucht mit den Augen den Mann in der weißen Hose, er ist gerade mit leicht gerötetem Gesicht aus der Küche gekommen, das graue Haar ist kurz geschnitten, seine Augen sind dunkel und herausfordernd, und als die Kellnerin an ihm vorbeigeht, hält er sie kurz am Arm zurück und sagt irgendetwas, von weitem ist schwer zu erkennen, ob die Geste aggressiv ist, aber als sie mit dem Bestellten zu ihnen kommt, sieht sie wütend aus, und ihre Hände zittern, als sie die Teller mit der Suppe, den Endiviensalat und das warme Weißbrot auf den Tisch stellt.

Ist alles in Ordnung?, fragt sie, wie Kellnerinnen es üblicherweise tun, und Iris antwortet mit einer Gegenfrage, ist bei Ihnen alles in Ordnung?, doch sie entfernt sich und kommt sofort mit den Karten für die Familie am Nebentisch zurück, die das Lokal und seine Spezialitäten offenbar gut kennen, die Bestellungen sind schnell erledigt, und sie flüstert Micki zu, hast du ihn gesehen? Der da! Das ist dieser Boas, von dem sie immer redet, aber Micki ist in seine Erbsensuppe vertieft, du musst sie unbedingt probieren, sagt er entzückt, nie im Leben habe ich eine solche Suppe gegessen, jetzt verstehe ich, warum Alma so selten nach Hause kommt, und sie betrachtet ihn verzweifelt, muss ihm aber zustimmen, zumindest was das Essen betrifft, der Küchenchef hinter der geschlossenen Tür versteht sein Handwerk, seit langem hat sie nicht so gut gegessen. Soll sie das beschwichtigen?

Der Besitzer kommt zum Nachbartisch, ein Tablett in der Hand, er hilft der einzigen Kellnerin, die unter ihrer Aufgabe zusammenbricht, er wechselt ein paar freundliche Worte mit den Gästen. Du siehst prima aus, Boas, lobt ihn der rundliche Mann, wie schaffst du es bloß, so gut in Form zu bleiben, ich wünschte, ich könnte das auch, Boas' Antwort versteht sie nicht, er spricht langsam und mit leiser Stimme, aber die Tatsache, dass er existiert, ein geselliger Mann, den man mit Namen kennt und an den man sich wendet, das beruhigt sie ein wenig, und da kommt auch ihr Hauptgericht, Mungobohnen und eine wohlschmeckende

Polenta, und ein Spargelrisotto, das Micki ein breites Lächeln ins Gesicht zaubert, er isst, während er etwas in seinem Handy liest, genau wie zu Hause. In diesem Lokal herrscht zweifellos eine häusliche Atmosphäre, sie ist schon bereit, sich auf dem Sofa in der Ecke auszustrecken und ein Nickerchen zu halten, aber es ist noch zu früh, um beruhigt zu sein, es ist zu früh, wegzugehen, und vermutlich zu spät, noch auf Almas Auftauchen zu hoffen, deshalb bleibt ihnen wohl nichts anderes übrig, als sich nach ihr zu erkundigen, sonst werden sie mit vollem Magen weggehen, aber ohne jede Information, deshalb fragt sie, als die Kellnerin wiederkommt, sich erkundigt, ob alles in Ordnung sei, und ihnen einen Nachtisch anbietet, sagen Sie, arbeitet Alma heute Abend nicht?, und obwohl sie sich nicht als besorgte Mutter zu erkennen gegeben hat, reagiert die Kellnerin beunruhigt und sagt schnell, Alma? Sie ist jetzt nicht da.

Natürlich ist sie nicht da, sagt Iris lächelnd, aber sie arbeitet hier, nicht wahr? Wann hat sie ihre nächste Schicht? Die Kellnerin sagt, ich bin nicht berechtigt, Informationen weiterzugeben, und verschwindet, ohne sich nach ihren Dessertwünschen zu erkundigen, und Micki schaut endlich von seinem Handy auf und sie sieht, dass auch er zum ersten Mal besorgt ist, beide verfolgen angespannt die Kellnerin, die sich entfernt.

Sie berichtet ihrem Chef, dass wir uns nach Alma erkundigt haben, sagt Iris leise, sie wird recht behalten, auch wenn sie so gern unrecht gehabt hätte, und tatsächlich landen bald zwei Gläser Wodka auf ihrem Tisch, das geht aufs Haus, sagt die Kellnerin mit einem starren Lächeln und verschwindet, und Iris sucht mit den Blicken ihren Gastgeber, er sitzt dort an der Bar, ein identisches Glas in der Hand, er hebt es, lächelt ihnen zu und trinkt, sie erwidert sein Lächeln nicht. Sie hat erwartet, er würde sich feindselig verhalten, seine Freundlichkeit wirkt keineswegs beruhigend auf sie, auch nicht, dass die Kellnerin sie demonstrativ ignoriert, sie kommt nicht zu ihnen, obwohl Iris sie herbeiwinkt. Was willst du von ihr, fragt Micki, und sie antwortet ungeduldig, während sie die Hand noch immer hochhält, es wird Zeit für den Nachtisch, willst du nicht etwas Süßes?

Und als er das Glas zum Mund hebt, warnt sie ihn, warte, trink nicht, und er murrt, warum, ist der Wodka vergiftet?, und seine Frage zaubert ein breites Lächeln auf das Gesicht des Wirts, der gerade näher kommt, sein Glas in der Hand, sein Körper in dem engen schwarzen T-Shirt ist muskulös und aufrecht, er lächelt sie an und fragt, womit kann ich Ihnen dienen?

Er spricht langsam, auch sein Blick ist langsam, bleibt auf ihre Gesichter gerichtet, direkt, als habe er, im Gegensatz zu ihnen, nichts zu verbergen, sie sind die Spione, die sich eingeschleust haben, die sich als unschuldige Gäste getarnt haben, und ohne auf ihre Antwort zu warten, zieht er einen Stuhl heran und setzt sich an ihren Tisch, in gleichem Abstand von beiden.

Wo ist Alma? Geht es ihr gut?, fragt Iris schnell, sie macht sich nicht die Mühe, sich vorzustellen, und er lächelt gelassen, zeigt gleichmäßige, weiße Zähne. Alma geht es sehr gut, antwortet er, aber Ihnen scheint es nicht gut zu gehen. Warum sind Sie so angespannt?, fragt er, jede Silbe betonend, den Blick auf ihre Lippen gerichtet, als warte er auf das, was sie sagen würde.

Warum ich angespannt bin? Weil ich mir Sorgen um meine Tochter mache, antwortet sie schnell und weiß jetzt schon, dass sie es bedauern wird, das Gespräch nicht auf eine freundlichere Art eröffnet zu haben, dass sie ihn sofort angegriffen hat, statt zu versuchen, ihn für sich zu gewinnen, und er hebt sein Glas, auf Alma, sagt er und trinkt es in einem Zug leer, und sofort drängt er sie, trinken Sie doch, der Wodka ist ausgezeichnet, er lächelt Micki zu, als dieser sein Glas leert. Das Leben ist schwer auszuhalten, wenn man sich die ganze Zeit Sorgen macht, sagt er zu ihr und deutet auf ihr volles Glas, Sie sind ja ganz verkrampft, und an Micki gewandt, sagt er, da stimmen Sie mir doch sicher zu, Mickis Lippen verziehen sich schon zu einem Lächeln, und sie schaut die beiden Männer wütend an, ich mache mir nicht die ganze Zeit Sorgen, ich mache mir erst jetzt Sorgen um meine Tochter, seit sie angefangen hat, hier zu arbeiten, sie hat sich verändert, ich möchte verstehen, was mit ihr los ist, was für eine Beziehung Sie zu ihr haben, was ihre Arbeit bei Ihnen beinhaltet.

Es ist nicht gut für Sie, so schnell misstrauisch zu werden, das verkrampft die Muskeln Ihrer Seele, schon wieder lenkt er das Gespräch auf sie, schon wieder schaut er ihr direkt in die Augen, seine physische Nähe bedrückt sie wie das unerwartete Auftauchen eines Tieres, sehen Sie, Sie sind mit Ihrem Mann in ein neues Lokal gekommen, Sie haben gut gegessen, getrunken, und Sie können es nicht genießen! Sie sind sehr misstrauisch! Er schnalzt mit der Zunge, als ginge es ihm nur um ihr Wohlergehen, schauen Sie nur, wie Sie mich angreifen, und dabei treffen Sie mich zum ersten Mal. Habe ich Ihnen etwas getan?

Die Muskeln meiner Seele sind nicht das Thema, unterbricht sie ihn, ich habe eine einfache Frage gestellt. Was ist mit Alma? Wo ist sie jetzt zum Beispiel? Wir haben gedacht, dass sie heute Abend hier arbeitet, wir sind gekommen, weil wir sie sehen wollten, und er antwortet sofort, Alma arbeitet gerade, aber nicht hier, und wieder betont er jede Silbe, als wäre sie taub oder schwer von Begriff. Alma ist mit einer sehr wichtigen Arbeit beschäftigt, einer inneren Arbeit. Sie brauchen sich keine Sorgen um sie zu machen, das verspreche ich Ihnen. Wenn sie sich verändert hat, dann nur zum Guten. Im Moment können Sie noch nicht verstehen, um was es sich handelt, Ihnen fehlt das Werkzeug, aber sie braucht das, ermöglichen Sie es ihr, und er schaut sie an, schaut von einem zum anderen, als prüfe er, welchen Eindruck seine Worte gemacht haben, und dann streckt er die Hand aus, nimmt einen Zahnstocher aus dem kleinen Behälter am Tischrand und beginnt zwischen seinen schönen Zähnen herumzustochern.

Eine innere Arbeit?, wiederholt sie schockiert, was soll das heißen? Wo ist sie jetzt? Ich möchte wissen, wo meine Tochter ist! Er lächelt, den Zahnstocher noch zwischen den Lippen, sagen Sie mir, Iris, Sie heißen doch Iris, oder? Ist die Blume, nach der Sie benannt sind, Tochter der Sonne oder des Samens, aus dem sie entstanden ist? Ist Alma Ihre Tochter oder die Tochter des Kosmos? Sie haben sie aufgezogen, Sie haben für sie gearbeitet, Sie haben ihr alles gegeben, was Sie haben, aber jetzt reicht das nicht mehr, Sie haben nicht das, was sie braucht. Jetzt ist es an der Zeit, sie freizugeben, jetzt ist es an der Zeit, dass sie für sich selbst arbeitet.

Sie haben uns nicht vorzuschreiben, wie wir mit unserer Tochter umgehen, mischt sich Micki endlich ein, sein Gesicht ist ernst und grau, es sieht krank aus, und Boas versichert schnell, Gott behüte, es ist nur ein Rat, und er gilt nicht Ihnen, sondern Ihrer Frau. Sie sehen Ihre Tochter. Sie erkennen sie, aber Ihre Frau sieht sie nicht. Es ist nicht leicht, mit jemandem zu leben, der einen nicht sieht. Wo haben Sie übrigens gelernt?

An der Hebräischen Universität, antwortet Micki verwirrt, und Boas sagt, nein, ich meine, wo haben Sie Ihr tiefes Wissen erworben?, und während Micki noch überlegt, ob er das Kompliment annehmen oder zurückweisen soll, mischt Iris sich in das Gespräch, es wird Ihnen nicht helfen, uns gegeneinander auszuspielen, was soll das heißen, innere Arbeit? Was verbergen Sie?

Ich könnte Sie fragen, was Sie verbergen, Iris, sagt er, aber ich möchte es wirklich nicht wissen. Sie sind kurz davor zusammenzubrechen, warum verlassen Sie sich nicht auf mich? Er berührt ihren Arm mit einer überraschend kleinen, zarten Bewegung, Ihre Tochter geht einer sehr wichtigen Arbeit nach, sie muss sich von ihren früheren Konditionierungen befreien, von aller Last von Geld und Eigentum. Lassen Sie los, geben Sie sie frei, sie ist nicht Ihr Besitz! Seine Stimme klingt eindringlich und weich, er ist offensichtlich von seinen Worten überzeugt, er weicht nicht aus und lügt nicht, sondern er ist stolz auf das, was er tut. Ist das beruhigend oder beunruhigend? Es ist genau die Art, die sie ihren Lehrerinnen im Umgang mit ihren Schülern beizubringen versucht, mit sanftem Nachdruck. Hätte sie ihn eingestellt? Seine glatt rasierten Wangen verströmen den Duft von Rasierwasser oder einem männlichen Parfüm, er fährt sich zufrieden durch das Haar. Schon lange hat sie keinen so gepflegten Mann gesehen.

Sie ist aber auch nicht Ihr Besitz, zischt sie, und ich bin nicht sicher, ob Sie das nicht vergessen. Ich bin auch nicht sicher, ob alles, was hier geschieht, legal ist. Ich werde die Polizei informieren, damit sie dieses Lokal in den Blick nimmt, und er lächelt, als habe er einen guten Witz gehört, tun Sie das, informieren Sie die Polizei, dass Ihre Tochter sich die Haare schneiden ließ, sagt er spöttisch, oder dass sie nicht jeden Tag nach Hause kommt. Ich kann Ihnen den Weg sparen, hier am Nachbartisch sitzt der Bezirkskommandant mit seiner Frau, er kommt regelmäßig zum Essen hierher. Möchten Sie mit ihm sprechen? Bitte, wenden Sie sich an ihn, und schon erhebt er sich geschmeidig, zupft einen unsichtbaren Krümel von seiner weißen Hose, ich habe genug, sagt er, betrachtet sie düster und vorwurfsvoll, wissen Sie was? Vielleicht sollten Sie sich mit Noa unterhalten. Komm doch mal her, Noale, er macht der Kellnerin ein Zeichen, komm, erkläre Almas Eltern, was wir hier treiben, damit sie sich nicht solche Sorgen machen, mir ist es leider nicht gelungen, ich gebe auf, und mit hoch erhobenen Händen entfernt er sich, doch sofort klopft er dem dicken Mann kameradschaftlich auf die Schulter. Er fühlt sich offensichtlich wohl in seinem kleinen Königreich, sie schaut ihm entsetzt nach, noch nie hat sie solch einen Mann getroffen, sie denkt, die Tatsache seiner Existenz auf dieser Welt annulliert die ihre, erschüttert ihre Welt in einem Ausmaß, dass ein unkontrollierbares Zittern sie befällt, sie umklammert Mickis Hand, und zu ihrer Freude verflechten sich seine Finger mit ihren, und so findet sie die Kellnerin, die sich nun auf den freien Platz setzt, aber anders als Boas Gerber, der gelassen dagesessen hat, mit dem Rücken an der Lehne, sitzt sie auf der Stuhlkante, ihre Augen flitzen hin und her.

Wie erstaunlich, dass Sie sich an den Händen halten!, sagt sie schmeichelnd, ich habe nie gesehen, dass meine Eltern sich an den Händen halten, und Iris fällt es schwer, das Kompliment zu akzeptieren, auch bei uns kommt das selten vor, sie dämpft die Begeisterung des Mädchens, erzählen Sie uns bitte, was vor sich geht, was für eine innere Arbeit erledigt ihr?

Das kann man einem Außenstehenden nur schwer erklären, sagt Noa und lächelt ein schnelles Hasenlächeln, ihr mechanischer Tonfall ändert sich, wird leidenschaftlich, ich bin schon zwei Jahre hier und fange erst jetzt an zu verstehen! Alma ist erst vor vier Monaten gekommen, außerdem ist es schwer, vom Prozess des einen Menschen auf den des anderen zu schließen. Noa ist nicht Alma! Alma macht ihren eigenen Prozess! Warum glaubt ihr, dass Noa Alma ist? Sie hört sich plötzlich seltsam vorwurfsvoll an.

Natürlich sind Sie nicht Alma, sagt Iris schnell. Diesem Mädchen gegenüber fühlt sie sich wohl, es ist, als würde sie eine erschrockene Schülerin beruhigen, während sie durch die selbstsichere, unbekümmerte Art des Mannes selbst zu einer erschrockenen, aggressiven Schülerin geworden ist. Wäre das Gespräch besser verlaufen, wenn sie getan hätte, als würde sie Boas vertrauen? Ist sie zu aggressiv gewesen? Aber jetzt ist es sowieso zu spät, und sie ist in ein anderes Gespräch vertieft, eines, das nicht weniger wichtig ist, sie wendet sich mit einem warmen Lächeln an Noa, natürlich ist jeder Prozess anders, aber da Sie schon so lange dabei sind, würden wir gern etwas von Ihren Erfahrungen hören, was haben Sie erlebt, seit sie hierhergekommen sind?

Das ist wirklich schwer zu erklären. Anfangs hat sich alles irgendwie aufgelöst, sagt sie, ihre Lippen sind feucht, und ihre Augen, ebenfalls feucht, wandern zwischen ihnen hin und her, man trifft einen Menschen und versteht, dass man in einer Lüge gelebt hat. Nicht dass Sie beide lügen, es geht nicht um Sie, Sie sind ihre Eltern, aber Sie kennen sie nicht, und hier hat sie jemanden getroffen, der die Fähigkeit hat, alles zu erkennen, was sie an sich selber stört, und der ihr helfen kann, sich von dem allen zu befreien. Als ich hergekommen bin, legte er sofort alles, was mich an mir gestört hat, auf den Tisch, ich war geschockt.

Was zum Beispiel?, unterbricht Iris den wirren, atemlosen Monolog, und Noa antwortet, zum Beispiel habe ich immer gewusst, dass ich ein schlechter Mensch bin, verkündet sie fast stolz, es ist nicht meine Schuld, ich bin so geboren, als schlechter Mensch, der nichts geben kann. Es hat mich gestört, nur mich, keinen anderen! Ich konnte nicht lieben, ich konnte kein Mitleid empfinden, ich war kein großzügiger Mensch, und niemand war bereit, mir das zu sagen. Alle haben mir Messer in den Rücken gestoßen. Sie haben gesagt: Du bist gut, du bist in Ordnung, aber niemand hat mir geholfen. Bis ich Boas traf, hat keiner gewagt, zu mir zu sagen, Noa, du bist ein schlechter Mensch! Du hast eine böse Seele, du musst dich von ihr befreien!

Wie kann man das?, fragt Iris verblüfft und versucht, ihre Besorgnis zu verbergen, jeden Hauch einer Kritik, und Noa seufzt, als würde sie nicht richtig verstanden, das ist sie, die innere Arbeit, ruft sie, Boas bringt uns bei, uns zu befreien, alles, was er im Leben gelernt hat, lehrt er uns. Alles, was er gesammelt hat, Stein um Stein, stellt er uns als Geschenk zur Verfügung, ich bin hergekommen, weil ich Arbeit gesucht habe, und ich habe einen Lehrer gefunden, verkündet sie, einen wahren Lehrer, das lässt sich nicht erklären.

Ich verstehe, sagt Iris sanft, ich bin sicher, dass Sie hervorragende Arbeit leisten. Aber was für eine Arbeit hat Alma? Ist Alma auch ein schlechter Mensch?, und Noa schüttelt den Kopf, nein, Alma ist anders! Alma ist eine zarte Seele! Aber sie ist nicht offen, sie muss sich öffnen! Sie ist zu verschlossen, sie kann nicht loslassen. Ihr Ego ist stark, fügt sie leidenschaftlich hinzu, mit geröteten Wangen, sie muss lernen, ihr Ego abzulegen, wie eine Schlange, die sich häutet. Alma hat sich durch ihre innere Arbeit einen Weg zu sich selbst gemeißelt. Es ist wie eine neue Geburt.

Häuten?, fragt Iris, und Noa sagt, ja, häuten! Denn sie ist zu Stein geworden, genau wie ich. Als ich herkam, waren zweiundzwanzig Jahre vergangen, in denen ich versteinert bin. Auch sie muss jetzt den Stein behauen und etwas Schönes daraus machen. Es ist schwer, was sie durchmacht, aber das ist der Weg!, fügt sie erregt hinzu, mit offenem Mund und hängendem Unterkiefer.

Das ist sehr interessant, was Sie erzählen, sagt Iris nachdenklich und fügt, wie nebenbei, hinzu, warum sind Sie eigentlich heute Abend unterbesetzt? Wo ist Alma jetzt, ist sie krank?, und Noa schüttelt nachdrücklich den Kopf, nein, sie ist nicht krank, es geht ihr gut, es spielt keine Rolle, wo sie jetzt ist, Hauptsache, sie macht ihre Arbeit, sie befreit sich von den Konditionierungen.

Was für Konditionierungen? Iris versucht, ihre Frage in ein beruhigendes Lächeln zu kleiden, aber sie hat das Gefühl, als könne sie ihre Lippen nicht bewegen, vermutlich ist sie auch versteinert, sind ihre Lippen zu Stein geworden, und sie bedauert, die Frage gestellt zu haben, denn Noa ist bereits aufgestanden. Ich muss zu den Gästen, sagt sie und verneigt sich leicht zum Abschied, alle möglichen Konditionierungen, unser Leben ist voller Konditionierungen, müssen wir zum Beispiel Geld und Eigentum anhäufen? Müssen wir Geld für unsere Arbeit bekommen? Muss man jemanden kennen, bevor man mit ihm schläft?

Und sofort kehrt sie zu dem professionellen, fast mechanischen Ton zurück, sie dreht ihnen den Rücken zu und neigt sich zu der Familie am Nachbartisch, bietet einen Nachtisch an, und Micki, der mit gesenktem Kopf dem Gespräch gefolgt ist, hebt jetzt langsam das Gesicht, und sie sieht, dass er erschüttert ist, seine Augen sind rot, seine Mundwinkel haben sich gesenkt, und er flüstert heiser, ich möchte hier weg.

Ich auch, sagt sie leise, fast muss sie lachen, als sie sich bewusst wird, wie stark diese Konditionierungen sind. Tatsache ist jedenfalls, dass von der manipulativen Aufzählung abgenutzter Parolen die letzte, die wie ein Nachtisch angeboten wurde, sie in die Knie gezwungen hat, und sie möchte gern einen Scherz machen, sagen, sie hätten offenbar noch viel innere Arbeit zu leisten, aber sein Anblick erschreckt sie nicht weniger als die Informationen, die sie gesammelt hat. Er lässt ihre Hand los und greift sich an die Brust, ich fühle mich nicht wohl, flüstert er, ich habe einen Druck in der Brust.

Oh, Micki, ruft sie erschrocken, ich bestelle einen Krankenwagen, aber er weigert sich, übertreibe nicht, komm, fahren wir nach Hause, er nimmt ein paar Scheine aus der Tasche und legt sie auf den Tisch, erhebt sich schwerfällig, ohne auf die Rechnung zu warten, und stützt sich beim Gehen auf sie. Zu ihrer Erleichterung, wenn man hier überhaupt etwas wie Erleichterung empfinden kann, stoßen sie nicht auf den Chef, er hat sich vermutlich in die Küche zurückgezogen, nur Noa schaut ihnen besorgt hinterher, aber der Anblick der Scheine, die sie auf dem Tisch zurückgelassen haben, scheint sie zufriedenzustellen, sie winkt ihnen zum Abschied nach, als sich die Tür hinter ihnen schließt.

Vielleicht fahren wir ins Krankenhaus? Was genau spürst du? Tut dir auch der Arm weh? Sie versucht, die Situation zu klären, während er sich an einem Strommast festhält, und er sagt keuchend, ich habe einen Druck in der Brust, ich bekomme keine Luft, ich möchte heim, ach, Iris, er stöhnt, ich habe mich noch nie so gedemütigt gefühlt, und sie legt den Arm um seine Hüfte und führt ihn zum Auto, setzt ihn auf den Beifahrersitz und kippt die Lehne zurück, und als sie sich neben ihn ans Steuer setzt, klopft eine Hand ans Fenster, eine Hand, die Geldscheine hält, und ohne nachzudenken öffnet sie statt des Fensters die Tür, die weiße Hose leuchtet in der Dunkelheit, Sie sind meine Gäste, sagt er, ich nehme kein Geld von Ihnen, und sofort ist er verschwunden, während die Scheine in ihren Schoß flattern, in ihrem ganzen Leben hat sie sich nicht so gedemütigt gefühlt.

## FÜNFZEHNTES KAPITEL

Wie ein verzerrter Liebesakt ist die Trauer eines Paares nicht mit Worten zu beschreiben, stellt sie auf dem Weg nach Hause fest, sondern nur mit Seufzen und Knurren, mit dem Stöhnen der verängstigten Seele. Nicht von ungefähr gleicht diese Nacht heute jener Nacht, in der man ihr den Tod ihres Vaters verkündet hatte, es ist eine Nacht des Unglücks, die verfluchteste Nacht unter allen Nächten, Gott wird nicht nach ihnen fragen, kein Glanz wird auf sie fallen, denn obwohl man ihnen nicht den Tod ihrer Tochter mitgeteilt hat, sondern nur ihre Gefangenschaft, wissen sie doch nicht, ob und wann sie sie von dort befreien können und wie versehrt und geschunden sie bei der Befreiung sein wird. Schwarze Gespenster geistern durch den Wagen auf seinem Weg von der Küste in die Berge, Geister der Schande und der Wut, des Ärgers und der Ohnmacht. Sie kann die Straße in dieser mondlosen Nacht des Verlustes kaum erkennen, die Dunkelheit verspottet die dünnen Scheinwerfer, sie fährt mit aufgerissenen Augen, ihr Kopf stößt fast an die Windschutzscheibe.

Immer wieder hupt ein Auto und macht sie darauf aufmerksam, dass sie von der Spur abweicht, und sie korrigiert sich schnell, wie gut wäre es doch, wenn er sie am Steuer ablösen könnte, aber ihm geht es noch schlechter als ihr, sie war auf die schlechte Nachricht schon vorbereitet, und ihn hat es wie der Einschlag eines Meteors erwischt, und deshalb stöhnt er, er atmet schwer, seine eine Hand liegt auf der Brust, die andere klammert sich an den Türgriff.

Iris, ich muss kotzen, schreit er plötzlich, halt an!, und sie seufzt, wie soll sie bei dem Verkehr auf die Standspur kommen, es ist, als würden heute Nacht alle Tel Aviv verlassen, auf beiden Seiten donnern Autos vorbei, und auch wenn sie die Standspur erreichen sollte, wäre das gefährlich, auf diesem Abschnitt ist die Standspur besonders schmal, aber warum kümmert sie das, für einen Augenblick hofft sie, als sie erschöpft am Straßenrand hält, ein Auto würde sie erwischen und sie würde mit einem gewaltigen Schlag von dieser erniedrigenden Existenz befreit.

Dann fällt ihr auf, wie nahe sie dem Ort sind, an dem sie ihr Auto abgestellt hat, wo er sie vor wenigen Stunden abgeholt hat, als sie noch hoffte, sich vielleicht wirklich zu irren und zu übertreiben. Es scheint ihr, als wären inzwischen Jahre vergangen, sie sind beide gealtert, und sie stützt ihn, bis er sich an einem Baum festhalten kann, er bittet sie, Abstand zu halten, er hasst es, sich zu übergeben, das weiß sie, aber sein Körper sträubt sich vehement gegen die Speisen, die er so gern gegessen hat. Mit dem Würgen steigt aus den Büschen ein saurer Geruch auf, der von den Gerüchen der Nacht aufgenommen wird, sich mit dem Duft des Feigenbaums vermischt, mit dem Geruch trockenen Heus, mit den Abgasen der Autos, die sich den Berg hochquälen, mit dem Rauch eines weit entfernten Lagerfeuers. Aus ihrer Kehle kommt der Geschmack von gegrilltem Fleisch und verbranntem Blut, ihr Magen dreht sich um und ihre Zunge bewegt sich unkontrolliert, wie der Schwanz eines Tieres, das sie wider Willen geschluckt hat, und sie fällt auf die Knie, ihr dreht sich der Kopf und sie lässt den Brei aus ihrem Magen durch den Mund schießen, wir befreien uns von Vorschriften, wir müssen nichts in uns behalten, wir müssen nicht klammern.

Kniend wie zwei Götzenanbeter heben sie die Augen hinauf zu dem schwarzen Himmel, sie bieten ihr Erbrochenes den örtlichen Göttern als Opfer dar und hoffen auf ein Wunder. Micki scheint es besser zu gehen, er kommt leichtfüßig auf sie zu, sie hört seine Schritte auf dem felsigen Boden, das Brechen trockener Zweige, aber sie kann den Kopf nicht heben, er ist so schwer und tut so weh, sie denkt, dass auch ihr Kopf aus Stein ist, aus Fels gehauen, die starre Skulptur einer Mutter.

Versteinert vor Schmerz sinkt sie zu Boden, neben ihr Erbrochenes, als wäre es ihr einziger Besitz. Von den Füßen bis zum Schädel spürt sie schmerzhafte Wehen. In solch einer Nacht hat sie Alma empfangen, sie hat es gleich gewusst, denn Micki war damals beim Reservistendienst, und sie, besessen von der Idee, schwanger zu werden, freute sich, dass der einzige Tag, an dem er Urlaub hatte, der Tag ihrer höchsten Fruchtbarkeit war, und damals störte sie auch die Erinnerung an die Nacht, in der sie ihren Vater verlor, nicht, im Gegenteil, sie hoffte, die verfluchte Erinnerung mit einem kleinen Geschöpf zu versüßen, das sich seinen Weg in der Welt bahnen würde, die Welt versüßen, zumindest ihre, aber jetzt schmeckt die Welt bitter in ihrem Mund, als hätte man sie vergiftet und sie würde sterbend im Gebüsch liegen. Wie schnell die vorbeifahrenden Autos sind, die in ihren Ohren pfeifen, die Welt ist voller Bewegung und sie ist bewegungslos, wie kann man so den Stein behauen?

Komm, Iris, sagt er, seine Stimme ist dumpf und weit weg, als käme sie tief aus der Erde, komm, wir können nicht die ganze Nacht hier bleiben, und sie versucht seine ausgestreckte Hand zu fassen, schwankt auf den Knien. Beide stinken sie wie verwesende Leichen, die man am Straßenrand vergessen hat, die Karawane ist ohne sie weitergezogen, man hat sich nicht einmal die Zeit für eine Bestattung genommen. Vor fast zweiundzwanzig

Jahren lagen sie nackt auf dem Bett in ihrer ersten Wohnung, sie hatten sich zwei Wochen lang nicht gesehen und die Lust, die sich mit der Sehnsucht nach einem Kind vermischte, fühlte sich an wie Liebe, frisch gewaschen und duftend, geschmeidig und aufgeregt, versuchten sie, mit ihren Körpern ihre Liebe zu einer einmaligen Vereinigung zu schmieden, beide in derselben Nacht, in derselben Stunde, zum passenden Zeitpunkt, und jetzt stolpern sie zu ihrem Auto, schwerfällig, stinkend, steif und verzweifelt. Morgen werde ich das Auto waschen, murmelt Micki, der jetzt den Platz am Lenkrad einnimmt, und sie dreht und wendet diese Worte in Gedanken, bis sie zu Hause ankommen. Morgen werde ich das Auto waschen, wiederholt sie mit einem wilden Lachen, ihr scheint, als gäbe es keine bessere Botschaft, keine größere Hoffnung, keinen besseren Trost als diesen.

Sie wird auch im Schlaf lachen, falls es ihr überhaupt gelingt einzuschlafen. Almas Bett widert sie an, als wäre es mit gefährlichen Krankheitserregern infiziert, Pest, Aussatz, Cholera, ihre Tochter ist krank, wie soll sie genesen. Erst heute Morgen hat sie auf diesem Laken gelegen, ich fand mich plötzlich in Jerusalem wieder, hat sie gesagt, und wer hat sie auf dem Weg berührt? Die Übelkeit schnürt ihr den Hals wieder zu, als sie sich den Mann mit der weißen Hose neben sich im Bett vorstellt, und neben ihm Noa und Alma, die seinen Körper von oben bis unten ablecken und wie Katzen wimmern, und sie flüchtet in das Ehebett, Micki hat schon geduscht, er hat die Augen geschlossen, heute Nacht wird sie sein Schnarchen den Stimmen in ihrem Kopf vorziehen.

Was machst du morgen, Micki?, fragt sie ihn, und er antwortet gehorsam, ich werde das Auto waschen, und wieder lacht sie wild, auch unter der Dusche lacht sie und dann, in das Badetuch gewickelt, zwischen den Laken, sie hat nicht einmal die Kraft, sich abzutrocknen oder ein Nachthemd anzuziehen, er wird das Auto von innen und außen waschen und alles kommt wieder ins Lot. Vielleicht wird er auch Alma mit dem Schlauch von innen und außen waschen, er wird sie reinigen, wie man das mit den Toten macht, und dann wird er ihre Öffnungen mit Wachs verschließen, denn sie ist eigentlich tot, das ist keine Wiedergeburt, sondern ein Tod im Leben, ihr vergeht das Lachen, sie schüttelt sich, ihre Zähne klappern, vorsichtig nähert sie sich dem schweren Körper, der neben ihr liegt.

Da liegt ein Wal im Bett!, haben die Kinder gejubelt und getan, als würden sie erschrocken weglaufen, aber jetzt strömt der Wal eine angenehme Wärme aus und sie klammert sich an ihn, schlafend schützt er sie. Wo bist du jetzt, das Mädchen, das vor dem Wal geflohen ist, welches Tier hast du heute Nacht in deinem Bett vorgefunden? Sie erinnert sich noch an die Wochenenden im Winter, an denen die Kinder im Pyjama um ihr Bett herumsprangen, das Haus war warm und der Duft des vegetarischen Eintopfs breitete sich in der Wohnung aus. Meistens fand das Spiel ein böses Ende, weil Omer übertrieb, aber am Anfang genossen sie die Wärme der kleinen Körper, den faulen Morgen, an dem sie nichts vorhatten, die Natürlichkeit der Familie, ein Genuss, wie hat Eitan gesagt, du hast eine Familie gegründet, doch sie will jetzt weder an ihn denken noch die SMS lesen, die er geschickt hat. Er kann sie jetzt nicht trösten, sie sehnt sich nicht nach ihm, sie kann ihn nicht sehen und nicht auf ihn verzichten, denn von allen Identitäten, die sie in ihrem Leben mit den überflüssigen Konditionierungen hatte, ist nur eine Identität geblieben, sie ist Almas Mutter, und diese Identität passt ihm nicht, das hat sie heute deutlich gespürt, als sie versuchte, ihm von ihr zu erzählen, und ihr passt es auch nicht, an seiner Seite Almas Mutter zu sein, das ist sie hier, neben Almas Vater, wenigstens in dieser Nacht. Denn an jenem Schabbatmorgen, als Alma jubelnd um ihr Bett herumhüpfte, die Wangen rot vor Aufregung, die honigfarbenen Haare, die ihr ins Gesicht hingen, war Micki an ihrer Seite, und sie versucht sich das Gesicht ihrer Tochter von damals ohne Haare vorzustellen, sie möchte es wieder sehen, die glühenden Kohleaugen, die Stupsnase und die vollen Lippen, doch als es ihr endlich gelingt, sieht sie ein leeres, konturloses Gesicht, ohne Körperteile, und sie schreit, vermutlich ist sie kurz eingeschlafen und in einen Albtraum gerutscht, und sie läuft ins Wohnzimmer, es liegt ein Wal im Bett!

Eines nach dem anderen zieht sie die alten, verstaubten Fotoalben aus dem Regal über dem Sofa, damals hat man die Fotos noch entwickelt und nicht im Computer vergraben, und bis zum Morgengrauen verfolgt sie das Leben ihrer Tochter von der Geburt bis zur Pubertät, sucht nach der Quelle des Bösen. Sie war ihr schon immer ein Rätsel, und jetzt, rückblickend, scheint es schicksalhaft zu sein, aber man muss die Dinge in ihrer Einfachheit betrachten und sie von der Hülle befreien, die erst später entstanden ist, sie streichelt mitleidig und ängstlich die Gesichter, die sich ihr zeigen, bedeckt sie mit Küssen. Mach dir keine Sorgen, mein Mädchen, mein armes Kind, du bist nicht allein, ich werde dich da herausholen, ich lasse dich nicht im Stich, ich werde dich retten, auch wenn du das nicht willst. Sie hat das Gefühl, mit all den kleinen Mädchen, die sie aus den Fotos anschauen, einen Bund zu schließen, sie werden das große Mädchen, das aus ihnen herangewachsen ist, besiegen.

Aber wie soll sie es retten? Soll sie es zu Hause festhalten oder zur Abwechslung auf eine Reise nach Paris oder Berlin schicken? Wie soll sie die beiden trennen? Wenn sie ihn wirklich liebt, so wie sie Eitan in ihrer Jugend liebte, wie sie ihn bis heute liebt, genauer gesagt, ihn erneut liebt, wie soll sie die beiden trennen? Was kann sie ihrer Tochter bieten, das so gewaltig ist wie die Macht der Erlebnisse, die sie mit ihm hat? Diese vollkommene Auflösung von Körper und Seele in einer Einheit, die größer ist als sie. Ein Biskuitkuchen? Ein Gespräch von Mutter zu Tochter? Eine gemeinsame Shoppingtour? Diese Dinge, die ihr früher Freude machten, werden ihr heute nichts mehr bedeuten, und auch damals war ihre Freude schon brüchig. Sie erinnert sich an Almas siebten Geburtstag, an die kleine Überraschungsparty, die sie für sie in der Wohnung veranstalteten, nur für die enge Familie, die Großmutter und die Onkel, die damals noch unverheiratet waren. Das Wohnzimmer war voller Luftballons, und die Geschenke türmten sich verführerisch auf dem Sofa, der Kuchen war mit Kerzen verziert, und sogar der kleine Omer war freundlich und ruhig. Micki brachte sie direkt vom Ballettunterricht zur Überraschungsparty, und als das Licht anging und alle sie mit Gesang und Glückwünschen überfielen, stand sie in der Wohnzimmertür, noch in dem rosafarbenen Röckchen, und man sah ihr an, dass sie sich einfach nicht freuen konnte, weil sie vorher die Forderungen ihrer Lehrerin nicht hatte erfüllen können, sie konnte ihre Enttäuschung nicht einfach zur Seite schieben und Platz für das Geburtstagsfest machen, und Iris erinnert sich genau, wie ihr bedrückend bewusst wurde, dass ihre Fähigkeit, ihrer Tochter Freude zu bereiten, beschränkt sein würde.

Bis dahin hatte sie den Eindruck gemacht, sich freuen zu können wie alle kleinen Kinder, wenn sie ihr ein Eis oder einen Kaugummi kaufte, wenn sie mit ihr ins Kino oder zum Spielplatz ging, doch nun stellte sich heraus, dass auch fünfundzwanzig Luftballons und ein Kuchen mit Kerzen und die liebende Familie nicht ausreichten, ihre eigene Enttäuschung zu vertreiben. Sie saß auf dem geschmückten Geburtstagsstuhl und weinte, sie war selbst traurig, dass sie die Gäste enttäuschte, trotzdem sah man ihr an, dass die ganze Versammlung für sie vollkommen überflüssig war, ja ihren Ärger fast verdoppelte. So früh war das schon so, viel zu früh, und sie war insgeheim fast wütend auf sie, wir machen uns so viel Mühe für dich und du lächelst noch nicht mal, und dieser Ärger meldet sich auch jetzt wieder, nach allem, was du von uns bekommen hast, lässt du dich von einem eitlen Scharlatan beeindrucken, der so dummes Zeug von sich gibt, wie ich in meinem ganzen Leben noch nicht gehört habe, und bist bereit, dein Leben in seine Hände zu legen, aber sofort verwandelt sich der Ärger in Mitleid und Sorge, denn die Wucht des Fallens beweist die Größe der Not, jetzt ist nicht die Zeit für Ärger, es ist die Zeit zum Handeln. Sie weiß, dass es für solche Fälle Experten gibt, aber sie zieht es vor, es zunächst allein zu versuchen, sie wird alles tun, um Alma zu sich heranzuziehen und ihr Vertrauen zu gewinnen, ohne sie zu verurteilen und zu kritisieren, um erst dann langsam Zweifel in ihr zu säen. Das alles wird Zeit brauchen und sie wird vielleicht scheitern, aber sie wird diesem Versuch ihre ganze Zeit widmen, alle Fähigkeiten, die ihr zur Verfügung stehen, und an diesem neuen Tag, der gerade beginnt und schon so heiß und gleißend ist, wird ihr klar, dass sich ihr Leben verändert hat, dass nicht nur ihre Tochter ihre Freiheit verloren hat, sondern auch sie, denn ihre Tochter leidet an einer ernsthaften Krankheit, und bis zu ihrer Genesung ist sie an sie gekettet. Aber im Gegensatz zu Eltern, die mit ihren kranken Kindern die ganze Zeit zusammen sind, sie ständig zu den erforderlichen Behandlungen begleiten und sie mit allem versorgen, muss sie das mit List und Raffinesse machen, hinter dem Rücken ihrer Tochter und gegen ihren Willen.

Ihre Augen schließen sich vor dem hellen Licht, das ins Wohnzimmer dringt, doch da weckt sie ein anhaltendes Klingeln, wer ruft Micki morgens um fünf Uhr an, gibt es wieder ein Problem im System, und sie folgt dem Klingeln mit halbgeschlossenen Augen, wo hat er sein Handy hingelegt und welche Geheimnisse wird sie auf ihm entdecken? Erst gestern ist ihre Wahrheit ungeschützt zu Hause zurückgeblieben, und heute seine, sie schafft es, sein Handy aus der Hose zu ziehen, die an der Schlafzimmertür hängt, gerade als der Klingelton aufhört, der Name auf dem Display ist erschreckend und beruhigend zugleich. Alma hat angerufen, sie schüttelt seine Schulter, er öffnet die Augen und streckt die Hand nach dem Handy aus, hallo, brummt er verschlafen, und sie sagt, sie hat schon aufgelegt, ruf sie zurück, und er richtet sich schwerfällig auf, stützt sich an der Wand ab, ich weiß nicht, was ich ihr sagen soll, sprich du mit ihr, aus seinem Mund weht ein bitterer Geruch.

Aber sie hat dich angerufen, nicht mich, protestiert sie, als ihr Handy auf dem Couchtisch klingelt, und läuft schnell ins Wohnzimmer, Alma?, fragt sie schwer atmend, bevor sie den Namen auf dem Display sehen kann, Alma, bist du das?, und in der Stille danach hört sie eine tiefe, männliche Stimme, Iris, ich mache mir Sorgen, warum hast du mich nicht zurückgerufen, ist alles in Ordnung?, und in diesem Moment kommt Micki näher, mit gespitzten Ohren, um dem Gespräch mit der gemeinsamen Tochter zu folgen. Stell auf Lautsprecher, verlangt er, und sie unterbricht sofort die Verbindung, sie hat doch nicht ahnen können, dass es Eitan sein würde, er hat sie noch nie um diese Zeit angerufen, jetzt hat sie keine Wahl, sie muss Alma anrufen, um keinen Verdacht aufkommen zu lassen, und sie ist sehr erleichtert, als ihre Tochter sofort antwortet, hi Alma, wir wurden unterbrochen, sagt sie, als wären sie mitten in einem freundschaftlichen Gespräch.

Wovon sprichst du, brummt ihre Tochter, ich habe Papa angerufen, nicht dich, was hat dieser Besuch zu bedeuten? Mit welchem Recht verfolgt ihr mich? Warum habt ihr mir nicht gesagt, dass ihr kommt? Ihre Stimme klingt so fremd, dass Iris kaum antworten kann. Wir sind nicht deine Gegner, Alma, wir lieben dich, wir machen uns Sorgen um dich, murmelt sie, aber die Worte, die vor wenigen Minuten in ihr Ohr geflüstert wurden, führen jetzt dazu, dass ihre Tochter auflegt und das ungewollte Gespräch nicht fortsetzt, genau wie sie es gerade eben auch getan hat, und sie sinkt verzweifelt auf das Sofa. Probier du's, sagt sie zu Micki, der sein Handy auf den Tisch legt und sich neben sie setzt, probier du's, sie wollte dich sprechen.

Ich weiß nicht, was ich ihr sagen soll, wiederholt er frustriert, aber sie besteht darauf, mit dir wird sie sprechen, mach dir keine Gedanken, Hauptsache, es gibt eine Verbindung, sagt sie, und er stöhnt auf, gehorcht ihr aber am Ende. Hi, Süße, sagt er ins Handy, alles okay? Wieso Überfall? Wir wollten dich besuchen, wir waren sicher, dass du dort sein würdest, und in der Zwischenzeit haben wir uns das Lokal angesehen, uns über die innere Arbeit informiert, die du machst, wir waren sehr beeindruckt, sagt er in überzeugendem Ton, und sie hört ihm begeistert zu, überrascht von seiner Fähigkeit, sich zu verstellen, das kennt sie bei ihm nicht, macht er etwa ebenso geschickt auch ihr etwas vor? Weiß er, dass sie ihm etwas verheimlicht, und verheimlicht er ihr ebenfalls etwas? Der schwerfällige, große, wortkarge Micki führt mit Leichtigkeit ein Gespräch, das sie mit all ihrer pädagogischen Erfahrung nicht besser hingekriegt hätte, und am Ende kann er die Tochter überzeugen, sie in den nächsten Tagen zu besuchen und ihnen mehr von ihrer wichtigen inneren Arbeit zu erzählen.

Chapeau, sagt sie und macht eine Handbewegung, als würde sie einen imaginären Hut ziehen, Respekt, Micki, ich bin schwer beeindruckt, aber er lässt sich durch das Kompliment nicht ablenken. Sie hört sich nicht gut an, Iris, man hat ihr eine Gehirnwäsche verpasst, er seufzt und streckt sich auf dem großen Sofa aus und verkreuzt die Arme über der Brust, es fällt mir schwer zu atmen, ich gehe heute nicht zur Arbeit, sagt er, und sie sagt, natürlich nicht, komm, fahren wir zur Notaufnahme, man muss das untersuchen, und er murmelt, lass doch, es kommt schon wieder in Ordnung, ich gehe später zum Arzt.

Es wird still, der Wal ist verwundet, er atmet schwer, seine glatte braune Haut, die aneinanderliegenden Schenkel und die überkreuzten Knöchel sehen aus wie eine riesige Flosse, seine Lider zucken über den großen Augen, er sieht Omer nicht, der wie üblich erst am späten Vormittag auftaucht, die Haare stehen ihm wirr vom Kopf. Was ist mit Papa?, fragt er, und sie sagt, gestern ist es spät geworden, er ist schrecklich müde, und Omer wirft ihr einen misstrauischen Blick zu, du siehst auch total groggy aus, unsere Familie löst sich auf, oder?, stellt er fest, erwartet aber keine Antwort, machst du mir bitte für heute zwei Brote? Und gib mir ein bisschen Geld, ich habe heute Sozialkundeprüfung, und sie sagt, oh, stimmt ja, das habe ich glatt vergessen.

Du hast mich in letzter Zeit sowieso ein bisschen vergessen, Mamusch, sagt er und schaut von oben auf sie herunter, wann ist er bloß so groß geworden? Sie hat es nicht bemerkt, und wieder spürt sie einen Stich, sie hat es nicht wahrgenommen und bald wird er zur Armee gehen, und sie schneidet mit einem scharfen Messer die tiefgefrorenen Brötchen auf. Tut mir leid, Kind, es gibt so Zeiten, und er kichert, geht schon in Ordnung, Mamusch, ich nehme es nicht persönlich, sag mir nur, wenn du Hilfe brauchst, und er dreht ihr seinen schönen Rücken zu und geht in sein Zimmer, und sie folgt ihm mit den Blicken, wie er gewachsen ist, nicht nur körperlich, wie ist er zu einem jungen Mann geworden?

Er ist gut gelungen, mit ihm hat sie Glück gehabt, heute Morgen zeigt er ihr, dass sie stolz sein kann, sie braucht nicht nur ihr Scheitern zu bedauern, er ist ihr gelungen und bald wird sie sich von ihm trennen müssen, die Armee wird ihn ihr wegnehmen. Hat sie sich deshalb mehr um ihn gekümmert als um Alma? Ist es das, was dieses Land mit den Müttern macht? Sie müssen ihre Söhne in dem Gefühl großziehen, dass die Zeit knapp bemessen ist, oder kommt ihr das nur so vor, weil der Krieg ihr den Vater genommen hat? Wütend schlägt sie die Eier in die Pfanne, was hat das überhaupt damit zu tun? Er ist ganz einfach ein Kind, das von ihr besonders viel verlangt hat, das hat nichts mit dem Land oder mit der Armee zu tun, sie schüttelt immer wieder den Kopf, während sie die gelbe Masse betrachtet, die in der Pfanne stockt. Hat sie ihm mehr gegeben, weil er mehr verlangt hat, oder hat er mehr verlangt, weil sie es zugelassen hat? Verlangt das Land mehr, weil seine Bürger es zulassen? Viel Erfolg, mein Kind, ich habe in meiner Prüfung mit dir überdurchschnittlich viel Erfolg gehabt, und sie legt das heiße Omelett in die gefrorenen Brötchen, verpackt diese hastig und legt sie auf den Tisch. Die Anstrengung hat gefruchtet und die israelische Armee wird die Frucht gierig verschlingen, genau jene Armee, die auch den verbrannten Körper ihres Vaters verschlungen hat, aber warum soll sie das vorwegnehmen, was später erst sein wird, er hat ja noch nicht einmal den Einberufungsbescheid bekommen. Der Geruch von Verbranntem breitet sich in der Wohnung aus, während sie sich anzieht, die Pfanne raucht und dampft und Omer schimpft väterlich mit ihr, wo hast du bloß deinen Kopf, Mamusch, du hast den Herd nicht ausgeschaltet! Es gefällt ihm, sich selbst so zu sehen, sich stark und gebraucht zu fühlen, zu viele Jahre war sie allmächtig, und sie sagt, was für ein Glück, Omer, du hast uns gerettet, und er kichert, ich habe vor allem Vater gerettet, wir gehen ja gleich aus dem Haus, und beide schauen sie zu Micki hinüber, der regungslos daliegt, nur seine Augenlider zittern noch, und sie geht zu ihm, legt eine Hand auf seine Stirn, wie fühlst du dich, Micki? Und er murmelt, etwas besser, und zu ihrer Überraschung fügt er noch hinzu, aber ich werde heute das Auto nicht waschen können, Iris, es tut mir leid, dich zu enttäuschen.

Das werde ich verkraften, murmelt sie, unter der Bedingung, dass du zum Arzt gehst. Wäre heute nicht der letzte Schultag, würde sie bei ihm zu Hause bleiben, aber sie hat heute sehr viel zu erledigen, egal wie müde und besorgt sie ist. Jede Stunde ruft sie zu Hause an, um sicherzugehen, dass es ihm gut geht, und bittet die Sekretärin jedes Mal um einen starken schwarzen Kaffee, die Traurigkeit des Schuljahresendes lässt sie nicht los, etwas ist vor der Zeit vergangen, in der Blüte seiner Jahre. Schweren Herzens hört sie den Lehrerinnen zu, die sich auf die Sommerferien freuen, die mit ihren Familien ins Ausland reisen wollen, auch ihr hat man eine verführerische Reise angeboten, man hat sie zu einer Konferenz in Rom eingeladen, könnte es glücklichere Tage geben? Aber sie hat in ihrem jetzigen Leben keinen Platz für Glück, vor allem nicht für ein Glück dieser Art. Freut euch nicht auf die Zeit, die vergeht, will sie den Absolventen sagen, die sich in Scharen von ihr verabschieden, feierlich und aufgeregt, sie schaut mit Sorge auf die Kinder, die sie von der ersten Klasse an begleitet hat. Schön wäre es, man könnte die Zeit anhalten, solange eure Haut noch glatt ist, vor der Akne und den Bartstoppeln, vor der Armee. Sie umarmt die zwölfjährigen Mädchen, die neue Wege gehen, was erwartet euch, meine Lieben, auch Alma war zwölf Jahre alt und trug Uniform und kam mittags von der Schule und erzählte, wie es war, und wenn sie es nicht tat, verbarg sie vor ihnen keine schrecklichen Geheimnisse.

Als ihr Zimmer leer ist, schließt sie die Tür und legt den Kopf auf den Tisch, versucht sich an den Sommer zu erinnern, als Alma so alt war wie diese Kinder und die sechste Klasse beendete, aber es gelingt ihr nicht. Jenes ganze Jahr scheint, was Alma betrifft, aus ihrem Gedächtnis gelöscht, und vielleicht war es nie da, denn sie hat sie wegen der Verletzung verloren, sie erinnert sich an die Operationen, die Krankenhausaufenthalte, die Reha, ist sie ihr damals für immer entglitten?

Iris, du wirst gesucht, Ofra öffnet vorsichtig die Tür, und sie antwortet zornig, sag, ich hätte zu tun, aber Ofra, die sie sonst so eifrig beschützt, sagt geheimnisvoll, das scheint aber wichtig zu sein, und Iris murrt, immer scheint alles wichtig zu sein, ist es dann aber nicht, und sie hebt den Kopf und sieht ihn in der Tür ihres Büros stehen, ein hagerer Mann mit ergrauendem Haar und dichten Augenbrauen, verlegen und ein bisschen schlampig, er trägt eine abgewetzte Jeans und ein ausgeblichenes T-Shirt, das so aussieht, als stamme es noch von damals. Zunächst erkennt sie ihn nicht, denn er hat mit diesem Ort und dieser Zeit nichts zu tun, er gehört nicht hierher, und der Schmerz, der sie den ganzen Tag begleitet hat, wird stärker und unerträglich, und sie murmelt, Eitan, bist du das? Wie hast du mich gefunden? Und sie geht zu ihm, legt die Arme um seinen Nacken und den Kopf an seine Schulter, vor dem feierlichen Blick ihrer langjährigen Sekretärin, die nun schnell hinausgeht und die Tür hinter sich schließt, sie ist offenbar weniger neugierig als stolz darauf, die Bedeutung dieses Treffens richtig eingeschätzt zu haben.

Eitan, meine Tochter ist krank, sagt sie und hält sich an ihm fest, als müsste sie bald in einen Kampf ziehen, von dem sie nicht zu ihm zurückkommen würde, und er streichelt ihre Haare, ich habe mir Sorgen gemacht, ich wusste, dass etwas passiert ist, flüstert er ihr ins Ohr, was hat sie? Kann ich helfen? Und sie sagt, es ist nichts Körperliches, es ist seelisch, sie steht unter der Fuchtel eines Mannes, ich muss sie retten. Seine Lippen sind heiß auf ihrer Stirn, auf ihrem Haar, sie hat das Gefühl, ihr Gehirn würde verbrennen, wie lange hat sie auf ihn gewartet, haben sie den Zeitpunkt verpasst?

Meine Geliebte, flüstert er, Iris, gib mich nicht auf, und sie stöhnt, ach, Eitan, selbst wenn ich es wollte, könnte ich es nicht, sie liebt ihn in diesem Moment so wie damals, wenn er, traurig und verwundert, vom Bett seiner Mutter zu ihr kam, und als sie ihn betrachtet, spürt sie, wie eine flammende Traurigkeit sie versengt, sie ist so müde, es ist der letzte Tag des Schuljahrs, sie könnte im Stehen einschlafen, den Kopf auf seiner Schulter und die Arme um seinen Nacken, nichts trennte sie, sie atmete die Luft ein, die er ausatmete. Wir haben es nicht geschafft, beieinander zu schlafen, flüstert sie, ich möchte mit dir einschlafen und nie mehr aufstehen, sie erinnert sich an die Pfanne, die sie morgens auf dem Herd vergessen hat, wir werden stark brennen, bis wir zusammenschmelzen, niemand wird wissen, dass wir zwei Menschen sind, Tag um Tag, Nacht um Nacht wären wir zusammen.

Kommst du heute Abend zu mir?, flüstert er, oder morgen, die Kinder sind nicht da, und sie sagt, ich wünschte, ich könnte es, aber ich muss mich um Alma kümmern, sie lebt in Tel Aviv, obwohl sie nicht weiß, wie sie sich heute oder morgen Abend um sie kümmern soll, und er seufzt, okay, ich verstehe, sag mir, wenn ich dir helfen kann, und er küsst ihre Stirn und schiebt ihren Kopf von seiner Schulter, ich muss zurück in die Klinik, ruf mich an, wenn du kannst, und sie hält sich schwankend an ihrem Schreibtisch fest. Noch nie war dieses Zimmer so leer wie jetzt, nachdem er es verlassen hat, blass und traurig, ihr alt gewordener Junge, der spät zurückgekommen ist, und sie sinkt auf den Tisch, die gelben Klebezettel bleiben in ihren Haaren hängen, ich gebe nicht auf, Eitan, aber ich muss mich jetzt auf Alma konzentrieren, kennt er überhaupt ihren Namen, ich werde mich um sie kümmern und dann komme ich zurück, warte auf mich. Sie möchte ihm hinterherrennen, ihm etwas versprechen, ihm gut zureden, in ihm verschwinden, aber ihre Beine sind vor Müdigkeit und Trauer wie aus Stein, und kurz danach öffnet Ofra die Tür und die Menschen, die auf sie gewartet haben, strömen in ihr Zimmer, und sie starrt sie verwirrt an, verabschiedet sich von ihnen, umarmt sie, wünscht ihnen alles Gute, so viele Menschen hat sie heute umarmt, aber ihre Arme umfassen noch seinen geliebten Körper, fast dreißig Jahre lang umfassen sie den geliebten Körper.

Was hat Dr. Rosen hier gemacht?, fragt ihre Stellvertreterin, die mit einem Stoß Ordner das Zimmer betritt, als es wieder leer geworden ist, ich hoffe, er hat nicht vor, seinen Sohn bei uns anzumelden, und Iris ist überrascht, du kennst ihn, woher?, und Daniela sagt, er hat damals meine Mutter behandelt, und als er hörte, was ich arbeite, hat er von seinem Sohn erzählt, man hatte ihn gerade von der Schule geworfen. Anscheinend ist er richtig gestört. Ich habe absichtlich nicht auf unsere Schule verwiesen, mir hat das, was er erzählt hat, nicht gefallen, nimm ihn nicht an, Iris, tu mir den Gefallen, wir haben auch ohne diesen Jungen schon genug Probleme.

Du hast ja keine Ahnung, wie viele, murmelt sie, aber selbstverständlich will sie auf diese Informationen nicht verzichten, was hat dich denn so erschreckt?, fragt sie. Im Laufe der Jahre hat sie gelernt, sich auf Danielas Urteil zu verlassen, und Daniela sagt, ich hatte den Eindruck, das Kind ist verloren und es gibt niemanden, mit dem man sprechen kann, die Mutter ist auf der Suche nach sich selbst, und der Vater gibt sich zwar Mühe, hat aber keine Ahnung, wie man sich als Vater verhält, du kennst diese Typen, sie haben immer viel zu tun und fühlen sich schuldig, sie kaufen Geschenke, statt dem Kind Grenzen zu setzen, irgendetwas funktioniert dort nicht.

Er hat dir viel erzählt, bemerkt Iris, nimmt unzufrieden die wenig schmeichelhaften Informationen auf, und Daniela verdreht die Augen, das ist mein Karma, die Leute schauen mich bloß an und fangen an zu singen! Ich habe ein halbes Jahr lang auf einen Termin bei ihm gewartet, er war für mich wie ein Gott, und dann hat sich herausgestellt, dass auch Gott Probleme hat.

Und hat er deiner Mutter geholfen?, fragt sie, und Daniela sagt, bis wir endlich bei ihm waren, gab es nicht mehr viel zu helfen, nun ja, er hat es ihr leichter gemacht, er ist ein guter Arzt, ich glaube auch, dass er ein guter Mensch ist, aber ein bisschen verloren und einsam. Ich erinnere mich, dass er mir die schrecklichen Geschichten über seinen Sohn mit einem Lächeln erzählte, als wäre ihm gar nicht klar, was er erzählt, er scheint noch nicht wirklich erwachsen zu sein.

Wow, du hast ihn richtig diagnostiziert, sagt Iris, und Daniela lächelt, ja, er hat mich interessiert, ich habe ihn damals oft gesehen, besonders als meine Mutter im Krankenhaus lag, er war ihr sehr zugetan, er kam sogar zu ihrer Beerdigung.

Wirklich?, wundert sich Iris, und Daniela bestätigt stolz, ja, ich habe dir ja gesagt, er ist ein guter Mensch. Überhaupt, die Palliativärzte sind etwas anders, sie sind menschlicher, und Iris wundert sich eigentlich nicht darüber, dass er bei der Beerdigung war, sondern dass sie ihn bei dieser Gelegenheit vor anderthalb Jahren hätte treffen können, sie war ebenfalls dort, mit anderen Lehrerinnen unter einen Regenschirm gedrängt, sie ist mit ihren Stiefeln durch den Schlamm gewatet, sie hätte nur den Kopf zu heben brauchen, dann hätte sie ihn gesehen und Zeit gewonnen. Vor anderthalb Jahren war in ihrem Leben mehr Platz für Liebe, denn Alma ging es noch gut, eine brave Soldatin in einer Feldeinheit des Nachrichtendienstes, und hatte nicht viel mehr von ihr erwartet, außer dass sie am Wochenende ihre Uniform wusch und bügelte. Haben sie irgendwelche Warnsignale übersehen? Ihr Sorgenkind war Omer, und dass Alma ein bisschen verschlossen und reserviert war, nahmen sie als selbstverständlich zur Kenntnis. Ihr Liebesleben schien ziemlich belanglos zu sein, ein riesiger russischer Typ hat sie manchmal besucht, und nachdem er verschwunden war, kam ein anderer, der ihm ähnlich sah. Micki knirschte mit den Zähnen, wenn sie sich in ihrem Zimmer einschlossen, aber keiner blieb lange, keiner blieb bis zum Morgen. Sie glaubten, Alma sei noch nicht reif, eine Knospe, die noch aufgehen würde, man konnte nicht ahnen, dass diese Knospe noch vor dem Öffnen gepflückt werden würde, wie hat Noa gesagt? Alma ist nicht offen, Alma muss sich öffnen, und sie schüttelt den Kopf, wie konnte das passieren, wie konnte das uns passieren?

Wovon sprichst du?, wundert sich Daniela, während sie die Ordner in die Regale sortiert, und sie schüttelt sich, entschuldige, ich bin nicht ganz hier, und Daniela sagt, das sehe ich, dass du nicht hier bist, aber wo bist du? Wann lernst du es endlich, um Hilfe zu bitten?

Du brauchst dir wirklich nicht meine Probleme aufzuladen, glaub's mir, und Daniela lacht, was ist schlecht an den Problemen anderer? Das stärkt einen. Du machst doch hoffentlich ein bisschen Urlaub? Und Iris sagt, ich bleibe hier, ich möchte ein paar Tage bei meiner Tochter in Tel Aviv verbringen.

Wie schön, ich habe vergessen, dass Alma jetzt in Tel Aviv lebt, ruft Daniela übertrieben begeistert, wie geht es der kleinen Prinzessin? Ich habe sie schon lange nicht mehr gesehen, und Iris verzieht das Gesicht bei dieser unpassenden Bezeichnung, das passt nicht zu dir, Daniela, seit wir angefangen haben, sie Prinzen und Prinzessinnen zu nennen, glauben sie, dass ihnen alles zusteht, und wir glauben es auch, und Daniela sagt, du hast recht, aber Alma war immer so prinzessinnenhaft mit der dunklen Haut und den langen hellen Haaren, wie eine kleine Königin von Saba.

Sie hat die Haare jetzt ganz kurz geschnitten, sagt Iris trocken, und sie hat sie schwarz gefärbt, und das ist nur ein Symptom, und Daniela greift nach ihrer Tasche, uff, wenn sie klein sind, wollen wir, dass sie groß werden, und wenn sie groß sind, merken wir erst, dass alles viel schwieriger ist. Ruf mich an, wenn du Hilfe brauchst, gut? Und nimm ja nicht Rosens Sohn an, auch wenn er dir medizinische Hilfe bis zum letzten Tag verspricht, bye, sie wirft ihr eine Kusshand zu, und danach wird ihr kleines Büro mit so vielen Abschiedsworten und Danksagungen und Wünschen überflutet, dass sie vergisst, Micki anzurufen, und als er sich bei ihr meldet, vergisst sie, dass er heute nicht bei der Arbeit ist, und ist überrascht, als er sagt, du solltest herkommen, Iris, deine Tochter ist da.

Wenn er »deine Tochter« sagt, bedeutet das nichts Gutes, normalerweise nennt er nur Omer »deinen Sohn«, denkt sie auf dem Weg nach Hause, nach einer letzten eiligen Runde von Verabschiedungen, aber sie kann sich nicht vorstellen, wie schlimm es ist, bis sich die Aufzugtür öffnet und sie das Geschrei hört. Sie sieht Micki auf der Couch liegen, unter einer dünnen Decke, den einen Arm auf der Brust, die andere über dem Gesicht, und ihre Tochter, seine Tochter, steht auf der anderen Seite des Couchtisches und schreit ihn an, wiederholt immer wieder den Satz, den sie schon beim Eintreten gehört hat, ihr habt alles kaputtgemacht! Ihr habt mein Leben zerstört! Wie konntet ihr mir das antun? Seid ihr jetzt zufrieden, dass ihr mein Leben ruiniert habt?

Sie hat Mitleid mit Micki, sie möchte dazwischentreten, überlegt es sich aber anders und geht auf Alma zu. Alma, das verstehe ich nicht, sag, wie wir dein Leben zerstört haben, und ihre Tochter antwortet heiser, wie kann ein kleines Gesicht nur so viel Hass ausdrücken, du? Du fragst noch? Du mit deinen Antipathien, mit deinem Misstrauen! Wie konntest du es wagen, zu einem Ort zu kommen, der mir gehört, und mir hinterherzuspionieren, den ersten Menschen in meinem Leben, der mich versteht, zu beleidigen, ihm mit der Polizei zu drohen? Was hast du dir gedacht, hast du überhaupt an mich gedacht, oder, wie üblich, nur an dich? Und sie sinkt kraftlos auf das kleine geblümte Sofa, ihr habt mein Leben zerstört, mit Eltern, wie ihr es seid, wäre es besser, ein Waisenkind zu sein!

Was weißt du von Waisenkindern, möchte sie sagen, wie wagst du es, so mit uns zu sprechen, aber es ist nicht der richtige Zeitpunkt für selbstverständliche Antworten. Sie muss sie überraschen. Die zarte, vorgeneigte Gestalt zittert, sie hat das Gesicht in die Hände gelegt, sie hat vergessen, wie zierlich ihre Tochter ist, und für einen Moment ist sie verblüfft, sie setzt sich neben sie auf das Sofa, Alma trägt noch immer die gleichen Sachen, wie lange trägt sie die Kleidungsstücke, ohne sie zu wechseln, sie riecht nach Schweiß und Zigaretten und sogar leicht nach Urin.

Almi, sagt sie, legt vorsichtig eine Hand auf ihren Rücken, es tut mir so leid, wenn unser Besuch dir geschadet hat. Wir hatten gehofft, dich zu sehen, wir wollten dich überraschen, aber ihre Tochter richtet sich auf und schüttelt ihre Hand vom Rücken. Überraschen?, schreit sie, überraschen? Wie damals, als ich sieben wurde? Hast du noch immer nicht kapiert, dass ich Überraschungen hasse?

Wahrscheinlich habe ich es nicht kapiert, murmelt Iris, ein widerlicher Mundgeruch kommt ihr entgegen, Alma ist so vernachlässigt und dabei ist sie doch immer sauber und gepflegt gewesen, mit ihren bauchfreien Tops, den kurzen Hosen, mit den Haarnadeln und den Parfüms. Erkläre mir, wie das dein Leben zerstört hat, bittet sie, wohl wissend, dass eine neue Angriffswelle auf sie zurollen wird, und tatsächlich fängt ihre Tochter gleich wieder an zu schreien, was gibt es da zu erklären? Glaubst du, dass Boas solche Elternabende braucht? Das hier ist keine Schule! Jetzt sagt er, warum sollte ich mich mit einem kleinen Mädchen abgeben? Geh zurück zu deinen Eltern, die wissen, was gut für dich ist, am Schluss wirst du wie sie werden, es wird dir gut gehen! Er hat meine Schichten für die ganze Woche gestrichen!

Ich kann seine Reaktion wirklich nicht verstehen, sagt sie, es ist doch nicht deine Schuld, dass wir gekommen sind. Mach dir keine Sorgen, wir werden dir deinen Lohn ersetzen, aber wie schwer es ist, das Richtige zu sagen, stellt sich jetzt heraus, denn ihre Tochter springt wieder auf und schaut sie von oben herunter an, ihre Augen sprühen Funken. Du glaubst wohl, es geht hier um Geld?, zischt sie spöttisch, du bist noch materialistischer, als ich gedacht habe!

Was heißt das, arbeitest du dort nicht? Zahlt er dir keinen Lohn?, sie klammert sich an den Rest des Bekannten, an die beruhigenden Wahrheiten der alten Welt, und ihre Tochter faucht sie an, glaubst du, dass er mich bezahlen muss? Ich müsste ihn für all das, was er mir beibringt, bezahlen! Ich versuche es ihm mit Arbeit zurückzuzahlen! Aber jetzt, ohne Schichten, bekomme ich auch keinen Unterricht mehr.

Was für einen Unterricht?, fragt sie erschrocken, und Alma wiederholt, was für einen Unterricht? Er unterrichtet mich! Er ist mein Lehrer!, und Iris fragt, in was unterrichtet er dich, Alma? Und Micki unterbricht sie mit gebrochener Stimme, wovon lebst du denn, Alma?, und sie begreift, dass er auf das Schlimmste vorbereitet ist, aber ihre Tochter zischt, ich kellnere morgens woanders, wie viel brauche ich denn! Alles, was ich brauche, ist

Ruhe, Ruhe für meine innere Arbeit, und sogar das habt ihr mir kaputtgemacht!

Erkläre mir bitte, was das genau bedeutet, bittet sie und versucht, echtes Interesse zu zeigen, ohne Spott oder Zweifel, und Alma wendet sich in ruhigerem Ton an sie, sie scheint zwischen zwei Wünschen gespalten zu sein, dem Bedürfnis, ihre Privatsphäre zu bewahren, und dem missionarischen Eifer eines jeden Gläubigen, seine neue Religion zu verbreiten. Ich lerne Neues über mich und über die Welt, verkündet sie, ich lerne, mich von meinem Ego zu befreien, um mein wahres Ich zu erreichen und mich von allen Konditionierungen zu befreien! Glaub ja nicht, dass es leicht ist, es ist, als würde man einen Stein behauen!

Gib mir bitte ein konkretes Beispiel, ich verstehe es noch immer nicht, murmelt sie, versucht die Angst zu verbergen, die das Wort Konditionierung in ihr weckt, und Alma sagt, zum Beispiel meine Faulheit. Du hast mir immer vorgeworfen, faul zu sein, aber jetzt weiß ich, dass es nur wie Faulheit aussieht, aber in Wahrheit ist das das Ego! Kapierst du das? Wir legen alles auf den Tisch, was uns an uns selbst stört, und befreien uns ganz einfach davon! Wir zerlegen die Persönlichkeit und bauen sie aus den Bestandteilen, die wir für richtig halten, neu auf.

Wow, das ist großartig!, erwidert Iris, ich wusste nicht, dass das möglich ist, und Alma macht begeistert weiter, natürlich ist das möglich! Ich muss mich fragen, wer die wahre Alma ist, denn in mir stecken zwei Almas, eine gute und eine schlechte. Die schlechte Alma ist die verwöhnte, verschlossene Person, die Wut in sich anhäuft, die sich daran gewöhnt hat, zu bekommen, ohne zu geben, eingekapselt in Ansichten, die sie kennt. Ihre Eltern haben sie auf die schlechte Alma festgelegt, um ihr eigenes Ego zu befriedigen, sie spricht weiter in der dritten Person, von sich und von ihnen, als handle es sich um nicht anwesende Personen.

Und erst jetzt, dank Boas, fange ich an, die gute Alma kennenzulernen, die wahre Alma!

Erzähle mir von ihr, bittet Iris, ohne dass es notwendig gewesen wäre, denn ihre Tochter redet auch ohne Aufforderung weiter, die gute Alma ist offen, ihre Instinkte sind unendlich, verkündet sie, sie kennt keine Grenzen! Sie kann sich verlieben, Erfahrungen sammeln, sie ist frei, sie ist neugierig. Du hast mir immer gesagt, ich sei nicht neugierig genug, Alma wendet sich zu ihr, und Iris hört angespannt zu. Wie teuflisch und raffiniert ist es doch, jemanden glauben zu machen, seine extreme, grenzenlose Seite sei sein wahres Ich, und trotzdem scheint ihr in dem ganzen Unsinn ein Körnchen Wahrheit zu stecken, denn schon immer hat sie sich über die Zurückhaltung ihrer Tochter gewundert, über ihre Passivität und ihre Verschlossenheit. Was für ein seltsames Leben sie doch führt, dachte sie manchmal, nicht viel anders als das Leben der Fische in ihrem Aquarium. Nach der Schule setzte sie sich vor den Fernseher im Wohnzimmer und schaute sich Serien an, manchmal mehrmals die gleiche Folge. Freitags ging sie nur mit Freundinnen aus, sogar als Soldatin, und auch wenn sie allein vor dem Spiegel stand, zeigte sie keine Genugtuung, sondern nur Stress. Schau, meine linke Augenbraue ist kürzer als die rechte, rief sie einmal, als Iris mit einem Berg Wäsche zu ihr kam und sie mit einer Pinzette in der Hand und einem besorgten Gesicht antraf, und sie antwortete trocken, na und, niemand ist perfekt. Klar, dass sie sie an ihren kleinen Sorgen nicht mehr teilhaben ließ, doch ausgerechnet jetzt tut sie das.

Wenn sie die Dinge hört, die nun in einem leiseren Ton vorgebracht werden, fast didaktisch, glaubt sie fast, man könne den Schein wahren, als handle es sich um Eltern, die ihrer mittlerweile erwachsenen Tochter zuhören, einer Tochter, die von ihrem Leben und ihrem Studium berichtet, besonders wenn man sich mit dem Oberflächlichen begnügt und nicht allzu tief nachbohrt, und als sie sich etwas beruhigt hat, spürt sie Hunger, Müdigkeit, die normalen Gefühle, die während einer Gefahr unterdrückt werden, und sie sagt, magst du mit mir in die Küche kommen und etwas kochen, Alma? Übrigens, das Essen bei euch ist super! Wir haben schon lange nicht mehr so gut gegessen. Sie schlägt einen leichten Ton an, erzählt absichtlich nichts von dem sauren Erbrochenen, das von der Erde am Straßenrand wie von einem Schwamm aufgesogen wurde, und Alma streckt sich auf dem Sofa aus, sie scheint ebenfalls bereit, sich zu entspannen, die vermeintlich gelöste Stimmung zu akzeptieren, ich ruhe mich nur noch ein bisschen aus, sagt sie, und Iris wirft Micki einen ermutigenden Blick zu, schau doch, sie bleibt, schau doch, sie ist weniger feindselig, und wenn wir bereit sind zuzuhören, ist sie bereit zu reden, und das ist vorläufig wichtiger als das, was sie sagt, aber er schaut grimmig zurück. Sie ignoriert ihn und fragt betont fröhlich, wollt ihr Salat, vielleicht braten wir Halloumi?, und obwohl beide still auf dem Sofa liegen, jeder auf seinem, und nicht auf ihre Frage reagieren, geht sie erleichtert in die Küche.

Alma ist jetzt hier bei ihnen, auch wenn sie offenbar nur gekommen ist, um sie zu beschimpfen, bittet sie ihre Eltern in ihrer Not um Hilfe, und es scheint, dass sie sich vorsichtig näherkommen, wenn sie sich nur richtig verhalten. Man darf kein kritisches Wort sagen, man muss vollkommene Akzeptanz demonstrieren, auch mit der Körpersprache, und deshalb deckt sie jetzt mit gleichmäßigen Bewegungen den Tisch für vier Personen, Omer wird gleich da sein, sie werden wie früher zu viert am Tisch sitzen, werden die Salatschüssel weiterreichen, den Käse, die Oliven, die Eier, das Brot, und morgen beginnen die Sommerferien, für sie allerdings nicht, trotzdem wird sie etwas flexiblere Arbeitszeiten haben und sich manchmal einen freien Tag gönnen, auch wenn sie sich nur auf ihre Tochter konzentrieren und nicht an die Chance denken wird, die sie bekommen hat, erneut zu lieben, sie wird vielleicht so etwas wie gelassene Zufriedenheit verspüren, und wenn es schon nicht das große Glück sein wird, dann doch die Zufriedenheit, dass es ihr gelungen ist, ein Unglück abzuwenden.

Vielleicht soll sie Alma in der Wohnung einschließen und ihr nicht erlauben hinauszugehen? Sie hat so etwas einmal in einem Film über die Mutter eines Soldaten gesehen und sich damals damit getröstet, dass Omer noch so jung ist, aber so jung war er auch wieder nicht. Die Angst vor seiner Einberufung ist immer größer geworden, und nun zeigt sich, dass man auch kleine Zivilistinnen ab und zu einschließen muss, um sie vor Feinden zu schützen, selbst wenn diese Feinde nicht bewaffnet sind, selbst wenn es sich um innere Feinde handelt.

Alma, Micki, kommt zu Tisch, ruft sie gelassen, und zu ihrer Freude springt Alma sofort vom Sofa auf und setzt sich an ihren Platz, ihre Laune hat sich gebessert, hat es etwas mit den SMS zu tun, die sie bekommen hat, oder hat sie das Gefühl, dass ihre Mutter ernsthaft und ehrlich versucht zu verstehen, was mit ihr los ist? Hinter ihr kommt Micki mit schweren, langsamen Schritten angehumpelt, er trägt eine Khakihose und ein graues Unterhemd, das seine Hängebrust sehen lässt, und wenn Omer nicht rechtzeitig kommen kann, werden sie nicht auf ihn warten, so viele Jahre lang wurde Alma wegen seiner Forderungen benachteiligt, jetzt ist es an der Zeit, es wiedergutzumachen, und während sie die roten Teller füllt, sagt sie, erzähl mir mehr, Alma, wie schafft man es, sich vom Ego zu befreien? Vielleicht kann es mir auch helfen.

Natürlich kann es das, ruft ihre Tochter begeistert, ich habe gerade gedacht, als ich dich hinken sah, dass es vielleicht etwas damit zu tun hat, die Wörter sind sich so ähnlich, und sie ist überrascht, dass sich ihre Tochter überhaupt Gedanken über sie macht, und nickt zustimmend, obwohl ihr die Analogie zwischen dem hebräischen Wort Agan, Becken, und dem lateinischen Ego nicht einleuchtet. Das ist wirklich sehr interessant, sagt sie, und wie geht man da vor? Und ihre Tochter antwortet, es gibt viele Wege, jeder wählt das aus, was am besten zu ihm passt, meiner Meinung nach funktioniert es am besten mit Sex.

Mit Sex?, fragt Micki erstickt, und Alma erklärt mit einer seltsamen Gelassenheit, während sie weiterkaut, natürlich, Sex ist ein Instrument, man muss es üben, wie man ein Instrument übt, es ist wie eine Tonleiter spielen, ohne dass es etwas mit Liebe oder Orgasmus zu tun hat, letzte Woche war zum Beispiel meine Übung, jeden Tag mit einem anderen Mann zu schlafen, um zu meinem wahren Ego zu kommen, und Iris legt eine zitternde Hand auf Mickis Knie und kneift ihn, damit er sich zurückhält und nichts sagt.

Zum Glück ist er zu geschockt, um sofort etwas zu sagen, sein Mund steht offen, er bewegt die Kiefer, als würde er kauen, und fragt ihre Tochter erschüttert, sind das Männer, die du kennst?, und Alma antwortet, das spielt keine Rolle, ein paar kenne ich, die anderen nicht, es spielt ja auch keine Rolle, wem ich im Restaurant Essen serviere, ich lerne, mit den intimsten Dingen großzügig umzugehen, sie spricht so ruhig, als wäre ihr die Abartigkeit ihrer Worte nicht bewusst. Ich hatte immer das Gefühl, dass mich etwas zurückhält, und Boas hat mir geholfen zu verstehen, dass der Grund meiner Verschlossenheit Sex war, und nun muss ich üben, mich zu öffnen.

Übst du auch mit ihm?, wagt Iris zu fragen, und Alma antwortet geschockt, wieso denn das? So ist er nicht, er ist mein Lehrer, vermutlich weißt du gar nicht, was das bedeutet!, und Iris hört nicht auf zu nicken, als wäre eine Feder an ihrem Nacken befestigt, sie empfindet keine Erleichterung, auch wenn sie mit ihm den ganzen Tag Sex hätte, wäre das längst nicht so schlimm, wie in einer Woche mit sieben verschiedenen Männern zu schlafen. Sex mit ihm wäre irgendwie normal, aber das, was sie erzählt, ist monströs, und während sie zustimmend nickt, sagt sie mit dünner Stimme, ich verstehe das wahrscheinlich wirklich nicht, bitte erkläre mir, was für dich ein Lehrer bedeutet.

Was gibt es da zu verstehen?, murrt Alma ungeduldig, jeder braucht einen Lehrer, die Schule gibt uns ja nichts, meine verehrte Schuldirektorin, nimm das nicht persönlich, wir gehen in die Welt, ohne zu verstehen, wie sie funktioniert, wie sich die Seele verhält, in der Schule bringt man uns nicht bei, wie man ein erfülltes Leben lebt, wie man zu einem Teil des Kosmos wird, wir müssen das allein lernen, aber wir haben keine Mittel dafür! Mit zwanzig sind unsere Lebensmuster schon festgelegt! Ich hatte Glück, ich habe meinen Lehrer gefunden, und er hat mir die nötigen Mittel gegeben, er bringt mir alles von null auf bei, als wäre ich in seinen Händen neu geboren. Boas ist kein gewöhnlicher Mensch, er hat Talente, die wir nicht haben, er ist damit zur Welt gekommen, sie redet immer weiter, und während sie redet, nimmt sie nach und stopft sich das Essen in den Mund, noch nie hat sie ihre Tochter mit einem solchen Appetit essen sehen, noch nie hat sie so lang geredet, doch die Diskrepanz zwischen ihrer naiven Stimme und dem Inhalt ihrer Worte ist so groß, und ihre Unfähigkeit, die Bedeutung ihrer Worte zu verstehen, so grässlich, als hätten ihre neuen Normen schon Wurzeln in ihr geschlagen. Wie ist das so schnell passiert? Wird sie je den Weg zu sich selbst zurückfinden?

Ihre Hände zittern, als sie versucht, das Wasserglas an die Lippen zu führen, und sie hat das Gefühl, dass auch die Wände des

Hauses mit ihr zittern. Einen Moment lang hofft sie, es wäre das Anzeichen eines nahenden Unglücks, eines Erdbebens, das das Haus zerstören und sie unter den Trümmern begraben würde, es könnte auch eine Rakete aus einem benachbarten Land sein, die sie direkt treffen würde, eine andere Lösung fällt ihr nicht ein, und während sie überlegt, was für Omer besser wäre, mit ihnen zugrunde zu gehen oder ohne sie am Leben zu bleiben, kommt er strahlend nach Hause, ich hatte Glück bei der Prüfung, Mamusch, du kannst stolz auf mich sein, ruft er, und erst da bemerkt er Alma, hi, Schwesterchen, was ist los, er wühlt in ihren Haaren, aber das reicht ihr nicht, sie steht auf, um ihn zu umarmen.

Mama, sag ihr, sie soll sich nach dem Essen duschen, sagt er lachend, spielt den kleinen provozierenden Bruder, der er früher war, danke, dass ihr auf mich gewartet habt, ist noch was übrig?, und in dem Trubel, den er veranstaltet, schaut sie Micki zum ersten Mal an, sein Gesicht ist grau, seine Wangen hängen schlaff herunter, er hat die Augen gesenkt und sieht aus wie jemand, der alles verloren hat. Vielleicht gehst du schlafen, Micki, schlägt sie sanft vor, du siehst richtig krank aus, und er steht schweigend auf, seine Augen sind feucht, schlafwandlerisch tappt er ins Schlafzimmer. Gute Nacht, Papusch, ruft ihm seine geliebte Tochter mit einer Stimme nach, die kindlich und naiv klingt, und er bleibt kurz stehen, schaut sie mit seinen Augen an, die wie ihre aussehen, mit einem Blick, der so düster und schmerzhaft ist, dass man denken könnte, er würde gleich anfangen zu weinen oder einen Schreikrampf bekommen, aber er murmelt nur ein gezwungenes »gute Nacht, Alma« und geht weiter.

Was ist mit Papa los? Fühlt er sich nicht gut?, fragt sie ihre Mutter, sie demonstriert ein so offenes Unverständnis, dass Iris schon hofft, sie habe sich bloß verstellt, es handle sich um ein perverses Experiment mit Menschen, vielleicht eine Übung, die ihr ihr Guru aufgetragen hat. Und du behauptest, dass du lernst, wie die Welt funktioniert, möchte sie ihre Tochter angreifen, aber in Wirklichkeit verlierst du die Fähigkeit, zu verstehen, was um dich herum passiert! Glaubst du wirklich, deinem Vater könnte es gut gehen, nach allem, was du gerade erzählt hast? Aber sie wird sich zurückhalten, sie hat keine Wahl, eine aggressive Bemerkung kann Alma für eine lange Zeit verjagen, deshalb antwortet sie, Papa geht es schon seit ein paar Tagen nicht gut, er hat sich wahrscheinlich einen Virus eingefangen. Kinder, wollt ihr noch Eis?

Kann sie sie so täuschen? Sie sind keine Kinder mehr, und sie ist nicht mehr die gute Mutter, die sie mit einer Überraschung fröhlich stimmen kann! Eis! Obwohl beide in ihre Rollen schlüpfen und anfangen, sich wegen der Geschmacksrichtung zu streiten. Kauf doch nächstes Mal nur belgische Schokolade, wer braucht schon Sorbet, schimpft Omer, schau, Alma hat das ganze Schokoladeneis genommen, und schon sie ist wieder die aufmerksame Mutter, die für die Bedürfnisse ihrer Familie sorgt, ihr seid hier nicht die Einzigen, Omer, sie lächelt, wir sind auch Menschen und wir ziehen Sorbet vor, aber als ihr Handy klingelt, lässt Alma die Schale mit dem belgischen Schokoladeneis stehen und schließt sich erschrocken in ihrem Zimmer ein, und gleich darauf sind heisere Schreie zu hören, Bitten und Flehen.

Was ist los, Mama, fragt Omer und wird auf einmal ernst, plötzlich ist es schwer zu glauben, dass er einmal ein Kind war, und sie antwortet, du siehst es doch selbst, Omer, und er sagt, was ich sehe, gefällt mir nicht, deine Tochter hat den Verstand verloren. Ich weiß nicht, was sie einnimmt, aber das sieht nicht gut aus. Tu nicht so, als hättest du es nicht bemerkt, und sie stöhnt, natürlich habe ich es bemerkt, ich weiß nicht, ob es Drogen sind, aber eins ist klar, etwas läuft schief mit ihr, und er sagt, was sollen wir machen?, und wieder ist sie von seiner erwachsenen Haltung überrascht, von seiner Solidarität, aber sie darf ihn nicht zum Komplizen machen, verlass dich auf uns, mein Schatz, wir werden eine Lösung finden.

Ich bin sicher, dass Papa schon etwas ausbrütet, sagt er spöttisch, und sie fragt sich, ob sie in seiner Stimme etwas wie Schadenfreude gehört hat, Schadenfreude gegenüber dem Mann, der ihn die ganzen Jahre streng behandelt hat, während er im Umgang mit seiner Schwester viel weicher war. Sie protestiert, was willst du von ihm? Er fühlt sich nicht wohl, er muss schlafen, und Omer sagt, er schläft nicht, Mamusch, er spielt Schach, ich stelle fest, dass der Realitätssinn innerhalb unserer Familie im Eimer ist, und tatsächlich, als sie die Ohren spitzt, hört sie das Klicken der Tastatur, aber das Klicken wird von Almas lautem Geschrei übertönt, und sie läuft rasch hinüber und versucht, etwas zu verstehen. Aber ich habe es dir doch erklärt, du hast meine Schicht storniert, da bin ich zu meinen Eltern gefahren, hört sie ihre Tochter flehen, als ginge es um ihr Leben, wie kann ich in einer Viertelstunde da sein? Das dauert mindestens eine Stunde! Sie jammert, natürlich will ich da sein! Ja, gut, ich mache mich auf den Weg, in Ordnung, das habe ich nicht gewusst, und Alma stürmt aus dem Zimmer, stößt fast mit ihrer Mutter zusammen, die sich schnell in die Küche zurückzieht.

Mama, ich muss zurückfahren, schreit sie, auf ihren Wangen glänzen Tränen, kannst du mich zum Bus bringen, ich darf nicht zu spät kommen! Oh, es ist schon acht Uhr, schreit sie, was soll ich tun?, und Iris schlüpft schnell in die Sandalen, schnappt sich ihre Tasche, pass auf Papa auf, bis ich wieder da bin, gut, Omeri?, bittet sie ihren Sohn, der das restliche Eis isst, und schon sind sie im Aufzug und dann im Auto, und Alma hört nicht auf,

auf die Uhr zu starren, gespannt und bestürzt. Du hast gesagt, dass er deine Schichten gestrichen hat, versucht sie geduldig mit ihrer Tochter zu reden, wie kommt es dann, dass er wütend ist, weil du nicht zur Arbeit kommst? Und Alma murmelt, wahrscheinlich habe ich ihn falsch verstanden, ich muss immer auf dem Sprung sein. Ich darf nicht mehr nach Hause gehen, weil ihm das zu weit weg ist, ich muss in Bereitschaft sein, für den Fall, dass er mich braucht, halte bitte hier, und Iris sagt, wir werden halten, wenn wir angekommen sind, ich bringe dich nach Tel Aviv, und obwohl sie lieber die entgegengesetzte Richtung einschlagen würde, fährt sie gehorsam weiter, als wäre auch sie Boas ins Netz gegangen und zu seiner Helfershelferin geworden. So hat sie sie während des Militärdienstes an verschiedene Orte des Landes gefahren, manchmal schon in der Dunkelheit, immer in der Angst, zu spät zu sein, immer in der dumpfen Furcht vor dem, was ihr bevorstehen könnte, meistens in ein Schweigen gehüllt, das sie nicht brechen konnte, und jetzt fahren sie wieder in der Dunkelheit. Sie hat seit Stunden nicht geschlafen, aber sie ist nicht müde, eine animalische Wachheit breitet sich in ihr aus, und sie hat das Gefühl, jetzt zu allem fähig zu sein. Sie könnte den Mann in weißer Hose packen und in Stücke zerreißen, ihn mit dem Wagen überfahren, seine Knochen brechen, und sie atmet schwer, sie fährt an der Stelle vorbei, an der sie gestern ihr Auto geparkt hat, handelt sie richtig? Wollte sie nicht ihre Tochter in der Wohnung einschließen? Und jetzt fährt sie sie selbst, damit sie noch schneller in die Höhle des Löwen kommt.

Alma schaut ununterbrochen auf die Uhr, als wolle sie die Zeiger mit ihrem Blick zum Stillstand bringen, immer wieder verschickt sie hastig SMS, wie kann sie jetzt etwas sagen, was sich nicht wie Kritik anhört? Es tut mir leid, dass du so gestresst bist, sagt sie dann doch, aber du hast doch nicht wissen können, dass er dich brauchen wird, er hat keinen Grund, böse auf dich zu sein, und Alma verteidigt ihn sofort, natürlich hat er einen Grund, das ist alles wegen meines Egos! Ich habe wieder nur an mich gedacht und nicht an ihn, sie klingt gequält, wenn ich an ihn gedacht hätte, wäre ich in der Nähe geblieben, für den Fall, dass er mich braucht.

Aber er hat doch deine Schicht abgesagt, sie kann ihren Zorn kaum verbergen, und ihre Tochter sagt, er hat sie storniert, weil er böse auf mich war, und zu Recht, aber ich hätte wissen müssen, dass er ohne mich nicht zurechtkommt, fügt sie stolz hinzu, und Iris versucht, einen Seufzer zu unterdrücken. Bezahlt er keine der Kellnerinnen?, fragt sie, und Alma sagt, wie soll er bezahlen? Er hat Schulden bis über die Ohren, aber er gibt uns viel mehr als nur Geld. Er bringt uns bei, wie man sich von Konventionen befreit!

Klar, murmelt sie, und das Mädchen tippt auf ihrem Smartphone und unternimmt keinen Versuch, das Gespräch fortzusetzen, sie stellt die Anlage ein und Mickis Musik erklingt im Wagen, sie beweint ein Königreich, das nicht mehr da ist. Die Sängerin wird immer heiserer, bald wird sie keine Stimme mehr haben, was sieht sie? Worüber klagt sie? Sieht sie ein Mädchen und einen Jungen, die sich so ähnlich sehen wie Bruder und Schwester, die im Schatten eines riesigen Maulbeerbaums sitzen und ihre Füße in einen Bach halten? Er stieg ins Wasser und versuchte sie zu überreden mitzukommen, aber sie wärmte sich auf dem Felsen wie ein Gecko, vielleicht war sie sogar kurz eingeschlafen und wachte auf, als er ihre Füße küsste, als er ihre Zehen leckte. Sollen wir hier heiraten?, schlug er plötzlich vor, als wäre alles entschieden und man müsse nur noch den Ort wählen, ich möchte, dass meine Mutter noch meine Hochzeit erlebt, sagte er, meine, sagte er, nicht unsere, und ihr schien es logisch, eine Angelegenheit zwischen ihm und seiner Mutter und nicht zwischen ihm und ihr, aber als sie abends zu seinem Haus zurückkehrten, noch eingehüllt vom Duft nach Honig und wilden Blumen, die Taschen voll mit Blättern, fanden sie seine Mutter bewusstlos auf dem Boden liegend vor, in ihrem Erbrochenen, und riefen sofort den Krankenwagen, von diesem Krankenhausaufenthalt wurde sie erst durch ihren Tod befreit, und deshalb hat er sein Versprechen nicht gehalten, denn es gab keinen Grund und keine Dringlichkeit mehr, obwohl für sie noch alles beim Alten geblieben war, sie hatte zwei Zeugen, den Maulbeerbaum und den Bach.

Was soll das heißen, kehrst du auch zu Papas Ursprung zurück?, fragt ihre Tochter spöttisch, und sie fasst sich wieder, warum nicht? Das ist wunderschöne Musik, und ihre Tochter sagt, ein bisschen weinerlich, oder? Kannst du nicht schneller fahren? Und warum riecht es hier nach Kotze?, und sofort beschäftigt sie sich wieder mit ihrem Handy, und Iris sagt, wir sind gleich da, erstaunlicherweise erinnert sie sich sehr gut an den Weg, und ohne eine Abzweigung zu verpassen, erreicht sie die Straße, die letzte Nacht dunkel gewirkt hat, fast verlassen, aber als sie am Straßenrand stehenbleibt, der Bar gegenüber, spürt sie plötzlich, dass sie ihre Augen keine Minute länger offen halten kann. Bitte warte einen Moment, Alma, murmelt sie, ich kann nicht zurückfahren, ich bin todmüde, und ihre Tochter starrt sie ungeduldig an, und was soll ich jetzt tun?, stößt sie aus, und Iris sagt, gib mir den Schlüssel zu deiner Wohnung, ich schlafe bei dir und fahre morgen früh nach Hause.

Ach Mama, sagt sie mürrisch, bei mir ist es schrecklich eng und schmutzig, das ist nichts für dich, glaub mir, du wirst dort nicht schlafen können, aber Iris besteht darauf, ich werde sehr wohl schlafen können, mach dir keine Sorgen, ich verlange ja nicht, dass du zum Appell antrittst, ich muss ganz einfach schlafen, und zum Glück versteht ihre Tochter, dass diese Diskussion ihr nur Zeit raubt, und zieht eine schwarze Kordel mit einem Schlüssel aus der Tasche, pass gut darauf auf, murrt sie, als wäre sie die verantwortliche Erwachsene, ich habe keinen Zweitschlüssel, und schließe die Tür nicht ab, damit ich reinkommen kann, weißt du überhaupt noch, wo es ist?

Ja, sie erinnert sich an das graue Gebäude mit den Säulen, obwohl sie nur einmal dort waren, als sie die Wohnung besichtigten, zwei Zimmer, Flur und eine kleine Küche, zusammen mit einer Mitbewohnerin, die schon zwei Jahre dort wohnte. Damals hat sie nur daran gedacht, dass Alma das Haus verlässt und eine eigene Wohnung haben wird, sie hat sich nicht besonders darum gekümmert, wie die Wohnung aussah, sie hat sowieso keinen Blick für Immobilien, aber Micki hielt es für ein Schnäppchen und zückte vergleichsweise locker sein Portemonnaie, und sie vereinbarten, dass Alma, wenn sie Arbeit gefunden hätte, bis zum Studienbeginn die Hälfte der Miete selbst zahlen würde, und dann würden sie selbstverständlich alles übernehmen. Das war als Anreiz gedacht, sie zum Studium zu animieren, und jetzt, als sie in den umliegenden Straßen einen Parkplatz sucht, lacht sie höhnisch darüber, was für Eltern sie doch waren, welche Überlegungen sie angestellt haben. Wie fantasielos wir doch waren, denkt sie, vermutlich sind die Menschen von Natur aus fantasielos, Tatsache ist doch, dass sie das Unglück immer überrascht. Und nicht nur das Unglück, tatsächlich hat ihre Tochter sie angenehm überrascht, sie fand in der gleichen Woche schon Arbeit und sie hofften, sie würde im selben Jahr mit dem Studium beginnen, und jetzt zeigt sie ihnen, was Studium ist und was Lernen, sie gibt ihren gutbürgerlichen Begriffen neue Inhalte: Arbeit ohne Lohn, Studium bei einem verrückten Scharlatan, der ihr kranke Aufgaben stellt. Aber es hat keinen Sinn, sich jetzt den Kopf zu zerbrechen, sie muss einen Parkplatz finden und schlafen, oder vielleicht erst schlafen und dann einen Parkplatz finden, das kommt ihr realistischer vor. Vielleicht sollte sie im Auto schlafen, im Parkverbot, in der Hoffnung, dass die Ordnungshüter sie verschonen, aber plötzlich sieht sie einen leeren Parkplatz mitten zwischen den Autos, und sie parkt Mickis Auto ein. Ihr Auto steht noch an der Kreuzung, und Micki wird es morgen nach der Arbeit abholen müssen, er braucht ein Auto, und ihr ist auf einmal klar, dass sie nicht so schnell nach Hause zurückkehren wird.

Als sie den Schlüssel im Schloss dreht, starrt sie auf die Namen, die unordentlich auf die Tür gekritzelt sind, Noa Werschawski, Alma Eilam, und auf einmal erinnert sie sich, Noa! Einen Tag nachdem sie den Mietvertrag unterzeichnet hatten, erzählte Alma begeistert, dass ihre Mitbewohnerin ihr eine Arbeit in der Bar besorgt hatte, in der sie selbst seit zwei Jahren kellnerte, da waren sie so stolz auf ihre Tochter, die in einer Woche Wohnung und Arbeit gefunden hatte, und jetzt wird ihr klar, in welche Falle Alma geraten ist, hätte sie diese Wohnung nicht gefunden, wäre sie nicht Opfer jenes Mannes geworden, und dabei waren sie mit ihr hier, haben die Wohnung gesehen, den Mietvertrag unterschrieben. Hätten sie die Wohnung abgelehnt, wäre Almas Leben jetzt anders, denn hier hat ihre Mitbewohnerin Noa auf sie gelauert, die Kellnerin, die offenbar beauftragt war, ein neues Opfer zu finden, ein anderes Mädchen, das versteinert ist, und jetzt muss man den Stein bearbeiten, damit etwas Schönes daraus wird.

Ist das nicht etwas spartanisch?, erinnert sie sich gefragt zu haben, aber Micki war von der Entscheidung begeistert, das ist meine Tochter, sie begnügt sich mit wenig, stichelte er, wie es seine Art war, das hier erinnert mich an unsere erste Wohnung. Sie hingegen dachte, die Straße sei zu laut, die Wohnung vernachlässigt und außerdem zu weit unten, eine Einladung für Diebe, Voyeure und Insekten, und sie erinnerte sich nicht gern an ihre erste Wohnung, aber Alma und Micki fanden alles gut, und jetzt betritt sie schweren Herzens die Wohnung, die sich als eine Falle erwiesen hat. Seit damals war sie nicht mehr hier, und alles kommt ihr noch schlampiger vor, auf dem Boden liegen achtlos hingeworfene Kleidungsstücke neben Wollmäusen, auf dem Bett steht schmutziges Geschirr, und die Kloschüssel ist noch verdreckter als das Waschbecken.

Mit steifen Schritten geht sie durch diese verfluchte Wohnung, die auf ihr Mädchen gelauert hat, ein Mädchen, das gerade den Militärdienst hinter sich und ihr Zuhause verlassen hatte, und trotzdem muss sie zugeben, dass nicht jedes Mädchen in der gleichen Situation in die Falle gegangen wäre. Was ist es, das Alma dazu gebracht hat abzustürzen, darüber wird sie an einem anderen Tag nachdenken, momentan stellt sich nur die Frage, wie man sie hier herausholen kann, und noch dringender ist die Frage, wie sie in diesem Bett, in diesem Zimmer schlafen soll, Alma hat recht, das ist nichts für sie, und sie sammelt das Geschirr zusammen, zieht das stinkende Bettzeug ab, sucht im Schrank vergeblich nach frischer Bettwäsche, sie wird ein einigermaßen sauberes Hemd als Kissenbezug und ein Handtuch als Laken benutzen müssen, auf eine Decke kann sie in dieser heißen Nacht verzichten. Morgen wird sie ihr neue Bettwäsche kaufen und die schmutzige Wäsche in die Wäscherei bringen, sie wird das Klo und die Böden scheuern, wird Putzmittel und Handtücher kaufen, Geschirr und Lebensmittel, sie wird sich, wenn auch spät, in der Wohnung ihrer Tochter einnisten, und bevor sie angezogen auf dem improvisierten Lager einschläft, benachrichtigt sie ihre Sekretärin, sie solle die Sitzungen absagen, die für den nächsten Tag geplant sind, und an Micki schreibt sie, er solle heute Nacht nicht auf sie warten, und bei der Adresse »Schmerz« zögert sie, sie würde ihm so gern schreiben, dass sie ihn nicht aufgegeben hat, dass er auf sie warten soll. Sie hat das Gefühl, als würde der Schmerz von dem Namen in ihre Finger ziehen, sie ballt die Hände, sie darf ihm jetzt nicht schreiben, sie darf nicht einmal an ihn denken, das würde sie daran hindern, zu ihrer Tochter zu stehen, denn in diesem schrecklichen Moment wird ihr klar, dass sie von ihrer Tochter nur dann Verzicht verlangen kann, wenn sie selbst verzichtet.

# SECHZEHNTES KAPITEL

Aber was hat das damit zu tun, denkt sie aufgebracht, als der Straßenlärm am frühen Morgen ihren Schlaf stört, Müllabfuhr, Busse, Hupen, sie hat sich an die Stille ihres hohen Stockwerks gewöhnt und hier hat sie das Gefühl, auf einer Bank am Straßenrand zu schlafen. Die Sonne brennt auf ihre Wangen, Passanten schreien ihr in die Ohren, ununterbrochen hört sie ihre Handys klingeln, Busse blasen ihr warme Luft in den Mund, kein Wunder, dass Alma den Verstand verloren hat. Aber was hat das damit zu tun, warum muss sie die Liebe ihres Lebens aufgeben, damit Alma diesen Psychopathen aufgibt, der sie quält, und als sie im Handy nachschaut, ob er ihr geschrieben hat, spürt sie einen plötzlichen Schmerz und lässt das Handy fallen, sie geht schnell hinüber und schaut in Noas Zimmer. Sie liegen ausgestreckt nebeneinander auf dem niedrigen Futon, in ihren schwarzen Uniformen, mit den kurzen Haaren, erschöpfte Soldatinnen in einer kleinen, verrückten Armee.

Sie sind offenbar erst vor kurzem heimgekommen, der Wasserkessel ist noch warm, vielleicht ist sie ja von ihren Stimmen geweckt worden, nicht vom Straßenlärm, aber sie möchte noch nicht aufstehen, sie macht Urlaub in Tel Aviv. Urlaub bei meiner Tochter, hat sie zu ihrer Sekretärin gesagt, und sie sucht vergeblich nach Ohrstöpseln oder wenigstens ein bisschen Watte, und schließlich begnügt sie sich mit Klopapier, das sie zusammenrollt und sich in die Ohren stopft, um den Geräuschpegel zu senken, und ganz langsam verwandelt sich der Lärm in ein erträgliches, gleichmäßiges Geräusch, das es ihr erlaubt, ihren Gedanken nachzuhängen, nun sieht sie sich und Eitan hinter dem Sarg seiner Mutter gehen, die heiße Sonne des beginnenden Sommers brennt auf ihre Köpfe, und sie meint zu hören, wie der Vorbeter mit Bewunderung, fast mit Groll sagt: Eine Frau ist gestorben und die Welt dreht sich weiter? Dann verwandelt sich diese Beerdigung in die Beerdigung von Danielas Mutter, im strömenden Regen, hätte sie bloß den Kopf gehoben, hätte sie ihn gesehen, er war bestimmt allein, hielt einen schwarzen Regenschirm über den Kopf gespannt, warum hat sie ihn bloß nicht gesehen, es war doch keine besonders große Beerdigung.

Hätte sie ihn gesehen, hätte sie sich schutzsuchend zu ihm unter seinen schwarzen Regenschirm gestellt und gemeinsam wären sie vom Friedhof gegangen, wie damals, vor fast dreißig Jahren, als sie sich genau eine Woche später trennten, und danach folgte der schrecklichste Sommer ihres Lebens. Wird er im nächsten Sommer an ihrer Seite sein? Sie hat große Lust, ihn jetzt anzurufen, um ihm zu sagen, dass sie sich schon vor anderthalb Jahren hätten begegnen können, dass sie anderthalb Jahre verpasst haben, mehr als nötig, er muss es unbedingt wissen, er muss mit ihr gemeinsam trauern, denn das wäre vielleicht der richtige Zeitpunkt gewesen. Aber wie wird sie die Beziehungen nun lösen, Almas von Boas und ihre von Eitan, und nicht nur von ihm, auch von ihrer ganzen Geschichte, denn das Mädchen, das sie einmal war, verlangt von ihr, das alte Unglück wiedergutzumachen, und das Mädchen, das ihre Tochter ist, verlangt, aus der Falle befreit zu werden. Diese beiden Forderungen widersprechen einander, denn um Alma herauszuholen, muss sie ihr Stabilität anbieten, zumindest während der nächsten Monate. Das ist nicht das Problem, es wird ihr nicht schwerfallen, eine erkennbare Stabilität zu schaffen, selbst in dieser Situation, es handelt sich vielmehr um die magische Verbindung, die sie mit ihren schmerzenden Fingern nicht lösen kann.

Als sie das nächste Mal aufwacht, ist die Wohnung leer, vermutlich sind sie gerade gegangen, denn der Wasserkessel ist noch heiß, wieder ist sie von ihren Stimmen geweckt worden, und während sie eigentlich wach bleiben wollte, sind die fleißigen Arbeiterinnen zu einer Extraschicht ausgerückt. Wann können sie sich eigentlich auf ihre innere Arbeit konzentrieren, wenn sie so viel für ihn arbeiten und ihn sogar aushalten? Wieso merken sie nicht, wie unverschämt er sie ausnutzt?

Sie kocht sich einen schwarzen Kaffee und trinkt ihn hastig, sie hat keine Zeit, die Lage ist unerträglich und schreit nach schneller Änderung. Sie muss Brot und Milch kaufen, Obst, Gemüse, Öl, Reis, Linsen und Nudeln, außer Kaffee gibt es nichts in dieser Küche, außerdem Töpfe und Pfannen, damit sie etwas für sie kochen kann, und natürlich braucht sie auch Putzmittel, Bettwäsche und Handtücher, und für sich Unterhosen und einige einfache Sommerkleider und Flip-Flops, bei dieser Hitze braucht man nicht viel. Sie muss eine Wäscherei finden, kein einziges Kleidungsstück ist sauber, und sie stopft alle Kleidung vom Boden in einen Bettbezug, auch Noas Kleidung in ihre Bettwäsche, dazu die Handtücher aus dem Badezimmer, sie sammelt alle schmutzigen Sachen so schnell ein, als müsse sie die Wohnung von einem abscheulichen Götzendienst reinigen, wie sauber und weiß seine Hosen sind, und in welchem Dreck leben die Mädchen.

Hannele im Schabbatkleid, kichert sie, als sie auf die lärmende, verschwitzte Straße hinaustritt, auf dem Rücken den schweren Sack schmutziger Wäsche, und ihre Bluse ist weiß und eine

Wäscherei hat sie noch nicht gefunden. Wird die Sonne die Kohlenflecken von ihrem neuen weißen Kleid entfernen, das ihre Mutter für sie genäht hat? Wie schwer der Sack doch ist, jedes Einzelteil ist leicht, aber zusammen ist es kaum zu tragen, sie wundert sich über diese simple Tatsache, als hätte sie gerade eine unglaubliche physikalische Entdeckung gemacht.

Als sie endlich die Last abgeben kann, hat sie das Gefühl, ihr wäre ein schweres Joch von den Schultern genommen, und sie kann sich den bunten Schaufenstern widmen, den Verkaufsständen auf der Straße, die allmählich zu einem Markt wird. Schon lange ist sie nicht mehr in Straßen herumgelaufen. Ihre Einkäufe erledigt sie normalerweise in einem klimatisierten Supermarkt direkt hinter der klimatisierten Schule, und hier wird sie von der Hitze und dem Leben erschlagen. Wie nahe der Markt ist, an den Verkaufsständen duften die Sommerfrüchte, daneben hängen Kleider an Bügeln, wehen im Wind, der vom Meer kommt.

Sie kann nicht in ihren Sachen bleiben, die maßgeschneiderte schwarze Hose, die sie gestern zur Arbeit trug, klebt an ihrer Haut, es fühlt sich an, als würde sie fast Feuer fangen, und ihre Bluse ist schmutzig, sie kauft drei Jerseykleider, ohne sie anzuprobieren, zwei kurze und ein langes, eine Packung Unterhosen, einen Kamm und eine Zahnbürste, eine Badekappe, Gesichtscreme, Sonnenschutzcreme, Obst und Gemüse, Lebensmittel, Putzmittel, allmählich hat sie wieder viel zu schleppen, sie kauft einen roten Trolley und stopft ihre Einkäufe hinein, die immer mehr werden. Sie spürt, wie ihre Laune sich hebt, als die Tüten sich häufen und Sauberkeit, Essen und ein Zuhause versprechen, einfache, beruhigende Aufgaben wie Waschbecken und Kloschüssel reinigen, Boden putzen, Kochen und Schränke aufräumen, Urlaub bei meiner Tochter.

Sie hat die Urlaube nie gemocht, die sie im Sommer organisierten, vor allem wegen der Kinder, ein Familientreffen, wie es sich gehört, meist mit Dafna und Gidi und ihren Kindern, manchmal auch mit anderen Familien, hier in Israel oder im Ausland, je nach ihrer wirtschaftlichen Lage, Korfu, Achsiv, Eilat, Kreta, Kroatien, am See Genezareth. Sie hat nie zugeben können, dass ihr die Arbeit fehlte und dass sie es als belastend empfand, längere Zeit mit Menschen zusammen zu sein, die nicht zu ihrer unmittelbaren Familie gehörten. Als die Kinder klein waren, organisierte Micki manchmal eine Fahrt nur für sie beide, in den Norden oder Süden, für eine Nacht oder zwei, und sie machte mit, weil ihr keine Wahl blieb, sie verbarg ihr Zögern, aber er spürte es natürlich, obwohl sie in der Regel dann doch die Ruhe und das gepflegte Gespräch genoss, ohne dass eines der Kinder sich einmischte. Micki war bei diesen Fahrten in Hochform, und sie entdeckte erneut seinen trockenen, sarkastischen Humor, die angenehme Ruhe, gekoppelt mit seinem überraschenden Scharfsinn. Beide fanden die Pensionen, in denen sie sich aufhielten, lächerlich und nannten sie Hütten, auch wenn sie aus Beton waren, mit dem klobigen Whirlpool in der Mitte des Zimmers, als wäre er ein Altar, mit der peinlichen Toilette mit halbhoher Tür. Einmal entdeckten sie in einem Schrank Pfauenfedern und einen Schal aus Kaninchenfell, den Micki sich als Schwanz hinten an der Hose befestigte und damit im Zimmer herumhüpfte, während sie sich vor Lachen krümmte, trotzdem hatte sie schon immer ein Gefühl, das mit den Jahren nicht schwächer wurde, nämlich dass andere Paare, zum Beispiel Eitan und seine Frau, obwohl sie nichts von ihnen wusste, das Zusammensein tiefer genossen, denn in ihr brodelte die Erinnerung an ihre Jugend, an ihre vollkommene Liebe, obwohl sie nie auf die Idee kam, dass Eitan jemals zu ihr zurückkehren würde.

Sie hatte sein Urteil akzeptiert, hatte sich ihm als Beweis dafür, dass sie ihn nicht verdiente, unterworfen, als hätte die Tatsache, dass er sie verließ, sie in eine niedrigere Kaste versetzt, was natürlich auch ihren Mann betraf und die Kinder, die sie bekamen. Nachdem sie die Krise überstanden hatte, überwand sie dieses Gefühl irgendwie, aber im Urlaub brach es hervor, während es bei der Arbeit wieder verschwand, und deshalb wartete sie insgeheim immer auf die Rückkehr in den Alltag.

Doch ausgerechnet jetzt, wo sie den vollgeladenen Trolley durch die Straßen des südlichen Tel Aviv hinter sich herzieht, weit weg von ihrem Alltag, spürt sie eine angenehme Vitalität, die gar nicht zu dem bedrückenden Grund ihres Besuchs passt, und sie genießt die Freiheit und das Fremdsein, hier kennt sie niemand, in der Schule kann sie keinen Schritt machen, ohne fünfmal aufgehalten zu werden. Lehrer, Schüler, Eltern, alle brauchen ihre Aufmerksamkeit, das erhöht zwar das Selbstbewusstsein, aber aus irgendeinem Grund hat sie das jetzt nicht nötig, es reicht ihr, eine Frau zu sein, die auf dem Heimweg vom Markt einen Einkaufstrolley hinter sich herzieht, die sich kurz in ein Café setzt und einen Kaffee oder einen Karottensaft trinkt, und warum soll sie eigentlich nicht im Café frühstücken?

Gern, sagt der Kellner, in diesem Stadtteil wird alles herzlich und fröhlich erledigt, noch nie wurde sie mit so vielen Kosenamen angesprochen wie in den letzten Stunden, Süße, Schätzchen, Herzchen, Baby, noch nie hat sie so viele gute Wünsche für den Tag gehört, als wäre er dazu bestimmt, der letzte Tag ihres Lebens zu werden, als hätten sie noch nie so viel Spaß gehabt. Das wirkt natürlich gespielt, zugleich aber auch echt, selbst wenn es nicht von Herzen kommt. Zweifellos liegt hier eine dünne Schicht Wärme über allem, eine Wärme, an die sie nicht gewöhnt ist, und es ist ihr sehr angenehm, sich davon berieseln zu lassen wie im Kinderschwimmbecken, und sie genießt das frische, ofenwarme Brot mit Aufstrichen, die sie nicht kennt, und alle sind köstlich, sie genießt es auch, die Passanten zu betrachten, größtenteils Gastarbeiter, und sie ist stolz, die erste Schulleiterin in Jerusalem zu sein, die Kinder von Gastarbeitern in ihrer Schule aufgenommen hat.

Als sie endlich ihren Weg fortsetzt, hält sie zu ihrer Überraschung doch jemand auf, Iris, sind Sie es?, und als sie den Kopf hebt, sieht sie einen gutaussehenden jungen Mann, seine blonden Haare hängen ihm auf die Schultern und er trägt einen Dreitagebart. Seine grünen, mandelförmigen Augen kommen ihr bekannt vor, aber sie kann sich nicht erinnern woher, bis er sie vergnügt lachend aufklärt, die Direktorin! Ich habe gedacht, Sie würden mich nie vergessen! Ich musste täglich zu Ihnen, zur Strafe!

Sascha, sagt sie erleichtert und lacht, wie groß du geworden bist! Wie schön, dich zu sehen! Was machst du, du hast den Militärdienst schon hinter dir, oder? Sie fängt an zu rechnen, und er sagt, ja, ich habe noch ein paar Tage Urlaub, dann werde ich entlassen, Sie werden es nicht glauben, ich bin bei einer Kampfeinheit! Der Stolz eines verstoßenen Kindes, das jahrelang nicht in das gesellschaftliche System gepasst hat, schwingt in seiner Stimme mit, und sie sagt, alle Achtung, natürlich glaube ich es dir, und was treibst du jetzt?

Ich habe eine Zulassung für das Medizinstudium in Tel Aviv, für nächstes Jahr, jetzt suche ich Arbeit und eine Wohnung, sagt er, und sie nickt bewundernd mit dem Kopf, das hört sich toll an, Sascha, ich freue mich für dich, und er lächelt sie an, meine Mutter sagt bis heute, dass wir alles nur Ihnen zu verdanken haben, Iris, erinnern Sie sich, wie Sie dafür gekämpft haben, dass ich auf der Schule bleibe? Man wollte mich doch in eine Sonderschule stecken. Meine Mutter hat gesagt, die anderen

Eltern hätten gedroht, ihre Kinder von der Schule zu nehmen, wenn Sie mich nicht rauswerfen, aber Sie haben mich nicht aufgegeben.

Das stimmt, sagt sie und genießt die Erinnerung, die langsam zurückkommt, es war in meinem ersten Jahr als Direktorin, und der Druck war enorm. Ich erinnere mich, dass ich das ganze Jahr mit dir zu tun hatte. Was für ein Vergnügen, Sascha, was für großartige Neuigkeiten, deine Mutter ist bestimmt glücklich.

Ja, meine Mutter schwebt wie auf Wolken, er lacht weich, und was ist mit Ihnen? Wie geht es in der Schule? Und was machen Sie in Tel Aviv?, und sie sagt, ich besuche meine Tochter, das heißt, ich putze ihre Wohnung, und zu ihrer Überraschung glänzen seine Augen interessiert, wie, ist Alma nach Tel Aviv gezogen?

Ich habe gar nicht gewusst, dass ihr euch kennt, bemerkt sie, und er sagt, wir kennen uns nicht wirklich, aber ich habe sie ein paar Mal in der Stadt gesehen, und sie fragt besorgt, hier in Tel Aviv?, was kann er schon gesehen haben, und er antwortet, nein, in Jerusalem, ich würde mich freuen, sie mal zu treffen. Geben Sie mir ihre Telefonnummer?

Vielleicht gibst du mir deine und ich gebe sie ihr, sagt Iris schnell, sie hat Angst, er könnte Alma in einem falschen Moment erwischen, während sie irgendeine irrsinnige Aufgabe ausführt, gerade weil er so erwartungsvoll zu sein scheint und weil sie denkt, er könnte ihr gefallen, deshalb sollte man den richtigen Zeitpunkt abwarten. Es gibt nicht so viele Chancen im Leben, wer wüsste das besser als sie, Alma muss gesund werden, bevor ihr diese Chance geboten wird.

Am Ende wird sie deinen Traum verwirklichen, denkt sie und lächelt über ihre plötzliche Aufregung, manchmal vererben sich Träume wie genetisch bedingte Krankheiten, er wird Almas Eitan sein, und du wirst auf deinen Eitan verzichten. Tatsächlich gibt es eine gewisse Ähnlichkeit, die hellen Augen, das magere Gesicht. Sie erinnert sich noch an die vielen Gespräche mit seiner Mutter, einer Einwanderin aus Russland, und wie sie beide um diesen Jungen gekämpft haben, der zweifellos überdurchschnittlich begabt war, sich aber unmöglich verhielt. Er war der schwierigste Schüler, den sie je hatte, der gewalttätigste und raffinierteste und absolut konsequent darin, seine Umgebung aufzumischen. Fast kein Tag verging ohne Beschwerden. Er störte den Unterricht und verbrachte ganze Tage bei ihr, weil niemand außer ihr ihn unter Kontrolle bekam. Sie gab ihm Extraaufgaben, und soweit es möglich war, bekam er Einzelunterricht, für ihn änderte sie den Lehrplan, besonders in Sport und Naturwissenschaften, und sie tat alles, um ihn zu unterstützen und seine Interessen zu fördern, sie kümmerte sich um finanzielle Unterstützung und besorgte psychologische Hilfe, bis er sich ganz langsam beruhigte. Doch nach seinem Übertritt in die Mittelstufe hatte sie nichts mehr von ihm gehört, sie hatte angenommen, seine Mutter und er seien vielleicht weggezogen.

Zeit, um das herauszufinden, hatte sie nicht, denn es kamen danach noch viele Schüler wie er, nicht genau wie er, aber jeder für sich war eine Herausforderung auf zwei Beinen, schließlich eilte ihr der Ruf voraus, sie könne Wunder vollbringen, und viele Eltern solcher Kinder suchten bei ihr Rat und Hilfe. Die meisten hat sie vergessen, aber an Sascha kann sie sich sehr gut erinnern, so wie man sich an den ersten Freund erinnert, so wie sie sich immer an Eitan erinnert hat. Und jetzt ist dieses problematische Kind einer problematischen alleinerziehenden Mutter zum Medizinstudium zugelassen worden, und Alma, die Tochter der

Direktorin, versucht es überhaupt nicht erst, sich für ein Fach einzuschreiben, weil sie es so eilig hat, ihr Ego loszuwerden, mit fremden Männern zu schlafen und einem psychopathischen Tyrannen zu dienen, und als sie die Wohnung betritt, packt sie wieder der Zorn, sie zieht sich um, bindet die Haare zusammen und stürzt sich wütend auf den Dreck.

Ab und zu entdeckt sie eine schöne bemalte Bodenfliese, seltsam, wie sie ganz ungeordnet zwischen den einfachen Fliesen verstreut sind, wandert von einem Zimmer ins nächste, klopft die Matratzen aus, kehrt und wischt Staub, um die abgestandene Luft zu vertreiben. Mit weißen Schwämmen wischt sie die Wände und Fenster, noch nie hat sie ihre Wohnung so gründlich geputzt, sie lässt keinen Winkel aus, kehrt immer wieder den angesammelten Staub auf. Das Zimmer ihrer Tochter ist sehr einfach eingerichtet, als hätte sie noch nicht alle Sachen hergebracht, Noas Zimmer ist viel voller, und sie entstaubt die Möbel und den Teppich, die Kissen, die Musikanlage und die Bücher.

Ihr ist klar, dass sie überhaupt kein Recht hat, Noas Besitztümer anzufassen, aber es ist schon zu spät, sie kann nicht aufhören, die Wohnung muss sauber sein, ganz und gar, sie wird auch dieses Zimmer putzen, als wäre sie Noas Mutter, und sie denkt kurz an diese Mutter, wer sie wohl ist und was sie vom Leben ihrer Tochter weiß, vielleicht wird sie ja einen Hinweis finden, damit sie mit dieser Frau Kontakt aufnehmen kann, um mit ihr gegen den gemeinsamen Feind zu kämpfen. Bestimmt sind alle Hinweise in ihrem Computer, der auf dem Tisch steht, und den wird sie auf keinen Fall hochfahren, und sie stöbert in den wenigen Büchern, die meisten sind Kinderbücher, *Die Märchen der Brüder Grimm*, *Pu der Bär*, *Der kleine Prinz* und daneben *Das Drama des begabten Kindes*, das sie gut kennt, und an dieses

Buch gestützt, wie Ursache und Wirkung, *Auf der Suche*, ein Buch von Osho, und als sie darin blättert, findet sie glücklicherweise den Namen der Eigentümerin, Mira Werschawski, er gibt ihr das Gefühl eines geteilten Schicksals. Aber sie wird sie nicht gleich jetzt anrufen, erst muss der Dreck beseitigt sein, der Dreck kehrt immer wieder zurück, wie Wanderdünen, bis der Putzlappen schließlich hell bleibt, und sie wischt damit zufrieden über die Böden. Die Toilette und das Becken glänzen, die Betten sind frisch bezogen, die beiden großen Ventilatoren, die sie gekauft hat, drehen sich. Und jetzt ist die Zeit, eine Mahlzeit für die fleißigen Mädchen zu kochen, sie brät Zwiebeln auf dem alten Herd an, gibt Tofuwürfel dazu, kocht Naturreis, dämpft Gemüse, sie brauchen Vitamine, nahrhafte Ballaststoffe, den Salat wird sie erst zubereiten, wenn sie da sind, damit er frisch bleibt, und sie wäscht Weintrauben und Pflaumen und legt sie in eine Schüssel, und sie stellt sich schon vor, wie die beiden am Tisch sitzen und wie sie ihnen die Köstlichkeiten serviert, sie wird sich neben sie setzen und sie werden froh sein, dass sie da ist, und sich gemütlich über die Ereignisse des Tages unterhalten.

Genauso hat sie oft mit Alma und Schira zusammengesessen, nach der Kita oder vor dem Ballettkurs, der später zum Klavierunterricht wurde und danach zum Malkurs, Dafna kam immer zu spät, aber das hat sie nie gestört, im Gegenteil, Schira war offen und extrovertiert, und in ihrer Gegenwart wurde auch Alma lockerer und teilte mehr von sich mit, sowohl von ihren Nöten als auch von ihren Freuden.

Du dumme Kuh, schilt sie sich jetzt, was glaubst du, dass sie dir erzählen? Diese Geschichten willst du doch gar nicht hören, trotzdem werde ich mir alles anhören, Hauptsache, sie reden und lassen mich in ihre Welt, und wieder geht sie durch die Wohnung, zupft da ein Laken zurecht, hängt dort ein Handtuch auf, schmeckt das Essen ab, schaut auf die Uhr, es ist bald Abend und sie sind noch nicht da, vermutlich wechseln sie von einem Arbeitsplatz zum anderen, ohne zwischendurch nach Hause zu gehen. Sie wartet umsonst, sie werden am frühen Morgen zurückkommen und bis mittags schlafen, um dann wieder zur Arbeit zu gehen, sie werden nicht einmal bemerken, was für ein gemütliches Nest sie ihnen hergerichtet hat, was für eine hübsche Puppenstube. Seufzend streckt sie sich auf Almas Bett aus, ihr Rücken schmerzt von der ungewohnten Anstrengung, sie darf jetzt nicht einschlafen, damit sie sie nicht wieder verpasst, nur ein bisschen vor dem Ventilator liegen, mit offenen Augen. Plötzlich spürt sie, wie sich die Haare auf ihrer Stirn bewegen, und sie steht auf, um die Windrichtung zu ändern, aber das nützt nichts, es ist, als hätten ihre Haare ein Eigenleben, und erst dann bemerkt sie lange, dünne Beine, die aus ihren Haaren herauskommen, sie haben die gleiche Farbe wie ihr Haar, und sie springt erschrocken auf, schlägt sich heftig auf den Kopf, um den ekelhaften Gast loszuwerden, und da ist er auf dem Boden, eine riesige schwarze Spinne, die sich provozierend langsam zwischen ihren Füßen bewegt. Bestimmt ist ihr das Leben genauso lieb wie ihr, aber sie tritt auf die Spinne, die ihre langen Beine zusammenzieht, gerade war sie noch in ihren Haaren und jetzt ist sie eine reglose schwarze Kugel, sie starrt sie verängstigt an, sie kennt sich mit Spinnen nicht aus, ist das die Schwarze Witwe oder vielleicht eine harmlose Spinne, die nur bedrohlich aussieht?

Nein, nichts ist harmlos in dieser Wohnung, die für ihre Tochter zu einer Falle geworden ist, jetzt kann sie nur über ihre Mühe lachen, diese Wohnung in einen gemütlichen Ort zu verwandeln. Wozu die ganze Putzerei, wenn du danach eine riesige Spinne in deinen Haaren findest? Nie ist ihr so etwas während der Ausflüge mit ihren Schülern passiert, egal ob im Norden oder im Süden, wenn sie in Schlafsäcken schliefen, erst jetzt in der geputzten Wohnung, in Almas frisch bezogenem Bett, passiert so etwas, und sie flieht aus dem Zimmer und lässt die Spinnenleiche zurück.

Die Wohnung hat kein Wohnzimmer, und sie setzt sich zitternd in die kleine Küche, schlägt weiter auf ihren Kopf ein, um weitere Gäste zu vertreiben. Ihre Kopfhaut juckt, und sie ruft Micki an und erzählt ihm haarklein alles, von dem Moment an, als sie eine Bewegung auf ihrer Stirn gespürt hat, als wäre das ihrer beider größtes Problem.

Er hört ihr geduldig zu, doch ohne Mitleid, und sie weiß, dass ihre Guerillakämpfe gegen das Reich der Insekten umsonst waren, er ist immer auf der Seite der Insekten, sie scheinen ihm hilfloser zu sein als sie, er bugsiert alle Insekten vorsichtig aus dem Haus, statt ihrem Wunsch nach Vernichtung nachzukommen, und auch jetzt unterbricht er sie und fragt, wie viele Beine hatte sie? Bestimmt war es eine Vogelspinne, die ist nicht gefährlich, du hättest sie nicht töten müssen, sie ist auf deiner Seite, sie frisst die von dir so gehassten Kakerlaken.

Ich weiß schon nicht mehr, was ich mehr hasse, murmelt sie, das war so ekelhaft, und das, nachdem ich stundenlang geputzt habe, und jetzt bin ich allein mit der Spinnenleiche, und Alma kommt nicht zurück, was soll ich hier ohne sie anfangen, ich habe keine Ahnung, ob ich sie überhaupt sehen werde.

Dann komm zurück, sagt er gleichmütig, wenn du nicht das Gefühl hast, dass es sinnvoll ist, und sie seufzt, ich bin mir noch nicht sicher, vorläufig lauere ich ihr auf, und er lacht, siehst du, du bist nicht viel anders als die Spinne, die du umgebracht hast, auch sie lauert ihren Opfern geduldig auf, pass nur auf, dass dich nicht ein großer Fuß zerquetscht, und sie protestiert schnell, wirklich, Micki, das ist ein misslungener Vergleich, will ich Alma etwa auffressen?, und er sagt, aus ihrer Sicht könnte das so wirken.

Sie weiß, dass sie sich beide jetzt an eine der ersten Nächte in ihrer ersten Wohnung erinnern, die sie ein paar Wochen vor der Hochzeit gemietet hatten, eine Erdgeschosswohnung in einer billigen Gegend, ein Schlafzimmer und ein Wohnzimmer und ein weiteres, allerdings abgeschlossenes Zimmer, in dem die Eigentümer alte Sachen aufhoben, sie versuchte, dieses Zimmer zu ignorieren, trotzdem belastete es sie, und tatsächlich kam eines Nachts eine graue Maus aus dem Zimmer, gerade als sie das Licht im Wohnzimmer ausmachten, um schlafen zu gehen, sie war die Erste, die die Maus entdeckte, und rannte schreiend ins Wohnzimmer, schlug die Tür hinter sich zu und schrie ihren zukünftigen Mann an, bring sie um, Micki, ich verlasse das Zimmer nicht, solange sie da ist, ich ziehe aus, ich werde nicht mit einer Maus zusammenwohnen, und er seufzte, wie soll ich sie umbringen? Warum muss man sie überhaupt umbringen? Aber sie hatte kein Erbarmen, weder mit der Maus noch mit Micki.

Das interessiert mich nicht, schrie sie blutrünstig, Hauptsache, sie ist tot!, und Micki war nicht mutig genug, ihr zu widersprechen, deshalb gab er bei dem von ihr erzwungenen Männlichkeitstest nach, ihretwegen verzichtete er auf seine Prinzipien, und deshalb war er von vornherein zum Scheitern verurteilt. Er stürzte sich mit dem neuen lilafarbenen Besen auf die Maus, mit dem Besen, den sie eine Woche zuvor gekauft hatten, als sie zusammenzogen, sie hatten darüber gelacht, dass er ihre erste gemeinsame Anschaffung war, und sie saß zusammengekauert auf dem Bett, mit geschlossenen Augen, und hielt sich die Ohren zu, um die Schläge des Besens und die unterdrückten Geräusche nicht zu hören, von denen sie nicht wusste, ob sie von Micki oder von der Maus kamen, und sie wollte vor beiden durch das

Fenster fliehen, denn ihr kam es vor, als dauere der Kampf schon Stunden, ein Kampf ohne Sieger, denn auch als die Schläge aufgehört hatten und erst die Wohnungstür und dann der Deckel der Mülltonne draußen geöffnet und geschlossen wurde, und als er in das Schlafzimmer kam und sagte, du kannst rauskommen, das Gelände ist frei, war seine Stimme schwach und sein Gesicht grimmig, und obwohl sie sagte, danke, mein Held, du hast mich gerettet, wussten beide, dass es eine Niederlage war. Sie versuchte ihn ins Bett zu ziehen, küsste seinen Hals, die Stirn und die Lippen, wollte ihm beweisen, dass er die Prüfung bestanden und einen Preis verdient hatte, aber er schob sie von sich und rutschte an die Bettkante. Komm zu mir, Micki, flüsterte sie überrascht, das war das erste Mal, dass er nicht mit ihr schlafen wollte, und er sagte, nenn mich nicht Micki, nenn mich Micki Maus, er lag bewegungslos und schwer atmend da, bis ins Innerste erschüttert, und beide schämten sich so sehr wegen dieses Kampfes, dass sie ihn nie wieder erwähnten.

Am nächsten Tag dichtete sie die Tür des abgeschlossenen Zimmers mit einem festen Klebeband ab, als könnten schädliche Chemikalien darunter durchdringen, und als der Mietvertrag gekündigt wurde, zogen sie ohne Bedauern aus und achteten bei der nächsten Wohnung darauf, dass sie höher gelegen war, und sie versuchte fortan, ihn bei ihrem Kampf gegen Insekten nicht um Hilfe zu bitten, und wenn sie es trotzdem tat, war ihr von vornherein klar, dass er das Insekt behutsam aufheben und aus dem Fenster werfen würde. Hast du mir verziehen, Micki?, fragt sie ihn, und er murmelt, nicht jetzt, ich bin mittendrin, und sie kichert, hast du gewonnen?, und er sagt ein bisschen verschämt, ja, ein glorreicher Sieg.

Herzlichen Glückwunsch, sie lacht, was für ein Kind du doch bist, und er überrascht sie und sagt, um deine Frage zu beantworten, Iris, ja, ich habe dir verziehen, aber mir nicht, das war die schlimmste Nacht meines Lebens, jedenfalls meines Erwachsenenlebens, und sie widerspricht, übertreibe nicht, Micki, in Almas Bar war es schlimmer, der Tag meiner Verwundung war schlimmer, und es war auch schlimmer, als deine Mutter starb, und sie fährt fort, die Unglücksfälle ihres Lebens aufzuzählen, um die Verantwortung für den schlimmsten Tag seines Lebens von sich zu wenden, aber er gibt nicht nach, das kann man nicht vergleichen, sagt er entschieden, mit sich selbst zu hadern ist schlimmer, als mit dem Schicksal zu hadern.

Sie versucht, ihm eine Falle zu stellen, und fragt, auf wen warst du zornig, als ich verletzt wurde?, und er faucht, warum kommst du immer wieder darauf zurück?, und sie sagt, weil da noch etwas ungelöst ist, und er lacht, und alles andere ist deiner Meinung nach aufgearbeitet? Was gestern war, ist geklärt, und deshalb gehst du zehn Jahre zurück? Ich habe zum Beispiel noch keine Antwort darauf, was du vorgestern Nacht an der Kreuzung gemacht hast.

Warum fragst du mich dann nicht?, sagt sie, und er antwortet ruhig, als spräche er mit sich selbst, ich glaube nicht an Fragen und Antworten, und sie muss jetzt einen Punkt machen, denn zwischen der Nähe, die wie nebenbei zwischen ihnen entstanden ist, und der sicheren Distanz durch eine Lüge verlässt sie sich lieber auf die Distanz, deshalb sagt sie schnell, ich habe dort eine Lehrerin getroffen, die nicht in die Stadt kommen konnte, sie ist im Mutterschutz und hat Zwillinge. Da siehst du, du bist einfach kein guter Gesprächspartner! Hättest du gefragt, hättest du gemerkt, dass es eine einfache Antwort gibt, sie konnte nicht zu mir kommen, also ging ich zu ihr.

Nicht jetzt, ich bin mittendrin, murmelt er, und sie begreift, dass er ein neues Spiel begonnen hat, statt ihr zuzuhören, die überflüssige Lüge schnürt ihr den Hals zu und sie seufzt, du hast recht, Micki, Fragen sind sinnlos und Antworten bestimmt auch, ich wollte dich nur um Verzeihung bitten, und er unterbricht sie, was kümmert dich das jetzt, ich habe dir doch gesagt, dass ich nicht böse auf dich bin, du bist, wie du bist, du hast nicht anders handeln können, und sie beharrt, ich meine nicht nur wegen der Maus, und er schweigt, ist er in sein Spiel vertieft oder in das, was sie nicht auszusprechen wagt? Du bist, wie du bist, wiederholt er.

In Almas Zimmer wartet immer noch die Spinnenleiche, deshalb legt sie sich auf Noas Bett, nachdem sie auf ein Kissen geklopft hat, um sicherzustellen, dass es insektenfrei ist. Es wird Abend, aber sie schaltet das Licht nicht ein. Was weiß er? Hat er in ihrem Handy die Wahrheit entdeckt und wartet nobel, bis alles vorbei ist? Vielleicht haben seine Worte keinerlei Bedeutung, er hat ihr nur halb zugehört, wie immer, wenn er ins Spiel vertieft ist. Aber das ist ihr egal, nun, da sie mit der Spinnenleiche allein in der Wohnung ist, und sie denkt traurig an ihren Vater, weil sich nicht nur Träume vererben, sondern auch Albträume, und ihre Mutter hatte ihm dafür die Schuld gegeben, als er noch lebte, und auch nach seinem Tod hat sie nicht aufgehört damit. Lass das Mädchen in Ruhe, warum willst du sie mit deinen Ängsten anstecken?, schimpfte sie, wenn er sie hochhob, um sie vor einem Insekt zu schützen, selbst wenn es nur um eine Kakerlake oder eine winzige Spinne ging. Du bist wie dein Vater, hat sie all die Jahre geschimpft, was macht euch solche Angst, euch zwei Zimperliesen?, und jetzt würde sie, egal warum, gern dieses Schimpfen hören.

Guten Tag, Iris, du wollen sprechen Mutter? Mutter Dusche, sagt Prashant feierlich, sollen Mutter anrufen nach Dusche?, und sie sagt, ja, hilf ihr bitte, mich anzurufen, aber während sie auf den Anruf wartet, kichert sie traurig, sie hat doch längst den Anschluss verpasst. Es ist sinnlos, ihrer Mutter Fragen zu ihrer Kindheit zu stellen, nach der kurzen, erinnerungsarmen Zeit, als sie ein Kind war, das einen Vater hatte. Jahrelang hat sie geglaubt, es wäre nicht eilig, immer gab es dringendere Dinge, aber dann ist es unmöglich geworden, körperlich ist ihre Mutter noch da, aber geistig nicht mehr.

Ja, sie seufzt, wir werden immer dazu verurteilt sein, Sehnsucht nach einer vergangenen Lebensphase zu empfinden, auch wenn diese Phase schlimm war. Bei ihren letzten Besuchen musste sie feststellen, dass sich die Situation ihrer Mutter verschlechterte. Ihre Mutter war in Wahnvorstellungen versunken und beschrieb eingebildete Personen und Landschaften. Die einzige Zeugin ihrer frühen Kindheit kann kein Zeugnis mehr ablegen, sie muss sich mit ihren eigenen Erinnerungen begnügen, und trotzdem hofft sie auf Informationen, vielleicht kann sie sie zum Sprechen verführen und aus ihrem Wortbrei etwas herausfischen. Du wirst es nicht glauben, Mutter, ich hatte gerade eine riesige Spinne auf dem Kopf, erzählt sie ihr aufgeregt, weißt du noch, welche Angst Vater vor Insekten hatte? Aber ihre Mutter wischt ihre Worte weg, mein Vater?, erwidert sie spöttisch, der hatte vor nichts Angst! Nach allem, was er in der Shoa erlebt hat, sollte er Angst vor Insekten haben?

Ich rede nicht von Großvater Moshe, erklärt sie sofort, aus irgendeinem Grund ein bisschen beschämt, ich meine meinen Vater, und ihre Mutter sagt gereizt, dein Vater? Wer ist dein Vater? Ich glaube nicht, dass ich ihn gekannt habe, und wieder fängt sie an zu flehen, du hast ihn geheiratet, Mutter, natürlich hast du ihn gekannt! Gabriel Segal, dein Mann, und ihre Mutter wiederholt den Namen verwundert, Segal? Der Name kommt mir bekannt vor, aber ich kann mich wirklich nicht mehr erinnern, wovor jeder einzelne Nachbar Angst hatte!, und Iris kann sich den Ausdruck kindlicher Wut vorstellen, der sich jetzt auf ihrem Gesicht zeigt. Am Anfang hat sie oft gedacht, ihre Mutter verstelle sich, nur um sie zu ärgern, und auch jetzt ist sie wütend, als wolle sie ihr absichtlich eine Information vorenthalten. Wieso muss man vor Insekten Angst haben?, fährt ihre Mutter spöttisch fort, man tritt auf sie drauf, und weg sind sie, Prashant und ich haben wirklich keine Angst vor Insekten.

Das stimmt, ihre Mutter hatte nie Angst vor diesen ekelhaften Kreaturen, sie hat sie wegen ihrer Zimperlichkeit verspottet, sie konnte verwöhnte Kinder nicht leiden. Seltsam, jahrelang hat sie geglaubt, ihre Mutter wirke so männlich, weil sie Witwe war und ihren Kindern Vater und Mutter zugleich sein musste, und erst als Erwachsene hat sie begriffen, dass es wohl ihre Persönlichkeit war, die zu ihrem Schicksal passte. Sie war direkt und ungehobelt, ungeduldig und eingebildet, und sie verurteilte jedes Anzeichen von Schwäche, auch bei dem verstorbenen Mann.

Je erwachsener Iris wurde, umso mehr schimpfte ihre Mutter auf ihren Vater, es wurde immer schlimmer, er hat nichts aus sich gemacht, als erwartete sie, er würde sich nach seinem Tod weiterentwickeln und Initiative und Geistesgegenwart zeigen. Er war ein fauler, verwöhnter Prinz, dein Vater, ohne Ambitionen, hat sie manchmal verbittert ausgestoßen, überzeugt, dass er mit einem bisschen gesundem Menschenverstand der Granate, die seinen Panzer traf, hätte ausweichen können, es nutzte nichts, dass neben ihm noch Dutzende anderer getötet worden waren, auch solche, die weniger verwöhnt waren als er. Sie machte ihn für seinen Tod verantwortlich, und die Schuld seiner Mutter, die ihren Sohn grenzenlos verwöhnt hatte, war noch größer, er durfte sich noch nicht einmal ein Rührei braten. Er hat nicht gewusst, wie man ein Bett frisch bezieht, erzählte sie ab und zu, er hat zwei Stunden gebraucht, um eine Decke in den Bezug zu stopfen, er war so gewohnt, dass seine Mutter alles für ihn machte, so degeneriert war er, sie hat ihn nicht richtig auf das Leben vorbereitet, ich bin sicher, dass er hilflos sitzen geblieben ist, als der Panzer Feuer fing, und darauf gewartet hat, dass seine Mutter ihn da rausholt, ich begreife nicht, wie er den Militärdienst überhaupt überleben konnte, wahrscheinlich gab es immer jemanden, der ihn beschützt hat, nur weil er so schön lächeln konnte.

Er hatte wirklich ein sehr schönes Lächeln, ähnlich wie Omers. Auf den meisten Fotos, die von ihm geblieben sind, lächelt er, nur auf dem letzten sieht er ernst und besorgt aus, wie vor einem Schachbrett, als wüsste er schon, dass er verlieren würde. Sie ist sicher, dass ihre Mutter es genoss, ihn vor ihr schlechtzumachen, denn sie war von ihrer Geburt an eifersüchtig auf sie, wegen der Liebe, die ihr Vater ihr entgegenbrachte. Manchmal hörte sie eine leichte Schadenfreude in der Stimme ihrer Mutter, wenn sie erzählte, wie sehr er sie geliebt hatte, aber ihre guten Jahre waren kurz und wurden abrupt abgeschnitten, und das Leben ohne ihn hatte aus ihr ein düsteres, fleißiges Mädchen gemacht. Ihre Mutter stand jeden Tag früh auf und ging in die Arztpraxis, ihre Tochter blieb allein zurück, musste die Brüder für den Kindergarten und später für die Schule fertig machen, während die Mutter schon auf ihrem Hocker saß und den Patienten, die in einer langen Schlange warteten, Blut abnahm, die Hände nach Spritzen und Reagenzgläsern ausstreckte, und die Dunkelheit war so groß und lang, dass sie sich kaum an die Zeit erinnern kann, als sie ein Kind und später ein junges Mädchen war, sie erinnert sich nur an eine freudlose, nicht enden wollende Zeit. Sie lernte, Rührei zu machen, Betten zu beziehen, Windeln zu wechseln und zu putzen und zu waschen, die Wäsche aufzuhängen und ihre Hausaufgaben zu erledigen, bis ihr die Augen zufielen, und erst die Begegnung mit Eitan, als sie sechzehneinhalb war, brachte für ein Jahr Licht in ihr Leben, bis auch er plötzlich verschwunden war, ohne eine Möglichkeit, sich von ihm zu verabschieden, und jetzt liegt sie still in dem fremden Bett, wieso fällt ihr das jetzt alles ein. Genauso still lag sie damals in ihrem Bett und hielt ihren Mittagsschlaf, während ihr Vater hastig in die Uniform schlüpfte und in den Krieg zog, bestimmt wollte er sie aufwecken und sie umarmen und Abschiedsworte sagen, Worte der Liebe, aber ihre Mutter ließ es nicht zu, damit die Routine nicht unterbrochen wurde, und dabei wusste sie nicht, dass sie unterbrochen werden würde.

Was soll das jetzt, sie muss sich darauf konzentrieren, was zu tun ist, und sie steht auf und macht Licht, soll sie jetzt versuchen, mit der anderen Mutter zu sprechen, mit ihrer Leidensgenossin? Wie schwer es ist, diese Botschaft zu überbringen, aber vielleicht weiß sie ja schon Bescheid, vielleicht weiß sie mehr als sie und kann ihr mit Informationen und Tricks helfen? Sie findet schnell ein paar Telefonnummern von Frauen gleichen Namens. Guten Tag, sind Sie die Mutter von Noa?, fragt sie mit einer autoritären Stimme, und wenn die Frage verneint wird, entschuldigt sie sich und legte schnell auf, aber plötzlich antwortet eine heisere Stimme mit einem ausgeprägten französischen Akzent, ja, das bin ich, ist alles in Ordnung mit ihr?, und Iris beruhigt sie schnell, ja, mehr oder weniger, ich bin Iris, die Mutter von Alma, ihre Mitbewohnerin, und ohne gefragt zu werden, erzählt sie, ich bin gerade in der Wohnung, ich habe die Wohnung geputzt und für sie gekocht, sie arbeiten so schwer.

So ist es eben, wenn man unbedingt mitten in Tel Aviv wohnen will, sagt die Frau in einem kritischen Ton, dem das säuerliche Echo früherer Diskussionen zu entnehmen ist, ihr Akzent ist so ausgeprägt, dass Iris den Eindruck bekommt, ihr tue jedes Wort weh, und sie begreift, dass es keine Chance für das erhoffte intime Gespräch und die Schicksalsgemeinschaft gibt.

Sagen Sie bitte, haben Sie Gelegenheit gehabt, Noa bei der Arbeit zu besuchen? Haben Sie den Besitzer des Lokals kennengelernt?, fragt sie und hört, wie die Frau ihre Zunge schwer im Mund bewegt, ja, wir waren einmal dort, antwortet sie mühsam, wir kommen nicht oft in die Stadt, wir leben in einem Dorf in Galiläa, es hört sich an, als hätte sie den Mund voller Nüsse, so dass ihr kein Platz für die Silben bleibt. Er hat einen sympathischen Eindruck gemacht und das Essen war ausgezeichnet. Sie versucht sich zu erinnern, was haben wir eigentlich gegessen? Vielleicht Huhn mit Nüssen? Schmuel, was haben wir bei Noa im Restaurant gegessen?, sie wendet sich mit einer lauten, angestrengten Stimme an jemanden, der vielleicht neben ihr steht, und Iris beginnt hysterisch zu lachen, die Vorstellung, die Frau hätte Nüsse im Mund, und die Erwähnung von Huhn mit Nüssen kommt ihr so außerordentlich komisch vor, und sie erstickt fast vor Lachen, als sie zu sprechen versucht.

Hallo, sind Sie noch da? Wie haben Sie gesagt, dass Sie heißen?, fragt die Frau aus dem Norden, und Iris hebt die Hand zum Mund, was kann sie bloß gegen das Lachen tun, vielleicht kann ihr nur noch die Spinnenleiche helfen, ihre Sprechfähigkeit wiederzuerlangen, und sie läuft in das andere Zimmer, zu ihrem Entsetzen ist der schwarze Ball nicht mehr da, er ist wie vom Boden verschluckt, hat sich die Spinne nur totgestellt? Sie ist ganz außer sich. Wie kann das sein?, fragt sie mit einem erstickten Aufschrei, genauso wie die Maus damals schrie, als sie an die Wand gedrückt wurde, und Noas Mutter wundert sich, hallo? Da sind Geräusche in der Leitung, und Iris verlässt das Zimmer, sie muss endlich zur Sache kommen, über die Spinne kann sie später nachdenken. Hören Sie, sagt sie, ich habe schlimme Gerüchte über die Bar gehört. Dieser Boas, für den Noa und Alma arbeiten, bezahlt sie nicht und nutzt sie außerdem auf alle möglichen Arten aus. Er verhält sich wie ein Guru und beherrscht ihre Körper und ihre Seelen, und jetzt ist ihre Gesprächspartnerin an der Reihe, einen erstickten Schrei auszustoßen, wie ist das möglich? Jeder ist einmal eine Maus, die an die Wand gedrückt wird.

Es tut mir wirklich leid, Sie damit zu überfallen, aber ich habe gedacht, wir sollten uns treffen und gemeinsam überlegen, wie wir sie dort herausholen können, ich bin bereit, zu Ihnen in den Norden zu kommen, doch zu ihrer Enttäuschung fasst sich Noas Mutter schnell und weist sie so nachdrücklich zurück, als wäre Iris selbst die schlechte Nachricht.

Hören Sie zu, sagt sie kühl, hier bei euch mischen sich alle in die Angelegenheiten der anderen ein, aber ich komme aus einer anderen Kultur, und bei uns schaut man nicht unter die Decken. Meine Tochter ist dreiundzwanzig, und es ist ihre Entscheidung, wenn sie bereit ist, ohne Lohn zu arbeiten, und wenn sie noch andere Dummheiten macht, dann ist das ebenfalls ihre Sache, und ich denke nicht daran, mich einzumischen. Ich habe mein eigenes Leben! Ihr Israelis versteht es nicht, eure Kinder erwachsen werden zu lassen, sie predigt in einem überheblichen Ton, ihr klebt an ihnen wie Kletten. Noa ist schon ein erwachsener Mensch, und Ihre Tochter ist es auch, was die beiden tun, geht nur sie etwas an, und was wir tun, ist unsere Sache, und Iris hört ihr geschockt zu. Tut mir wirklich leid, dass ich Sie gestört habe, murmelt sie, und ihre Gesprächspartnerin verzeiht ihr großmütig, sie begreift die Ironie nicht. Kein Problem, es sind einfach Unterschiede in der Mentalität, ich wünsche Ihnen viel Erfolg, guten Abend, sie bewegt ihre schwere Zunge irgendwo dort im Norden, und Iris starrt das stumm gewordene Telefon an, sie hat sich geirrt, die Frau hat keine Nüsse im Mund, sondern Eiswürfel.

Was für eine egoistische Frau, wie sie sie zurückgewiesen hat, sie zieht es vor, ihr Leben ohne überflüssige Störungen zu leben, Eis zwischen den Zähnen zu zermalmen, ohne sich Sorgen um ihre Tochter zu machen, arme Noa, und sie geht beunruhigt in der Wohnung auf und ab, schaut unter die Betten, rückt Stühle. Wo ist die wiederauferstandene Spinne, atmet sie noch in irgendeiner Ecke, lauert sie auf sie? Sie muss weg hier, sie kann keine weitere Nacht mit der Spinne verbringen, lebendig oder tot, und sie verlässt die Wohnung, schließt die Tür ab und hängt sich den Schlüssel um den Hals, ohne geduscht oder sich umgezogen zu haben, das rote Kleid, das sie auf dem Markt gekauft hat, ist verschwitzt und verstaubt und ihre Kopfhaut brennt von dem Spinnenstich, sie rettet sich in die nach Abgasen stinkenden Straßen, sie lässt sich vom Strom der Menschen treiben, ohne zu wissen wohin, diese Stadt ist ihr schon immer fremd gewesen, und jetzt verstärkt sich das Gefühl der Fremdheit von einem Schritt auf den anderen.

Sie gehört nicht zu den Gästen der endlosen Party auf diesen Straßen, sie ist nicht eingeladen worden und alle scheinen es zu wissen, deshalb starren sie sie so an, ihr schmutziges Kleid, ihr verbittertes Gesicht, sind sie wirklich alle glücklich oder tun sie nur so? Genauso hatte sie sich gefühlt, als sie sich von ihrer Liebeskrise erholt hatte und wieder auf die Straße ging. Auch damals bildete sie sich ein, ihn überall zu sehen, mit einem neuen Mädchen an seiner Seite, das ihn nicht an das schreckliche Jahr erinnerte.

Wo soll sie hingehen, wohin lässt sie sich gedankenlos treiben, es sieht aus, als nähere sie sich Almas Bar, und warum eigentlich nicht? Sie wird hineinplatzen, Tische umkippen und die raffinierten Gerichte auf den Boden werfen, eines nach dem anderen, so wie Omer damals den Geburtstagskuchen auf den Boden geworfen hat, und dann wird Boas begreifen, dass dieses Mädchen aus Jerusalem ihm mehr Schaden als Nutzen bringt, und er wird sie hinauswerfen. Aber was ist dann mit Alma, wird sie das überstehen? Einen Moment lang sieht sie sie vor sich, wie sich selbst als Jugendliche, sie liegt auf dem Rücken und wird immer kleiner, sie wird von der Matratze aufgesaugt, die Matratze wird vom Fußboden aufgesaugt, der Fußboden wird von der Erde aufgesaugt. Sie wird es nicht wagen, sich von ihr zu trennen, sie ist schließlich ihre Tochter, ihr eigen Fleisch und Blut, auch wenn sie immer das Gefühl hat, dass sie so verschieden sind, doch vielleicht sind sie das gar nicht. Zum ersten Mal kommt es ihr in den Sinn, dass auch sie von einem bösen Tyrannen aus ihrer Vergangenheit versklavt war, einer Vergangenheit, die einen langen, bitteren Schatten auf ihr Leben warf.

Ihre Wangen glühen von der Hitze und ihre Kopfhaut juckt, als wäre die Spinne noch da, und sie kratzt sich ununterbrochen, vielleicht hat die Spinne Eier gelegt, aus denen nun neue Spinnen ausschlüpfen, sie erinnert sich, wie sie unentwegt von Läusen heimgesucht wurden, denn die Läuse, die sie aus der Schule mitbrachte, bildeten zusammen mit den Läusen, die Alma von ihrer Schule mitbrachte, eine Endlosschleife, sie kämmten sich gegenseitig mit Läusekämmen, lachten erschrocken, gaben den Läusen Schimpfnamen. Aber zu ihrer Verwunderung war das vorbei, als sie aufhörte zu unterrichten und als sie ihre Haare abschnitt, es stellte sich heraus, dass sie die Quelle der Läuse gewesen war, denn Alma bekam danach keine mehr.

Nur ihretwegen hupen die Autos, sie ist fremd hier, woher soll sie den Verkehrsverlauf kennen, woher soll sie wissen, von wo das Unheil hereinbrechen wird, vom Meer oder vom Land, die Luft ist feucht und salzig, vielleicht versinkt sie schon im Meer und sollte Schwimmbewegungen machen, um sich zu retten, aber um sie herum schwimmt niemand, und niemand geht unter, gibt es in der Straße einen Rettungsschwimmer? Sie hat das Gefühl durchzudrehen, ist es das, was die große Stadt mit Alma gemacht hat?

Ihre Füße schmerzen, sie muss sich hinsetzen, aber die vollen Cafés machen ihr Angst, alles, was tagsüber angenehm war, ist jetzt bedrohlich, und sie biegt von der Hauptstraße in eine Seitenstraße ein und dann in einen Hof, sie muss einen Unterschlupf finden, sie gehört nicht hierher, sie ist nicht nur mit der Trauer der Vergangenheit beladen, sondern auch mit der Angst vor der Zukunft, genau wie ihre eigene Stadt, wie Jerusalem.

Sie setzt sich erschöpft auf die Stufen eines gepflegten Hauses, als warte sie auf etwas, die Fliesen, schwarz-weiß wie ein Schachbrett, drehen sich vor ihren Augen, sie braucht Hilfe, sie darf diese Nacht nicht allein bleiben, vielleicht ist Dafna hier, sie hat vergessen, an welchen Tagen sie im Tel Aviver Büro ist. Es kommt ihr vor, als seien Wochen seit ihrem letzten Treffen vergangen, sie hat sie damals von sich geschoben, wie Noas Mutter es heute mit ihr getan hat. Niemand bedankt sich bei dem Überbringer schlechter Nachrichten, aber Dafna wird es ihr nicht nachtragen, hi, Dafnoni, bist du zufällig in Tel Aviv?

Ich bin gerade auf die Autobahn gefahren, ich bin auf dem Heimweg, sagt Dafna. Wieso, wo bist du?, und Iris antwortet, ich bin anscheinend in der Hölle oder in einer Angstattacke, und eine riesige Spinne hat mich gebissen, und Alma hat in einer Woche mit sieben Männern geschlafen, und wer weiß, was sie jetzt macht.

Oh, du Ärmste, ruft Dafna, ich komme, wo bist du?, und Iris

geht hinaus auf die Straße und gibt ihr die Adresse durch, dann läuft sie gleich zu den Stufen zurück, als würde die Stadt mit Raketen beschossen und sie müsste sich in Sicherheit bringen. Sie schöpft wieder Hoffnung, und das tut ihr gut, die Hoffnung darauf, dass sie bald abgeholt wird, dass sie in Dafnas Auto ihre Identität wiederfinden wird, die sie hier verloren hat, und tatsächlich steigt sie kurz danach in Dafnas Auto, ihre Freundin trägt ihre Tel-Aviv-Kleidung, Stöckelschuhe, eine Chiffonbluse und einen engen Rock. Was soll das heißen, hast du als Putzfrau gearbeitet, um dein Einkommen aufzubessern?, sagt sie lachend, verdienen Lehrer bei uns so wenig? Nein, bitte umarme mich nicht, du machst meine Bluse schmutzig, aber Iris drückt sich an sie, legt den Kopf an ihre Schulter, legt den Arm um den langen, bereits etwas faltigen Hals. Danke, dass du gekommen bist, jammert sie, du hast mich gerettet.

Soll ich dich nach Hause fahren?, fragt Dafna, und sie sagt, nein, mein Auto ist hier, eigentlich ist es Mickis Auto, und Dafna entscheidet, dann muss Micki das Auto morgen irgendwie holen, du kannst so nicht fahren, und Iris sagt, aber er muss vorher mein Auto an der Kreuzung abholen.

Welche Kreuzung?, fragt Dafna verwundert, und Iris murmelt, egal, das ist jetzt zu kompliziert und auch nicht wichtig, ich muss hierbleiben, ich bin hier noch nicht fertig, und Dafna sagt, aber du scheinst selbst ziemlich fertig zu sein, sollen wir essen gehen?, und Iris schlägt vor, vielleicht essen wir im Auto? Sie fühlt sich sicher und geschützt in dem sauberen, wohlriechenden Auto, neben ihrer geliebten Freundin, aber Dafna steuert ihr Auto mit großer Sicherheit durch die Straßen, die plötzlich freundlicher aussehen, und als sie das Auto geparkt hat, gibt sie ihr einen Lippenstift, Parfüm und einen Kamm, sonst lassen sie dich nicht rein, sagt sie kichernd.

Das geht schon, ich habe meine eigenen Sachen, sagt Iris, trotzdem zieht sie die Lippen mit Dafnas Stift nach, er ist dunkler als ihr eigener, trägt ihr Parfüm auf, das stärker duftet als ihres, ich verwandle mich in dich, sagt sie, und Dafna lächelt, kein Problem, Hauptsache, dass ich mich nicht in dich verwandeln muss. Dafna ist schon immer gepflegter gewesen als sie, sie versteht es, ihren fülligen Körper passend zu kleiden, und sie haben früher oft darüber gelacht und gesagt, ihre Töchter müssten nach der Geburt vertauscht worden sein, Alma hat immer sorgfältig auf ihr Aussehen geachtet, genau wie Dafna, und Schira ist ein bisschen nachlässig, genau wie Iris. Vielleicht tauschen wir sie zurück, haben sie ab und zu vorgeschlagen, wenn Alma die gelangweilte Iris mitschleppte, damit sie ihr neue Anziehsachen oder Schuhe kaufte, während Dafna Schira förmlich dazu zwingen musste, neue Kleidungsstücke anzuprobieren. Jetzt folgt Iris in ihren Flip-Flops ihrer imposanten Freundin in ein imposantes Restaurant mit Blick aufs Meer, ihre Füße tun weh, sie hakt sich bei Dafna ein, obwohl Dafna protestiert, übertreib nicht, hier sitzen bestimmt auch Kunden von mir, und auch so ist es für mich ein Risiko, mit dir hierherzukommen.

Bestell für mich, bittet sie, als ein lächelnder Kellner an ihren Tisch kommt, von mir aus kannst du auch für mich kauen, so erschöpft, wie ich bin, und wie im Schlaf erzählt sie ihr alles, vom Ende zum Anfang, denn dahin führt alles, zum Anfang, zur Schuld, zu ihr.

Lass das mit der Schuld, sagt Dafna, gießt Wasser in ein Glas und hält es ihr hin, etwas Banaleres gibt es nicht, als sich schuldig zu fühlen, es hilft niemandem, und es ist auch nicht richtig. Du bist für Alma eine gute Mutter, jedenfalls gut genug, niemand ist perfekt, und Iris stimmt ein, das habe ich auch immer zu

Alma gesagt, dass niemand perfekt ist, aber offenbar habe ich ihr damit nicht geholfen.

Du hast gesagt, was du dachtest, was soll daran falsch sein?, beharrt Dafna, heutzutage haben die Eltern Angst, sie selbst zu sein, zu sagen, was sie empfinden. Du hast ihre Obsession nicht gemocht und es ihr gezeigt. Was ist, hättest du ihr die Augenbrauen mit einem Lineal nachmessen sollen? Und auch wenn du jung warst und beschäftigt und alle möglichen Schwierigkeiten hattest, ist das normal und keine Katastrophe. Das erklärt nicht, was mit ihr passiert ist. Bei so etwas spielt auch Zufall eine Rolle, viele verschiedene Motive treffen aufeinander. Sie ist in diese Wohnung gekommen, sie hat diesen Mann getroffen, du bist nicht an allem schuld, du hast nicht alles unter Kontrolle.

Und wie kann ich sie befreien, wenn ich nichts unter Kontrolle habe, sagt Iris und seufzt, und Dafna sagt, jetzt iss erst mal, der Salat ist ausgezeichnet, mit Garnelen wäre er noch besser, sagt sie kauend, du hast großen Einfluss auf Alma, wenn du hartnäckig bist, wirst du Erfolg haben.

Einfluss?, fragt sie, es verschlägt ihr die Sprache, wovon redest du, vielleicht tut sie das nur aus Trotz, und Dafna sagt, ich sehe das nicht so, Iris, wenn sie bei uns ist, mit Schira, ist sie ganz anders. Sie spricht viel von dir, zitiert dich, sie schätzt dich sehr.

Sie schätzt mich? Vielleicht redest du davon, als sie zehn war, mault Iris, und Dafna sagt, nein, gar nicht, sie war neulich bei uns und hat von dir gesprochen, ich weiß nicht, mehr in welchem Zusammenhang, aber es war schön, sogar Gidi hat es bemerkt. Schön, dich essen zu sehen, übrigens, bist du plötzlich magersüchtig geworden?

Was du sagst, überrascht mich völlig, murmelt Iris, und Dafna sagt, sie hängt sehr an dir, auch wenn sie das nicht zeigt. Ich kann mich erinnern, nach deiner Verletzung habe ich sie oft eingeladen, bei uns zu schlafen, und sie hat es immer abgelehnt. Sie sagte, sie wolle zu Hause sein, um dich zu pflegen. Das war herzergreifend.

Was soll ich jetzt damit anfangen?, Iris stöhnt, das macht mir nur noch mehr Schuldgefühle, und Dafna schimpft, es reicht mit Schuld und Sühne, ich erzähle es dir, damit du merkst, welche Macht du über sie hast. Positive Macht, sie liebt dich.

Sie liebt mich?, murmelt Iris und starrt auf das Meer, das hinter dem Fenster immer dunkler wird, unendlich und drohend. Ich habe nie darüber nachgedacht, es ist irgendwie selbstverständlich, aber es spielt auch keine Rolle, und Dafna fragt, und was ist mit der Liebe deines Lebens, apropos Liebe?

Oh, das ist kompliziert, sagt sie, du wirst mich auslachen, aber ich habe plötzlich Angst, mit ihm zu sprechen, weil ich das Gefühl habe, es könnte Alma schaden, ich liebe ihn sehr und spüre, dass ich nicht mit ihm reden darf, ich weiß, dass das alles nicht rational ist.

Natürlich nicht, was hat das überhaupt miteinander zu tun?, sagt Dafna, du weißt, dass ich gegen Familienzerstörung bin, aber alles, was dir jetzt guttun kann, ist wichtig. Dein Handy klingelt, oder?, sagt sie, und Iris zieht hastig das Handy aus der Tasche, vielleicht ist es Alma, aber es ist er. Er ist es, flüstert sie, ich darf nicht drangehen, und zu ihrem Erstaunen nimmt ihr ihre Freundin das Handy aus der Hand und antwortet mit einem breiten Grinsen.

Iris kann im Moment nicht sprechen, sagt sie in einem warmen Ton, soll ich ihr etwas ausrichten? Kein Problem, ich sage es ihr, verspricht sie und beendet das Gespräch mit glänzenden Augen. Was für ein Timing der Typ hat, kichert sie, wie hat er bloß gewusst, wann er anrufen soll, und Iris nickt, er hat heute schon zwei Mal angerufen, und ich bin nicht drangegangen. Das ist unverantwortlich, Dafna, und wenn Alma jetzt irgendetwas passiert?

Was soll das plötzlich mit dieser schwarzen Magie, protestiert Dafna, das passt nicht zu dir. Warum machst du's dir so schwer? Du steckst in einer schwierigen Phase, mach es dir doch nicht noch schwerer, sagt sie, zumal er morgen zu einer Konferenz nach Tel Aviv kommt.

Eitan? Eine Konferenz in Tel Aviv?, sie erstickt fast, seltsam, ist es das, was er mir ausrichten lässt? Dafna kichert, ich habe schon seltsamere Sachen erlebt, in Tel Aviv finden sehr viele Konferenzen statt, und Iris fragt, was genau hat er gesagt, soll ich zu dieser Konferenz kommen?, und Dafna sagt, so ungefähr, er würde sich freuen, dich zu sehen, unter der Bedingung, dass du das Kleid wechselst. Und Iris lächelt sie an, vielleicht hat sie ja recht, vielleicht ist das ein Zeichen, dass sie ihn treffen soll, die Enthaltsamkeit, die sie sich selbst auferlegt hat, ist nicht zu ertragen, und ihr Leiden würde Alma nichts nützen.

Was ist übrigens mit Schira?, fragt sie plötzlich interessiert, wie kann es sein, dass wir schon volle zwei Stunden nichts von ihr gehört haben?, und Dafna antwortet, sie hat heute Abend ein Date mit diesem jungen Mann, sie hat deinen Rat befolgt und es hat funktioniert, ein zweites Date, und Iris sagt, ich bin so froh, komm, bestellen wir noch einen Nachtisch. Neid steigt in ihr auf, Schira hat eine Verabredung und Alma schläft mit fremden Männern, aber sie wird sich den Genuss des süßen, weichen Kuchens nicht verderben lassen. Sie wird ihn morgen sehen, sie wird zu seinem Kongress gehen, ihre Tochter liebt sie und sie liebt ihre Tochter, aber sie liebt auch ihn, vielleicht ist das ja kein schicksalhafter Widerspruch.

Almas Haus ist unglaublich, klassisches Bauhaus, sagt Dafna, als sie das Auto an der gleichen Stelle anhält, wo sie Iris abgeholt hat, und Iris lacht, das ist nicht Almas Haus, ich habe gar nicht gemerkt, dass du hierherfährst, und Dafna fragt verwundert, und wieso hast du hier auf mich gewartet? Iris kann es schlecht erklären, sie erkennt sich in der Frau nicht wieder, die noch vor kurzem erschrocken durch die Straßen gewandert ist, und sie dirigiert ihre Freundin zur richtigen Adresse, zu dem hässlichen Gebäude. Plötzlich fühlt sie sich erleichtert, sogar das Verschwinden der Spinnenleiche wird sie nicht am Einschlafen hindern, auch nicht Almas Abwesenheit, sie wird sie am Morgen sehen, sie hat Einfluss auf sie, sie wird die richtigen Worte finden.

Aber wie sollen sie die richtigen Worte erreichen, wenn sie nicht nach Hause kommt? Sie wacht jede Stunde in der Wohnung ohne Bewohner auf, als hätten diese sie extra für sie geräumt, und erst als das erste zitronengelbe Tageslicht durch das Fenster dringt und der erste Lärm von der Straße, hört sie, wie die Tür aufgeht, sie spitzt die Ohren. Wissen die Mädchen, dass sie zuhört, und sagen deshalb nichts? Vielleicht sind sie zu müde, denn außer Wasserrauschen hört sie nur ein hastiges Flüstern, sie rühren das Essen nicht an, sie bemerken weder den sauberen Fußboden noch die polierte Anrichte oder die Schale mit den Weintrauben auf dem Tisch, sie sind außerhalb der Realität, entweder über oder unter ihr, und Iris liegt still auf dem Bett, über der Spinnenleiche, und empfängt den neuen Tag mit Spannung und Erregung, sie wird ihn wiedersehen, sie wird bald aufstehen, sich duschen und das neue kurze schwarze Kleid anziehen, sie wird ihn wiedersehen, in einem der Hotels am Strand.

Sie wird in der Lobby auf ihn warten und er wird sofort kommen, und dann werden sie in ein Zimmer gehen und sich vereinen, ein Herz und eine Seele, wie beim ersten Mal. Dafna hat recht, es gibt keinen Grund, ihn ausgerechnet jetzt aus ihrem Leben zu verbannen, und als sie Kaffee trinkt, sieht sie, wie Alma aus Noas Zimmer kommt und zur Toilette geht, sie trägt ein schwarzes T-Shirt, ihre dünnen Beine sind nackt, sie hört, wie sie sich in dem kleinen Badezimmer die Zähne putzt. Du bist noch hier, sagt sie mürrisch und zieht ihre Hose an, und Iris sagt, gehst du schon weg? Wohin? Du hast kaum geschlafen, und Alma antwortet frostig, ich gehe zur Arbeit, ich habe Frühschicht. Du hast dich immer beschwert, dass ich faul bin, jetzt bin ich fleißig, passt dir das auch nicht? Und Iris sagt, soll ich dir einen Kaffee machen? Ein Brot?

Kaffee, sagt Alma und gähnt, ihre Augen sind halb geschlossen und sie sieht sehr erschöpft aus, vor lauter Müdigkeit akzeptiert sie die Anwesenheit ihrer Mutter, vor lauter innerer und äußerer Arbeit, und Iris gießt ihr Kaffee ein, heute hole ich die Sachen aus der Wäscherei, sagt sie, als wäre sie eine devote Haushälterin, vielleicht hast du Lust, mich später zu treffen? Ich kaufe dir etwas Hübsches zum Anziehen? Und Alma antwortet kalt, ich habe keine Zeit. Iris wundert sich, dass sie nicht fragt, wann sie wieder wegfährt, wann sie ihr den Schlüssel zurückgibt und wann sie das Bett räumt, das sie in Beschlag genommen hat. Protestiert sie nicht, weil sie so müde ist, oder verleiht ihr die Anwesenheit ihrer Mutter insgeheim ein Gefühl der Sicherheit?

Wieder geht sie hinaus auf die Straße, die feuchte Luft schlägt ihr ins Gesicht wie ein alter Putzlappen, und die Abgase kratzen ihr im Hals, sie geht zum Parkplatz, aufgeregt, weil sie ihn bald sehen wird, die Hitze macht ihr nichts aus, auch nicht die bedrohlichen Nachrichten, die sie im Autoradio erwarten, auch nicht die überteuerte Parkgebühr, und während sie das Auto zu dem Hotel navigiert, in dem ausgerechnet heute eine Konferenz zum Thema neuralgische Schmerzen stattfindet, begreift sie plötzlich, dass sie genau das Gleiche empfindet, wie ihre Tochter es jetzt empfindet. Dieser Mann, der Besitzer einer Bar im Süden der Stadt, hat sie aus der Eintönigkeit ihres Alltags befreit und ihr eine Alternative geboten, einen akrobatischen Sprung über die Realität ihres Lebens, nicht auf einem Fernsehbildschirm oder einem Computer, sondern eine Achterbahn aus Nächten und Tagen, und davon ist sie abhängig, sie ist wie hypnotisiert von der aufregenden und schrecklichen Vielfalt, die sie plötzlich in sich entdeckt hat, von ihrem anderen Gesicht, das sie nicht im Spiegel gefunden hat. Aber sie, die Mutter, die Alma geboren hat, muss es ihr beibringen, ebenso wie sie ihr Reden und das Überqueren der Straße beigebracht hat, denn wir sind der Realität verpflichtet, so wie sie ist, wir müssen mit ihr einen Bund schließen, wir sind der feuchten Luft und der Hitze verpflichtet, der Langeweile und der Routine, den Parkgebühren und den Schlagzeilen in den Zeitungen, erst dann sind wir frei, das muss sie ihr beibringen, denn sie hat erst jetzt begriffen, dass das, was wie Leben außerhalb der Realität aussieht, eigentlich Sklaverei ist.

Das Meer glänzt, es blinzelt ihr unaufhörlich mit seinen blauweißen Augen zu, in der Tiefgarage bleibt sie im Auto sitzen. Hat sie nicht ihren Lehrerinnen immer wieder eingetrichtert, dass nur das persönliche Beispiel eine wirkliche Veränderung ermöglicht? Wenn sie jetzt aus dem Auto steigt und ihn sieht, etwas, was sie unbedingt will, wenn sie ihr Leben in diese Richtung lenkt, hat sie nicht das Recht, von ihrer Tochter zu erwarten, dass sie die Richtung ändert. Das ist keine schwarze Magie, das ist Erziehung.

Ist das sein Wagen, der ihr entgegenkommt? Wenn sie ihn jetzt sieht, wird sie ihm nicht widerstehen können, sie ist doch für ihn bestimmt und er für sie, die Quelle und der Maulbeerbaum sind Zeugen, aber aus dem silbernen Auto steigt eine junge Frau und eilt zur Konferenz, und sie wird jetzt das elegante

Hotel am Meer hinter sich lassen und schweren Herzens zu der kleinen Wohnung im Erdgeschoss zurückfahren, einer Wohnung, die wie geschaffen ist für Diebe, Voyeure und Insekten, einer Wohnung, die zu einer verführerischen Falle geworden ist. Sie fährt ganz langsam, wie bei einer Beerdigung, obwohl die anderen Fahrer hupen und sie überholen und ihr den Stinkefinger zeigen, ihr Herz ist so schwer wie der Preis, den sie bezahlen muss, und sie weiß nicht genau, wie sie ihn rechtfertigen soll und ob sie ihn rechtfertigen wird, denn gemeinsam und jede für sich werden sie lernen müssen, die Herrlichkeit der Realität zu erkennen.

# SIEBZEHNTES KAPITEL

Obwohl die beiden nichts gegessen haben, kocht sie wieder. Vielleicht sollte sie mit den vollen Töpfen hinausgehen und das Essen umsonst an Passanten verteilen, sie wird sie zum Essen zwingen, wie sie Alma gezwungen hat, und während sie Zwiebeln, Knoblauch und Auberginen kleinhackt, versucht sie den nächsten Schritt zu planen. Sie muss Alma erreichen, aber nicht sie selbst, sie braucht einen Boten, und sie geht alle Telefonnummern in ihrem Handy durch, früher hatte sie Freundinnen in Tel Aviv, hat aber die Kontakte nicht gepflegt, und es ist ihr unangenehm, sich plötzlich zu melden, zumal sie an Klatsch und Tratsch nicht interessiert ist und nichts von sich erzählen will, und ihre Finger wandern zu einer neuen Nummer, die erst gestern hinzugefügt wurde, und bevor sie es sich anders überlegen kann, antwortet er schon und sie fragt hastig, hast du heute Abend Zeit, Sascha?

Hab ich, antwortet er überrascht, sagen Sie bloß nicht, dass ich mit der Direktorin ein Date habe, und sie sagt, nicht wirklich ein Date und nicht mit der Direktorin, nur mit einer Mutter in Not, in Ordnung, das dürfte dir ja bekannt sein, und er kichert, klar, meine Mutter ist immer in Not, cool, wo wollen wir uns treffen?, und ihr fällt der Name der Bar nicht ein, die sie unweit von Almas Lokal gesehen hat, ich schicke dir noch eine SMS, in Ordnung? Treffen wir uns um neunzehn Uhr?

Cool, sagt er wieder, noch immer überrascht, ein Date mit der Direktorin, super! Er lacht noch, als sie das Gespräch abbricht und schnell unter die Dusche geht, wieder fühlt sie sich verbittert und verschwitzt. Bestimmt wartet Eitan jetzt auf sie und schaut ab und zu auf sein Handy. Sie werden nicht aus dem Fenster einer der oberen Etagen auf die Stadt hinunterschauen, von wo aus die Menschen so klein wie Heuschrecken aussehen und von wo aus auch ihre Schmerzen unbedeutend schienen. Nein, was sie jetzt braucht, ist ein Bad in der Menge, wie ein Flüchtling, der alles, was ihm teuer und wichtig ist, hinter sich gelassen hat. Gibt es wirklich keinen anderen Weg? Heute Abend anscheinend nicht, sie braucht an diesem Abend dringend Hilfe, sie kann nicht wieder darauf warten, dass die beiden bei Sonnenaufgang heimkommen, deshalb trocknet sie sich schnell ab, kämmt ihre nassen Haare, zieht das lange schwarze Kleid an und verlässt das Haus. Jetzt, am frühen Abend, sieht sie, wie trist die Stadt ist, es wird hier nicht kühler, eine kranke Stadt, infiziert, die die jungen Mädchen mit ihrer Krankheit ansteckt.

Es ist noch nicht dunkel genug, um den Schmutz und die Enge zu kaschieren, die Party hat noch nicht begonnen, immer wieder begegnet sie Radfahrern, Menschen, die Kinderwagen oder Einkaufswagen schieben, und jetzt scheinen sie alle erschrocken zu sein, genau wie sie selbst, hat das etwas mit den aktuellen Nachrichten zu tun? Sie möchte sie bitten, ihr zu folgen, ihr in einer langen Prozession hinterherzugehen bis zu Almas Bar, dort werden sie sich alle vor dem großen Fenster versammeln, bis Alma freiwillig herauskommt, vielleicht hat sie sich einsam gefühlt, vielleicht hatte sie Angst, wie Iris gestern, und jetzt wird sie sie mit Menschen umgeben, aber sie geht nicht zu Almas Bar, sondern zu einer Bar in einer Nachbarstraße, die Almas verblüffend ähnlich sieht.

Sehen diese armseligen Orte alle gleich aus? Die Kellnerin ist dünn und überfordert, arbeitet sie ebenfalls ohne Lohn, bekämpft sie ebenfalls ihr Ego? Wahrscheinlich ist es einfach nur die Not, es ist, wie gesagt, nicht billig, eine Wohnung in der City von Tel Aviv zu haben, und sie hört Sascha zerstreut zu, der ihr von seinen Zukunftsplänen erzählt, er will Psychiater werden, Kinder behandeln, die so sind wie er. Sie begnügt sich mit einem eiskalten Wodka, aber für ihn bestellt sie das teuerste Gericht auf der Karte und ein großes Bier. Sie genießt es, ihm zuzuschauen, wie er isst und redet, sein gut geformter Kiefer bewegt sich rhythmisch unter den hohen Wangenknochen, seine hellen Augen sind leicht schräg geschnitten, seine Haut ist braun. Was für ein hübsches Kind er war, atemberaubend, jeder, der ihn sah, fand ihn schön, aber unter dem engelhaften Gesicht befand sich ein entschlossener kleiner Teufel, und sie sagt, ich bin sicher, dass du Erfolg haben wirst, Saschinka, nennt dich deine Mutter noch so? Schon mit elf Jahren warst du der entschlossenste Mensch, dem ich je begegnet bin.

Entschlossen, allen das Leben zur Hölle zu machen, sagt er und lacht, und sie sagt, und jetzt stellt sich heraus, dass das keine Rolle spielt, Tatsache ist, dass du deine Entschlossenheit in die richtige Richtung gelenkt hast. In den Konferenzen haben wir immer gesagt, du würdest bestimmt entweder Mafiaboss oder Premierminister, und er bemerkt, vermutlich ist das mehr oder weniger das Gleiche. Das Bier ist super, kannst du mir noch ein kleines Glas bestellen, Direktorin?

Übertreib es nicht, wehrt sie ab, unser Abend hat gerade erst begonnen, und als er sie verlegen anschaut, lacht sie, mach dir keine Sorgen, Saschinka, ich hab's nicht mit jungen Männern, ich brauche deine Hilfe wegen Alma, und während er weiterkaut, erklärt sie ihm seinen Auftrag, er soll sich ganz einfach an die Bar setzen, um sie zu informieren, was dort läuft, und er soll einen günstigen Moment abwarten, vielleicht wird seine Anwesenheit ja nützen. Ich möchte, dass sie sich beschützt fühlt, dass sie merkt, dass ein weiteres wachsames Auge auf ihr ruht, dass sie nicht allein ist, verstehst du?

Je länger er ihr zuhört, desto weicher werden seine Gesichtszüge, und sie sieht plötzlich das empfindsame, aufgeregte Kind, das er einmal war, und wie es ihn kränkte, wenn er sich ungerecht behandelt fühlte, und jetzt scheinen ihn die Ungerechtigkeit, die Alma widerfährt, und die Ungerechtigkeit, die sie sich selbst antut, direkt zu verletzen. Danke für das Vertrauen, Iris, sagt er erregt, ich tue alles, was du sagst, ich werde jede Nacht dort sitzen, wenn du das möchtest, du weißt, es gibt niemanden auf der Welt, dem ich mehr schulde als dir, ich hoffe nur, dass es hilft.

Danke, Süßer, sagt sie, an ihrem dritten Tag in der Stadt benutzt auch sie schon die billigen Anreden, es muss einfach helfen, mir fällt momentan nichts anderes ein, und sie drückt ihm ein paar Geldscheine in die Hand, bestell dir, was du willst, und bleib so lange dort, wie du kannst.

Soll ich versuchen, mit ihr zu reden?, fragt er, und sie nickt, vielleicht, wenn es sich ergibt. Ich verlass mich auf dich, Junge, und er steht langsam auf, es scheint, als trenne er sich nur ungern von ihr, doch dann beugt er sich zu ihr und klopft ihr ungeschickt auf die Schulter. Es wird schon klappen, sagt er und lächelt sie an, aber seine Augen sind feucht, ich glaube an Wunder und ich glaube an Mütter. Sieh mich doch an.

Ja, sie lächelt ihm nach, als er sich entfernt, er trägt ein weites gestreiftes Hemd und eine kurze Militärhose, dazu riesige helle Turnschuhe, du bist wirklich ein Wunder. Damals waren die meisten Kolleginnen überzeugt, er würde nach wenigen Jahren in der Jugendvollzugsanstalt landen. In Tränen aufgelöste Lehrerinnen kamen zu ihr, Eltern riefen immer wieder an und drohten, ihre Kinder von der Schule zu nehmen, wenn er nicht rausgeworfen würde, er war ja schon von einigen Schulen geflogen, doch da war seine hilflose Mutter, die in einer Arzneimittelfabrik hart arbeitete und ebenfalls nicht wusste, wie es mit ihm weitergehen sollte. Wie hätte sie ihn aus der Schule werfen können, seine Mutter würde nicht arbeiten können, wie hätte sie ihn an eine Sonderschule vermitteln können, da sie doch sein besonderes Wesen unter dem rowdyhaften Panzer erahnte, seine außergewöhnlichen Fähigkeiten. Deshalb sorgte sie dafür, dass er oft in ihrer Nähe war, geduldig und entschlossen entschärfte sie einen Sprengsatz nach dem anderen bei ihm, und es gab unendlich viele. Manchmal enttäuschte er sie und fast hätte sie aufgegeben, aber sie konnte nicht auf ihn verzichten, auch als er einen Hamster verletzte, den er in dem Kleintierstall pflegte, sie glaubte ihm, dass er nur die inneren Organe sehen wollte. Aus dem wird bestimmt ein Chirurg, sagte sie seiner erschrockenen Mutter, machen Sie sich keine Sorgen, glauben Sie an ihn, an sich selbst und an uns. Wir zeigen ihm den Weg, und er wird ihn gehen.

Ja, sie erinnert sich jetzt an jenes Jahr, das auch ohne ihn schon kompliziert genug war, die Dame von der Schulaufsicht wartete nur darauf, dass sie einen Fehler machte, das Kollegium war müde, die Eltern problematisch, aber sie gab nicht auf, und ihr war klar, dass Alma den Preis dafür bezahlte, denn sie hatte oft keine Geduld mehr mit ihr, und sie interessierte sich nicht für sie, wenn sie erschöpft aus der Schule kam, und vielleicht liegt jetzt eine kosmische Gerechtigkeit darin, dass das Kind, das Almas Mutter die Kraft geraubt hatte, jetzt eingesetzt wird, um das Mädchen zu retten, das seinetwegen vernachlässigt wurde, und da kommt seine erste SMS: Sitze an der Bar, Alma sieht fix und fertig aus, die andere Kellnerin zeigt mehr Interesse an mir, der Chef trägt einen weißen Anzug, sitzt neben mir an der Bar, erlaubst du mir, ihm mit der Faust ins Gesicht zu schlagen?

Sie liest die Nachricht immer wieder, bis sie eine weitere entdeckt, Irisim, die Konferenz ist zu Ende. Ich bin noch hier. Können wir uns sehen? Ich will dir helfen. Viele Buchstaben schwirren um sie herum, suchen ihre Nähe, und ihre Finger rasen über die Tastatur, mein Geliebter, schreibt sie und hat das Gefühl, dass Alma verloren wäre, wenn sie die SMS wegschickte, und wenn nicht, würde Alma gerettet sein, aber vielleicht irrt sie sich?

Vielleicht soll sie etwas von Noas Mutter lernen? Ich habe mein eigenes Leben, hat sie gesagt, was wir machen, ist nur unsere Sache, Alma wird von ihrem Verlust nicht profitieren, dennoch löscht sie die getippten Worte und schreibt sie wieder und schickt sie mit klopfendem Herzen ab, doch sofort kommt ein Fragezeichen mit einem Smiley und sie merkt, dass sie die SMS versehentlich an Sascha geschickt hat, und nun ist sie sicher, dass dies ein Zeichen ist und sie sich bestrafen muss, bis sie Alma aus der Falle herausgeholt hat, und sie steckt das Handy in die Tasche, um nicht wieder verführt zu werden, und bestellt noch einen eiskalten Wodka. Doch dann holt sie das Handy sofort wieder heraus, sie erwartet ja Nachrichten, und Eitan wartet auch auf eine Antwort von ihr, und das belastet sie. Rächt sie sich jetzt an ihm, weil er sie damals verlassen hat?

Anstatt ihm zu antworten, schreibt sie an Alma, mein Mädchen, du bist bestimmt müde, wann kommst du? Ich warte auf dich, und sofort informiert sie Sascha, ich habe eine SMS an Alma geschickt, und Sascha antwortet, sie hat keine Zeit für SMS, sie rennt ununterbrochen hin und her, das Lokal ist zum Platzen voll, aber zu ihrer Überraschung kommt doch eine schnelle, kurze Antwort von Alma, warte nicht auf mich, fahre nach Hause, und als sie die SMS an Sascha weiterleitet, kommt von ihm ein unscharfes Foto, und sie erkennt Almas Handy mit der roten Hülle, das auf dem Tresen neben einem Arm im weißen

Ärmel liegt, und sie begreift, dass die Antwort nicht von Alma stammt, sondern von Boas, und ihr Zorn wächst, als ihr klar wird, dass ihre SMS ein aggressives Verhör zur Folge haben wird und dass Alma vielleicht gerade in diesem Moment in einer Ecke des Lokals gerügt wird, und es fällt ihr schwer, nicht aufzustehen und in das Lokal zu rennen, es ist ja so nah, sie könnten Alma mit Gewalt herauszerren, niemand wird Sascha stoppen können, der mit Vergnügen seine berühmte Kraft beweisen und Boas einen Faustschlag versetzen würde.

Vergiss, was ich dir alles gegen Gewalt eingetrichtert habe, als du ein Kind warst, mach diesen Mann fertig, wird sie ihm ins Ohr flüstern, aber sie muss noch warten, die Zeit ist nicht reif dafür, und sie ruft Micki an, um ihm von den Vorgängen zu berichten. Zu ihrer Überraschung ist seine Stimme wach und ruhig, er helfe Omer beim Lernen, erzählt er, wohl wissend, dass er ihr damit eine Freude macht. Er hat einen guten Kopf, sagt er fast überrascht, und sie zieht es vor, die Gunst der Stunde zwischen ihnen nicht mit schlechten Nachrichten aus Tel Aviv zu trüben. Prima, ich warte noch auf Alma, sagt sie, wir sprechen uns später, und wieder liest sie die Nachricht, warte nicht auf mich, fahre nach Hause, sie scrollt den kurzen SMS-Wechsel mit Alma zurück, wie viele von ihnen hat in Wirklichkeit Boas geschrieben?

Tut mir leid, ich bin beschäftigt. Ich bin bei der Arbeit. Ich habe einen vollen Tag. Ich habe eine Doppelschicht und muss das Lokal abschließen. Ich werde am Freitag nicht kommen. Ich komme am Schabbat nicht. Ich komme nicht am Sonntag. Wieso überlässt sie ihm ihr Handy? Schickt er in ihrem Namen auch SMS an die Männer, mit denen sie in seinem Auftrag schläft? Sie kocht vor Wut, wie konnte das Alma passieren, wie kann so etwas im einundzwanzigsten Jahrhundert überhaupt noch jungen Frauen passieren, nach allen Revolutionen? Ihre Großmutter hat man gegen ihren Willen mit einem gewalttätigen Mann verheiratet, man hat ihr Bildung vorenthalten, man hat ihr Selbständigkeit vorenthalten, und was ist mit Alma, sie darf studieren, zu Hause wird ihr die Gleichberechtigung in der Ehe vorgelebt, wie konnte das passieren, dass sie aus eigenen Stücken bereit war, ihre Freiheit aufzugeben?

Ist Ihnen kalt? Soll ich die Klimaanlage niedriger stellen?, fragt die Kellnerin, und sie murmelt, das spielt keine Rolle, mir ist von innen kalt, aber die Kellnerin lässt nicht locker, mögen Sie eine Tasse Tee? Vielleicht einen Teller Suppe? Wir haben eine wunderbare Selleriesuppe, sie besteht darauf, und Iris bestellt Tee und Suppe, obwohl sie lieber gehen würde, aber sie weiß nicht wohin. An keinem Ort kann sie sich vor dem unerträglichen Gefühl retten, die Tatsache, dass er Almas Handy an sich genommen hat, schockiert sie noch mehr als die Tatsache, dass er ihr Bewusstsein in Besitz genommen hat. Ihre Kehle zieht sich zusammen, als hätte sie Gift geschluckt, das anfängt zu wirken und sie qualvoll töten wird, wieder nimmt sie das Handy in die Hand, vielleicht sollte sie Eitan doch anrufen, vielleicht ist er noch hier, was bringt ein lebendes Beispiel, wenn niemand davon weiß, das sie nur quält und bedrückt, schließlich ist sie ihm bestimmt und er ihr, die Quelle und der Maulbeerbaum sind Zeugen.

Vielleicht soll sie die freundliche Kellnerin bitten, ihr die Hände an den Stuhl zu fesseln, damit sie nicht anrufen kann, wie Odysseus, der seine Matrosen bat, ihn an den Mast zu binden. Wer weiß, wie sie reagiert, denn auch in dieser Stadt, die schon alles gesehen hat, wäre dieser Wunsch zweifellos etwas außergewöhnlich, aber sie befindet sich in einer außergewöhnlichen Lage, und sie ist Mutter einer Tochter, die sich in einer außergewöhnlichen Lage befindet, ist es nicht das, was ihre Tochter eigentlich gewählt hat, sich selbst festzubinden?

Nicht von ungefähr ist dieses Lokal fast leer, die Suppe schmeckt fad und der Tee ist lauwarm, aber es ist ihr ganz recht, dass kein lautes Publikum da ist und niemand sie bemerkt außer der Kellnerin, die wieder zu ihr kommt, alles in Ordnung?, fragt sie mechanisch, und Iris nickt missmutig, die Leute hören nicht mehr, was sie sagen, sie schauen sich nicht um und haben aufgehört, ihren gesunden Menschenverstand zu benutzen. Meinen Sie denn, dass alles in Ordnung ist?, fragt sie vorwurfsvoll und schiebt schnell eine Entschuldigung hinterher, tut mir leid, es ist nicht persönlich gemeint, aber diese Fragen sind überflüssig.

Entschuldigen Sie, wenn ich Sie gestört habe, sagt die Kellnerin, und als sie sich entfernt, schwingen ihre langen, nussfarbenen Haare hin und her. Alma hatte genau die gleichen Haare, fast bis zur Hüfte, einen Tag vor der Einberufung hat sie sich die Haare zum ersten Mal schneiden lassen, wenn auch nicht sehr kurz, und trotzdem war es kein leichter Abschied, der erste Abschied einer langen Reihe von Abschieden. Als Micki und sie Alma, müde und angespannt, zum Sammelpunkt brachten, schmiegte sie sich an ihre Eltern und begann zu weinen, und als Iris ihre Tochter umarmte, war sie von der Zerbrechlichkeit ihres Körpers überrascht, und noch mehr überrascht war sie von der Art, wie sie sich an sie klammerte und sich nicht trennen wollte. Dann, als sie aufgerufen wurde, stieg sie in den Bus, und sie und Micki gingen schweigend zum Auto zurück, beide mit dem dumpfen Gefühl einer nahenden Katastrophe.

Reg dich ab, sagten sie im Lehrerzimmer zu ihr, was kann deiner Tochter schon passieren? Warte, bis dein Sohn eingezogen wird, das ist die wahre Hölle, aber sie beruhigte sich nicht, den ganzen Tag wartete sie auf den Anruf, der erst am Abend kam, von einer laut weinenden Alma, Mama, hol mich hier raus, rief sie, ich kann hier keine Minute länger bleiben, und beide versuchten, ihr gut zuzureden, aller Anfang ist schwer, du wirst dich schon eingewöhnen, weggehen kannst du immer noch. Und sie gewöhnte sich schließlich ein, aber das Ausmaß ihrer Schwierigkeiten hatte sie doch überrascht, vermutlich war es ein Zeichen von Schwäche, die sie an ihrer Tochter nicht kannten.

Einige Monate nach jenem Tag, als sie sie zum Busbahnhof brachte, sagte Alma plötzlich, weißt du, es gibt keinen Tag, an dem ich mich nicht an die Busfahrt am Tag der Einberufung erinnere, das war so schrecklich, ich begreife nicht, wieso ich dort geblieben bin, wieso ich nicht auf halber Strecke ausgestiegen bin, das war der schlimmste Tag meines Lebens. Immer sagte sie die wichtigsten Sachen in den unpassendsten Momenten, was sie weniger bedeutend erscheinen ließ, weil es keine Gelegenheit gab, sie zu vertiefen.

Haben sie ihre Probleme auf die leichte Schulter genommen? Denn als sie dachten, sie habe sich in der Armee eingelebt, hatten sie sich an ihre Abwesenheit gewöhnt, an ihr leeres Zimmer, ihr leeres Bett, das sich als bequemer Zufluchtsort erwies, und bevor sie sich eingelebt hatte, schimpften sie ab und zu mit ihr wegen ihrer übertriebenen Klagen. Ihr glaubt nicht, wie schlimm es hier ist, das reinste Warschauer Ghetto, weinte sie während der Grundausbildung eines Abends am Telefon, und Iris konnte sich nicht beherrschen und schimpfte, schämst du dich denn nicht, für diesen Vergleich? Ich bin nicht bereit, mir so etwas anzuhören. Du bist entweder ahnungslos oder verwöhnt oder beides. Und Micki fügte in seinem didaktischen Ton sanft hinzu, du dienst doch in der Armee, damit es keine Wiederholung des Warschauer Ghettos gibt, und Alma stieß ein bitteres Lachen aus, verlasst euch nicht auf mich, ich schaffe es kaum, ein Gewehr zu halten, es ist größer als ich.

Jeder tut, so viel er kann, sagte Micki, halte durch, Alma, gib nicht auf, und sie gab zwar nicht auf, aber irgendwie gaben sie sie auf, und als sie sich angeblich aufraffte, fragten sie sich nicht mehr, was ihr eigentlich so schwergefallen war, ob es die physischen Belastungen waren oder der Abschied von zu Hause, von der Kindheit, den sie schwerer nahm als ihre Kameradinnen und der ihr auch heute noch schwerfällt. Tatsache ist doch, dass sie einen Gefängniswärter braucht, der sie an Händen und Füßen fesselt, damit sie nicht mehr nach Hause fahren kann, der zwischen ihr und ihren Eltern eine Wand aufgebaut hat und ihr verbietet, sie zu treffen und sogar auf ihre SMS zu antworten.

Sie erinnert sich jetzt an einen Abend, an dem Almas Problem besonders scharf und konkret hervortrat, so scharf und konkret wie Alma selbst ist, es hat sie damals verwirrt und sie hat sich Sorgen gemacht, aber nach einigen Tagen vergaß sie es. Man kann nicht ständig die Sorgen mit sich herumtragen, man kümmert sich immer um das Dringendste, man geht durch die Welt mit einer riesigen Spinne auf dem Kopf und hat keine Ahnung davon.

An einem Wochenende fuhren sie zu ihr, und weil die Basis, in der sie zur Spezialistin für Trackingsysteme ausgebildet wurde, sehr weit entfernt war, mieteten sie sich für eine Nacht in der Familienunterkunft ein, so wie sie es ihnen vorgeschlagen hatte, und Alma empfing sie mit zerbrechlicher Freude, wie es ihre Art war, aber die Freude hielt nicht lange an. Denn obwohl sie selbst um diesen Besuch gebeten hatte, spürten sie schon vor dem Abendessen, dass sie Alma eine Last waren, und Iris versuchte, wie sie es immer tat, die Stimmung in der Familie zu verbessern, und holte aus der Kühltasche mit gespielter Heiterkeit die Gerichte, die sie in der letzten Nacht mühsam vorbereitet hatte, nach einem langen Arbeitstag, und sie bot ihre Waren an, als warte sie auf Applaus. Maisauflauf, Nudelsalat, Spinattaschen, Linsensalat, Halvakuchen, wer hat Hunger?, fragte sie wie eine Kindergärtnerin, sie deckte den Plastiktisch im Hof mit Geschirr, Gläsern und Besteck, sie war stolz auf sich, weil sie nichts vergessen hatte, aber vielleicht fehlte ausgerechnet das Wichtigste?

An jenem Abend sahen sie aus wie eine Nomadenfamilie, die samt ihren Gerichten, ihren Essgewohnheiten und Komplexen von einem Ort zum nächsten zieht, die Vorstellung einer Familie, Mutter, Vater, Sohn und Tochter sitzen um den Tisch, als wären sie zu Hause, aber sie waren nicht zu Hause, sie waren in einer Militärbasis, in der ihre Tochter ausgebildet wurde, sie waren für eine kurze Zeit Gäste, nur Gäste, und deshalb gab es zwischen Alma und ihnen eine schmerzhafte Kluft, auch als sie gemeinsam aßen, auch als sie sich unterhielten, und besonders als sie sich hinlegen wollten. Iris war müde, nachdem sie die halbe Nacht gekocht hatte, und Micki war müde nach der langen Fahrt, und sie machten sich und das Zimmer für die Nacht fertig, aber Alma blieb sitzen, obwohl sie in die Kaserne zurückkehren sollte.

Magst du bei uns schlafen?, bot sie ihr an, als sie sah, dass sie sich von ihnen nicht trennen konnte, und Alma sagte, ich weiß nicht, gibt es hier einen Platz für mich?, und Iris zog ein Klappbett unter ihrem Bett hervor, auf dem Klappbett auf Mickis Seite schlief Omer schon tief und fest, und Alma stand unentschlossen herum, bis sie sagte, egal, ich gehe in die Kaserne, aber sie ging nicht, sie blieb in der Tür stehen, sah ihrer Mutter zu, wie sie sich auszog und in ein Nachthemd schlüpfte, und dann sagte sie wieder, also, ich gehe jetzt, doch stattdessen setzte sie sich neben dem Plastiktisch auf den Rasen, wie ein treuer Wachhund, und Iris ging in ihrem dünnen Nachthemd nach draußen.

Hast du Kummer?, fragte sie, magst du mit mir noch über etwas sprechen?, und Alma sagte, wir können miteinander sprechen, wenn du Lust hast, und Iris stellte einige Fragen, die kurz beantwortet wurden, über die Ausbildung, über ihre Freundinnen, über die Position, für die sie vorgesehen war, und als sie merkte, dass ihre Tochter keine Lust auf ein Gespräch hatte, sagte sie mit einem entschuldigenden Lächeln, ich bin schrecklich müde, ich habe die halbe Nacht gekocht, und Alma sagte schnell, dann geh schlafen, Mama, und sie fragte, aber was ist mit dir, bist du nicht müde?, und Alma sagte, doch, ich bin müde, aber ihre Worte blieben folgenlos in der Luft hängen.

Dann gute Nacht, Kind, sagte sie und stand auf, wir reden morgen früh, und Alma sagte, gute Nacht, Mama, und blieb sitzen und schaute ihr mit einer unklaren Erwartung nach. Es war keine besonders gute Nacht, sie konnte schlecht einschlafen, sorgenvoll wälzte sie sich im Bett von einer Seite auf die andere, sie verstand nicht, was Alma eigentlich wollte, und sie hatte Angst nachzuschauen, ob sie noch da war, neben dem Plastiktisch, eine traurige Gestalt, ein Mädchen in Uniform. Jetzt ist sie schon so weit zu glauben, dass sie, wäre sie die Nacht über bei ihr geblieben und hätte ihrer Müdigkeit nicht nachgegeben, Almas Absturz vielleicht hätte verhindern können, den Absturz, der ihr einen schmerzhafteren Verzicht abverlangen würde als eine durchwachte Nacht.

So ist das, seufzt sie laut, wir haben immer Sehnsucht nach der vorherigen Stufe im Hürdenlauf unseres Lebens, aber darüber will sie jetzt nicht nachdenken. Vielleicht ist der Verzicht nur vorübergehend, nur ein Hinausschieben, sie hat schließlich jahrzehntelang darauf gewartet, dass Eitan zu ihr zurückkommt, da spielen doch einige Monate mehr oder weniger keine Rolle, er wird auf sie warten, so wie sie auf ihn gewartet hat, aber es stellt sich heraus, dass sogar ihre Gedanken an ihn Alma in Gefahr bringen können, denn zu ihrem Erschrecken schreibt Sascha, das sieht nicht gut aus, und sie fragt schnell, was ist los?, und er antwortet, sie hat sich umgezogen, sie trägt jetzt ein kurzes Kleid und ist stark geschminkt, gerade verlässt sie das Lokal.

Geh ihr nach!, schreibt sie, aber er entscheidet anders, ist vernünftiger als sie, geht nicht, das wird bei ihr und auch im Lokal Verdacht erregen, ich muss hierbleiben, und sie gibt zu, dass er recht hat, aber sie selbst hat kein Problem damit, Verdacht zu erregen. Sie steht schnell auf und sagt, ich muss sofort los, was schulde ich Ihnen? Die Kellnerin geht betont langsam zur Kasse, das regt Iris auf, sie drängt, bitte, machen Sie schnell, ich habe es eilig, meine Tochter ist in der Notaufnahme. Sie zieht einen großen Geldschein aus der Tasche und wartet nicht auf das Wechselgeld, Micki würde außer sich geraten angesichts dieser Verschwendung, und wenn er jetzt hier wäre, er würde durch die Straßen laufen und ebenso laut schreien wie sie, Alma, wo bist du? Alma, warte auf mich! Seit der Verletzung wagt sie es nicht mehr zu rennen, und jetzt humpelt sie mit ihrer Hüfte aus Platin los und denkt, dass die Verbindungen, die die besten Operateure des Landes ihr in stundenlanger Arbeit verpasst haben, sich jetzt lockern könnten. Alma, komm zu mir! Komm nach Hause!

Sie hat keine Ahnung, ob die Straße, durch die sie rennt, sie zu ihrer Tochter führt oder von ihr weg und ob ihre Schreie lauter sind als der Autolärm und die Gespräche und die Musik aus den Lokalen, aber sie schreit weiter, ignoriert die Blicke der Menschen, schreit, als wäre sie allein auf der Straße, ihre Augen schauen in alle Richtungen, suchen ein dünnes Mädchen in kurzem Kleid, die Nadel im Heuhaufen, bis sie mit ihren Füßen, die vom Rennen überrascht sind, gegen etwas stößt, das sich als Stufe erweist, und sie stürzt vorwärts, wie ein Stück Holz, die Hände verzweifelt nach vorn gestreckt, und begreift im Bruchteil einer

Sekunde, noch bevor ihr Körper auf dem Bürgersteig aufschlägt, dass der Sturz nicht mehr zu vermeiden ist.

Das sind genau die Sekunden, die ihr an jenem Morgen fehlten. Kein Vogel zwitscherte, kein Ochse brüllte, nur sie flog durch das Dach des zerstörten Autos und beobachtete aus der Vogelperspektive die Arena des menschlichen und unmenschlichen Schmerzes. Sie erinnert sich, dass sie sich in dieser Sekunde innerlich von ihrer Mutter und Micki verabschiedet hatte und an ihren Vater dachte, der ihr gleich vom Himmel aus die Hand entgegenstrecken und sie zu sich ziehen würde, sie waren damals gleich alt, aber sie hatte seltsamerweise vergessen, von ihren Kindern Abschied zu nehmen, sie hatte überhaupt vergessen, dass sie Kinder hatte, während sie jetzt nur an Alma denkt, wo bist du hingegangen, was tust du, wann kommst du zurück.

Alma, stöhnt sie, sie liegt bewegungslos auf dem Bürgersteig, auf dem Bauch, die Arme neben sich am Körper, als hätte sie sich zum Schlafen hingelegt, und von überall kommen Passanten auf sie zugerannt, und immer wieder wird sie gefragt, ist alles in Ordnung?, wie sonderbar die Leute hier doch sind, sie sehen jemanden vor sich, dem es ganz offensichtlich nicht gut geht, und fragen immer wieder, ob alles in Ordnung ist.

Können Sie aufstehen?, fragen sie, sind Sie am Kopf verletzt? Sollen wir einen Krankenwagen rufen? Ein Gewirr aus Stimmen und Fragen schwirren um ihren Kopf, Fragen, die sie hört, aber nicht verstehen kann, oder versteht, aber nicht beantworten kann oder will, sie ist zu müde, sie möchte schlafen, sie hat zu viel getrunken und muss schlafen, egal wo, hier auf dem Bürgersteig wäre sie geschützter als in Almas Bett, und sie dreht sich mühsam auf den Rücken, prüft mit der Zunge, ob ihre Zähne alle da sind, ihr Körper ist übersät mit Schmerzen, so wie der Himmel mit Sternen, die sich ihr einen Moment zeigen, seltsam, dass man mitten in der Stadt die Sterne so klar sehen kann, aber sie werden sie nicht am Einschlafen hindern, nichts wird sie am Einschlafen hindern, auch nicht das Gerede über ihren Kopf hinweg, als wäre sie ein Baby oder eine todmüde alte Frau.

Sie war bis eben bei uns! Ihre Tochter ist in der Notaufnahme!, hört sie eine Frau schreien und erschrickt im ersten Moment, Alma in der Notaufnahme! Deshalb ist sie hinter ihr hergerannt, um sie vor dem Unheil zu bewahren, Alma in der Notaufnahme! Doch dann erinnert sie sich an die Kellnerin, die vermutlich gerade ihre Schicht beendet hat. In welchem Krankenhaus ist Ihre Tochter?, fragt die Kellnerin, beugt sich zu ihr, bis die Spitzen ihrer langen, nussbraunen Haare ihre Wangen berühren. Schon immer hat sie zu ihren Schülern gesagt, unsere Lügen fallen auf uns zurück und stellen uns ein Bein, jetzt ist es ihr selbst passiert, und manchmal hat sie übertrieben, um ihren Worten Nachdruck zu verleihen, oder die Lügen werden zu einer Wahrheit, die nicht gut für uns ist. Jetzt wird sie selbst von dieser Übertreibung erschüttert, denn wer weiß, wem Alma unterwegs begegnet ist, wer weiß, wohin er sie stark geschminkt geschickt hat, diese Stadt ist voller Säufer und Drogenabhängiger, sie darf jetzt nicht einschlafen, sie muss sie retten, sie wird die schmerzenden Sterne ignorieren und weitersuchen, und wenn sie eine Straße nach der anderen durchkämmt, wird sie sie eines Tages finden, und sie versucht, sich mit dem linken Arm abzustützen, der weniger wehtut, zwischen all den Beinen um sie herum, es sind mindestens zehn Menschen, die um sie herumstehen, als wären sie ein Minjan.

Wenn sie nur aufstehen und durch die Straßen schweben könnte, dann würden die Leute, wenn sie zu Boden schauen, merken, dass sie nicht mehr da ist, dass sie keine Spur zurückgelassen hat, dann würden sie zu ihren Beschäftigungen zurückkehren, statt sich mit ihrer Angelegenheit zu befassen. Vielleicht hat Noas Mutter recht, die Menschen hier sind zu neugierig, und da tritt noch ein Paar Beine in den Kreis, zwei besonders große Füße in hellen Turnschuhen, noch ein Neugieriger, der sich über sie beugt, woher weiß er bloß ihren Namen, Iris! Was ist los? Bist du gestürzt? Ich habe dich gesucht, sagt er, und sie stöhnt, Sascha, ich habe sie verloren, ich habe sie nicht finden können, und er sagt, sie kommt zurück, lass mich dich nach Hause bringen, und da zerstreuen sich die Umstehenden mit dem Gefühl, etwas verpasst zu haben, sie haben sich ganz umsonst um sie gekümmert, sie haben ganz umsonst ihre Zeit geopfert, nun ist die Vorstellung zu Ende, ohne dass sie auf ihre Kosten gekommen sind.

Dieser Mann ist gefährlich, sagt Sascha, setzt sich neben sie auf den Bürgersteig und zündet sich eine Zigarette an, am liebsten hätte ich ihn mit beiden Händen zerquetscht und dann hätte ich ihn getreten und in die Mülltonne geschmissen, und sie kichert trotz ihrer Schmerzen, du bist noch genau wie früher, so hast du schon als Kind gesprochen.

Er lächelt verlegen, entschuldigend und zugleich stolz. Auch er ist stolz auf das Kind, das er einmal war, denkt sie, er schämt sich nicht für sich, und das mit Recht, er war mutig und entschlossen, er glaubte, von Feinden umgeben zu sein, und gab nicht auf, und jetzt verleiht ihr seine Anwesenheit eine wundersame Stärke, wieso ist er plötzlich hier aufgetaucht, wie ist sie auf die Idee gekommen, den Kampf ohne ihn führen zu können?

Wie geht es dir?, fragt er und betrachtet sie prüfend, während er den Zigarettenstummel mit seinem Fuß zertritt. Was tut dir weh? Wie stark sind die Schmerzen? Ich bin bei der Armee zum Sanitäter ausgebildet worden, verkündet er, und sie sagt, die rechte Hand, das rechte Knie, die Rippen, und er untersucht ihre Hand, kannst du die Finger bewegen?

Ja, aber nur schwer, sie stöhnt, und er sagt, die Hand ist geschwollen, wir rufen einen Krankenwagen und bringen dich zur Notaufnahme, aber sie fleht ihn an, auf keinen Fall, ich kann jetzt in kein Krankenhaus, warten wir bis zum Morgen, bitte, Sascha. Sie bettelt, als wäre sie ein Kind und er ihr Vater, und er tastet ihre Hand ab, gut, du kannst morgen zum Arzt gehen, die Frage ist nur, wie weh es tut, und sie ist dankbar, ich möchte lieber warten, hilfst du mir aufzustehen?

Vorsichtig und langsam hebt er sie hoch und stellt sie auf die Beine, kannst du auftreten?, und sie sagt wieder, ja, aber nur schwer, und schon hält ein Taxi neben ihnen und er hilft ihr, sich auf dem Rücksitz auszustrecken, auch wenn die Fahrt nur kurz ist, denn ein paar Minuten später halten sie schon vor dem grauen Gebäude mit den Säulen, und er bezahlt den Fahrer und beugt sich zu ihr, und schon trägt er sie auf den Armen wie eine Braut, die der Bräutigam nach der Hochzeit in das neue Haus trägt. Ihr Kopf liegt an seiner breiten Brust, auf dem gestreiften Hemd, diese glatte Haut, sein starkes Herz, ach, Eitan, seufzt sie, wir haben gedacht, wir sind Götterkinder, wir haben geglaubt, wir könnten in die Vergangenheit zurückkehren und alle Fehler ungeschehen machen.

Vor dem Haus bleibt er plötzlich stehen und sie spürt, wie sich seine Muskeln anspannen, sie wendet den Blick und sieht ihre Tochter auf den Stufen zum Eingang sitzen, in einem extrem kurzen gelben Kleid, die sonnengebräunten Beine aneinandergedrückt, die geschminkten Augen erstaunt aufgerissen bei dem Anblick, der sich ihr bietet, sie springt ihnen entgegen, ich habe keinen Schlüssel, sagt sie, der Vorwurf hat ihr auf der Zunge gelegen, doch sie fasst sich schnell und fragt, was ist passiert? Wer ist das? Was ist hier los?

Alma, such den Schlüssel in ihrer Tasche, sagt Sascha. Deine

Mutter ist gestürzt, sie hat nach dir gesucht und ist dabei g
und Alma gehorcht mürrisch und wühlt in der Tasche, n
sucht?, knurrt sie, als sie den Schlüssel ins Schloss steck
hat sie mich gesucht?, und erst als die Tür aufgeht und das Licht aufleuchtet, schaut sie ihn an und deutet beschuldigend auf ihn, du, ruft sie, du warst heute Abend bei uns, was ist hier los?

Wo ist dein Bett, Alma, fragt er ungeduldig, als wäre er der zuständige Erwachsene und sie ein lästiges Kind, deine Mutter muss sich erst hinlegen und behandelt werden, bevor sie deine Fragen beantworten kann, und Iris stellt überrascht fest, dass Alma gehorcht und auf ihre Zimmertür zeigt, und ihr fällt auf, dass die beiden über ihren Kopf hinweg sprechen, wie die Menschen auf der Straße, aber diesmal gefällt es ihr, es gefällt ihr so sehr, dass sie gleich einschlafen will, soll Sascha alles erklären, er ist ohnehin entdeckt worden und wird nicht mehr für sie in der Bar sitzen können, der Plan ist geplatzt, und geblieben ist nur die Gegenwart, diese Nacht, in der ihre Glieder zerschlagen sind. Hatte ich jemals etwas anderes als die Gegenwart, fragt sie sich verwundert, aber sie hatte sich der Gegenwart nicht hingeben wollen, sondern versucht, sie zu beherrschen, in ihrer Rolle als Schulleiterin, mit allen Plänen, die sie geschmiedet hat, und jetzt verkündet ihr die Gegenwart: Ich bin kein Echo der Erinnerungen, ich bin keine Brücke für zukünftige Pläne, ich bin alles, was du hast, die Essenz deiner Existenz, vertraue mir, denn du hast keine andere Wahl.

Aber wie soll sie der Gegenwart vertrauen? Der Schmerz wächst von Minute zu Minute, und mit ihm auch ihr Zorn, alles hat sich aufgelöst, alles ist schiefgelaufen, denn nachdem sie eingekauft, geputzt, gekocht und Ordnung geschaffen hat und das alles mit großer Freude, nachdem sie beschlossen hat, die Haushälterin ihrer Tochter zu sein, in der Hoffnung, dass Alma sich auf diese Art an ihre Anwesenheit gewöhnen würde, ist sie in einer Minute unbrauchbar geworden, nutzlos und überflüssig, eine Belastung.

Warum hat sie sich eingebildet, sie suchen zu müssen, statt hier auf sie zu warten und bei ihrer Rückkehr in Empfang zu nehmen, sie zu füttern und ins Bett zu bringen, Tag für Tag, und sie geduldig in den Arm zu nehmen, egal wo du warst und was du getan hast, mein Kind, Hauptsache, deine Mutter wartet in der sauberen Wohnung mit einer nahrhaften Mahlzeit auf dich. Erst jetzt, nachdem er geplatzt ist, begreift sie ihren Plan, erst jetzt, nach ihrem Sturz auf dem Bürgersteig, denn ihr ist klar, dass sie nach Hause fahren muss und dort bleiben, solange sie auf die Hilfe anderer angewiesen ist, auch wenn sie sich nichts gebrochen hat, wird sie sich vorläufig nur eingeschränkt bewegen können. Ganz sicher wird sie nicht putzen, kochen und sich um die Wohnung kümmern können, deshalb ist ihre Anwesenheit in dieser Wohnung und in dieser Stadt sinnlos geworden, und sie nickt mit wachsendem Zorn, und in diesem Moment kommt Sascha mit einer Schüssel und Watte herein. Ich muss deine Wunden desinfizieren, sagt er, beugt sich über ihr entblößtes Knie und streicht sanft mit einem in Seifenwasser getränkten Wattebausch darüber, er streicht mit der Hand über die Wunde und stellt fest, dass sie nicht besonders tief ist, und wieder kontrolliert er die Beweglichkeit ihrer Finger. Kann sein, dass es nur eine starke Prellung ist, sagt er, ich werde die Wunde verbinden, das wird den Schmerz in der Nacht lindern, und morgen gehst du zum Arzt, hast du Verbandsmaterial hier?

Alma schüttelt den Kopf und betrachtet entsetzt die Wunden, und er sagt, das ist nicht so wichtig, in der Armee sind wir auch ohne Verbandsmaterial zurechtgekommen, hast du ein sauberes Hemd, das du entbehren kannst?, und sie schaut im Schrank nach und hält ihm widerwillig ein schwarzes T-Shirt hin, die Uniform ihrer Sklaverei, und Iris schaut gebannt zu, wie er das T-Shirt mit seinen großen Händen in Streifen reißt, ist das nicht wie das rituelle Zerreißen eines Hemdes bei einem Sterbefall? Sie sieht Eitans zerrissenes Hemd vor sich, der Riss war so lang, dass sie seine Brust sah, als er vor dem Sandhügel kniete und schrie, komm zu mir zurück, doch jetzt ist es ein hoffnungsvolles Zerreißen, und sie murmelt, als wäre es ein Gebet, möge sie sich von ihm trennen, möge sie sich von ihm trennen, amen.

Ich habe davon geträumt, dich an mir festzubinden, damit es dir weniger wehtut, möchte sie zu Alma sagen, während er ihre Hand mit einem schwarzen Streifen verbindet, er drückt ihre Finger zusammen, das lindert den Schmerz, und dann knotet er ein paar Streifen aneinander und hängt sie ihr als Schlinge um, und Alma kichert, das sieht witzig aus, alles in Schwarz. Sie sieht wie eine Sado-Maso-Königin aus, es fehlt nur noch die Peitsche! Sascha schaut sie zufrieden an und lacht, ja, es sieht pervers aus, und ihr gefällt die Art, wie er einen diskreten Abstand zu Alma hält, denn jetzt, da eine gewisse Nähe entsteht, sagt er schnell, schon gut, ich muss los, Iris, wir sprechen uns morgen, und ohne Alma anzuschauen verlässt er die Wohnung, er ist so groß, und Iris kommt es vor, als wäre das Zimmer, das es geschafft hat, ihn aufzunehmen, größer, nachdem er gegangen ist.

Wer ist das? Wo hast du ihn aufgetrieben?, Alma kann ihre Neugier nicht mehr beherrschen, und Iris sagt, er ist ein ehemaliger Schüler von mir, ich habe ihn zufällig auf der Straße getroffen, sie hofft, dass die Formulierung die Reihenfolge der Ereignisse flexibler macht, als hätte sie ihn erst nach dem Sturz zufällig getroffen, aber Alma will es genau wissen, und du hast ihn zu uns in die Bar geschickt?, erkundigt sie sich, sie lehnt sich an den Türrahmen, entblößt dabei ihr rückenfreies Kleid und schaut Iris misstrauisch mit ihren schwarz geschminkten Augen an, und Iris versucht auszuweichen, hast du vielleicht ein Schmerzmittel da?

Nein, ich habe nichts gegen Schmerzen, antwortet ihre Tochter feindselig, ihre Stimme wird lauter, wieso sollte ich Schmerztabletten haben? Habe ich gewusst, dass du herkommst? Habe ich gewusst, dass du stürzen würdest? Warum kannst du nicht besser aufpassen?, und Iris akzeptiert die kränkenden Worte. Warum greifst du mich so an?, protestiert sie leise, und Alma schreit, ich greife dich an? Du greifst mich an! Hat dich jemand gebeten, dich bei mir breitzumachen? Warum passt du nicht auf dich selber auf? Ich kann dich nicht ansehen mit diesen Verbänden!

Das verstehe ich gut, sagt Iris, sie versucht, ihren Ärger und die Kränkung zu verbergen. Du brauchst mich nicht länger zu sehen, ich werde Papa bitten, mich morgen abzuholen, und zu ihrer Überraschung stampft ihre Tochter mit dem Fuß auf und beginnt zu weinen, sie setzt sich auf die Bettkante, bedeckt ihr Gesicht mit den Händen, der nackte Rücken zittert. Klar, das verschafft dir eine Ausrede, von hier zu wegzulaufen, deshalb verletzt du dich immer wieder, um vor uns wegzulaufen!, und Iris hört schockiert zu, seit Jahren hat sie Alma nicht mehr so heftig weinen sehen, wie ein Kleinkind bei einem Wutanfall. Alma, was willst du? Hilf mir doch, dir zu helfen, und ihre Tochter heult, ich brauche deine Hilfe nicht, ich habe andere Menschen, die mir helfen, ich habe einen Lehrer, der mir beibringt, wie man leben soll! Du hattest recht damit, dass ich mein Leben vor dem Fernseher vergeudet habe, du hast immer recht, aber du konntest mir nichts anbieten und er kann es!

Beruhige dich, Alma, sagt sie und sucht verzweifelt nach den richtigen Worten, du hast kaum geschlafen, iss noch etwas und lege dich hin, wir sprechen morgen weiter, ja? Aber ihre Tochter springt auf, morgen werde ich nicht hier sein!, sie steht vor ihr und schreit, die Schminke läuft ihr in schwarzen Rinnsalen über die Wangen, es sieht aus, als wäre ihr Gesicht zersprungen. Ich gehe weg, ich kann dich nicht noch einmal so liegen sehen! Warum passt du nicht auf, wo du hintrittst? Ich gehe zurück zur Arbeit, meine Schicht ist noch nicht zu Ende, und Iris versucht sich aufzurichten, nach ihrer Hand zu greifen. Du gehst nicht, sagt sie im autoritärsten Ton, den sie aufbringen kann, aber ihre Tochter schüttelt ihre Hand ab, wie soll sie es schaffen aufzustehen, um mit ihrem Körper die Tür zu versperren, sie kann nicht auf den Füßen stehen, sie hat das Gefühl, als würde sie vom Schmerz zerquetscht. Alma, fleht sie mit Tränen in den Augen, geh nicht, ich brauche dich jetzt, ich kann nicht allein bleiben.

Was brauchst du, fragt ihre Tochter, dreht sich um und kommt misstrauisch zurück, sie weicht dem Blick ihrer Mutter aus, beide atmen schwer, und Iris sagt, vielleicht habe ich in meiner Tasche noch Schmerztabletten, kannst du bitte nachschauen?, und Alma wühlt in der Tasche und hält ihr ein paar Tabletten hin, die sie gefunden hat. Als Kind hat sie gern in der Tasche ihrer Mutter nach Überraschungen gesucht, nach Kaugummis, Bonbons, einem neuen Lippenstift. Alma und Omer stritten immer darum, wer zuerst in der Tasche wühlen durfte, und die Tasche war hinterher klebrig und unordentlich, aber jetzt lässt Alma die Tasche mitten im Zimmer fallen, weil ihr Handy klingelt, sie schließt sich in Noas Zimmer ein und ihre Stimme klingt tief und aufgeregt.

Verlangt er jetzt von ihr, dass sie ins Lokal zurückkehrt? Gegen ihn ist sie machtlos, wenn Alma sich entschlösse zu gehen, würde sie nichts dagegen tun können, und hilflos überlegt sie, wie sie Alma bis zum nächsten Tag in der Wohnung halten kann. Alma, bring mir bitte ein Glas Wasser, bittet sie, als die Tür aufgeht und ihre Tochter hereinkommt, sie sieht erschrocken aus, aber nicht so, als wolle sie gehen. Und falls du Hunger hast, es gibt viel zu essen, fügt sie hinzu. Es scheint, als bemerke ihre Tochter erst jetzt, was sich in der Wohnung getan hat, wisse aber noch nicht, wie sie darauf reagieren soll, wird sie Iris beschimpfen, weil sie in ihre Privatsphäre eingedrungen ist, oder wird sie die Veränderung genießen, schließlich hat sie schon immer Sauberkeit und Ordnung geliebt, weiche Betten und duftende Handtücher. Die Rolle der Übermutter steht dir nicht, bemerkt sie trocken, aber sie holt ein Glas Wasser aus der Küche und einen vollgeladenen Teller und setzt sich auf den Bettrand. Ich hatte heute noch keine Zeit zu essen, murmelt sie und kaut mit Appetit, und Iris fragt vorsichtig, esst ihr nicht bei der Arbeit?, und Alma antwortet mit vollem Mund, normalerweise schon, aber heute bin ich früher gegangen.

Warum, fragt sie, und Alma antwortet mit einer Natürlichkeit, die unter diesen Umständen fast schon provokant klingt, weil ich deine SMS gesehen habe, dass du auf mich wartest, und Iris ist von diesen einfachen Worten überrascht, sie gehören zu einer anderen Realität, wohin sind wir gelangt, mein Mädchen, wenn sich die einfachsten Worte schon unglaubwürdig anhören, aber sie wagt nicht, etwas zu sagen, es ist schon schwer genug, sie in der Wohnung zu halten, und sie hat Angst vor einem neuen Streit, deshalb schaut sie Alma ruhig an, sie scheint sich über die aufgeräumte, saubere Wohnung zu freuen, will ihre Freude darüber aber nicht zeigen, und auch Iris will ihre Freude darüber nicht zeigen, dass Alma geblieben ist und neben ihr sitzt und kaut.

War er böse auf dich, weil du früher gegangen bist?, fragt sie vorsichtig, benutzt absichtlich Almas Formulierung, und Alma wirft ihr unter den geschminkten Lidern einen Blick zu, als wolle sie herausfinden, ob das eine naive Frage war oder eine Stichelei. Natürlich war er wütend, sagt sie ganz offen und überrascht Iris damit. Er hat gesagt, ich wäre dem Ego wieder erlegen, aber es hat sich richtig angefühlt, nach Hause zu gehen, ich bin dem Ego nicht erlegen, ich wollte einfach nicht, dass du auf mich wartest, ich weiß doch, wie du es hasst, spät ins Bett zu gehen, und Iris hört ihr zu und ihre Lippen zittern vor Aufregung, sie korrigiert sie nicht, sagt ihr nicht, dass das, was sie unbedingt rechtfertigen möchte, in einer anderen Realität eine Selbstverständlichkeit ist. Ich bin froh, dass du zurückgekommen bist, sagt sie und fügt schnell hinzu, du bist sicher müde, tut mir leid, dass ich dein Bett beschlagnahme, aber es bietet genug Platz für uns beide.

Alma sagt, ich werde in Noas Bett schlafen, aber Iris redet ihr zu, warum denn? Es ist besser, wenn du hier schläfst, dann wachst du nicht auf, wenn sie kommt, und sie dreht ihre schmerzenden Glieder zur Wand, und zu ihrer Freude macht Alma das Licht aus und legt sich neben sie, ohne sich auszuziehen, ohne das Gesicht zu waschen und die Zähne zu putzen.

Wie schnell sie sich an das Leben einer Überlebenden gewöhnt hat, denkt sie, aber sie sagt nichts, sie macht sich klein und versucht, bewegungslos zu liegen, heute Nacht wird sie eine Fliege an der Wand ihres Lebens sein, eine Mutter an der Wand, von da aus lauscht sie dem schnellen Atem ihrer Tochter, dem Klingeln des Telefons, das sie nicht ausgeschaltet hat, und trotz der Schmerzen in der Hand und in den Fingern und Knien spürt sie eine große Zufriedenheit in sich aufsteigen, und sie weiß nicht mehr, ob es der Schmerz ist, der in ihr pocht, oder die Freude über Almas Entscheidung in dieser Nacht. Vielleicht bedeutet das ja den Anfang ihrer Genesung, und bei diesem Gedanken verwandelt sich der Schmerz in einen glücklichen Schmerz, in eine Botschaft, die durch Leiden zustande kommt. Gibt es eine andere schmerzhafte und glückliche Botschaft außer bei einer Geburt? Denn auch wenn man bei einer Geburt Schmerzen hat, vergisst man nicht, dass man einem Kind das Leben schenkt.

Und manchmal reicht diese eine Geburt nicht, manchmal müssen wir unseren Kindern immer wieder das Leben schenken, auf ihre Atmung achten, ihnen helfen, sich erneut für das Leben zu entscheiden, wir müssen ihnen das gleiche Geschenk noch einmal machen, um das sie uns nicht gebeten haben, und das versucht sie jetzt zu tun, und deshalb hat sie auch solche Schmerzen, wie sie bei der Geburt ihrer Tochter hatte, in jener kalten Nacht, als ihr junger Körper sich vor Schmerzen aufbäumte, um das Geschöpf, das so friedlich in ihr lebte, zu verabschieden. Wie schwer war jener Abschied, auch wenn er zu einer Begegnung führte, wie schwer sind die Abschiede, von denen man im Voraus weiß, Abschiede, die uns die Natur auferlegt, die uns die Zeit der Schwangerschaft vorschreibt, die Zeit, um die Kinder großzuziehen, die Lebenszeit, und manchmal die Zeit der Liebe. Ja, der Trennungsschmerz war in jener Nacht größer als die Freude über die Begegnung, ihr leer gewordener Körper trauerte um den Verlust der natürlichen Bindung, und das Baby weinte unaufhörlich, Alma trauerte in Mickis Armen, der sie sanft schaukelte und ihr schwermütige arabische Wiegenlieder sang, die ihm schon seine Mutter gesungen hatte.

Natürlich war das nur der erste Abschied in einer Reihe von Abschieden und Begegnungen, die das Leben mit sich bringt, und immer war der Abschiedskummer größer als die Freude über die Begegnung, die zumeist glatt und zögernd war, aber jetzt, da sie im selben Bett liegen, zum ersten Mal seit langen Jahren, spürt sie die Begegnung in voller Kraft, obwohl ihre Tochter schläft und sie selbst vor sich hin döst.

Wellen des Schmerzes hüllen sie ein, malen die Landkarten ihres Lebens, sie berühren sich nur teilweise, ihre Schmerzen, die einen Schatten auf Almas Leben geworfen haben, Almas Schmerzen, die ihr Leben beschatten, all die Abschiede, die ihnen noch bevorstehen, und sie seufzt, ach, Eitan, wie schwer ist es doch, keine Wahl zu haben, du hast mich damals zu einem ganzen Leben ohne dich verurteilt, und wie schwer ist es, eine Wahl zu haben, wenn das Leben nicht mehr ganz ist. Nie wird das Leben ganz sein, egal ob mit dir oder ohne dich, und sie versucht sich zu beruhigen, wenn man in Not ist, sollte man nicht allzu weit vorausdenken, höchstens bis zum nächsten Tag. Sie wird eine Röntgenaufnahme machen müssen, dann wird ihre Hand vielleicht eingegipst, oder man wird sie sogar operieren. Sie wird Micki Bescheid sagen, dass er sie abholt, Alma ist den ganzen Tag nicht zu Hause und sie braucht Hilfe, aber auch diese Zukunft ist im Moment noch weit weg, es existiert nur dieser Moment, in dem sie ihre Augen schließt und trotz des Schmerzes einschläft, und sie weiß nicht einmal, ob sie geschlafen hat, als die Tür aufgeht und grelles, gelbes Licht ins Zimmer fällt, und sie hört ein lautes Flüstern, Alma, steh schnell auf, du hast dir da was Schönes eingebrockt, Süße! Ruf Boas an, er ist wütend auf dich, und sie öffnet die Augen und sieht Noa in der Tür stehen, auch sie in einem kurzen Kleid und geschminkt, und als sie Iris sieht, versucht sie ihr zu erklären, ich muss Alma wecken, glaub mir, das ist besser für sie.

Nur über meine Leiche, zischt Iris, sag Boas, dass ich dir nicht erlaubt habe, sie zu wecken, aber Noa fleht, Alma wird böse auf dich sein, wenn sie das erfährt, sie darf nicht schlafen, wenn er sie braucht, das ist besser für sie!, wiederholt sie, und Iris sagt, geh auch du schlafen, Noale, du siehst fertig aus, verlasse dich auf mich, in Ordnung? Ich übernehme die Verantwortung, und Noa geht mit unsicheren Schritten rückwärts, ich weiß nicht, murmelt sie, und Iris unterbricht sie, aber ich weiß es, alles ist in Ordnung. Mach das Licht aus und geh schlafen. Übrigens habe ich vorhin mit deiner Mutter gesprochen und sie sagt, dass sie richtig Sehnsucht nach dir hat. Sie würde sich freuen, wenn du bald mal nach Hause kämest, und Noa erstarrt auf der Schwelle, hat sie das gesagt? Das klingt nicht nach ihr, sagt sie misstrauisch, doch Iris besteht darauf, du wirst dich wundern, Menschen ändern sich. Besonders Mütter.

## ACHTZEHNTES KAPITEL

Hat der böse Wolf ihren Schlaf ausgenutzt und ihr Schaf gestohlen, ihr geliebtes, verlorengegangenes Schaf, das sich die ganze Nacht an sie geschmiegt hat, ruhig und warm, und jetzt ist das Bett leer, die Wohnung ist leer, wenn etwas erreicht wurde, dann ist jetzt nichts mehr davon zu spüren. Wie schnell sie sich an den Straßenlärm gewöhnt hat, es ist schon fast Mittag, als sie aufsteht, humpelnd tastet sie sich vorwärts, stützt sich an Möbeln und Wänden ab. Wie lang und anstrengend ist doch der kurze Weg zum Wasserkessel, zur Toilette, zur Tasche, zum Handy, zur Medizin, jede Bewegung brennt, und sie sehnt sich danach, wieder im Bett zu liegen, aber auch da spürt sie keine Erleichterung, unter der schwarzen Bandage sind ihre Finger geschwollen und blau-lila verfärbt, es pocht in ihrem Knie und die Rippen tun ihr bei jedem Atemzug weh.

Mit Spannung liest sie die Nachrichten auf ihrem Handy, aber von Alma findet sie nichts, hat der Schlaf alles zunichtegemacht? Für einen glücklichen Moment hat sie geglaubt, Alma vom falschen Weg abgebracht zu haben, näher zu sich, aber es war nur eine Illusion. Sie ist dorthin zurückgegangen, zum falschen Weg, und lässt Iris einfach stehen, betrogen, die Schmerzen umsonst. Noch nie hat sie sich so hilflos gefühlt, nicht einmal nach dem Attentat, denn damals war es ihre wichtigste Aufgabe, wieder gesund zu werden, und ihre jetzige Aufgabe besteht darin, Alma aus dieser Situation zu befreien, und das ist nicht möglich, wenn sie unbeweglich wie ein Stein im Bett liegt. Schlecht gelaunt liest sie die Nachrichten, Micki und ihre Sekretärin und Sascha und eine der Lehrerinnen, Schmerz hat nicht mehr geschrieben. Hat er sie aufgegeben? Soll sie sich bei ihm melden, jetzt, wo sie ohnehin gescheitert ist? Sollte sie ihm erlauben, ihre Wunden zu verbinden? Ich verstehe nur etwas von unheilbaren Krankheiten, hat er gesagt, und beide haben sie wie Kinder gelacht. Ist Alma unheilbar krank?

Das starke Gefühl, etwas Verbotenes zu tun, lähmt sie wieder, nicht von ungefähr sind ihre Finger verletzt und tun weh, und sie beeilt sich, Micki anzurufen, seine Stimme ist warm und ihr zugetan, so hört er sich immer an, wenn sie nicht zusammen unter einem Dach sind, und er sagt, ich habe mir Sorgen um dich gemacht, Iris. Alma hat mir erzählt, dass du gestürzt bist, und einen Moment lang ist sie überrascht, dass er Alma überhaupt kennt, so einsam hat sie sich in der Nacht gefühlt, als wäre sie eine alleinerziehende Mutter, und sie fragt, wann hast du mit ihr gesprochen? Wie hat sie sich angehört?

Ungefähr vor einer Stunde, sagt er, und sie hat sich ganz gut angehört. Ein bisschen verwirrt, aber weniger feindselig. Wie sieht es bei dir aus?, und sie seufzt, nicht besonders, wäre gut, wenn du mich heute Abend abholen würdest, geht das? Ich kann hier nicht allein bleiben, ich bin schon wieder fast zum Pflegefall geworden, Micki, das scheint mein Karma zu sein, und er zögert kurz, ich finde es besser, wenn du dort bleibst, ich hatte den Eindruck, dass es ihr Freude macht, dich zu pflegen. Lass sie gewähren, was meinst du?, und Iris sagt, aber sie ist die ganze Zeit bei der Arbeit oder wie man das auch nennen soll, willst du mich nicht zu Hause haben?, und er fragt verwundert, bei der Arbeit? Sie hat gesagt, dass sie zu Hause bleibt und sich um dich kümmert, ich habe das für eine wirklich positive Entwicklung gehalten.

Dann hat sie das eben gesagt, stößt Iris zornig aus, Lügen sind offenbar ebenfalls ein Teil der inneren Arbeit. Sie ist nicht hiergeblieben, aber wenn es für dich schwer ist herzukommen, dann nehme ich ein Taxi, und wenn du mich nicht zu Hause haben willst, dann gehe ich eben in ein Hotel, und er stöhnt, was ist bloß mit dir los, Iris? Ist es nicht an der Zeit, dass du deine Ängste vor dem Verlassenwerden ablegst?

Wovon sprichst du?, fragt sie erstaunt, und er sagt, du weißt genau, wovon ich spreche, ich habe kein Problem damit, heute Abend zu kommen, ich dachte nur, dass es Alma guttäte, sich um dich zu kümmern, dass es für euch beide gut wäre, und sie knurrt, hast du also gedacht, und als sie überlegt, wie sie dieses Gespräch noch retten kann, geht die Tür auf und ihre Tochter kommt herein, sie hat noch das gleiche Kleid an, aber ihr Gesicht ist ungeschminkt, ich habe dir Schmerztabletten besorgt, verkündet sie.

Danke, sagt sie, ihre Stimme schmilzt vor Dankbarkeit, bist du nicht zur Arbeit gegangen?, und ihre Tochter antwortet, nein, du hast doch gesagt, dass du nicht allein hierbleiben kannst, und Iris flüstert ins Telefon, entschuldige, Micki, du hast recht, aber er hat schon aufgelegt.

Alma scheint es wirklich Freude zu machen, sich um sie zu kümmern, auch wenn sie versucht, das vor ihr zu verbergen. Es sieht aus, als gebe sie sich große Mühe, und trotzdem macht Iris sich Sorgen, Almas Stimme ist zu hoch und angespannt, ihre Gesten wirken übertrieben, sie hat Weintrauben gekauft, obwohl schon so viele da sind, sie fragt ständig, ob sie einen Kaffee möchte, vergisst aber das Glas Wasser, um das Iris sie gebeten hat, sie rennt ziellos umher, und ab und zu klingelt ihr Handy und sie zieht sich in Noas Zimmer zurück, und wenn sie herauskommt, weicht sie ihren Blicken aus.

Komm, Alma, setz dich zu mir, sagt sie endlich, und Alma sagt, gleich, mache nur noch Frühstück, und sie hört, wie der Kühlschrank schwungvoll auf- und wieder zugemacht wird und wie sie Tomaten und Gurken schneidet, für Küchenarbeiten hat sie sich nie begeistert, aber als Kellnerin hat sie Erfahrungen gesammelt, denn nun erscheint sie mit einem vollbeladenen, verführerischen Tablett mit Brot, mit Käse, geschnittenem Gemüse und Weintrauben, und natürlich auch mit Kaffee, und Iris lobt sie, als hätte sie ein Wunder vollbracht, macht ihr und dem Tablett Platz auf dem Bett.

Weißt du, woran ich mich plötzlich erinnert habe?, sagt Alma, sie sitzt neben ihr, mit dem Rücken an die Wand gelehnt, und stopft sich Weintrauben in den Mund, und Iris schaut ihr hoffnungsvoll beim Kauen zu. Woran hast du dich erinnert?, fragt sie, aber Alma macht einen Rückzieher, das ist nicht wichtig, vielleicht stimmt es ja auch gar nicht, aber Iris lässt nicht locker, komm schon, erzähl's mir, und Alma sagt lustlos, ach, als du aus dem Krankenhaus entlassen wurdest, bin ich am ersten Morgen richtig früh aufgestanden und habe dir Frühstück gemacht, ich habe alles schön auf einem Tablett arrangiert, doch du wolltest nichts essen, aber vielleicht bilde ich mir das nur ein.

Oh, Alma, das tut mir leid, sagt sie, ich kann mich nicht daran erinnern. Vor lauter Morphium stand ich damals neben mir, warum wollte ich das Frühstück nicht?, und Alma antwortet, dir war übel, du wolltest uns gar nicht im Zimmer haben, ich habe so sehr darauf gewartet, dass du endlich nach Hause kommst, aber auch als du wieder da warst, haben wir dich kaum gesehen. Genug, es reicht, warum weinst du? Jetzt tut es mir leid, dass ich es überhaupt gesagt habe.

Ich weine nicht, murmelt Iris, ich weine nie, und wegen des Widerspruchs zwischen ihren Worten und der Realität fängt sie an zu lachen. Verzeih mir, Alma, es war eine schreckliche Zeit, sagt sie, ich wollte nicht, dass ihr seht, wie ich leide. Wenn ihr bei mir wart, habe ich mir große Mühe gegeben, normal zu wirken, und das war sehr anstrengend. Es ist hart, eine Mutter zu sein, die nicht funktioniert. Das widerspricht dem Sinn der Mutterschaft. Und noch härter ist es, eine pflegebedürftige Mutter zu sein.

Aber ich wollte dich pflegen, sagt Alma ruhig, ich wollte mich beweisen, nachdem ich dich enttäuscht hatte, ich wollte dir zeigen, dass ich dich pflegen kann, und Iris widerspricht sofort, du hast mich enttäuscht? Das stimmt doch nicht! Warum solltest du mich enttäuscht haben?, und Alma sagt, ich weiß nicht, vielleicht weil ich keine gute Schülerin war? Weil ich jeden Kurs wieder abgebrochen habe? Weil ich zu viel ferngesehen habe? Ich wollte, dass du siehst, dass ich dich gut pflegen kann, ich habe ein Kochbuch gekauft und einige Gerichte für dich kochen gelernt, aber du hast sie nie gewollt.

Ach, Alma, das wusste ich nicht, sagt sie mit einem tiefen Seufzer, ich erinnere mich, dass ich anfangs wirklich lieber allein war, aber als es mir etwas besser ging und ich wieder am Familienleben teilnehmen wollte, hatte ich das Gefühl, du hättest dich zurückgezogen, und Alma sagt, ich gebe zu schnell auf, das weißt du doch, ich habe keine Geduld. Übrigens, wer ist Eitan?, und Iris spürt, wie ihr Atem stockt, Eitan, warum fragst du?, und Alma antwortet, du hast wahrscheinlich von ihm geträumt, als ich wach wurde, habe ich dich ihn rufen hören.

Wirklich? Iris stellt sich dumm, ich war vor dreißig Jahren in ihn verliebt, als ich noch jünger war als du. Seltsam, dass ich von ihm geträumt habe. Und Alma sagt, auch bei mir schwimmen die Träume gegen den Strom, im letzten Jahr habe ich oft von der Zeit des Attentats geträumt, dass du verletzt bist und ich versuche, dich zu retten, und dabei selbst verletzt werde, und

Iris schüttelt verwundert den Kopf, warum hast du mir nichts davon erzählt, wie kommt es, dass wir nie darüber gesprochen haben?, und Alma sagt, es ist mir schwergefallen zu sprechen, ich war zu verschlossen, Boas hat mir geholfen, mich zu öffnen, ihm ist es zu verdanken, dass ich mich heute viel besser artikulieren kann.

Das ist sehr wichtig, sagt Iris widerwillig, sie versucht, ihre Enttäuschung über das Auftauchen des Feindes zu verbergen, und wie genau hilft er dir dabei?, und Alma sagt, das ist ein Teil der inneren Arbeit, die gewohnten Verhaltensmuster zu verlassen. Ich hatte das Gefühl, mein Leben könne nicht so weitergehen, ich müsse etwas ändern und dass ich hier die Chance auf eine wirkliche Veränderung hätte, und Iris sagt sanft, ich verstehe, obwohl sie am liebsten schreien würde: Aber warum gerade solch eine Veränderung? Wieso siehst du nicht, wie falsch das alles ist? Aber vorläufig ist es ratsam, kein Wort der Entrüstung zu sagen, das ist nicht die Zeit für Moralpredigten, nur für ein gleichmäßiges, ruhiges Geben, sie wird sich um ihre Tochter kümmern und ihre Tochter wird sich um sie kümmern, und vielleicht wird sie so die Bombe entschärfen können, die sie bedroht.

Es freut mich, dass du mich an deinen Gedanken teilhaben lässt, sagt sie dann. Plötzlich weiß sie nicht, was sie noch sagen könnte, einerseits ist ihre Tochter da, sie kommt ihr sogar ein bisschen näher, andererseits gibt es noch das andere Element, das weiterhin die Fäden zieht, es ist, als wäre sie dazu verurteilt, Alma an der Seite eines fremden Mannes aufzuziehen, eines gefährlichen Mannes, wie Sascha gesagt hat, und gerade als sie an ihn denkt, fragt Alma, was ist mit deinem Schüler, wann kommt er?, und zum ersten Mal kommt ihr die Idee, dass er Alma vielleicht interessiert. Tatsächlich hat sie selbst immer wieder Eltern erklärt, dass eine Veränderung oft als Folge vom Zusammenwirken verschiedener Faktoren geschieht, und dass kein Faktor allein in der Lage wäre, die Veränderung einzuleiten.

Sascha? Ich muss ihn wirklich anrufen, sagt sie schnell, mein Handy liegt irgendwo im Bett, vielleicht unter dem Tablett?, und Alma schiebt ihre Hand zwischen die Decken und starrt auf das Display. Schmerz hat angerufen, sagt sie, wer ist Schmerz? Entschuldige, dass ich das gelesen habe, es ist mir einfach ins Auge gesprungen, seit wann hat der Schmerz eine Telefonnummer?, und Iris stöhnt, sie könnte leicht eine Lüge hervorbringen, sie hat sich in der letzten Zeit darauf spezialisiert, aber Lügen fallen auf uns zurück und stellen uns ein Bein, und sie gibt mit zusammengekniffenem Mund zu, das hat mit dem zu tun, was ich dir vorhin von meinem ersten Freund erzählt habe, ich habe ihn vor einigen Wochen zufällig in der Klinik getroffen, und Alma hebt interessiert den Kopf, du hast ihn plötzlich nach dreißig Jahren getroffen? Deshalb hast du heute Nacht von ihm geträumt! Das hört sich wirklich wie ein Traum an.

Du hast recht, das gehört nicht zur realen Welt, murmelt Iris, sie wählt ihre Worte sorgfältig, nachdem sie ertappt worden ist, es ist eine Flucht vor der Realität, und Alma sagt, was ist schlecht an einer Flucht?, und ihre Mutter zögert, bevor sie antwortet, wenn du fliehst, bist du nicht frei.

Aber was ist mit der Liebe?, Alma bleibt unnachgiebig, seltsam, dass es sie so sehr interessiert, seltsam, dass sie sich nicht mit ihrem Vater identifiziert, wie sie es sonst immer tut. Die Liebe hat viele Gesichter, sagt Iris, manchmal ist sie vom Leben abgekoppelt, wie ein schnurloser Drachen, du weißt, dass er am Himmel schwebt, versuchst aber nicht, ihn festzuhalten, damit du die anderen Dinge, die dir wichtiger sind, nicht fallen lässt, und Alma stöhnt, ach, Mama, das ist sehr traurig, und Iris antwortet nüchtern, ich habe in meinem Leben schon traurigere Dinge gesehen.

Ist das wirklich das Ende der Liebesaffäre oder sind diese Worte nur für die Ohren ihrer Tochter bestimmt? Dies ist keine Zeit für Entscheidungen, es ist die Zeit, Wunden mit den Verbänden zu verbinden, die Sascha mitgebracht hat, es tut ihr weh, die Finger zu bewegen, aber immerhin kann sie es, und deshalb lehnt sie alle Untersuchungen ab, die er ihr wieder vorschlägt. Ich bin sicher, dass ich keine Knochen gebrochen habe, das sind nur Prellungen, ich kenne mich aus, sagt sie, warten wir noch ein paar Tage. Erfreut bemerkt sie sein Interesse an Alma, obwohl er auf Zurückhaltung und Distanz achtet, und ihre Tochter zeigt sich selbstbewusst, entspannt und charmant, sie bietet ihm schon die Reste des Frühstücks an, obwohl du nicht aussiehst, als würdest du dich mit Resten begnügen, sagt sie grinsend, und Sascha nimmt höflich eine mit Gurken und Tomaten garnierte Scheibe Brot. Für den Anfang ist das schon ziemlich gut, sagt er, und während er kaut, erzählt er von den Wohnungen, die er besichtigt hat, und Alma empfiehlt ihm eine Internetseite, vielleicht wird auch bei Bekannten von ihr ein Zimmer frei, nicht weit von hier, und als Iris die beiden unauffällig beobachtet, sieht sie sie im Glanz des jungen Lebens erstrahlen, trotz allem, dieser wundersame Glanz, der vielleicht die Not vertreiben oder wenigstens überdecken kann, ihre Haut ist so glatt und ihre Glieder sind so jung und ihre Knochen heilen schnell, und Alma ist trotz allem noch sehr naiv, sie glaubt noch an die Liebe, und Iris hört ihnen nicht zu, sondern schaut, wie sich das Licht auf ihrer Haut spiegelt, auf ihren nackten Armen, Sonne und Schatten auf der Stirn, und über ihren Köpfen Lichtstrahlen wie Heiligenscheine.

Würde sie dahin zurückkehren, wenn sie die Zeit zurückspulen könnte, wie in ihren Träumen? Zu jenem Tag, dem schönsten ihres Lebens, an dem es nicht zu heiß und nicht zu kalt war? Das blühende Wadi ist schon längst zu einer Siedlung geworden,

Hunderte von Menschen leben dort, sie lieben sich und haben Kummer, sie werden geboren und sie sterben. Nur in ihrer Erinnerung blühen die wilden Blumen. Aber wenn sie fähig war, solches Glück zu empfinden, könnte es doch eines Tages wiederkehren, vielleicht sogar heute, und sie nickt, sie hat sich so daran gewöhnt, mit der Hand ins Nichts zu fassen, ihre Finger verlieren sich in den leeren Taschen ihres Lebens, und jetzt steckt sie die Hand in die zweite Tasche, und diese ist berstend voll. Die Sonne blendet sie, und sie kann nichts sehen, auch wenn sie die Augen schließt, wird das Licht unter ihren Augenlidern hindurchdringen, eine goldene Decke wird sich über ihr ausbreiten, goldene Fäden mit Kette und Schuss werden ihre Schmerzen aufsaugen, sie hört Schritte im Zimmer, ein Wasserhahn wird auf- und wieder zugedreht, Geschirr wird gespült, Worte werden geflüstert, Türen gehen auf und zu, Autos hupen, die Stimmen der Straße vermischen sich mit den Stimmen in der Wohnung.

Ist es ihr Handy, das klingelt, oder eines draußen, auf dem Bürgersteig, eine andere Frau meldet sich unter ihrem Namen, sie streckt aus ihrem Dämmerschlaf eine Hand aus und tastet nach dem Gerät wie eine Blinde. Es zeigt sich, dass der Anruf entgegengenommen wurde, denn sie hört Weinen, ist es ihre Tochter, die weint? Komm zurück, komm zu mir zurück, fleht er sie an und sie nickt erstaunt, wovon spricht er? Mit wem? Sie ist vor fast dreißig Jahren gestorben, vor deinen Augen, sie starb langsam, du hattest genug Zeit, Abschied zu nehmen. Irisim, komm zurück, wiederholt er, und sie öffnet die Augen und sieht die letzten Sonnenstrahlen, ich weiß, dass du nie aufgehört hast, mich zu lieben, stellt er fest, seine Stimme klingt ein bisschen fester.

Ich werde nie aufhören, dich zu lieben, flüstert sie, aber er hört sie nicht und spricht weiter, du hast mir versprochen, dass du zu mir zurückkommst und mir eine zweite Chance gibst, und sie sagt, vielleicht gibt es keine zweite Chance, vielleicht gibt es nur die eine.

Seltsam, dass er sie nicht hört, denn sie hört ihn deutlich sagen, ich muss auflegen, ich warte auf dich, und sie lässt das Telefon fallen. Alma? Wo ist Alma?, schreit sie in das Zimmer, das auf einmal dunkel geworden ist, wird das Gespräch, dass sie gedankenlos angenommen hat, sie ins Unglück führen? Und ist das Sascha in der Tür? Alma ist zur Arbeit gegangen, sagt er.

O nein!, schreit sie, warum hast du das zugelassen?, und er sagt, ihr Chef war hier, hast du nicht die Schreie und das Weinen gehört?, und sie stöhnt, ich war mir nicht sicher, was ich höre, ob es in der Wohnung oder draußen war, wahrscheinlich bin ich eingeschlafen, was machen wir jetzt, Sascha?, und er sagt, du musst an sie glauben, Iris, wie du zu meiner Mutter gesagt hast, wir zeigen ihm den Weg und er wird ihm folgen, und sie protestiert, das ist nicht das Gleiche, du warst noch ein Kind, und er sagt, auch sie ist noch ein Kind, schlaf weiter, Iris, ich bleibe vorläufig hier, sie hat mich gebeten, auf sie zu warten.

Alle warten auf alle, denkt sie, und niemand kommt. Ist das die Chance, die wir bekommen haben, die Chance, uns voneinander zu verabschieden? Schober ist abgebrannt, nichts verbirgt mehr den Mond. Sie hört sich alle möglichen Sprichwörter murmeln, sie denkt, dass Eitan neben ihr liegt, und sie versucht, mit ihm für das Abitur zu lernen, die Vergangenheit ist vorbei, flüstert sie ihm immer wieder ins Ohr, alles hat sich verändert, ohne dass etwas gut geworden ist. Ein Tag nach dem anderen, eine Nacht nach der anderen, Tag um Tag, Nacht um Nacht waren wir zusammen, deshalb war auch ich versklavt, auch mich hat ein harter und grausamer Tyrann beherrscht, die Vergangenheit hat mich beherrscht, und ich weiß nicht, warum ich jetzt das Imperfekt benutze.

Hast du mich gerufen? Sascha kommt zu ihr, und als sie nickt, sagt er, ich komme gleich wieder, ich möchte mir eine Wohnung hier in der Nähe anschauen, und sie sagt, achte darauf, dass am Hauseingang kein Maulbeerbaum wächst und es keine Quelle gibt, und er lacht, Direktorin, wovon sprichst du?

Das erkläre ich dir, wenn du wieder da bist, sagt sie, es ist eine alte Geschichte mit einem Anfang und mehreren Enden, und zu ihrer Überraschung kommt er schon bald zurück, hat er es so eilig, ihre Geschichte zu hören? Sie sieht den großen Körper in der Tür stehen, Iris, sagt er, du bist schlimm gestürzt, und sie lacht, bist du das, Micki? Ich habe auf dich gewartet! Mach dir keine Sorgen, es hätte viel schlimmer kommen können, und er sagt, zweifellos, das haben wir schon erlebt.

Entschuldige, Micki, sagt sie, ich habe dich vorhin nicht richtig verstanden, du hast recht, es ist besser, wenn ich vorläufig hierbleibe, und er sagt, da bin ich mir nicht mehr so sicher, es sieht schlimmer aus, als ich dachte, das muss geröntgt werden, und sie sagt, das geht schon, Micki, die Sonne ist angenehm, sie wird mich heilen, und es ist hier nicht zu heiß und nicht zu kalt.

Die Sonne ist längst untergegangen, er lacht, und aus seinem breiten Schatten taucht noch ein Schatten auf, das Wunder einer Männergeburt, und eine junge Stimme sagt, hallo, Mamusch, was redest du da für komisches Zeug?, und es freut sie so sehr, dass er da ist, es ist, als hätte sie ihn seit Jahren nicht gesehen, sie streckt ihm ihre Hand entgegen, Omer! Wie gut, dass du mitgekommen bist, wie war die Prüfung?

Echt gut, sagt er, Papa war prima, genau die Fragen, die er mit mir durchgenommen hat, sind drangekommen, und sie sagt, toll, da hast du Glück gehabt, doch er antwortet mürrisch, nicht wirklich, schau dir den Brief an, den ich heute bekommen habe. Er hält ihr ein zusammengefaltetes Papier hin, mit einem Olivenzweig, um ein breites Schwert gewunden, eingerahmt von einem Stern, sie kennt das Emblem aus ihrer Kindheit, die meisten Briefe, die sie bekamen, trugen dieses Zeichen. Dahinter verbargen sich die Trauer und der Verlust in Form von Freizeiteinladungen für Waisenkinder, Sonderveranstaltungen für Waisenkinder, Treffen von Witwen mit Eltern, die ihre Kinder im Krieg verloren hatten, und trotzdem begreift sie nicht, was das bedeutet, und fragt, was ist das?, und er sagt, siehst du das nicht? Das ist der Musterungsbescheid!, und sie schreit, der Musterungsbescheid? Jetzt schon? Du bist doch gerade erst auf die Welt gekommen.

Mit ihren dick geschwollenen, pochenden Fingern faltet sie das Formular auseinander und liest den Musterungsbescheid, für Omer Eilam, laut dem Musterungsgesetz soll er am Soundsovielten im Kreiswehrersatzamt erscheinen, dem Schreiben ist sogar ein Fahrschein beigefügt, und mit einem neuen Kürzel, das sie erfunden haben, BSD, für »Bewerber für den Sicherheitsdienst«.

Omer Eilam, die Buchstaben drängen sich auf einer Gedenktafel, senken die Köpfe in zurückhaltendem Schmerz, und sie nickt ihnen zu, woher wissen sie überhaupt, dass er geboren wurde, das war doch eine völlig private Sache, nur sie und die Hebamme waren da, und kein Vertreter der Armee oder des Staates, was wollen sie jetzt von ihr? Woher wissen sie, wo er wohnt? Sie haben sogar die richtige Postleitzahl, die sie selbst immer vergisst.

Kaum hat er den Stoff für Sozialkunde gelernt, muss er auch schon Soldat werden, sagt Micki lachend, und sie zerknüllt das Papier mit den leuchtenden Buchstaben zu einem kleinen Ball, ich bin nicht einverstanden, Micki, es reicht, ich habe genug gegeben! Ich habe meinen Vater geopfert, meinen Körper, ich gebe meinen Jungen nicht her, wir werden uns hier bei Alma verstecken, und Micki schaut sie überrascht an, das passt gar nicht zu dir, Iris, mit all deinen pädagogischen Prinzipien! Wie kommst du darauf, dass es hier um dich geht? Und sie stöhnt, um wen geht es denn, um den Staat?, und er sagt, es geht um ihn, er deutet auf Omer, der sich auf die Bettkante setzt, und streicht sich mit den Händen über die glattrasierten Schläfen.

Es geht nicht um mich, es geht um den BSD, murmelt Omer, was heißt das überhaupt, BSD?, und Micki sagt, das habe ich dir schon zweimal erklärt, Bewerber für den Sicherheitsdienst, und Omer grinst schief, eher Bewerber für die Sklaverei, und Micki setzt sich zu ihm und legt die Hand auf seine Schulter, beruhige dich, das ist erst der Musterungsbescheid, du wirst noch genug Zeit haben, dich daran zu gewöhnen, stimmt doch, Irisim, oder?

Wie hast du mich genannt?, fragt sie, sie hat es nie gemocht, wenn er sie so nannte, aber jetzt stört es sie nicht mehr. Die Vergangenheit wurde geöffnet, ist das ihre Chance? Die Chance, die erstickende, süße und verfluchte Höhle der Vergangenheit zu öffnen und ihr Inneres mit der Sonne, dem Wind und den Stimmen der Gegenwart zu füllen?

Was soll das sein, ein Familientag?, hört sie plötzlich Almas Stimme, wieso hat sie nicht bemerkt, dass sie hereingekommen ist, warum hat sie das sonnengelbe Kleid nicht gesehen, und sie ruft ängstlich, weil sie fürchtet, die Anwesenheit der ganzen Familie könnte Alma in die Flucht treiben, Alma, wann bist du gekommen?, und Alma geht zu ihr und sagt, ich bin heimgekommen, um dir Abendessen zu machen, und Iris sagt, schau dir das an, und hält ihr den zerknüllten Papierball hin, als bettle sie um Mitleid.

Was ist das?, fragt Alma misstrauisch, doch sofort erkennt sie das Schreiben. Respekt, der erste Musterungsbescheid, ruft sie, was für ein Glück, dass ich das schon hinter mir habe! Aber es ist nicht so schlimm, Brüderchen, glaub mir, wenn ich das geschafft habe, schaffst du es auch, sie wirft ihm den Papierball zu, und Omer protestiert, wie kannst du das vergleichen?, er fängt den Ball und wirft ihn zurück.

Du wirst dort abgehärtet, neckt sie ihn, während der Papierball unter das Bett rollt, neben die Spinnenleiche, es wird wirklich Zeit, du verwöhnter Kerl, und er widerspricht, ich bin doch nicht verwöhnt, du musst das gerade sagen! Du bist doch die Verwöhnte! Mama, mach mir einen französischen Zopf, ich verlasse das Haus nicht ohne einen französischen Zopf!

Erinnere mich nicht an diesen Zopf!, warnt Alma, ihr Gesicht verdüstert sich. Jahrelang habe ich gedacht, dass Mama nur deswegen in das Attentat geraten ist, weil ich diesen Zopf wollte! Und Omer sagt, und ich war sicher, dass es nur passiert ist, weil ich mich in der Toilette versteckt hatte! Wie lange ist das her, Mamusch, zehn Jahre?

Zehn Jahre und sieben Wochen, sagt Iris und schaut sie überrascht an, auch bei ihnen öffnen sich die Höhlen der Vergangenheit, die Geschichten von damals mischen sich mit gegenwärtigen Ereignissen, verknüpfen sich in dem großen Gewebe ihres Lebens, wie kommt es, dass wir nie darüber gesprochen haben, denkt sie, was haben wir eigentlich bis heute überhaupt gemacht?

Mit euch hatte das gar nichts zu tun, sagt Micki ruhig, es ist alles meine Schuld, weil ich zu früh wegging, und Alma fragt, warum hast du eigentlich das Haus so früh verlassen? Er schaut sie mit seinen schwarzen, tiefen Augen an, das ist eine alte Geschichte, fängt er an, und Iris unterbricht ihn, es spielt keine Rolle mehr, ich bin wieder gesund geworden, seht ihr nicht, dass ich wieder gesund bin?

Mit diesen Bandagen wirkt das nicht gerade so, sagt Omer kichernd, und Alma setzt sich zu ihnen aufs Bett. Diesmal ist es wirklich wegen mir, sagt sie leise, und Iris antwortet, es ist nicht wegen dir, sondern ich habe es dir zu verdanken. Ist das die Chance, die sie bekommt? Nicht die Chance, ihn wieder zu lieben, sondern die Chance, ihr Leben zu lieben, mit dem, was sie hat, und nicht mit dem, was sie nicht hat.

Wo habe ich das bloß hingesteckt? Micki überlegt und wühlt in seinen Taschen, du hast heute auch einen Brief bekommen, Iris, ich habe ihn völlig vergessen, und er zieht ein zerknittertes dickes Blatt Papier hervor, ich habe ihn an der Windschutzscheibe deines Autos gefunden, als ich es abgeholt habe, sagt er und hält ihr das Blatt mit ausdruckslosem Gesicht hin, und sie wird blass, als sie die klaren Buchstaben sieht, blau auf weiß, ruf mich an.

Ruf mich an?, sagt Omer, was ist das für eine Geschichte, er kichert, schaut aber misstrauisch von ihr zu seinem Vater, und zu seiner Überraschung nimmt Alma ihr das Blatt ab und zerknüllt es, ohne es anzuschauen, zu einem Ball, bestimmt ist das ein Irrtum, sagt sie, und Iris schaut sie an, ihre Blicke wandern zwischen ihnen hin und her, sie sind im Hier und Jetzt, sie sind da. Das ist kein Irrtum, sagt sie, das ist eine alte Geschichte.

# DANK

Ich danke Shira Hadad, Yigal Schwarz, Helly Ella, Gilad Bloy, Hila Blum, Orit Kimmel, Rachella Sandbank und Erez Raveh.

Ich danke Dr. Dorit Shmueli, Dr. Eliad Davidson, Prof. Elon Eisenberg, Prof. Avraham Rivkind und Dr. Sagit Arbel-Alon.

Ich danke Edna Mazya, Eyal, Marva, Yaar und Yarden.